LA ROWANE

ŒUVRES D'ANNE McCAFFREY
DANS PRESSES POCKET

LA BALLADE DE PERN

1. LE VOL DU DRAGON
2. LA QUÊTE DU DRAGON
3. LE CHANT DU DRAGON (sept. 1993)
4. LE DRAGON CHANTEUR (oct. 1993)
5. LES TAMBOURS DE PERN (nov. 1993)
6. LE DRAGON BLANC
7. LA DAME AUX DRAGONS
8. L'AUBE DES DRAGONS
9. HISTOIRE DE NÉRILKA
10. LES RENÉGATS DE PERN
11. TOUS LES WEYRS DE PERN

LE VOL DE PÉGASE

1. LE GALOP D'ESSAI
2. LE BOND VERS L'INFINI
3. LA ROWANE (juin 1993)

LA DAME DE LA HAUTE TOUR (Le Grand Temple de la S.-F.)

SCIENCE-FICTION
Collection dirigée par Jacques Goimard

ANNE McCAFFREY

LA ROWANE

OLIVIER ORBAN

Publié aux Éditions Putnam, États-Unis,
sous le titre original :

THE ROWAN

Traduit de l'américain
par Gérard Lebec

La loi du 11 mars 1957 n'autorisant, aux termes des alinéas 2 et 3 de l'article 41, d'une part, que les « copies ou reproductions strictement réservées à l'usage privé du copiste et non destinées à une utilisation collective » et, d'autre part, que les analyses et les courtes citations dans un but d'exemple et d'illustration, « toute représentation ou reproduction intégrale ou partielle, faite sans le consentement de l'auteur ou de ses ayants droit ou ayants cause est illicite » (alinéa 1er de l'article 40).

Cette représentation ou reproduction, par quelque procédé que ce soit, constituerait donc une contrefaçon sanctionnée par les articles 425 et suivants du Code pénal.

© 1990 by Anne McCaffrey
© Olivier Orban, 1991, pour la traduction française
ISBN 2-266-05558-5

Respectueusement dédié à
Jay A. Katz
pour la communion d'esprit dont nous jouissons
(enfin, la plupart du temps)

PROLOGUE

L'exploration spatiale, à la fin du XXe siècle, aboutit une percée capitale dans l'observation et l'enregistrement des perceptions extrasensorielles, qui, sous le nom de facultés paranormales, avaient été longtemps considérées comme relevant de la superstition. La Bulle, cet électroencéphalographe ultrasensible mis au point pour étudier les ondes cérébrales des astronautes souffrant sporadiquement de "taches lumineuses" (alors attribuées à des dysfonctionnements de la rétine ou du nerf optique), reçut par hasard une application imprévue quand on l'utilisa pour monitorer une blessure à la tête dans un service de réanimation de Jerhattan.

Le patient, Henry Darrow, se présentait comme extralucide : ses prévisions se vérifiaient dans d'étonnantes proportions. Son cerveau révéla non seulement les courbes classiques, mais des impulsions électriques paradoxales qui purent être corrélées à un éclair de voyance. Pour la première fois, on venait de relever une trace scientifiquement exploitable d'une perception extrasensorielle.

Une fois rétabli de sa commotion cérébrale, Henry Darrow fonda à Jerhattan le premier Centre de Parapsychologie et formula les règles éthiques et morales permettant d'accorder aux individus possédant des dons psioniques valables et confirmés des privilèges et responsabilités au sein d'une société dont l'attitude était fondamentalement sceptique, hostile, voire carrément paranoïaque à l'égard de ces facultés.

Les Conférences internationales, très nombreuses dans la seconde moitié des années quatre-vingt, se multiplièrent encore dans la décennie suivante, débouchant sur un désarmement à l'échelle mondiale, et les gouvernements réinvestirent dans d'autres secteurs l'énorme capital de recherche scientifique ainsi débloqué. On vit le programme spatial du monde occidental rattraper en peu de temps celui de l'ex-Union soviétique. Mais nul ne remarqua le rôle joué par les Doués dans le contrôle d'un désarmement effectif et dans la lutte qu'il fallut mener contre les réfractaires. Beaucoup périrent pour assurer la paix du monde et laisser l'humanité consacrer son énergie et ses espoirs à l'exploration de l'espace.

On les requit en masse pour coloniser le système solaire, puis pour jeter un pont vers d'autres systèmes comportant des planètes habitables.

Vint le jour où le jeune Peter Reidinger effectua la première liaison gestalt esprit-machine et y puisa l'énergie télékinétique nécessaire pour projeter un petit vaisseau en orbite à destination de Mars ; une nouvelle ère s'ouvrit pour le ci-devant paranormal. Le Don cessa d'être réprouvé ; il fut admiré, vénéré, et surtout exploité à tous les niveaux de l'exode massif dont la Terre appauvrie et surpeuplée fut alors le théâtre.

Afin d'étendre la gestalt à l'échelle interstellaire, on dota les Doués d'installations spéciales et de logements terraformés sur la Lune, sur Démos et sur Callisto. De ces stations allaient partir par télékinésie les grands vaisseaux qui, autour de neuf étoiles, devaient découvrir puis coloniser des planètes de type G habitables par l'homme.

Les Doués étaient connus pour leur horreur d'être en vue et leur neutralité politique foncière ; on fit pourtant appel à eux pour contribuer à la stabilité de l'administration interstellaire. "Objectivité et probité" devint une maxime et une méthode pour promouvoir une nouvelle conception de la diplomatie, malgré les efforts déployés pour en soudoyer les artisans. Des Doués choisirent de mourir plutôt que de trahir leur sacerdoce, et ceux qui se laissèrent corrompre tombèrent si rapidement sous le couperet de leurs pairs que la pratique, jugée sans profit, s'éteignit d'elle-même. Doué devint synonyme d'Incorruptible.

La demande dépassa très vite l'offre. Le Don resta rare, la formation étant ardue et les compensations souvent insuffisantes au regard du dévouement absolu exigé.

Première époque

ALTAÏR

Le flanc ouest de la Tranh, l'épine dorsale d'Altaïr, disparaissait sous un lacis de torrents boueux dévalant des pentes déjà saturées par neuf jours de pluies ininterrompues. Les robustes *mintas* en étaient tout gonflés et leurs racines saillaient en surface, mêlant la bave de leur sève au ruissellement pour extirper les rares buissons qui avaient réussi à prospérer sur ce sol rocailleux. Ruisseaux qui se faisaient rivières, cascades qui croissaient en volume et en violence, comblant de leurs dépôts des ravines qui à leur tour débordaient. Et la sève des *mintas* semblait huiler toutes ces voies liquides.

Sept personnes glissèrent, se rompant les os, sur la grand-rue du petit village de la Compagnie Rowane ; alors le directeur donna l'ordre aux mineurs et à leurs familles d'écourter toute activité extérieure et organisa un service de livraisons à domicile en utilisant les puces de la Compagnie. On avait déjà suspendu l'extraction dans plusieurs puits quand ceux-ci commencèrent de se remplir. Puis le déluge affecta les transmissions et la population claquemurée dans la promiscuité détrempée des quartiers d'habitation n'eut plus même la possibilité de s'installer devant un programme de variétés pour se distraire.

Dans la même veine sinistre, les bulletins météo ne laissaient aucun espoir. Les archives montrent qu'au dixième jour de pluie, le directeur de la mine demanda au bureau central de Port-Altaïr la permission d'évacuer, jusqu'à ce que le temps se fût amélioré, le personnel dont la présence n'était pas indispensable. Des prévisions satellite à longue portée annoncèrent la fin des intempéries dans les soixante-douze heures, mais rien dans les conditions polaires arctiques ou antarctiques ne suggérait la moindre rupture dans la couverture nuageuse, à plus forte raison de réelles éclaircies avant une bonne semaine. L'autorisation d'évacuer fut refusée, mais des conseils sur le traitement des troubles respiratoires et sur les remèdes appropriés furent immédiatement dispensés aux unités de la Compagnie Rowane par le biais de la Méta TTF.

Le jour se levait quand le glissement de terrain s'amorça, si loin au-dessus du camp de la Rowane qu'il passa inaperçu. Quelques personnes étaient prudemment sorties en puce, mettant à profit la tranche horaire qu'on leur avait assignée pour compléter leurs courses ou aller chercher des médicaments au petit dispensaire local. Le temps que les instruments du Contrôle des opérations aient enregistré l'incident, il était déjà trop tard. Tout la face ouest de la montagne et les *mintas* qui la couvraient s'étaient mis en mouvement, raz de marée de boue, de roche et de végétation charnue. Ceux qui étaient dehors virent leur destin fondre sur eux. A ceux qui n'avaient pas bougé fut donnée la grâce de ne s'apercevoir de rien. Il n'y eut qu'un rescapé, une petite fille que sa mère avait laissée dans la puce le temps de rentrer précipitamment ses achats sous la pluie battante.

Le vaillant petit véhicule dut à la forme ovoïde de sa coque de plastique lourd d'être soulevé sur la lèvre du fleuve de boue et emporté, tour à tour englouti ou émergé, le long de l'inexorable glissement. Son occupante fut ballottée en tout sens, meurtrie, assommée enfin alors que la puce roulait, s'accrochait, se libérait puis basculait dans un précipice où le choc fut amorti par la boue qui l'avait précédée. A près de cent kilomètres du camp de la Rowane, elle s'échoua sur une corniche et le vaste déferlement de boue la recouvrit et poursuivit sur sa lancée jusqu'à ce qu'il eut dissipé toute sa violence dans la profonde vallée de l'Oshoni.

Le cri monta quelque temps après que la boue eut cessé de couler, plaintif et tremblotant appel vers une mère qui n'y pouvait répondre. Faim et douleur y étaient clamées, de manière sporadique d'abord, puis avec une insistance croissante. Brusquement le cri cessa, remplacé par un chuchotement qui crût en volume et en intensité. Puis encore une fois se tut. Le silence fut un soulagement pour toute personne dotée d'un degré de réceptivité parapsychique au moins égal à 9, l'émission tous azimuts ayant pour effet de déchirer les oreilles mentales de ces extrasensibles.

Dans tous les établissements coloniaux d'Altaïr, des recherches furent engagées pour localiser l'enfant blessé, abandonné ou martyr qui émettait sa détresse à l'échelle planétaire.

— J'ai des gosses, dit Camella, Secrétaire à l'Intérieur, au Commissaire lors de la réunion extraordinaire des autorités coloniales dans le bureau du Gouverneur, et je reconnais là les cris d'un gamin terrifié, qui a mal et qui a faim. Il faut que cela vienne de quelque part sur Altaïr.

— Nous avons procédé à une enquête de rue, consulté les registres des hôpitaux en quête d'enfants potentiellement parapsychiques nés dans les cinq dernières années...

Il secoua la tête, navré de cet échec. Lui-même n'avait aucun Don mais professait une grande admiration, un immense respect pour les Doués.

— La structure des cris, leur incohérence, leur schéma répétitif donnent à penser qu'il s'agit d'un très jeune enfant, deux ou trois ans au plus, intervint le Directeur de la Santé. Tous les sensitifs de mon personnel essaient d'établir le contact.

— Ce que je n'arrive pas à comprendre, c'est pourquoi cette plainte s'interrompt chaque fois si brusquement, reprit le Commissaire en feuilletant les rapports qu'il avait apportés pour faire le point sur les recherches.

Ouverte à la colonisation une centaine d'années auparavant, Altaïr restait assez peu peuplée. Port-Altaïr et ses environs comptaient cinq millions deux cent cinquante trois mille quatre cent deux âmes. Un million sept cent mille quatre-vingt-neuf autres étaient en train d'implanter de nouvelles agglomérations — essentiellement des centres miniers exploitant les richesses du sous-sol — sur l'immense continent principal.

— Les rapports sont un peu lents à nous parvenir des Concessions, dit la Secrétaire Camella d'une voix qui trahissait son trouble. D'autant que la perturbation se déplace vers nous. Mais il nous faut identifier cet enfant. Une telle force à un si jeune âge doit être étroitement contrôlée.

Involontairement, son regard se porta sur les installations TTF à l'autre bout du spatioport. Un panache de poussière, rapidement suivi par une demi-douzaine d'autres, montrait à l'œuvre, dans le rangement des marchandises récemment débarquées, les pouvoirs kinétiques de l'atout majeur d'Altaïr, Siglen, la Méta D-1. Lesdits pouvoirs, amplifiés par une relation gestalt avec les puissants générateurs entourant son poste de travail, lui permettaient de capter des messages émis d'aussi loin que la Terre et Bételgeuse, de localiser et de faire atterrir des cargos automatisés avec la même aisance que d'autres à manipuler les objets de la vie courante.

L'exploration de l'espace par l'homme avait été rendue possible par la capacité des principaux Doués — télépathes et télékinétiques — à embrasser de vastes distances interstellaires, assurant des communications fiables et instantanées entre la Terre et ses colonies. Sans les Métas qui, dans leurs Tours, restaient en liaison mentale permanente avec leurs collègues des autres systèmes et procédaient par gestalt à l'importation et à l'exportation des matières premières et des produits finis, la Ligue des Neuf Etoiles n'aurait jamais pu naître. Les Métas étaient la cheville ouvrière du système. Et de tels Dons restaient rares.

Sans le réseau de Télépathie et Téléportation Fédérales, l'humanité en eût encore été à tenter d'atteindre ses plus proches voisins dans l'espace. Le Gouvernement terrestre, une fois achevée la centralisation politique à l'échelle planétaire, avait proclamé l'irrévocable autonomie des TTF, pour garantir à cette administration toute l'impartialité, toute l'efficacité voulue dans le maintien des relations avec des colonies de plus en plus lointaines. Dès sa naissance, la Ligue des Neuf Etoiles avait ratifié cette autonomie et aucun Système Stellaire ne pouvait espérer contrôler à lui seul les TTF et, partant, la Ligue.

La majeure partie des communautés tiraient orgueil du nombre et de la diversité des Doués qui voyaient le jour en leur sein. La peur et la méfiance traditionnellement suscitées par les pouvoirs paranormaux avaient été balayées par l'évident profit qu'on pouvait en attendre. Il y avait des Dons de tout niveau, des micro- et macro-compétences, dont les plus puissants étaient les plus patents, et aussi les plus rares. Dans chaque spécialité, les plus performants se voyaient décerner le titre de Méta. Et ceux qui, plus rares encore, combinaient les facultés télépathiques et télékinétiques devenaient le lien majeur entre la Terre et la planète où ils servaient.

— Il se pourrait que nous assistions à l'émergence d'un Méta !

Intérieur ne pouvait tout à fait réprimer l'espoir naissant — le rêve tant soit peu vain — que ce nouveau Doué pût éclipser Siglen. Car pour être l'atout majeur d'Altaïr, cette dernière n'en avait pas moins l'inconvénient d'être passablement irascible. Ayant souvent affaire à elle, Camella ne prenait aucun plaisir à cet élément de ses fonctions. Son prédécesseur — l'heureux homme, il se consacrait maintenant à la pêche dans les hautes terres de l'Est — avait surnommé Siglen "la docker de l'espace", ce qu'Intérieur s'efforçait toujours d'oublier quand Siglen s'avérait particulièrement éprouvante.

Pour avoir si vite engendré un Don de premier ordre, Altaïr ne pouvait que gagner en prestige. Si le potentiel de l'enfant était correctement développé — comme le laissait augurer cette manifestation spectaculaire —, Altaïr allait attirer des colons de qualité, tous avec l'espoir que quelque chose dans l'atmosphère de la planète était propice à l'apparition des Dons. (On n'avait jamais pu prouver ni réfuter qu'il y eût un telle relation de cause à effet.)

Altaïr avait déjà eu la chance de compter un raisonnable éventail de Doués dans son premier lot de colons : précognitifs, voyants, "trouveurs" dotés d'affinités puissantes avec minéraux et métaux et qui en avaient découvert des filons à haute teneur, augmentant les exportations d'Altaïr, la palette habituelle de kinétiques mineurs, tant micro que macro, précieux pour déplacer, assembler, manipuler des objets, une bonne gamme de guérisseurs — aucun Méta toutefois — dans le domaine médical et toutes les sensibilités empathiques ordinaires et néanmoins fort appréciables dans des activités susceptibles d'engendrer l'ennui ou des dissensions mineures. Empathes et précogs étaient également présents dans les rangs de la police. Non qu'Altaïr eût à s'inquiéter de sa criminalité — les gens y étaient généralement bien trop occupés à se tailler leur propre domaine sur les vastes terres fertiles de la planète ou à exhumer les trésors cachés de son sous-sol. Elle était trop neuve pour avoir développé les crimes "civilisés" des secteurs urbains démunis et surpeuplés.

Altaïr jouissait aussi d'une situation privilégiée dans la Ligue des Neuf Etoiles, et parce qu'elle était au centre de bon nombre d'entreprises coloniales, elle avait été l'une des premières colonies à se voir gratifiée d'une Station de Télépathie et Teléportation Fédérale complète sous la direction d'une Méta télépatho-kinétique, Siglen. L'intérêt des gens et des entreprises pour Altaïr s'en était trouvé décuplé. Donner le jour à un autre Méta, c'était remplir à ras bord les caisses de l'Administration. Aussi la Secrétaire à l'Intérieur se tourna-t-elle vers le Directeur de la Santé.

— C'est bien joli tout ça, mais il nous faut d'abord trouver l'enfant, dit ce dernier, exprimant à haute voix ce qu'elle pensait bien qu'il fût un Sans-Don ; puis il s'éclaircit la gorge, hésitant. Selon mes conseillers, cet enfant serait blessé. Pourtant, aucun rapport émanant d'un centre médical ne signale l'admission d'un gosse en bas âge pour traumatisme physique ou mental.

— N'empêche qu'il y en a un, dit le Gouverneur en assenant son poing sur la table. Et nous allons le trouver, savoir comment un bébé a pu pleurer si longtemps sans que personne ne s'occupe de lui. Les vies nouvelles sont ce qu'il y a de plus précieux sur une planète comme la nôtre. Il ne saurait être question de gaspiller...

Un gémissement pitoyable, à vous déchirer les neurones, l'interrompit dans son envol rhétorique.

— *MAAAMAAAN! MAAAMAAAN! MAAAMAAAN! OU TU ES, MAMAN? REPONDS...*

Et ce fut au tour de la plainte d'être coupée net.

Dans le silence qui suivit, la Secrétaire, du bout des doigts, se comprima soigneusement les tempes toujours vibrantes des échos de ce hurlement mental. Un coup de pure forme fut frappé à la porte de la Chambre du Conseil avant que celle-ci ne s'entrebâillât sur les traits anxieux d'une assistante administrative.

— Secrétaire, la Méta Siglen désire entrer d'urgence en communication avec vous.

Intérieur exhala un soupir de soulagement. La Méta aurait très bien pu lui insérer directement son message dans l'esprit. Par bonheur — et la Secrétaire Camella l'en bénissait —, Siglen était à cheval sur le protocole.

— Bien sûr.

Tout autour de la salle, les écrans s'allumèrent d'un seul coup. Rares étaient les requêtes de Siglen au Conseil. Pour l'heure, l'irascible personnage les foudroyait du regard, ses yeux donnant l'impression de plonger au plus profond des pensées de chacun. C'était une femme au corps massif et informe, amollie par la vie sédentaire et le manque de goût pour l'exercice quel qu'il fût. Elle trônait dans sa Salle des opérations toute bourdonnante du bruit de fond des générateurs gestalt.

— Intérieur, je vous somme de trouver cette enfant où qu'elle soit, de découvrir qui l'a ainsi abandonnée et de sévir contre les coupables avec toute la rigueur nécessaire. (Elle avait de grands yeux — le seul trait qui eût en elle quelque beauté — et la fureur en élargissait encore l'ovale.) Nul enfant ne devrait avoir le droit d'émettre à une telle puissance. Il n'est pas tolérable que je sois sans cesse obligée de m'interrompre dans mes tâches pour assumer ce qui est à l'évidence la responsabilité de ses proches.

— Méta Siglen, c'est une chance que vous soyez assez disponible pour nous contacter...

— Je ne suis pas le moins du monde disponible. C'est à peine si je sais où donner de la tête avec le fret d'aujourd'hui... (Elle lança derrière elle un pouce impatient.) C'est tout simplement inacceptable. Trouvez cette enfant. Je ne peux pas continuer à perdre mon temps à la faire taire.

Intérieur marmonna un commentaire fort peu amène mais composa son visage et voila ses pensées.

— Nous comptions vous demander de nous aider à trouver...

L'expression outrée de Siglen lui fit suspendre sa phrase.

— Que je vous aide... moi... dans vos recherches ? Vous me prenez peut-être pour une voyante. Je continuerai de lui imposer le silence autant qu'il me sera nécessaire pour vaquer à mes tâches sur cette planète, pour m'acquitter de la fonction à laquelle j'ai consacré mon existence. Mais c'est à vous... (et un doigt bagué se tendit, grossi par la perspective, si bien que les circonvolutions de son extrémité semblaient crever l'écran)... qu'incombe la charge de localiser cette gamine extraordinairement mal élevée.

La communication fut brutalement interrompue, tout comme la nouvelle séquence plaintive que tenta d'ébaucher l'enfant.

— Si elle n'arrête pas de réduire cette gamine au silence, comment allons-nous faire pour la trouver ? demanda non sans aigreur la Secrétaire Camella, puis, se tournant vers le Commissaire : Avez-vous mis toute votre équipe de voyants sur l'enquête ?

— Evidemment, se récria-t-il, légèrement sur la défensive. Mais vous savez comme moi qu'un voyant a besoin de "quelque chose" sur quoi se concentrer.

— Yégrani n'avait besoin de rien, fit tristement remarquer le Directeur de la Santé.

— Il y a maintenant des années que Yégrani est morte, dit Intérieur, et un amer regret était sensible dans sa voix.

Puis elle capta une expression sur les traits du Commissaire.

Le gémissement avait repris, pitoyable, hoquetant, implorant. On l'entendait parfois s'estomper, puis retrouver sa vigueur première avec des accents rageurs en sus.

— Ha ! Siglen semble avoir trouvé à qui parler. Elle n'arrive pas à faire taire la mouflette.

— Ce n'est pas une mouflette mais une enfant terrifiée dont le sauvetage requiert tous les moyens que nous puissions rassembler, dit fermement Intérieur. Ecoutez, il est inconcevable qu'à notre époque des enfants soient délibérément abandonnés à eux-mêmes pendant... (elle consulta l'écran mural)... des jours entiers. C'est donc le résultat d'un accident. Et puisqu'on ne vous en a signalé aucun ni au port ni en ville, concentrons nos recherches sur les Concessions. Il n'y a pas sur cette planète trente-six établissements miniers dont l'isolement soit tel qu'un enfant puisse s'y retrouver seul sans que personne soit au courant. N'a-t-on pas fait état de pluies diluviennes dans l'Ouest ?

— Plus de huit mille kilomètres, c'est une sacrée portée pour un cri mental, fit remarquer le Gouverneur, et il eut l'air surpris par les implications de ses propres paroles. Bigre !

— De fait, l'hypothèse d'un accident est à considérer. Un tremblement de terre, ou encore des inondations dues à ces pluies, dit Intérieur, puis elle se leva, déterminée, eut un hochement de tête poli à l'adresse du Gouverneur. Nous disposons des moyens matériels et humains... autant nous en servir.

Alors que tous quittaient la Chambre pour regagner leurs bureaux respectifs, Intérieur retint le Commissaire par le bras.

— Yégrani est-elle encore en vie quelque part ? (Son interlocuteur vérifia que nul ne l'avait entendue ni ne leur prêtait attention puis fit un signe affirmatif à peine perceptible.) Parce qu'elle accepterait certainement de nous aider à sauver une jeune existence, ajouta-t-elle.

— Sans doute, mais elle a déjà largement dépassé Mathusalem et sa puissance n'est plus ce qu'elle était. Aussi ferions-nous bien de lui restreindre les recherches à un secteur précis.

Ce qui prit moins d'une heure une fois que tous les services de l'administration civile eurent été mis à contribution. On commença par réexaminer les photos satellites et une traînée de ravages sur cent cinquante kilomètres ne put que sauter aux yeux. Intérieur prit personnellement contact par téléphone avec le groupe industriel qui avait des concessions minières dans la région. Ils ouvrirent promptement leurs archives à la commission d'enquête. Depuis plusieurs jours sans nouvelles du directeur de la mine, ils commençaient à s'inquiéter.

— Pas au point de nous prévenir, à ce que je vois, fit observer Intérieur, caustique, avant de se tourner vers le Commissaire. Ce que je n'arrive pas à comprendre, c'est pourquoi cela n'a fait l'objet d'aucun enregistrement précog dans vos services.

— C'est qu'il me serait difficile d'en parler comme d'une catastrophe humaine de première grandeur, répondit-il, l'air chagrin. Je m'explique. Je suis parfaitement conscient qu'un nombre non négligeable de personnes ont trouvé la mort dans ce désastre mais de telles pertes n'affectent pas sur un mode sensible la situation d'ensemble d'Altaïr. Ce qui est en l'occurrence regrettable. Par ailleurs, il se trouve que nos précogs ont des affinités plutôt citadines, ajouta-t-il, semblant s'en excuser.

— Je m'en vais proposer qu'on te mette à l'amende toutes ces compagnies qui négligent de contacter au minimum une fois par vingt-quatre heures leurs installations sur le terrain, marmonna Intérieur en jetant sur son bloc quelques lignes en capitales italiques.

— Plaît-il ?

— Nous y voilà ! dit-elle, figeant le défilement des listes de personnel de la compagnie. Quinze enfants entre un mois et cinq ans. Quel niveau de précision requiert la voyante ?

— Je ne sais même pas si elle va nous aider, soupira le Commissaire. Elle n'a pas encore répondu à mes appels.

Les plaintes reprirent, s'arrêtèrent, refirent surface avec cette fois quelque chose de désespéré.

— Cette enfant est de plus en plus faible, s'écria le Directeur de la Santé en déboulant dans la pièce. Si elle s'est trouvée ensevelie dans un glissement de terrain, elle n'a ni eau ni nourriture... et peut-être ne lui reste-t-il plus beaucoup d'air.

L'imprimante se murmura quelque chose puis extirpa souplement d'entre ses plaques un nouveau feuillet. Intérieur se pencha dessus ; ce qu'elle y lut lui arracha un grognement d'impuissance.

— J'ai demandé un relevé comparatif du terrain avant et après le glissement. Il y a des ravines de cinquante mètres de profondeur, pleines à ras bord de boue et de débris, et la coulée atteint par endroits soixante kilomètres de large. Si elle est ensevelie quelque part là-dessous, l'asphyxie la guette dans les plus brefs délais. Surtout si elle continue à gaspiller son oxygène en criant comme ça.

Le Commissaire s'approcha d'une console et fit signe aux autres de reculer.

— Je lance un nouveau SOS sur son code personnel, mais qu'elle réponde ou non...

— Oui ?

Voix d'outre-tombe. Aucune image sur l'écran.

— Vous avez entendu crier la gamine ?

— Qui n'a pu l'entendre ? J'aurais pu prédire que Siglen vous refuserait son aide. C'est bien au-delà de ses capacités. Transbahuter des colis d'un endroit à un autre, ça ne requiert aucune sensibilité : c'est la gestalt qui fait le travail.

En l'absence de liaison visuelle, le Commissaire se permit de lever les yeux au ciel devant l'agressivité du ton de Yégrani. Depuis des années, la télékinétique et la voyante se livraient une petite guerre dont l'initiative, au dire du Commissaire, revenait plutôt à Siglen qu'à Yégrani.

— Il y a ce risque que l'enfant finisse par être à court d'air. Une telle masse de boue — cent cinquante kilomètres de long, soixante kilomètres de large, une épaisseur de cinquante mètres, par endroits — nous avons plein...

— Cherchez sur la gauche en surplomb de la vallée de l'Oshoni, sur une corniche approximativement située deux kilomètres en amont de la langue du glissement. Elle n'est pas enfouie très profond mais la coque de la puce s'est craquelée si bien que la boue suinte à l'intérieur. La gamine est complètement paniquée. Siglen n'a strictement rien fait pour la rassurer comme n'y aurait pas manqué toute personne normalement sensible et attentionnée. Protégez-la bien, cette enfant. Longue et solitaire sera sa route avant qu'elle ne voyage. Mais elle et elle seule sera au centre de ce qui nous sauvera d'une catastrophe sans commune mesure avec celle qui met présentement sa vie en danger. Veillez donc à garder la gardienne.

Là-dessus, la communication prit fin, mais à peine Yégrani avait-elle donné sa "vision" du lieu où se trouvait l'enfant que la Secrétaire à l'Intérieur s'était empressée de transmettre une copie de la conversation aux équipes de sauveteurs qui attendaient dans leurs véhicules *ad hoc*. Le Gouverneur en personne donna l'ordre de téléportation ainsi que les coordonnées nécessaires à la Méta d'Altaïr. Celle-ci s'abstint de demander comment on les avait obtenues et fit diligence pour transférer la mission sur les lieux.

— Est-ce qu'elle a voulu dire "à gauche" en regardant ça d'en bas ou sur la gauche de ce putain de truc? demanda le chef de section à l'issue du transfert. (Les capsules s'étaient immobilisées au fond de la vallée, juste à l'endroit où la coulée tirait sa "langue" de boue.) Pouah! (Il se pinça les narines.) Ça pue le *minta* à vous en couper le souffle. Voyons voir ce que dit ce relevé géo.

— La corniche en question doit se trouver là, cria son second en pointant le doigt sur leur droite. Le terrain semble ferme en surplomb et il doit être possible de s'y installer pour travailler.

— Qu'on me couvre ces deux kilomètres, ordonna le chef. Et tenez-vous à l'écart de cette boue. Celui qui tombe dedans devra rentrer chez lui à pied.

L'équipe escalada la paroi rocheuse dominant la coulée puis commença d'en balayer l'étendue de ses détecteurs. A une dizaine de mètres du bord, un corps étranger fut repéré. La soignante déploya ses instruments qui captèrent des signes de vie. L'excavatrice fut équipée et lancée. Deux volontaires dûment encâblés descendirent dans son habitacle et commencèrent d'évacuer la boue qui, si rapide fût la cadence, ne cessait toutefois de revenir à la charge.

— Qu'on aille me chercher la pompe, hurla le chef, intérieurement satisfait de se voir si vite obéi.

Retenue par la corniche, la puce n'avait pas sombré trop profond dans le fleuve de boue et, quand sa coque eut été dégagée sur une surface suffisante, on y accrocha la flèche du tracteur et celui-ci lutta contre la succion qu'exerçait la matière visqueuse cependant que les pelleteurs redoublaient d'activité, râlant contre ces kinétiques qui n'étaient jamais là quand on avait besoin d'eux. Soudain, il y eut assez d'air insufflé sous le petit véhicule pour le détacher de la corniche, et seule la présence d'esprit de ceux qui étaient restés sur la rive l'empêcha d'entrer en collision violente avec la flèche du tracteur. La puce ricocha plusieurs fois avant de s'immobiliser en terrain ferme.

La pellicule huileuse qui la couvrait glissa jusqu'au bas de sa coque ovoïde et, sous les regards anxieux de l'équipe entière, celle-ci commença de rendre par sa fissure ce qu'elle avait absorbé de boue. Puis, au grand soulagement de tous, il en monta un petit cri tremblotant, à la fois mental et physique. Comme un seul homme, l'équipe s'attaqua à la portière cabossée qu'elle arracha.

— Maman ? (La toute petite fille qui s'était traînée sur le seuil était couverte de bleus, poissée de répugnante matière, mais elle sanglotait de joie et d'espoir en clignant des yeux sur la lumière du jour brusquement retrouvée.) Maman ?

La soignante bondit, rayonnante d'amour et d'empathie rassurante.

— C'est fini, bout de chou. Tu es sauvée. On t'a tirée de là.

Elle appliqua l'hypnobrume sur un bras maculé de boue avant que l'enfant ait pu se rendre compte que ses parents n'étaient pas au nombre de ceux qui s'agglutinaient autour de la puce. L'effet du sédatif ne fut pas assez rapide pour prévenir le hurlement de l'orpheline, dont tout Altaïr eut l'esprit déchiré.

— Nous avons fait ce que nous avons pu, dit le Directeur de la Santé, légèrement sur la défensive.

— Personne n'en doute, répondit Intérieur, aussi rayonnante d'approbation qu'elle en était capable.

— Reste que l'enfant de la Rowane n'est guère coopérante, fit remarquer le Gouverneur sur un soupir amer.

— Il ne s'est écoulé que dix jours depuis la tragédie, modéra Intérieur.

— Et l'on n'a trouvé aucun parent qui puisse la recueillir ? demanda le Gouverneur.

Intérieur consulta ses papiers.

— Nous avons le choix entre onze cellules familiales appartenant au même génotype : bon nombre des mineurs sont issus d'un terrain ethnique commun. Le siège de la compagnie ne conservant pas de double des entrées dans les centres hospitaliers locaux, nous ne savons même pas combien de gens sont nés depuis l'implantation du camp, il y a dix ans. Donc, pas de parents proches. Mais il n'est pas douteux qu'elle a de la famille sur Terre.

Le Gouverneur s'éclaircit la gorge.

— La Terre compte plus de Doués de premier ordre que n'importe quelle autre planète.

— A coup sûr, il nous faut conserver nos ressources naturelles, approuva Intérieur avec un petit sourire.

— Qu'il soit donc noté et, partant, stipulé dans le compte rendu de cette séance que… l'enfant de la Rowane (la pause avait été ménagée dans l'espérance qu'un des membres présents du Conseil serait à même d'y introduire un nom) est à compter de ce jour la pupille de la Planète Altaïr IV. Bon, et maintenant ? ajouta-t-il en se tournant vers Intérieur.

— Ma foi, elle ne peut pas rester indéfiniment dans la section pédiatrique de l'hôpital central, répondit cette dernière en se tournant vers le Directeur de la Santé.

— La D-8 qui est à la tête de la section estime qu'elle est fondamentalement remise du choc initial. Plaies et hématomes consécutifs à l'accident ont guéri. Luséna s'est également débrouillée pour empêcher toute résurgence mémorielle de la catastrophe mais elle n'a pu occulter le fait que l'enfant avait des parents, peut-être même des frères et des sœurs. (Cette menace de refoulements artificiels supplémentaires provoqua des mouvements divers. Il hocha la tête.) Cependant… (geste d'impuissance)… elle est orpheline, et bien que notre psychologue ait réussi à… traiter le "vacarme" télépathique général, l'enfant n'a qu'un contrôle réduit sur elle-même et sa concentration reste atrocement faible.

Grimace unanime : la planète entière bénéficiait encore des sorties mentales de l'enfant Rowane.

— Reçoit-elle aussi bien qu'elle émet ? finit par demander le Gouverneur.

Le Directeur de la Santé haussa les épaules.

— A l'évidence. Entendrait-elle Siglen s'il en était autrement ?

— Parlons-en, parce qu'il faut y mettre le holà, dit Intérieur, affermissant le pli de ses lèvres avant de poursuivre : Faire taire l'enfant pour une exubérance des plus normales…

— Si bruyante soit-elle, intercala le Gouverneur.

— … et dont vous admettrez toutefois qu'elle est une agréable alternative aux hurlements du début — risque d'inhiber son Don, enchaîna Intérieur. Pour Méta TT qu'elle soit, Siglen n'en est pas moins dépourvue du plus petit neurone d'empathie, et son mépris pour le désarroi de cette gamine frise la dureté de cœur.

— Que Siglen n'ait aucune empathie ne l'empêche pas d'être la gloire de sa profession et elle a déjà à son actif la formation de deux Métas aux responsabilités qui sont les leurs sur Bételgeuse et Capella. (Quelqu'un émit un grognement cynique.) Elle est logiquement la plus qualifiée pour s'occuper de l'éducation de l'enfant Rowane.

— Nous venons de la décréter Pupille d'Altaïr, rappela Intérieur, campée droit sur sa chaise et dans son opposition, et nul ne saurait le contester. Elle sera beaucoup mieux traitée sur Terre, au Centre. On y prendra soin d'elle. Et je suis d'avis qu'on l'y envoie. Au plus tôt.

A Luséna revint la tâche de tout expliquer à l'enfant Rowane. La D-8 poursuivait avec elle un travail régulier, jouant à des jeux pour la faire parler avec les organes de la phonation plutôt qu'avec sa voix mentale. Une fois l'enfant remise de son traumatisme physique initial et réduites les doses de sédatif qu'on lui administrait, Luséna l'avait emmenée choisir un minah au magasin de l'hôpital.

Les minahs — qui tiraient leur nom du compagnon imaginaire découvert par les enfants en manque d'affection — avaient vu leur emploi se généraliser en pédiatrie. On pouvait les programmer pour toutes sortes d'applications mais ils trouvaient leur utilisation la plus fréquente — et d'une rare efficacité — en chirurgie et dans les traitements de longue durée ainsi que comme substitut dans les cas de dépendance accentuée. L'enfant Rowane avait désormais besoin de son minah. On avait apporté à sa programmation une attention considérable ; sa longue et soyeuse chevelure était un écheveau de capteurs surveillant l'équilibre physiologique et psychique de l'enfant. Recevant d'elle le signal d'un danger, il était à même d'induire des sentiments sereins, d'encourager la conversation et, par-dessus tout, de modérer la voix mentale de la fillette. Il répondait aussi par l'apaisant roulement de son ronron à l'agitation excessive de l'enfant ou à sa détresse. Encore que Luséna et son équipe de pédiatres fussent voués à rectifier les programmes du minah jusqu'à ce qu'il cesse d'être utile, pas un seul extrasensible sur Altaïr ne put rester sourd à l'instant précis où la Rowane le baptisa Ronronnette. La cascade argentée de son rire fut un soulagement pour tous ceux qui n'avaient cessé de l'entendre gémir et presque tous se sentirent en sympathie avec la petite orpheline.

L'assistante particulière de Siglen, une empathe D-4 du nom de Bralla, faisait de son mieux pour calmer sa maîtresse dont elle avoua un jour au chef de poste qu'elle pouvait se montrer plus puérile encore que l'enfant.

— Siglen aurait peut-être intérêt à se trouver elle-même un minah, dit-elle au chef de poste alors que l'intéressée, gênée dans sa concentration par le babil de la petite fille, était de très méchante humeur.

Gérolaman eut un petit rire sarcastique.

— Le genre de câlins qu'elle désire, elle ne les obtiendra jamais.

Et il ricana de plus belle devant les signes frénétiques que Bralla lui adressait pour qu'il surveillât ses pensées.

— Elle n'est pas vraiment mauvaise, Gérolaman. Simplement...

— Trop habituée à être le *nec plus ultra* de cette planète. La concurrence lui est insupportable, d'où qu'elle vienne et sous quelque forme qu'elle s'exerce. N'as-tu pas souvenir de cette prise de bec avec Yégrani ?

— Et toi, Gérolaman, la crois-tu sourde ? (Bralla se leva.) Elle va avoir besoin de moi. A plus tard.

Ronronnette ne pouvait produire à tout instant chez une gamine de trois ans une conduite exemplaire. Et par voie de conséquence, même avec l'aide discrète de Bralla, l'intolérance de Siglen ne s'abattait que trop souvent sur l'enfant Rowane. La Secrétaire à l'Intérieur finit par décider qu'il fallait faire quelque chose à propos de Siglen, qu'elle interviendrait elle-même et qu'elle en tirerait d'intenses satisfactions tant à titre officiel qu'à titre privé.

— Méta Siglen, il s'agit d'une affaire d'une extrême importance, dit Intérieur dès que la D-1 apparut sur l'écran. Nous avons réussi à dévier de sa route un transport de passagers qui passera demain prendre l'enfant Rowane.

— Passer la prendre ?

Siglen, ébahie, battit furieusement des paupières.

— Oui. Demain, à midi, elle ne sera plus dans vos pattes. Aussi vous demanderai-je de ne pas ponctuer de vos réprimandes ses dernières heures sur Altaïr.

— Ses dernières heures ? Vous êtes folle, non ? (Horreur et consternation écarquillèrent les yeux de la Méta TT qui cessa de tripoter son collier de perles.) Vous ne pouvez exposer un enfant... presque un bébé... à un tel traumatisme.

— Il semble que ce soit le parti le plus sage, répondit sévèrement Intérieur, masquant le vrai motif.

— Mais il n'est pas concevable qu'elle parte. C'est une Méta en puissance. (Siglen bégayait. Son teint avait viré au gris cendreux. Elle lâcha son collier pour étreindre le rebord de la console.) Elle... elle en mourra ! Vous savez aussi bien que moi (les mots se bousculaient dans sa bouche) ... ce qui arrive aux vrais Doués dans l'espace... je veux dire, repensez à l'état où s'est retrouvé David, à l'enfer traversé par Capella. Soumettre un très jeune enfant d'un potentiel inconnu à... à un traumatisme aussi destructeur pour l'esprit ! Oui, vous êtes folle, Intérieur. Vous n'avez pas le droit de faire ça. Je ne vous le permettrai pas.

— Alors vous allez refuser à cette enfant d'exercer son Don. Elle a besoin d'être suivie par des experts, d'être formée sur Terre, au Centre.

— Vous oseriez abandonner cette fille d'Altaïr, la couper de sa famille et de ses amis...

— Elle n'en a plus sur Altaïr, s'entendit répliquer Intérieur avant de s'apercevoir que Siglen était sur le point de se camper dans l'une de ses attitudes. Méta Siglen, c'est par ordre du Conseil que la Pupille d'Altaïr sera transférée sur Terre à bord du vaisseau dérouté à cet effet vers Altaïr. Je vous souhaite le bonjour.

A peine l'image se fut-elle effacée de l'écran qu'Intérieur se tourna vers Luséna et le Directeur de la Santé.

— Je pensais qu'elle expédierait la gamine à bord sans que le vaisseau ait besoin d'atterrir !

— Y a-t-il quelque chose de vrai dans ce qu'elle a dit sur David de Bételgeuse et sur Capella ? demanda le Directeur de la Santé, le front barré d'un pli.

Dix ans auparavant, il n'était encore qu'un administrateur médical subalterne, peu au fait des détails de cette période.

— Les Métas supportent mal les voyages et nul d'entre eux ne s'est jamais téléporté à très grande distance, répondit Intérieur, songeuse, mais l'enfant Rowane sera beaucoup mieux loin de la discipline telle que la conçoit Siglen.

— Je reviens tout de suite, dit Luséna en se levant, l'expression inquiète. Elle dormait tout à l'heure, mais je ne supporterais pas qu'elle se réveille pour me trouver partie.

— Vous avez accompli des merveilles avec elle, Luséna, dit Intérieur, chaleureuse. Cela vous vaudra une récompense substantielle du Conseil une fois que vous l'aurez amenée sur Terre, loin de tout danger

— C'est une enfant réellement adorable, expliqua Luséna, rayonnante d'affection.

— Un peu étrange quand même avec ses cheveux presque blancs et ses grands yeux marron dans sa figure maigrichonne.

Et le Directeur de la Santé eut l'air mal à l'aise.

— De très beaux yeux, des traits d'une finesse extrême, se hâta de rectifier Intérieur pour dissiper la consternation de Luséna devant le prosaïque portrait brossé par le médecin. Et demain vous n'aurez pas de problème avec elle.

— A mon avis, moins on s'excitera là-dessus mieux ce sera.

Le lendemain, ce fut l'enfant Rowane qui donna le signal de l'excitation en refusant totalement de monter à bord du paquebot. Elle jeta un coup d'œil à l'intérieur, s'ancra littéralement et mentalement les talons sur le seuil. On sentit jaillir de son esprit une note unique de terreur abjecte et l'on entendit monter de ses lèvres un "non, non, non, non, non" monocorde ; le minah — si étroitement étreint par la taille que Luséna craignit pour sa programmation — ronronnait comme un sonneur, réagissant à l'angoisse de la fillette.

— Sédatif ? suggéra le médecin de bord à une Luséna qui perdait les pédales, s'efforçant en vain de persuader la gamine qu'aucun péril ne l'attendait dans le vaisseau.

— Nous risquerions d'avoir à l'y maintenir pendant toute la durée du voyage, murmura Luséna. Plusieurs semaines de thérapie intense n'ont apparemment pas opéré de réduction significative du traumatisme. C'est la simple idée d'entrer dans un vaisseau qui la bouleverse. Et je ne vois pas comment le lui reprocher.

Luséna avait encore les bras moulés autour du petit corps en lutte quand elle s'aperçut que la Rowane avait disparu, abandonnant Ronronnette dans sa hâte.

— Oh, mon verbe, où s'est-elle cachée ? hurla Luséna dans sa panique.

— *Ne vous avais-je amplement avertis*, fit la voix de Siglen, menaçante. *L'enfant ne doit pas quitter Altaïr.*

La phraséologie de la Méta TT retint l'attention de Luséna qui réentendit le clairvoyant commentaire de Yégrani : "Longue et solitaire sera sa route avant qu'elle ne puisse voyager."

— Oh, seigneurs d'en haut, murmura-t-elle, en sympathie totale avec l'enfant.

— *Vous ne sauriez contraindre un tel esprit, alliant à ce point jeunesse et puissance, à quitter le sol qui l'a porté*, psalmodia Siglen avant d'ajouter, presque avec compassion : *Surtout maintenant qu'elle vient de se révéler télékinétique autant que télépathe.*

— Mais il faut que cette enfant reçoive la formation qui convient, s'écria Luséna, craignant soudain pour sa protégée.

— *Et moi, Siglen, pénétrée de mes responsabilités à l'égard de mon Don et de la préservation des ressources de cette planète, je me chargerai de son éducation.*

— Pas question, si vous la traitez comme vous l'avez fait jusqu'à présent, hurla Luséna, agitant le poing et faisant sursauter tout un chacun sur la passerelle.

Il y eut une pause audible, puis un épaississement de l'air autour du petit groupe, un silence palpable.

— *Elle a été vilaine. Elle s'est conduite comme une méchante petite fille.* Telle fut la réponse, quelque peu radoucie. *Si elle doit être mon élève, il lui faut apprendre les bonnes manières. Mais je n'irai pas, moi, la plonger dans les abîmes de terreur d'une traversée interstellaire. Tu reprendras tes fonctions auprès d'elle, Luséna.*

"Gardez la garde", avait dit Yégrani. Luséna ne s'était pas doutée que les événements allaient conspirer pour l'affecter à ce poste. Elle soupira, mais quand la Secrétaire Camella la supplia d'être la nurse de l'enfant Rowane, elle accepta. Sans affectation aucune, elle s'occupa de la petite orpheline comme une amie à toute épreuve : elle pouvait prévoir ses angoisses et ses tensions même si son Don ne comportait pas une once de clairvoyance.

— *Va la chercher dans ta chambre à l'hôpital*, lui dit Siglen mais sur un ton moins impérieux qu'à l'ordinaire. *Il semble que ce soit le seul endroit où elle sache aller.*

— J'y vais, dit Luséna, ramassant le minah. Mais vous feriez mieux d'être gentille avec elle, Siglen d'Altaïr. Je ne vous conseille pas d'avoir à son égard une autre attitude.

— *Bien sûr que je serai gentille*, dit la Méta, taquine. *Comment s'appelle-t-elle ?*

— Elle se donne le nom de ... (Luséna marqua une pause) la Rowane.

Elle sentit une légère réticence et ouvrit la bouche pour riposter quand la réponse arriva, conciliante :

— *Il lui faudra s'en trouver un plus convenable quand elle sera dans ma Tour. Maintenant, Luséna, va me la chercher. Elle pleure sur une très large bande.*

En fait, près de neuf ans s'écoulèrent avant que l'enfant Rowane n'emménageât dans la Tour de Siglen. Luséna — qui avait deux enfants, un garçon de neuf ans et une fille de quatorze, dotés de

Dons mineurs mais non sans intérêt — avait pressé la Secrétaire à l'Intérieur de lui laisser la Rowane, obtenant parallèlement de l'Hôpital du Port sa mise en disponibilité temporaire. Agréable à vivre, sa demeure était déjà équipée d'un bouclier comme la plupart des résidences de Doués. Sans motif décelable ou formulable, Luséna se méfiait de la Méta TT ; elle accepta ou encouragea le maintien du *statu quo* pour toutes sortes de prétextes, qu'il vinssent de Siglen ou d'elle-même.

"L'enfant n'est pas vraiment remise de sa frayeur." " Elle sort d'un rhume." "Je ne voudrais pas la perturber maintenant qu'elle est si bien intégrée dans son groupe de jeu." "Le programme de formation qu'elle suit ne doit pas être interrompu." "Le soutien et la compagnie de Bardy et de Finnan risquent de lui manquer. On verra l'année prochaine."

Siglen ne protestait jamais très fort, ajoutant ses propres arguments dilatoires. Se sentant obligée de loger correctement son élève, elle estima que l'enfant serait mieux à l'écart de l'agitation qui régnait dans la Tour et des allées et venues de son personnel. Et quand Intérieur fit dresser des plans en conséquence, Siglen discuta chaque proposition et suscita mille rectifications de détail. Deux années s'écoulèrent ainsi avant que fussent jetées les fondations du nouvel édifice.

Entre-temps, la Rowane s'intégra totalement à la famille de Luséna, Bardy, la fille, et Finnan, le garçon, étant assez grands pour se montrer gentils et naturellement protecteurs avec une orpheline. Elle jouait avec des enfants non doués de son âge dans un groupe étroitement surveillé, y apprenant à ne jamais manipuler ses camarades bien qu'ils fussent pour la plupart "sourds" au point de ne s'apercevoir de rien quand elle tentait inconsciemment de contrôler leurs actes. Pareille "surdité" l'amenait également à s'exprimer vocalement en leur présence. Vers la fin de la première année, s'il arrivait que la Rowane calât Ronronnette en observateur sur la touche d'un jeu particulièrement actif, elle la gardait en général à portée de main. Par trois fois, il fallut escamoter le félin dans les bras de la fillette endormie pour changer sa fourrure et ses capteurs morts de vieillesse ou d'accident ainsi que pour mettre à jour sa programmation.

Siglen resta fidèle à sa promesse de ne pas étouffer la voix mentale de l'enfant mais ne se priva pas de rappeler que Luséna et les autres se devaient pour leur part de veiller à ce que la Rowane ne la dérangeât pas. A mesure que celle-ci mûrit, ses extériorisations intempestives s'espacèrent. Progressivement, Ronronnette fit de plus longs séjours sur une étagère, sans pour autant cesser de passer toutes ses nuits sur l'oreiller.

Le jour où la Rowane alla finalement vivre auprès de la Méta, elle ne parut pas intimidée le moins du monde. A peine serra-t-elle plus fort Ronronnette contre elle sous le regard dominateur et le sourire crispé de cette adulte peu habituée aux enfants. La Secrétaire Camella, qui avait pris sa propre voiture pour conduire Luséna et l'enfant à la Tour, luttait contre l'envie d'étrangler la Méta.

— Ne sommes-nous pas trop grande pour nous accrocher à une peluche ? demanda Siglen.

— Ronronnette est un minah, et il y a longtemps que je l'ai, répondit la Rowane, cachant son compagnon derrière elle dans un geste de propriétaire.

Luséna et Intérieur essayèrent de donner des explications à Siglen mais cette dernière était entièrement, intensément concentrée sur l'enfant. Luséna réussit à capter le regard de Bralla qui haussa des sourcils sans grand espoir. Elle s'avança quand même.

— Siglen, montrez donc à cette enfant l'appartement que vous lui avez aménagé. Je suis sûre qu'elle aimerait s'installer.

D'un revers de main baguée, la Méta intima le silence à son assistante.

— Un minah ?

— Un substitut stabilisateur spécifiquement programmé, expliqua la Rowane. Pas une simple peluche.

— Mais tu as douze ans, maintenant. Et tu n'as certainement plus besoin d'un puéril calmant de cette espèce.

La Rowane était polie — Luséna lui avait inculqué les bonnes manières, orales et mentales — mais elle pouvait se révéler aussi têtue que Siglen, dont elle n'égalerait cependant jamais l'insensibilité.

— Quand je n'aurai plus besoin de Ronronnette, je le saurai. (Puis elle ajouta, finaude :) J'aimerais vraiment voir ma chambre.

Et son sourire anticipa ce moment, un sourire qui avait fait fondre des cœurs plus secs que celui de la Méta.

— Ta chambre ? (Siglen était outrée.) C'est une aile entière que je t'ai réservée, dotée de toutes les commodités dont je puis jouir moi-même. Rien que du haut de gamme. Ce qui m'a d'ailleurs donné l'idée de rajeunir sous peu une partie de mon matériel.

Elle décocha un regard appuyé à Intérieur puis ouvrit la marche dans un balancement du corps qui rendait son allure des plus remarquables. Elle écrasait de sa haute taille la mince enfant à ses côtés. Neuf années lui avaient apporté leur fardeau de chairs molles, qu'elle dérobait au regard sous des vêtements lâches mais n'en sentait pas moins transformer en effort la moindre promenade.

Intérieur songea que Siglen se plaçait d'elle-même sur la touche par ce contact initial, et elle espéra que l'enfant, dont l'empathie n'était plus à prouver, réagirait en conséquence. Cheminant aux côtés de Luséna et de Bralla, elle remarqua avec gêne le contraste grotesque entre la frêle silhouette de la Rowane et la masse énorme de la Méta, aussi s'empressa-t-elle de se réciter une comptine absurde pour brouiller ses pensées. Avec un peu de chance, Siglen serait trop occupée à impressionner l'enfant par sa générosité — intégralement assumée par le Trésor — pour entendre les pensées périphériques. Ni Siglen ni la Rowane n'avaient communiqué sur le mode télépathique, mais on avait inculqué à la Rowane qu'en présence physique de quelqu'un, on devait s'adresser à lui oralement.

— Tu passeras me voir tous les jours, désormais, entre dix et quatorze heures, pour recevoir mes consignes. J'ai fait adjoindre à ma Tour une pièce spéciale : tu y pourras tout observer sans gêner les activités quotidiennes. Il est de la plus haute importance... au fait, comment tu t'appelles ?

— La Rowane. C'est le nom que tout le monde me donne. (Luséna savait que l'enfant avait capté la réprobation mal dissimulée de la Méta.) L'enfant de la Compagnie Rowane. La Rowane, donc.

— Mais le nom que t'ont donné tes parents ? Tu dois le connaître. A trois ans, tu étais assez grande.

— Je l'ai oublié !

Ce genre de questions recevait là un terme assez définitif pour que Siglen en restât vaguement interloquée.

— Euh... oui... oui...

Elle eut encore le temps de répéter deux ou trois fois le mot avant que le cortège atteignît l'entrée de l'aile où allait résider la Rowane.

Elle trahit sa surprise par une brusque raideur en jetant un coup d'œil par la porte que la Méta venait d'ouvrir. Intérieur et Luséna les rejoignirent, et non moindre fut leur étonnement.

Le vestibule était grandiose — pas d'autre mot pour le définir — avec son éclairage dissimulé qui en soulignait l'opulence, ses sièges d'apparat façonnés dans d'exquises essences, ses guéridons tout aussi délicats, piédestaux de statues ou d'arrangements floraux dont les éléments, cueillis dans leur épanouissement idéal, en perpétuaient à jamais la perfection. A pas précis sur le sol de mosaïque au dessin tarabiscoté, le trio sidéré fit son entrée dans la salle de réception dont les murs s'ornaient de cette sorte d'indienne à grosses fleurs tape-à-l'œil qui avait la préférence de Siglen. La pièce aurait été spacieuse sans le capharnaüm de son mobilier en fer torsadé, de ses canapés à deux ou trois places disposés en coins conversation et de ses tables basses omniprésentes, nichées contre les divans ou tapies dans les angles, leurs plateaux et tablettes encombrés, eût-on dit, d'articles du Bazar Interstellaire. Sans doute y avait-il là des objets de quelque valeur, songea Intérieur, mais rien qui répondît aux besoins et aux goûts d'une petite jeune fille. Les tableaux sur les murs provenaient de tous les Systèmes Stellaires à en juger par la diversité des styles et des médiums employés, mais leur juxtaposition cadre contre cadre était telle que l'œil ne pouvait se fixer sur aucun. Au fond, deux couloirs menaient l'un à une petite cuisine flanquée d'un coin repas dont le décor avait de quoi rendre claustrophobe puis à deux chambres d'amis formant suite, l'autre à une "bibliothèque" presque dénudée avec ses murs d'étagères et ses plans de travail puis à une piscine sous dôme de plexiglas mais trop peu profonde pour une nageuse émérite comme la Rowane.

Avec un ultime effet de manche et dans l'évidente attente d'un concert de louanges, Siglen agita sa grande main sur le seuil de son chef-d'œuvre : la chambre qu'elle destinait à son élève. C'était un écrin jaune et pêche, envahi de froufrous, pompons et autres fanfreluches, d'une ornementation si outrancière qu'elle en masquait l'indispensable mobilier.

— Alors ? fit Siglen, sûre que la Rowane était muette d'émerveillement et réclamant néanmoins la satisfaction de se l'entendre confirmer.

— C'est incroyablement beau, Méta Siglen, dit la Rowane, pivotant lentement sur elle-même, Ronronnette serrée contre sa poitrine. Ses yeux s'étaient écarquillés, brillant d'une émotion que Luséna aurait souhaitée plus maîtrisée. L'enfant ravala sa salive, la gorge manifestement nouée, mais réussit à articuler : J'apprécie vos efforts. Cela valait la peine d'attendre. Vraiment, vous êtes d'une extraordinaire générosité. C'est beaucoup trop !

Douze ans n'est pas un âge où l'on brille par le tact et Luséna décocha un regard inquiet à l'enfant : qu'elle en restât là. Mais la Rowane esquivait ce regard, poursuivant son inspection, s'attardant tour à tour sur chaque objet. Luséna n'espéra plus qu'un miracle de l'empathie.

— Vous vous êtes montrée d'une rare gentillesse, attentionnée à l'extrême, enchaîna la Rowane.

Elle s'approcha d'un lit bas et en lissa les coussins de satin — certaines de leurs nuances juraient avec le jaune et pêche des murs, de la moquette et des meubles — puis elle en redisposa un à sa guise et y planta le minah.

— Je crois que nous allons être tout à fait à notre aise ici, Ronronnette.

L'interpellée fit une pirouette puis émit un son plus proche du commentaire que du ronron. Les yeux pétillants de malice et d'hilarité réprimée, la Rowane se tourna vers sa nurse.

— A mon avis, le câblage a besoin d'être changé : je n'appelle pas ça ronronner !

Luséna et la Secrétaire à l'Intérieur s'attachèrent aussitôt à détourner l'attention de Siglen — laquelle semblait prête à suggérer de nouveau l'abandon du minah — en la noyant de compliments dithyrambiques sur la magnificence de cet appartement, sur le temps qu'elle avait dû consacrer à le penser dans ses moindres détails et sur la maestria dont elle avait fait preuve pour rassembler tant d'objets rares et insolites.

Juste à cet instant, un porteur livra les affaires de la Rowane, deux fourre-tout plus cinq cartons de livres et de disques éducatifs.

— C'est tout ? s'étonna Siglen sur un ton dépréciateur, et le regard qu'elle posa d'abord sur Luséna puis sur Intérieur les accusait nettement.

— Il lui a été attribué des subsides couvrant largement ses dépenses mais elle n'a jamais fait usage de cet excédent, se récria Camella sur la défensive.

— Elle n'est pas du genre à thésauriser, dit en même temps Luséna.

Siglen émit un son qui ne l'engageait à rien.

— Bon, je vous laisse vous installer.

Elle tapota l'enfant sur le sommet du crâne et se tourna pour partir, si bien qu'elle ne vit pas le mince visage changer d'expression. Luséna, qui avait tout vu, s'avança vers la Rowane cependant qu'Intérieur songeait à s'assurer, avant que l'enfant n'explose, du départ effectif de Siglen. Elle s'empressa de refermer la porte de la chambre derrière la Méta.

A son retour, Intérieur trouva la Rowane qui se tordait de rire sur le lit, étreignant une Ronronnette qui justifiait pleinement son nom. La majeure partie des coussins de satin jonchait le sol. Luséna s'était écroulée dans un fauteuil, les joues baignées de larmes tant elle riait. Camella s'était attendue à une tout autre scène ; elle se laissa choir dans un fauteuil voisin et eut un sourire soulagé.

— Cette femme est tout simplement incroyable, réussit à dire Luséna entre deux hoquets. Cette ambiance de... de bordel... est-ce là ce qui convient pour une jeune fille de douze ans ?

— Ne t'inquiète pas, Rowane, promit Camella. Tu n'auras qu'à dormir dans la bibliothèque jusqu'à ce que nous ayons dégagé toute cette... bimbeloterie.

La Rowane marqua son accord d'un petit signe et continua de glousser.

— Au moins es-tu apte à en voir le côté drôle, ajouta Intérieur qui ne put se retenir plus longtemps et se joignit à l'hilarité générale.

— Ronronnette se plaint : vous ne l'avez pas programmée à rire, dit la Rowane en embrassant affectueusement son minah.

Luséna et Intérieur échangèrent un regard surpris, puis les lèvres de Luséna dessinèrent "plus tard" par-dessus la tête de l'enfant.

— Il se peut que Siglen ait raison et qu'il soit temps de lui retirer le minah, dit Intérieur à voix basse.

Elle était restée seule avec Luséna pendant que la Rowane déballait ses bandes didactiques dans la bibliothèque.

— C'est la première fois qu'elle prétend avoir obtenu de lui une réponse spontanée. (Luséna tripotait le poignet d'une de ses manches. Elle posa les yeux sur ses mains et fronça les sourcils.) Pour ce que j'en sais, du moins. Voilà longtemps que nous avons renoncé à surveiller sa chambre. Elle s'adapte parfaitement bien, n'avait de problèmes relationnels ni avec les Doués ni avec les gens normaux.

— Il faut reprendre les enregistrements. Il n'est pas question qu'elle développe des conduites aberrantes.

A deux doigts d'exploser, Luséna fit de grands gestes en direction de la Tour.

— Avec un pareil exemple ? A mon avis, elle a plus que jamais besoin du minah ! (Elle se calma soudain.) Peut-être allons-nous au-devant de gros ennuis. Le minah peut nous être précieux pour contrôler l'adaptation de la Rowane à Siglen.

Intérieur émit un soupir de totale sympathie.

— Comment ai-je pu me laisser convaincre par Siglen ?

— Fierté planétaire ? suggéra Luséna.

— Sans doute. Maintenant, soyez gentille. Quand la Rowane

dormira, ce soir, profitez-en pour équiper le minah. (Elle promena son regard sur l'incroyable décor.) Bon, et comment allons-nous faire pour nous débarrasser de tout ça ?

— Je vais y réfléchir.

La Rowane l'en dispensa. Un gardien fortement perturbé téléphona du Port. Un entrepôt désaffecté semblait avoir servi de cache à des maraudeurs sans qu'on y ait pourtant rien trouvé qui figurât sur les listes d'objets volés publiées par la police.

Avec un discernement remarquable pour son âge, la jeune fille avait dépouillé son appartement, le ramenant à l'essentiel, ne conservant que les pièces de valeur et qui lui convenaient. A l'immense surprise de Luséna, elle s'était également débrouillée pour infléchir les coloris des murs vers des nuances pastel vert et crème.

— Comment t'y es-tu prise pour repeindre ? lui demanda-t-elle comme si de rien n'était.

— Ronronnette et moi, on y a réfléchi, répondit la Rowane avec l'un de ses inimitables haussements d'épaules. Tu trouves que c'est mieux comme ça ?

— Mieux ? Je te crois. Mille fois mieux. Je ne m'étais pas rendu compte que tu savais peindre.

— Facile. Ronronnette était à la maison le jour où les peintres sont venus. Elle les avait regardé faire et s'en est souvenue.

Luséna se débrouilla pour hocher la tête d'un air entendu.

— Bon. Crois-tu être assez bien installée maintenant pour aborder l'apprentissage de ton boulot ?

La Rowane haussa les épaules.

— Elle a un paquet de nacelles à transférer aujourd'hui, et je n'ai pas l'impression qu'elle me veuille dans ses pattes.

Luséna téléphona plus tard à Intérieur pendant que la Rowane étrennait la piscine sous l'œil attentif de Ronronnette.

— Il est clair qu'elle s'est confiée au minah tout au long de ces années, dit lentement Luséna qui n'arrivait pas à comprendre comment cette relation avait pu lui échapper. Elle n'a sans doute exprimé que les craintes et les doutes de n'importe quelle fillette normale, mais cette fois, le choix des couleurs et des techniques de peinture vient d'être discuté entre elle et la personnalité Ronronnette : c'est ensemble qu'elles ont conçu la nouvelle décoration de l'appartement. Ronronnette est évidemment dotée d'un sens très sûr de la valeur probable d'un objet d'art ou d'un tableau, et elles n'ont retenu que ceux qui en avaient. C'est Purza qui semble avoir découvert l'entrepôt vide bien que ce soit manifestement la Rowane qui ait effectué le transfert. Je mesure l'importance de son potentiel télékinétique et sais que rien n'était lourd ou particulièrement encombrant, mais l'évacuation de ce fatras en une nuit n'en tient pas moins de l'exploit. Et elle a tout repeint la nuit suivante... encouragée par Ronronnette. Je vais vous faire parvenir une transcription de leur conversation. En fait, ce terme est inexact : il ne s'agissait pas d'un échange entre deux intelligences, mais d'un monologue entrecoupé de pauses significatives pour les interventions du minah.

— Oui, envoyez-moi cette transcription, dit Intérieur, s'efforçant de maîtriser sa voix, et je la soumettrai à des psychiatres qui en feront une étude approfondie.

— Vous feriez ça ? (Le soulagement de Luséna se traduisait par une soudaine faiblesse.) Tout ceci dépasse de loin mes compétences.

— N'allez pas vous déprécier, Luséna. Vous vous êtes magnifiquement débrouillée avec l'enfant. Il y a simplement qu'elle est... qu'elle a...

— Une belle avance sur nous ?

— Voilà qui est mieux, dit Intérieur, marquant sa préférence pour l'ironie douce-amère dont se teintait la voix de Luséna.

Ces "conversations" entre la Rowane et son minah finirent par exercer une réelle fascination sur ses tutrices et les pédiatres invités à les écouter.

— Tu sais, Ronronnette, Siglen est complètement idiote. Soulever, déplacer, disposer... je fais ce genre de choses depuis ma tendre enfance ! entendit-on dire la Rowane à la fin de sa première journée de formation. Je ne peux quand même pas lui avouer que j'ai vidé l'appartement, non ? Oui, je sais, tu m'as aidée ; et c'est toi qui m'as dit où je pouvais mettre tout ça. Tu es un minah sacrément intelligent. Y en a-t-il beaucoup qui auraient été capables d'évaluer avec une telle précision le volume de cet entrepôt ? Le déménagement terminé, il y restait seulement la place d'une allée centrale. Evidemment qu'ils sont au courant. Cet homme est censé vérifier que les marchandises ne quittent pas les hangars, mais comment se douter qu'il ne serait pas d'accord pour qu'on occupe un emplacement libre ? Les gens sont parfois bizarres. Et si elle m'a donné tout ça, c'est pour que j'en dispose à ma guise, n'est-ce pas ? A ton avis, donc, il aurait fallu lui en parler d'abord ? Mais j'aurais pu la froisser car elle était convaincue d'avoir fait un merveilleux travail de décoration. Le gros problème, Ronronnette, c'est que je ne vois pas comment faire du bon travail alors qu'elle me considère à ce point comme un bébé.

« Hier, Ronronnette, c'était déjà assez pénible : la journée entière à faire des nœuds ! Et voilà qu'aujourd'hui on reprend tout à zéro ! Bien sûr, j'ai pensé m'en tirer comme tu dis, mais elle ne m'a pas quittée un seul instant et chaque fois que j'essayais de dévier, elle me ramenait dans l'alignement et me disait que je devais me concentrer plus fort. Se concentrer ? Qui a besoin de se concentrer sur des trucs aussi débiles ! Et tu l'as entendue ? (Sur ce, la Rowane donna de la voix de gorge de Siglen une imitation si parfaite que ses auditeurs clandestins en restèrent sidérés.) Il nous faut procéder par étapes, avec un soin extrême, jusqu'à ce que tu sois si totalement pénétrée de ton Don que son utilisation devienne instinctive et d'une efficacité absolue pour une dépense énergétique minimale.

« Une dépense énergétique minimale ! Non, mais je te demande, Ronronnette. Avec toute l'énergie dont nous disposons sur Altaïr, nous ne courons pas le moindre risque d'en manquer. Elle quoi ? Crois-tu m'apprendre l'Histoire ? Je sais qu'elle a grandi sur la vieille Terre dont les ressources étaient dramatiquement réduites, mais nous sommes ici, et il n'y a pas lieu d'économiser une énergie qui nous est fournie sans compter par les vents et les marées, sans parler des carburants fossiles... Siglen devrait se mettre à jour. Qu'elle me répète encore une fois "Ne gaspille pas" et je cours vomir. C'est presque aussi pénible que son ABC : "Attention, But, Conscience." (La Rowane s'était remise à singer la diction atrocement étudiée de la Méta proférant ses maximes.) Et d'ailleurs, je suis économe. (Elle gloussa.) N'ai-je pas mis de côté toutes ces horreurs qu'elle avait entassées chez moi ? Ah, Ronronnette, je meurs d'ennui ! »

Doléance qui allait croître et embellir dans les conversations avec le minah.

Bralla coopéra de son mieux, faisant observer avec tact à Siglen que la Rowane montrait beaucoup d'application et de dextérité dans les exercices kinesthésiques de base.

— Il faut dire qu'elle a le meilleur professeur qu'on puisse trouver dans toute la galaxie, ajouta-t-elle en voyant tiquer sa patronne. Rien d'étonnant qu'elle se pénètre si vite des éléments de son art. Vos explications allient à ce point concision et clarté que le dernier des imbéciles serait à même de les comprendre.

Il fallut trois jours pour que ces notions fondamentales fussent acquises puis, de but en blanc, Siglen ouvrit le cours par un exercice destiné à renforcer la "musculation mentale" de la Rowane.

— Ça me change agréablement, confia-t-elle à Ronronnette le soir venu avant de modifier la disposition de ses meubles en se servant de ses "muscles mentaux" pour lui expliquer ce qu'elle venait d'apprendre.

Puis ce fut au tour de Gérolaman, le Chef de Station, de proposer de nouveaux défis.

— J'ai besoin d'aide aux Magasins, Siglen. Puis-je t'emprunter cette petite jeune fille une ou deux heures pendant que tu es occupée avec le dernier chargement expédié par David ? Il s'agira plus ou moins d'appliquer ce que tu as fait hier avec elle. Des travaux pratiques, en quelque sorte, et sans risque de casse. Qu'est-ce que tu en penses ?

— Ce serait une gestion économe de mon temps et de mon énergie, Siglen ? ajouta la Rowane, feignant l'indifférence.

Siglen gagna du temps.

— Je ne trouve pas bon de rompre ainsi la continuité des cours, enfant Rowane.

— Ce sera pareil dans d'autres cas, fit remarquer Gérolaman comme si c'était en fait le cadet de ses soucis.

Et la Rowane fut détachée à son service.

— Tu es maline, lui dit-il alors qu'ils s'acheminaient vers les Magasins. Une chance que Siglen n'ait pas la moindre empathie. Tu as laissé filtrer un peu de ce que tu ressentais là-bas et ça n'est pas une bonne chose.

— J'ai fait ça ?

— Tu deviens négligente. Attention ! Le Mieux sait que Siglen a de gros défauts et que nous sommes tous appelés de temps à autre à en souffrir. C'est la gestalt qui forme l'essentiel de son Don. Ici... (et son geste engloba l'ensemble de la Station)... nous sommes à même, pour la plupart, de transférer des choses d'un endroit qui est sous nos yeux à un autre que nous connaissons. Mais il n'y a qu'elle qui soit capable de jongler avec des objets qu'elle ne voit pas et de les amener là où ils sont censés aller, même si elle n'y a jamais mis les pieds. Donc, il te faut l'étudier, Rowane, et savoir entendre ce qu'il y a sous ses paroles. D'après Luséna, tu es douée d'une grande empathie. Alors sers-t'en, fais qu'elle s'exerce à ton avantage. Non que je te suggère de jouer sur les humeurs de Siglen, de la manipuler. Plutôt de la mettre à l'aise, de ne pas susciter ses soupçons. Ainsi... (il lui décocha un regard en coin)... tu cesserais de t'ennuyer, travaillant sur plusieurs niveaux dans cette tête blanche qui est la tienne.

Il lui ébouriffa tendrement les cheveux.

Mystérieusement, cette caresse désinvolte de Gérolaman eut plus d'impact sur la Rowane que les paroles de bon conseil qu'il venait de lui adresser.

— Il m'a touchée, Ronronnette. Il m'a passé la main dans les cheveux, exactement comme fait Finnan. Ça doit vouloir dire qu'il m'aime bien. Est-ce qu'il comprend les Doués ? Est-ce que c'est un satyre ? Non, arrête de dire des bêtises. Ce n'est pas comme ça qu'il m'a touchée. Bardy m'a décrit leur abord visqueux ; je m'en serais tout de suite aperçue. Il a des enfants, tu sais, et il se comporte avec moi comme si j'étais l'un d'entre eux. Ce doit être bon d'avoir un père, Ronronnette ?

Gérolaman avait reçu la consigne de se montrer aussi paternel avec la Rowane que le permettaient les circonstances.

— Mais c'est une Méta ! s'était-il récrié, surpris, ravi, inquiet. Il m'est tout simplement impossible de la traiter comme ma fille.

— C'est précisément ce dont elle a besoin ! lui avait rétorqué Luséna. D'un peu d'affection paternelle ! Bardy et Finnan ont connu leur père quand ils étaient petits. Pas la Rowane. Elle n'a jamais pu se former d'image paternelle. Maintenant qu'elle a pris conscience d'un tel manque, c'est à nous de lui fournir un substitut adéquat, et tu sembles le mieux placé pour jouer ce rôle.

— Je vais voir ce que je peux faire. Dieu sait que ce n'est pas de la Méta qu'elle peut attendre amour et affection.

Gérolaman extorqua donc fréquemment à Siglen l'autorisation de lui emprunter la Rowane sous prétexte d'exercices "musculaires", mais ceux-ci eurent tendance à être expédiés assez vite pour que la jeune fille prît le temps de manger un morceau ou de prendre un "thé" dans le bureau de son hôte. Il en profitait pour l'initier à d'autres fonctions de la Tour, à son administration, à la manière dont on acheminait les cargaisons d'une Station TT à une autre, aux "fenêtres" vers les autres systèmes et satellites, aux techniques particulières pour se connecter à un cargo robot en plein espace, aux mi-points majeurs répartis tout autour de la sphère d'échanges et de colonisation des Mondes Centraux. Dans une atmosphère détendue, elle développa la sensibilité spatiale qui lui servirait, si elle parvenait au statut de Méta, à consulter dans la Tour les détecteurs de matière balayant ce secteur altaïrien de la galaxie. Elle découvrit la valeur des télékinétiques mineurs, exempts de faculté gestalt, mais capables d'assurer la circulation des capsules à message dans toute la Ligue des Neuf Etoiles, et apprit à les seconder adroitement dans leur tâche.

Gérolaman la fit sortir de la Tour, l'emmenant dans les zones de fret pour qu'elle s'y familiarisât avec la diversité des transbordeurs, nacelles, véhicules robots et transporteurs spécialement conçus pour certaines cargaisons vivantes ou inanimées.

Ensemble, ils passèrent en revue les vaisseaux poussiéreux, vedettes d'exploration, navettes, paquebots immenses et cargos rebondis. Il lui fit mémoriser les principales lignes commerciales, stations spatiales et relais de la Ligue des Neuf Etoiles jusqu'à ce qu'elle eût une vision aussi précise de l'aménagement de l'espace que de celui de son appartement.

— Tu dois connaître chaque aspect de ce travail, expliqua Gérolaman, pour ne pas rester assise à faire suer tout le monde dès qu'on a un problème technique.

Il venait de s'en produire un et Gérolaman avait essuyé de plein fouet l'explosion de colère d'une Siglen soucieuse d'imputer à autrui tout grain de sable venant perturber le bon fonctionnement de sa Station d'Altaïr. La nouvelle que le Générateur n° 3 avait chauffé et commençait de partir en lambeaux était tombée dans le bureau de la Méta en présence de la Rowane. Gérolaman avait aussitôt monté le générateur de rechange et ordonné une enquête sur l'accident. Une fois constatée la responsabilité d'huiles de qualité médiocre, il avait dénoncé le contrat de leur fournisseur et lancé un appel d'offres pour en changer. La Rowane avait eu, ce matin-là, un nouvel aperçu de ses propres problèmes avec la Méta. Dès le lendemain, elle allait en voir un autre : une D-8 déboulant dans le bureau de Gérolaman et menaçant de démissionner, voire de quitter carrément Altaïr, n'importe quoi pour être loin de "cette femme". Siglen lui était tombée dessus, passant sur le premier venu sa rage d'avoir vu son service interrompu la veille, si brièvement que ce fût.

— Je ne me rendais pas compte que les autres aussi ont des problèmes avec elle, dit la Rowane à son minah le soir venu. Je me suis faite toute petite et peut-être que Macey ne m'a même pas vue. J'ai bien aimé la façon dont Gérolaman lui a répondu, gentiment, comme s'il était aussi blessé qu'elle. Il lui a trouvé un studio à Flavor Bay et l'y a expédiée pour une semaine alors qu'elle avait encore trois mois à attendre pour prendre ses congés annuels. Je me demande si nous aurons des vacances, nous. Ça serait chouette de s'arracher un moment à la Tour. Il arrivait que Luséna nous emmène tous en voyage quand je vivais chez elle.

D'où brainstorming de Luséna, Gérolaman, Bralla et Intérieur pour imaginer un moyen de satisfaire un tel souhait.

— Je ne me rendais pas compte que le temps avait passé si vite, mais ça fait déjà deux ans que la Rowane est ici, fit remarquer Intérieur. Tout le monde prend des vacances.

— Sauf Siglen, fit Gérolaman, lugubre. "Qui voyez-vous qui puisse me remplacer, si je partais ?" ajouta-t-il d'une voix de fausset, piètre pastiche des riches inflexions de la Méta. Moi-même, j'en prends. Ce pourrait être la solution d'ailleurs. Siglen risque de la laisser partir si je promets de continuer les exercices. Ma famille un joli chalet dans les bois...

— Pas dans les bois, l'arrêta Luséna avec geste à l'appui. Montagne et forêt restent potentiellement générateurs de traumatismes chez la Rowane. Je m'en suis toujours tenue à la campagne et au bord de mer.

— En ce cas, fit vivement Intérieur, le Cabinet possède une maison d'hôte à Favor Bay, spacieuse mais sans être écrasante. A cette époque de l'année, il n'y a pas grand monde là-bas.

Elle se tourna vers Luséna, l'interrogeant du regard.

— Je serais enchantée de l'accompagner, soupira celle-ci. Une coupure me ferait le plus grand bien. Et puis j'ai des nièces, filles de mes frères, qui sont à peu près du même âge. Voilà deux ans qu'elle n'a autour d'elle que des adultes, et ce n'est pas une bonne chose. Qu'elle soit du bois dont on fait les Métas ne l'empêche pas d'être une jeune fille. On ne saurait négliger cet aspect de son développement, vu que...

Avec tact, elle en resta là.

— J'estime qu'on pourrait en toucher deux mots au Directeur de la Santé avec quelque résultat. Surtout si Bralla... (Intérieur fit un clin d'œil à l'intéressée)... et Gérolaman rapportent que la Rowane est nerveuse ces derniers temps, qu'elle n'a plus d'appétit... bref, tous les symptômes d'une puberté difficile. Vous voyez ce que je veux dire, Luséna.

— Parfaitement.

— Malade ? (Les yeux de Siglen s'écarquillèrent ; elle parut se ramasser pour bondir.) De quoi ?

Rarement indisposée, Siglen n'avait aucune patience en la matière.

— Vous savez comment sont les jeunes filles de son âge : exposées à toutes sortes de troubles mineurs, répondit Bralla. A mon avis, elle n'est pas au mieux de sa forme. Sans doute avez-vous remarqué son manque d'appétit. Vous pourriez suggérer à Luséna de la prendre jusqu'à ce que les symptômes aient disparu.

— Pour l'emmener où ? A l'infirmerie ?

— Ma foi, un bilan médical complet n'a jamais fait de mal à personne. Je vais tout de suite m'occuper des papiers.

Ainsi la Rowane fut-elle gratifiée d'un congé officiel en bonne et due forme pour se refaire une santé. Elle quitta la Tour pratiquement sur ordre de Siglen.

Station à vocation essentiellement familiale, Favor Bay se déployait autour d'un magnifique croissant de sable fin. Un port de plaisance y attirait les amateurs de sports nautiques, encouragés par ses eaux limpides, mais le petit parc d'attractions et ses manèges avaient leurs habitués ainsi que l'aquarium situé sur la pointe nord de la baie. Dans les collines qui, au sud, bordaient cette dernière, la villégiature du Cabinet se trouvait dérobée aux yeux du public par l'étendue de son domaine planté d'arbres et de buissons d'origine terrienne acclimatés sur Altaïr et qui prospéraient dans la douceur de cette partie de la côte.

— Pas de danger qu'elle y tombe sur un *minta*, avait glissé Intérieur à Luséna Il n'en pousse pas dans ce type de sol.

Ce fut un appareil de l'administration qui les y amena, Luséna flanquée de ses trois nièces en extase — Moria, Emer et Talba — ainsi que d'une Rowane subjuguée. Le pilote ne se contenta pas de les déposer ; il veilla à ce qu'elle fussent bien installées, transbahutant sans rechigner la théorie de bagages dont s'étaient bardées les nièces tandis que la Rowane se débrouillait seule avec son petit sac de voyage et Ronronnette. Elle reçut néanmoins la plus grande chambre, celle dont le balcon donnait sur une vue splendide, des kilomètres de côte et de mer dans toutes les directions. Première pomme de discorde.

Chaque adolescente disposait d'une chambre spacieuse avec salle de bains attenante, ce qui n'empêcha pas les comparaisons, surtout lors d'une discussion de détail autour de la petite collation qu'elles prirent en fin d'après-midi. Luséna ne voulait pas s'en mêler, jugeant qu'il s'agissait de manœuvres normales pour des treize/quatorze ans conscientes de leur statut. La Rowane écoutait d'une oreille distraite, plus requise par les délices exposés sur la table que par la partie de bras de fer qui s'y jouait.

Et ce jusqu'à ce que Moria fît observer que la chambre d'Emer aurait dû lui revenir, la penderie y étant de belle taille alors qu'elle n'avait vraiment pas assez de place dans la sienne pour ranger ses affaires.

— Les tissus doivent respirer, expliqua-t-elle, précieuse. Puis elle vit l'expression surprise de la Rowane et fondit sur sa cible : Tu comprends, il faut que les vêtements soient rafraîchis par l'air en mouvement. C'est presque plus important que de les laver et de les repasser, surtout pour les mousselines de grand prix. (Elle se tourna vers sa tante.) Y a-t-il quelqu'un ici pour s'occuper de notre garde-robe ?

Cette question laissa Luséna perplexe. Son frère était particulièrement bien introduit dans les milieux d'affaires de Port-Altaïr, et la petite jeune fille était habituée à un style de vie autrement plus sophistiqué que celui de la Rowane dont le paraître social se réduisait à rien. Ce grand standing impliquait-il la présence chez eux de colons sous contrat, remboursant en travaux serviles les frais de leur transfert sur Altaïr ? Luséna n'aurait pu l'affirmer mais la question de sa nièce le laissait supposer.

— Tu as donc apporté des robes de mousseline ? s'entendit-elle demander pour se donner le temps de réfléchir. Je croyais avoir dit à ta mère qu'il s'agissait de vacances toutes simples.

— J'ai jeté un coup d'œil sur le guide et il y est expressément fait mention de bals quotidiens à l'Hôtel Regency, avec tenue de soirée de rigueur, répliqua la jeune fille, semblant suggérer que sa tante aurait dû être au courant.

— Nous n'avons pas de cavaliers.

— Le guide parle aussi d'une agence où l'on peut en trouver d'un style impeccable, enchaîna Moria qui avait réponse à tout.

Emer gloussa. Elle et sa sœur échangèrent un regard : elles s'y voyaient déjà. Leurs parents ne recevaient pas autant que ceux de Moria, mais c'était un choix de leur part, visiblement, non une question de moyens.

— Qui voudrait avoir une gamine de treize..., commença Luséna, la voix sévère.

— Quatorze dans trois semaines, rectifia Moria.

— ... de treize ou quatorze ans pendue à son bras dans un endroit comme le Regency ?

— Je suis certaine que Rowane serait enchantée d'aller au bal, insista Moria, posant un regard intense sur l'intéressée. Elle est assez grande pour savoir danser.

Son ton impliquait que quiconque ne savait pas était un laissé-pour-compte, un moins que rien au ban de la société.

— Talba et moi, on sait, se hâta de préciser Emer.

Luséna commençait à se mordre les doigts d'avoir vu dans ses nièces d'éventuelles bonnes camarades pour la Rowane.

— La danse n'est pas un divertissement pour lequel j'aie une once intérêt, répondit négligemment cette dernière, avec assez de hauteur et d'indifférence dans la voix pour que Moria en eût l'herbe coupée sous le pied. Je suis à Favor Bay pour jouir de ses activités sportives et non de ses activités culturelles. Mais toi, ne me dis pas que tu as négligé de prendre un maillot de bain et ce qu'il faut pour la voile ?

Le ton de la Rowane opposait une fin de non-recevoir autrement plus sèche que celui de Moria, mais après tout, songea

Luséna, n'avait-elle pas été formée à l'école de Siglen, maîtresse dans l'art de l'éreintement ?

Si Emer et Talba ne firent qu'ouvrir de grands yeux, Moria rougit jusqu'aux oreilles et bouda jusqu'à la fin du repas. Luséna se demandait ce que la Rowane avait en tête. Allait-elle se montrer conciliante ou se laisser tenter par l'exemple de Moria et réagir en manipulant autrui ? Ce dont elle était parfaitement capable, consciemment ou non. On ne s'était pas lancé dans cette histoire de vacances pour en arriver là.

Luséna soupira. Elle avait négligé le facteur temps. Une année ou deux pouvaient se traduire à cet âge par de sidérantes variations dans l'attitude et les critères. Quand la Rowane avait quitté ses camarades d'école, elle n'était encore qu'une enfant, avec des soucis et des curiosités d'enfant. Maintenant, elle était au bord des principaux réajustements physiologiques et psychologiques auxquels sont confrontées les jeunes filles, et un périlleux rite de passage risquait d'avoir à être imposé.

Elle scruta l'esprit de la Rowane, l'espace d'une seconde et avec d'infinies précautions, mais les pensées immédiates de la jeune fille avaient l'air toutes simples : le repas était bon ; quelle partie de Favor Bay allait-elle explorer en premier ?

— Et si on allait les enfiler, ces maillots de bain ? lança joyeusement Luséna pour mettre un terme à la morosité. On fait un tour sur la plage, le temps de digérer, puis on pique une tête dans l'eau. Moria, toi qui est l'aînée, je te nomme à la sécurité. Je connais les habitudes estivales de ta famille et sais que tu es plus rompue aux bains de mer que la Rowane ou même qu'Emer et Talba.

Une telle supériorité, si vague fût-elle, suffit à modifier radicalement le comportement de Moria. Cessant de bouder, elle se rua dans les escaliers bien avant les autres, fermement décidée à être la première en tenue.

L'après-midi s'avéra des plus agréables. L'eau avait cette fraîcheur qui vous parcourt d'un picotement délicieux, le soleil sa chaleur, et la plage était déserte. Après avoir mené ses jeunes troupes dans les vagues et les y avoir sainement exténuées, Moria ôta son maillot pour laisser le soleil accéder sans réserve à sa peau déjà bien mate. La Rowane examina discrètement du coin de l'œil cette splendide amorce d'un corps féminin. Puis, alors qu'Emer et Talba dénudaient pareillement leur corps à peine sorti de l'enfance et enduisaient de crème leur peau plus pâle, la Rowane les eut soudain rejointes, à plat ventre sur sa serviette comme un lézard chevronné. Sur fond d'exposé par Moria des mérites comparés de diverses protections solaires, Luséna eut la nette impression que la Rowane opérait quelque étrange alchimie interne, vu qu'en l'espace d'un quart d'heure elle fut du plus beau doré.

Moria suspendit le torrent de son bavardage et fixa la jeune Méta.

— Je ne te voyais pas si bronzée, Rowane.

— Ah bon ? (La Rowane hissa vers son aînée un œil embrumé.) J'ai toujours bien pris le soleil.

— *Là, ma fille, tu pousses un peu !* lui dépêcha Luséna, transgressant pour une fois la règle interdisant aux Doués de communiquer par télépathie.

— *Tu peux même dire que j'étais partie pour finir café au lait*, répondit la Rowane qui, les yeux clos, eut le plus subtil des sourires.

Ce soir-là, quand les filles furent montées se coucher, Luséna se brancha sur Ronronnette.

— Tu sais, disait la Rowane au minah, ce n'est qu'une petite poseuse, une enfant gâtée. Elle singe les adultes de son entourage et se donne des airs de maturité qui ne correspondent à rien. Le problème, c'est qu'elle se croit obligée d'en rajouter. Idiote de bouzma.

Luséna se demanda un moment d'où la Rowane sortait ce terme, puis il lui revint en mémoire que certains des manutentionnaires que l'on rencontrait aux abords de la Tour étaient d'une origine culturelle bigarrée. Une fois de plus, la Rowane avait eu l'oreille qui traînait.

— Avec Emer, pas de problèmes, et Talba fait tout ce qu'elle dit, poursuivit la Rowane plus songeuse que critique. Je suis bien contente de ne pas être la petite sœur de Moria, de ne pas avoir à vivre avec cette emmerdeuse ! Oui, oui, je sais que j'ai dit un gros mot et que Siglen piquerait sa crise si elle m'entendait. Mais elle n'est pas là pour le faire, et je te répète que Moria est une emmerdeuse. (On perçut clairement qu'elle étouffait un rire.) Et puis j'ai un plus beau bronzage qu'elle, et à meilleur prix, sans perdre ni temps ni sueur. Tu me vois me barbouiller avec ce genre de truc poisseux qui coûte les yeux de la tête ? Tout ce que j'ai eu à faire, c'est de modifier l'indice d'absorption de mon épiderme. L'enfance de l'art. Je me demande d'ailleurs quel taux de mélanine je peux atteindre. Ne sois pas ridicule, Ronronnette. Les minahs n'ont pas besoin de bronzer. Tu risquerais de brûler ta fourrure et de bousiller tes circuits.

Ce qui plongea Luséna dans un certain abîme de réflexions. Faire allusion aux circuits du minah, c'était reconnaître en lui un appareil thérapeutique, mais s'inquiéter qu'il pût se brûler la fourrure, c'était lui accorder un certain statut anthropomorphe. Les animaux ne bronzaient pas, contrairement aux humains. Le tutoiement signifiait reconnaissance de l'entité Ronronnette, le dialogue avec elle supposait un type de réponse subliminale. Un autre moi s'exprimant par la bouche du minah ? Jusqu'à présent, toutefois, on n'avait vu poindre aucun conflit avec la morale et les règles établies.

Les tests discrets avaient toujours montré la Rowane fondamentalement bien adaptée, mais la persistance de cette dépendance au minah — d'ordinaire abandonné à l'entrée dans l'adolescence — pouvait être un symptôme d'instabilité potentielle. Ce qui risquait d'interdire à la Rowane l'accès au statut de Méta. Luséna pâlit à la pensée des complications juridiques si la Rowane se révélait être une Douée instable.

Non que la dépendance à l'égard d'un minah fût vraiment préoccupante. Quand on a dix ans et qu'on est seul, on a besoin d'amis imaginaires : c'était une étape normale, nécessaire, appelée à être dépassée sans traumatisme inutile. Le minah de la Rowane avait à coup sûr constitué un plus pour l'enfant et pour ses éducateurs. Luséna décida qu'après ces vacances elle aurait un entretien sérieux avec le Directeur de la Santé pour envisager un processus de sevrage.

Dès le matin, la journée du lendemain s'annonça si belle que Luséna prit aussitôt ses dispositions pour une promenade en mer le long de la côte jusqu'à un jardin sous-marin où les filles pourraient s'adonner sans risque aux joies de la plongée. Moria fut insupportable pendant toute la durée de la courte séance d'entraînement parce qu'elle avait soi-disant "fait ce genre de choses des tas de fois auparavant".

Turian, le moniteur, était beau garçon, et beaucoup trop intelligent pour répondre aux timides avances que Moria ne cessa de lui faire alors qu'ils cinglaient vers l'endroit où ils allaient plonger. Il la cloua sous un regard glacial et fit remarquer que c'étaient invariablement ceux qui négligeaient d'écouter les consignes de sécurité qui, une fois sous l'eau, commettaient les pires erreurs.

Tandis qu'elles suivaient Turian dans les luxuriantes profondeurs du jardin, Luséna effleura mentalement la Rowane et perçut le plaisir que celle-ci prenait à l'expérience. Elle était bonne nageuse et la scintillante limpidité de ces eaux ne risquait pas de lui rappeler un certain déferlement de boue huilée par la sève des *mintas*.

Par malchance, ce fut Moria qui s'empêtra dans ces algues urticantes contre lesquelles Turian les avait tout particulièrement mises en garde. Par une égale malchance la Rowane l'avait suivie de près et se souvint de la première chose à faire en pareil cas : frotter vigoureusement les piqûres avec du sable (ce qu'elle fit par télékinésie, d'ailleurs, même si Luséna, dans la panique, fut seule à s'en apercevoir.) Puis la Rowane, pour réduire le choc, fit le massage métamorphique dont Luséna lui avait enseigné la valeur et Moria se plaignit de ce qu'on lui broyait délibérément les pieds. L'incident mit un terme à l'excursion et fut — Luséna devait en prendre conscience plus tard — le début des vrais ennuis.

Moria se radoucit en regagnant le sloop dans les bras de Turian, mais il la traita comme une adolescente écervelée, ce qui eut vite fait de lui rendre sa mauvaise humeur. D'autant qu'il souffla sur le feu en louant la présence d'esprit de la Rowane, sa pertinence et la rapidité de son intervention.

Luséna perçut que, venant de quiconque, le compliment aurait pareillement surpris la Rowane, et qu'elle l'aurait écarté du même haussement d'épaules. Elle vit également que la jeune fille était ravie. Moria aussi, hélas, et elle poussa un petit cri sous les doigts de Turian qui, l'air grave, appliquait un calmant sur les longues zébrures marquant les jambes. Hélas encore, elle s'avéra faire partie des neuf pour mille qui présentent une réaction allergique aux toxines urticantes, si bien que Turian l'abandonna pour lancer le moteur et atteindre l'hôpital au plus vite. Les autres prirent sa place et renouvelèrent les compresses d'eau fraîche sur les chairs vilainement violacées. Moria avait à présent de bonnes raisons de se plaindre.

— Je crois qu'elle l'a fait exprès, confia la Rowane à Ronronnette le soir même après que Moria eut été soignée puis laissée sous sédatif. Je ne sais pas ce qu'elle essayait de prouver mais c'était parfaitement ridicule parce qu'elle ne fait pas le poids devant la femme avec laquelle vit Turian.

Luséna fut vaguement étonnée que la Rowane eût ainsi sondé Turian. Mais peut-être avait-elle pu s'en dispenser. Turian lui avait laissé la barre un moment lors du retour. Ils avaient parlé d'abondance et probablement abordé bien d'autres sujets que la conduite d'un bateau. La Rowane semblait choisir ses informateurs dans une très large palette de personnalités.

— Elle est idiote, fit remarquer la Rowane au minah, mais d'autant plus déterminée à ne pas se cantonner dans des activités puériles. Je devrais peut-être dire à Luséna de faire attention. Non ? Tu crois que c'est inutile ? Tu as sans doute raison. Il n'y a pas grand-chose qui échappe à Luséna, hein ?

Et elle eut un petit rire assoupi, très jeune fille en cet instant.

Ainsi s'acheva ce monologue vespéral. Luséna était prévenue. Le lendemain, l'état de Moria s'était amélioré, sans lui permettre des trésors d'activité. L'inflammation battait en retraite, les zébrures restaient rouge vif. Elle s'ennuyait et Luséna leur proposa des jeux. On vit Moria brûler de faire une nouvelle partie à chaque victoire et exiger qu'on changeât de programme dès qu'elle perdait. Emer et Talba s'en accommodaient, et la matinée durant, la Rowane fit de même. Puis après le repas, au cours d'un jeu en équipes où Emer et Moria venaient d'essuyer une cuisante défaite, celle-ci accusa la Rowane d'avoir triché.

— Autrement, je ne vois pas comment tu aurais pu atteindre un tel score puisque Talba n'est pas bonne à ce jeu.

Ce fut dit dans un hurlement de rage qui provoqua le retour instantané de Luséna.

Les trois filles ignoraient que leur camarade était une Douée : Luséna les avait choisies parce qu'elles n'avaient même jamais vu la Rowane.

— Talba se débrouille très bien au Fighter Pilot ! répliqua la Rowane, enveloppant d'un bras protecteur sa cadette. Ce qui se passe, c'est que tu n'es pas fichue de jouer en équipe. Tu veux toujours dominer ton partenaire. Et ça t'empêche de gagner.

— Tu as triché ! J'en suis sûre ! hurla Moria, rouge de colère, cramoisie au niveau des zébrures.

Talba les regarda, horrifiée.

— Tu es vraiment une petite conne, lâcha la Rowane à peu près sur le ton de Siglen. Il n'y a pas moyen de trafiquer ce programme à partir d'un périphérique, et d'ailleurs, à quoi bon tricher dans un jeu de gosses ?

Moria resta les yeux rivés sur elle, trop furieuse pour émettre autre chose que des bégaiements. Puis elle se reprit et, livide, penchée dans une attitude menaçante, elle feula :

— Comment tu sais qu'il n'y a pas moyen de trafiquer ce programme de l'extérieur ? Tu as déjà essayé ?

La Rowane la regarda, mépris et pitié mêlés, puis elle prit par la main Talba affolée.

— Allez, viens. On va aller se promener sur la plage en attendant qu'une certaine mauvaise humeur soit retombée.

La proposition prenait Luséna de court, mais elle décida d'en profiter pour dire deux mots à Moria, et surtout de rassurer Emer qui n'était pas moins terrifiée que sa sœur.

— Rowane a parfaitement raison. Il est impossible de tricher sur Fighter Pilot. C'est juste une affaire de réflexes et de travail d'équipe.

Luséna, toujours optimiste, mit le comportement de sa nièce sur le compte des drogues, et, de fait, Moria n'attendit pas le repas du soir pour prendre l'air confus et, non sans mal, présenter des excuses à la Rowane. Plus passionnée par la perspective du dîner, celle-ci les accepta, avec une désinvolture trop visible, hélas, aux yeux d'une Moria qui ne pouvait vraiment se résoudre à reconnaître ses torts envers une fille plus jeune.

Dans ses attitudes et dans sa perception du monde alentour, la Rowane pouvait parfois se montrer adulte à l'extrême et replonger aussitôt dans le détachement des enfants. En l'occurrence, il lui aurait fallu un peu plus d'empathie à l'égard de Moria. Luséna sut remarquer l'expression de sa nièce et accentua sa présence chaque fois que les quatre jeunes filles étaient ensemble.

Le jour suivant, Moria fut en état de nager ; le soir, elles allèrent au parc d'attractions. Il y avait là un manège qui fit la joie de la Rowane avec ses chevaux, zébus, léonets et tigrous, ainsi que deux surprenantes créatures marines dont le propriétaire même ne put décliner l'identité. Sur le cercle extérieur du carrousel, les animaux de bois montaient et descendaient au rythme de la machine, et des anneaux de laiton attendaient les cavaliers : celui qui les décrochait gagnait un tour gratuit.

Ayant insisté pour monter juste derrière la Rowane, Moria ne put même en attraper un ; le mécanisme ne rechargeait pas assez vite après que la Rowane les eut raflés. Elle prit sa place au tour suivant, ce qui ne changea pas grand-chose car elle se révéla considérablement moins agile. Luséna sentit grimper la tension et redoubla de vigilance. La Rowane ne se servait pas de ses facultés kinétiques, Luséna en était sûre. Elle était simplement plus adroite, d'une précision redoutable : que son tigrou fût en position haute, basse ou intermédiaire, il suffisait que le manège la ramenât sur l'anneau et elle l'emportait à chaque coup.

Rien n'aurait pu les arracher à ce merveilleux carrousel si Moria n'avait insisté pour en essayer d'autres.

— Mais Rowane a gagné assez d'anneaux pour faire encore deux tours ! intervint Emer.

— Si tu veux changer, d'accord, dit la Rowane, lançant les anneaux désormais inutiles dans le bac de récupération. Auquel on va maintenant ?

Toute cette bonne volonté provoqua la fureur de Moria, ce qui passa la compréhension de Luséna. Le restant de la sortie eut des couleurs de rage rentrée qui déteignirent sur Emer et sur Talba. La Rowane semblait ne rien remarquer.

— Cette fille est une vraie catastrophe, dit plus tard la Rowane à Ronronnette. Elle a rendu Emer et Talba malheureuses, et Luséna ne savait plus quoi faire. Je devrais peut-être chercher ce qui ne va pas chez elle ? Non ? Bon, puisque tu le dis. Je sais que ce n'est pas fini, mais je n'ai pas du tout envie de passer le restant de mes vacances à ménager cette fichue bouzma. C'est déjà ce que je passe mon temps à faire avec Siglen. Je pourrais simplement… Non ? Même pour égayer un peu notre séjour ? Faire pression sur elle quand elle pousse trop loin le bouchon ? Rien qu'un peu ! Ça suffirait à soulager l'atmosphère. OK, promis. Juste une petite pression de rien du tout !

Cette nuit-là, fascinée par ce qu'elle venait d'entendre, Luséna ne dormit guère. La Rowane avait clairement montré qu'elle comprenait les règles morales régissant l'utilisation du Don. Une pression ne portait pas vraiment atteinte à ces règles, concédait Luséna, ce n'était pas même une intrusion délibérée dans la conscience d'autrui. Une pression modérée avait du bon, et Luséna y avait eu recours avec profit dans les premières années de sa tutelle sur la Rowane. Oui, c'était la moindre des infractions aux règles élémentaires, mais il fallait surveiller la Rowane. Les Doués, surtout les Métas, devaient être parfaitement nets quant à leurs intentions.

La Rowane fit effectivement pression sur Moria le lendemain matin au premier signe de mauvaise humeur. Elle s'y prit adroitement, remarqua Luséna, et l'atmosphère du petit déjeuner en connut une amélioration sensible. La matinée à la piscine fut agréable. La Rowane prit soin de maintenir son "bronzage" quelques nuances plus clair que celui de Moria et se désola tout haut de ne pas faire aussi bien que sa voisine.

Le soir venu, Luséna les emmena toutes à un concert donné dans le théâtre de verdure. Le programme répondait à la diversité de goûts d'un public de vacanciers. Puis on annonça que le dernier groupe allait se transporter au Regency pour y animer un bal.

Comme on pouvait s'y attendre, Moria demanda à y aller.

— Pas besoin de cavalier. On y trouvera sûrement des garçons seuls qui aimeraient danser. Je le sais. J'en ai vu des centaines au concert. Je t'en prie, Luséna. Les autres n'auront qu'à s'asseoir et écouter. Ce n'est pas Emer qui posera problème : elle adore ce groupe. Et si Rowane n'a jamais été au bal, ça lui donnera une idée de ce que c'est. S'il te plaît, Luséna. S'il te plaît.

Les parents de Moria étaient du genre mondain mais... auraient-ils permis à leur fille d'assister à ce type de soirée ? Luséna refusa et ramena son troupeau à la maison. Moria ne s'avoua pas battue et continua d'accumuler les raisons qu'elles auraient eues d'aller à ce bal. Lasse de l'entendre gémir, Luséna fut à deux doigts de faire pression sur elle et se demanda pourquoi la Rowane s'en abstenait.

Grande fut sa surprise quand, deux heures plus tard, la Rowane vint frapper à sa porte.

— Elle est partie !

— Qui donc ? s'écria bêtement Luséna. Et comment es-tu au courant ? Tu l'espionnais ?

— Inutile avec tout le bruit qu'elle a fait en descendant par la pergola, répondit la Rowane. Puis elle regarda Luséna droit dans les yeux et poursuivit : Elle émettait si fort qu'on aurait cru avoir affaire à une Douée. C'est qu'elle ne m'aime pas beaucoup, tu sais ?

— Moria est dans une période difficile de son adolescence, expliqua Luséna.

— En tout cas, il est impossible de la considérer comme une adulte. Elle est complètement idiote et peut s'attirer des tas d'ennuis au Regency. Ces gars dont elle veut capter l'attention se droguaient au concert. A l'heure qu'il est, ils doivent être dans les vaps. (Elle s'interrompit, concentrée, le front barré d'un pli.) Oui, ils sont complètement pétés. Ça va mal se passer si elle leur tombe dessus. Elle est en robe de mousseline.

— Elle a une grosse avance ?

Luséna enfilait les premiers vêtements qui lui tombaient sous la main.

— Tu devrais pouvoir la rattraper sur la route. A moins qu'elle ne trouve une voiture, mais je n'en vois pas qui vienne dans sa direction.

Ce fut une Moria des plus moroses qui fut ainsi récupérée. Avec une rare précision, elle s'en prit à la Rowane lui reprochant de l'avoir dénoncée, et Luséna fit de son mieux pour attirer son attention sur son imprudence, exposant en détail les conséquences potentielles d'une conduite aussi risquée. Moria ne se priva pas de répondre insolemment, sauf quand Luséna dit qu'au concert ces jeunes prenaient des drogues.

— Je ne suis pas ta mère, Moria, mais tu es sous ma responsabilité, dit-elle, sévère. Et tu es privée de sortie !

Quand Moria releva la tête, défiant l'autorité de sa tante, celle-ci fit pression, et les yeux de Moria s'écarquillèrent.

— Tu es une Douée ?

— Je te rappelle que c'est latent dans la famille, fit sèchement remarquer Luséna. Ou bien est-ce que ton père ne t'en aurait jamais parlé ? (Moria la regardait comme s'il venait de lui pousser des ailes ou des cornes.) Une connerie de plus, marmonnat-elle, puis son doigt se leva pour intimer à sa nièce l'ordre de se retirer dans sa chambre. Et tu n'en bougeras pas de la journée !

Elle n'avait pas la moindre intention de lever la sentence, aussi fallut-il modifier l'emploi du temps prévu. Quand elle annonça que Moria resterait dans sa chambre, ni Emer ni Talba, dans leur totale ignorance de ce qui s'était passé aux premières heures du matin, ne soulevèrent d'objection. La Rowane espérait que la mer serait assez forte : elle voulait nager dans les vagues.

Luséna les rejoignit plus tard après avoir vérifié que Moria dormait toujours. Elle garda le contact avec l'esprit de sa nièce et, à son réveil, l'entendit grommeler en prenant le petit déjeuner qu'elles lui avaient laissé, puis traîner dans sa chambre. Elle l'entrevit sur le balcon, le regard tourné vers la plage, observant les autres, puis elle la sentit rentrer en remâchant des pensées peu flatteuses dont la Rowane était la cible privilégiée. Luséna se demanda si elle n'allait pas être obligée de renvoyer Moria chez elle plus tôt que prévu. Ces vacances avaient été conçues pour le bien de la Rowane — pas pour celui de Moria.

La Rowane avait trouvé le truc pour se faire ramener sur la plage par les vagues déferlantes. La mer était grosse mais sans excès et il n'y avait pas de contre-courant sur cette partie de la côte ; aussi Luséna céda-t-elle aux instances des filles quand elles lui crièrent de les rejoindre, n'en gardant pas moins le contact, si ténu fût-il, avec l'esprit de Moria.

Toutes quatre chevauchaient la crête d'une énorme vague quand Luséna entendit la Rowane pousser un cri terrible. Découvrant l'intense expression de souffrance qui se peignait sur les traits de l'enfant, elle la sonda pour savoir ce qui lui avait fait mal. En fait, la douleur était psychique. S'arrachant à la déferlante, la Rowane reprit pied sur la plage et courut vers la maison, assourdissant presque Luséna par les hurlements qu'émettait son mental.

— *NON ! TU NE PEUX PAS FAIRE ÇA ! TU N'AS PAS LE DROIT ! TU VAS LA TUER !*

D'autres cris jaillissaient à présent... Moria !

— *NON, ROWANE ! TU NE DOIS PAS DESCENDRE A SON NIVEAU*, hurla Luséna sur le même mode alors qu'elle tentait de fuir la vague, que celle-ci la rattrapait et la renversait. Elle se releva, hoquetante et, bien que dénuée de facultés kinétiques, se retrouva sur le sentier sans savoir comment elle l'avait atteint, courant à perdre haleine vers la maison. Elle y vit la Rowane faire une apparition fugitive sur le balcon de sa chambre, puis entendit un dernier cri... sur l'instant ne put identifier sa source mais ne douta pas qu'il fût l'expression d'une angoisse incommensurable.

Pantelante, elle fut enfin à destination, y trouva les deux filles, Moria tassée dans un coin, les genoux sous le menton, la tête enfouie sous les bras, poussant de petits cris convulsifs, la Rowane debout au centre, avec un masque de souffrance au visage : elle serrait contre elle la tête du minah dont les restes jonchaient le sol tout autour, petits tas de fourrure et membres déchiquetés.

Quelque force empêcha Luséna de pénétrer dans la pièce et elle s'affaissa sur le seuil, cherchant un moyen de consoler la Rowane, sachant pourtant qu'il n'en existait pas. Puis, alors que sa respiration retrouvait un rythme normal, elle plissa les yeux pour en ôter la sueur qui, croyait-elle, brouillait son champ de vision. Mais non. Avec lenteur et précision, les morceaux du minah étaient bien en train de se rassembler, par une prouesse de reconstruction kinétique dont Luséna douta que beaucoup fussent capables hors du cercle restreint des Métas potentiels. Ensuite, l'enfant s'agenouilla et, de ses propres mains, plaça la tête à l'endroit où elle s'articulait avec le restant du corps. Puis elle caressa la peluche, lui murmura :

— Ronronnette ? Je t'en prie, Ronronnette ? Dis quelque chose. Dis-moi que ça va. Réponds-moi, Ronronnette. C'est Rowane. J'ai besoin de toi ! Parle-moi !

Luséna baissa la tête, sentit rouler des larmes sur ses joues maculées de sel. La magie s'était enfuie à jamais, et avec elle l'enfance de la Rowane.

— J'avais pourtant la nette impression que ces vacances étaient censées lui faire le plus grand bien, dit Siglen, entrechoquant les grosses perles bleues de son collier avec une mauvaise humeur dont les traits lourds de son visage portaient aussi la marque. Elle n'appréciait pas du tout que la magnanimité dont elle avait fait preuve en autorisant ce congé sans précédent ne se fût pas soldée par un succès total.

— Hélas ! commença Luséna hésitante, il se trouve que je me suis fourvoyée dans le choix de ses compagnes. La Rowane et la plus grande se sont assez violemment heurtées alors que jusque-là elle prenait un réel plaisir au séjour. Il faut dire que ma nièce traverse un âge difficile et...

Elle se tut.

— Une simple prise de bec entre deux gamines ! Et quatre jours de prostration comme résultat ?

Siglen était écœurée.

— C'est qu'aux abords de la puberté les filles sont si vulnérables, si facilement bouleversées. Et que des incidents triviaux, enchaîna très vite Luséna en voyant la Méta se murer dans des airs supérieurs, peuvent être démesurément grossis. Fondamentalement, vous ne l'ignorez pas, la Rowane est une enfant raisonnable, équilibrée. Mais... (et de nouveau la voix lui manqua. Siglen avait toujours marqué son mépris pour la dépendance de la fillette à l'égard du minah ; ses doigts battaient un staccato d'impatience sur les perles creuses. Luséna reprit une pleine goulée d'air et se lança :)... on ne saurait minimiser l'effet catastrophique de cette destruction sauvage et délibérée de la peluche.

La Méta avait les yeux exorbités. Ses doigts se crispaient si fort sur le collier que Luséna craignit d'en voir la chaîne se rompre.

— N'ai-je pas mille fois répété que ce minah aurait dû lui être retiré depuis belle lurette ? Voyez à quoi vous a menée de ne pas suivre mes conseils ! Maintenant, je tiens à ce que la page soit tournée sur ce genre d'accès lunatique. Que la Rowane se présente demain matin à l'heure habituelle pour prendre son service dans la Tour. Je ne tolérerai plus le moindre écart de conduite. Surtout pour des motifs aussi spécieux. De toute manière, je vais devoir signaler celui-ci à Reidinger. Les Métas ont à se comporter en êtres conscients et responsables. Le service avant tout ! Les considérations personnelles viennent loin derrière. Maintenant, tâchez de vous pénétrer de ces principes dans l'exercice de vos fonctions, Luséna... (et elle agita un doigt menaçant)... sinon il faudra songer à les faire assurer par d'autres.

Toute vibrante encore d'indignation devant l'insensibilité de Siglen, Luséna commença de redescendre la rampe desservant la Tour et, dans son état, faillit ne pas entendre le "psitt" de Gérolaman. Il avait l'air gêné — non, conspirateur : c'était sans conteste un éclat rusé qui brillait dans son regard. Intriguée, elle le suivit jusqu'à un petit bureau dont il referma soigneusement la porte derrière eux.

— Regarde, ce n'est pas un minah, mais avec un peu de chance, ça pourra l'aider, dit le Chef de Station, et il écarta les rabats d'un carton.

La surprise arracha un cri à Luséna et suscita en elle un brusque sursaut d'espoir.

— Un chadbord ? A qui as-tu graissé la patte pour en avoir un ? On dit que c'est impossible ! (Elle examina la petite boule de fourrure tachetée, retenant la main qui spontanément se tendait pour la caresser.) Et ces nuances, fit-elle, admirant le dessin des pointes fauves tranchant sur le fond crème. Comment as-tu fait pour en trouver un dont le poil soit si proche de celui de Ronronnette ? (Puis, l'angoisse reprenant le dessus :) A ce propos, je me demande s'il n'est pas un peu tôt.

— J'y ai pensé, mais c'était le seul disponible. Et on ne me l'a laissé que parce que je le destinais à la Rowane. Je suis censé le rendre s'il ne lui convient pas.

— S'adaptera-t-il à la vie au sol ? s'enquit Luséna qui s'était noué les mains dans le dos, résistant à l'irrésistible impulsion de caresser l'animal endormi. Les chadbords faisaient ça aux gens.

— Pas de problèmes. C'est un pur croiseur, bien plus habitué à la gravité que la plupart. Le seul impératif est qu'il ne sorte pas de chez la Rowane. Primo, parce que la mutation n'a jamais été homologuée pour Altaïr, deuxio, parce qu'il lui est formellement interdit de se métisser. J'ai dû jurer de le faire stériliser à six mois pour prévenir les conséquences d'une fugue. Si j'ai eu l'accord du véto, c'est que le reste de la portée du *Mayotte* est encore sous quarantaine, en instance de dispersion. On vient juste de les sevrer.

— Tu es une perle, Gérolaman. J'étais au désespoir. Voilà quatre jours qu'elle est là, à pleurer, les yeux fixés sur les vestiges de Ronronnette. Pas un mot depuis notre retour. J'ai même eu recours à des métamorphiques passablement intenses, d'ordinaire souveraines pour rétablir l'équilibre et qui, cette fois, sont demeurées sans effet.

— Et elle ? demanda Gérolaman, pointant un pouce vers la Tour de Siglen.

— Aurait-elle même un commencement d'émotion qu'elle serait du genre à ne pas s'en apercevoir. Je me suis fait descendre en flammes pour avoir eu l'idée de ces vacances.

— Tu n'as rien à te reprocher, Luséna.

— Si. Je me suis crue psychologue, bon juge de la compatibilité entre deux caractères. Et je me suis trompée sur ma propre nièce.

— Que veux-tu, la Rowane n'est pas assez souvent avec les filles de son âge...

— La Rowane s'est comportée avec une grande dignité, a fait preuve d'un extrême bon sens. C'est ma nièce qui est une enfant gâtée, arrogante, égoïste, envieuse et résolue à avoir le dernier mot. La Rowane n'a aucune responsabilité dans l'incident.

Gérolaman tapota Luséna sur l'épaule.

— Bien sûr que non.

Luséna gronda, secouant la tête.

— Et Siglen qui parle de signaler cet écart de conduite (l'expression lui arracha une grimace) à Reidinger !

Gérolaman haussa haut les sourcils, émit un petit sifflement amusé.

— Il n'y aurait probablement qu'à s'en réjouir. Reidinger est mille fois plus sensé que Siglen. Il l'a toujours été, ce qui lui a valu son poste de Méta de la Terre. Tu sais que Siglen le briguait et qu'elle a été ulcérée de ne pas l'obtenir. Qu'elle en parle à Reidinger, ce n'est pas inquiétant. (Il lui donna une dernière tape sur l'épaule et lui tendit le carton fermé.) Vas-y, essaie, et tu verras. Tu sauras bien vite si la bestiole l'accepte ou non. (Puis, sur un clin d'œil :) J'ai l'impression que je n'aurai pas à le ramener au *Mayotte*.

Chargée de son précieux fardeau, Luséna dévala les couloirs menant aux appartements de la Rowane. Celle-ci serait au moins sensible à l'honneur qu'on lui faisait en lui offrant l'une de ces inestimables mascottes.

Non moins singuliers que les minahs, mais vivants et dotés de l'indépendance du lynx à partir duquel ils avaient muté en un siècle de voyage et d'exploration dans l'espace, les chadbords, selon certains, étaient aussi éloignés du félin primitif que l'homme du singe. Avec un gain comparable en intelligence. On les croyait généralement télépathes bien que nul Doué n'eût jamais communiqué avec eux, pas même ceux dont l'empathie avec les animaux était puissante. Ils vivaient indifféremment en chute libre ou sous gravité, avec une faculté d'adaptation remarquable aux brusques modifications du milieu. On en avait vu réchapper de naufrages spatiaux qui n'avaient pas laissé à bord un survivant humain.

Les vedettes d'exploration ou les vaisseaux à équipage réduit ne pouvaient effectuer une traversée de quelque durée hors de portée des Stations sans embarquer un chadbord. Certains les comparaient à ces canaris que les mineurs emportaient jadis au fond des puits et qui pouvaient détecter sans coup férir des changements de pression trop infimes pour être perçus par les hommes ou par les instruments. Ils avaient sauvé des vies par milliers en permettant l'intervention précise et rapide des équipes techniques sur toute fuite, explosion ou fissure. Leur entretien était en principe assuré par les rongeurs pullulant à bord de n'importe quel type de navires, ce qui ne les empêchait pas d'être les premiers servis aux cuisines. Leur reproduction s'effectuait sous la surveillance attentive de l'équipage et chaque naissance était scrupuleusement enregistrée. Quant au placement des chatons, il requérait autant de temps, de soins, de tractations et de jeux d'influence qu'autrefois les mariages entre chefs d'Etat.

Les chadbords adultes n'en restaient pas moins leurs propres maîtres, n'accordant affection et faveurs que sur un mode hautement capricieux. On pouvait être fier de se faire accepter par l'un d'eux.

Proposition dont le corollaire raviva les angoisses de Luséna : on pouvait être gravement traumatisé de se faire rejeter. Moins d'une semaine après les singeries de Moria, un tel échec risquait d'enfoncer la Rowane dans sa mélancolie. Toutefois, il fallait bien que quelque chose puisse rompre ce cercle vicieux. Et la jeune fille était parfaitement au courant des singularités chadbordiennes.

— Le jeu en vaut la chandelle, se marmonna Luséna en effleurant la commande de la porte. Celle-ci s'effaça, l'obligeant à cligner des yeux pour les accoutumer à la pénombre. La Rowane avait une fois de plus réduit l'éclairage à un niveau sépulcral. Sans pitié, Luséna bascula le rhéostat sur Plein Jour.

— Rowane ? Arrache-toi de ta chambre ! Vite ! J'ai quelque chose à te montrer !

Elle avait distillé dans sa voix et dans ses termes comme des traces de surprise et de hâte mal contenue. La Rowane était encore assez jeune pour que sa curiosité fût insatiable.

Luséna déposa le carton sur la table basse desservant le principal groupe de fauteuils et se laissa choir ensuite avec un soupir de soulagement dans le canapé disposé face à la porte. Puis elle attendit, laissant le plaisir de la surprise escomptée se déployer dans ses pensées comme des ronds dans l'eau. Pour variable que fût son impact selon les individus, une perte restait une perte, et la Rowane n'avait sans conteste pas subi autre chose avec la destruction de Ronronnette, mais Luséna était en partie d'accord avec Siglen : cette crise de mélancolie avait assez duré.

Son attente se poursuivit, un peu au-delà de ses prévisions, puis la porte s'ouvrit, révélant une Rowane décomposée.

— Gérolaman a mis pour toi son âme en gage, annonça Luséna comme elle aurait parlé de la pluie et du beau temps. Maintenant, tout dépend de ce qu'il y a là-dedans. (Elle montra le carton.)

De son attitude à ton égard. Tu n'es pas vraiment toi-même en ce moment, et j'ignore si c'est un cadeau que je te fais.

Luséna vit avec plaisir qu'elle avait éveillé l'intérêt, sinon l'enthousiasme. La Rowane, lentement, fit deux pas mécaniques, haussant légèrement la tête pour voir ce qu'il y avait sur la table par-dessus le dossier du canapé. Luséna attendit qu'elle en ait fait le tour pour l'inviter d'un geste à s'asseoir. Toujours avec cette raideur d'androïde mal huilé, la Rowane se laissa choir sur les coussins, regarda le carton puis Luséna qui, sentant s'appliquer sur son esprit les prémices d'une question, écarta les rabats. La réaction de la Rowane combla ses vœux : plaisir et incrédulité.

— C'est vraiment un chadbord ? demanda l'enfant dont les yeux remontèrent se poser sur le visage de Luséna, pour la première fois vivants depuis cet horrible matin à Favor Bay.

Elle esquissa le geste de prendre l'animal puis se ravisa, se verrouilla les mains contre sa poitrine : elle n'allait pas faire la bêtise de déranger un chadbord dans son sommeil.

— Oui, tout ce qu'il y a de plus authentique. Même s'il ne t'accepte pas et qu'on soit obligés de le rendre, pense à remercier Gérolaman de t'avoir donné ta chance.

— Oh, il est si beau. Je n'ai jamais vu d'animal avec un poil aussi spectaculaire. Ces marques ! Ce lustre ! Fond crème et pointes rousses ! Et ce dessin totalement inhabituel sur les pointes ! Il n'y en avait pas un seul comme ça dans le Bestiaire Galactique. C'est tout simplement la plus adorable créature qu'il m'ait été donné de voir. (Ses mains s'évadaient de nouveau vers le carton.) Dis, Luséna, quand va-t-il se réveiller ? Qu'est-ce qu'on va lui donner à manger ? Comment faire pour qu'elle ne soit au courant de rien ?

— Je n'en ai pas la moindre idée, il est omnivore et elle ne met jamais les pieds dans cet appartement, dit Luséna, répondant d'une seule traite aux trois questions dans son immense soulagement de voir revivre la jeune fille. Donc, tant qu'il ne s'échappe pas, Siglen n'a aucune chance de soupçonner quoi que ce soit.

Même s'ils devaient rendre le chaton, sa présence aurait accompli le miracle d'arracher la Rowane à sa prostration.

— Oh, regarde, il s'étire. Qu'est-ce que je dois faire, maintenant ? Et si nous ne lui plaisions pas ? (Sa gaieté retomba d'un coup.) Ronronnette était obligée de m'aimer, mais cet animal ne...

— On peut quand même espérer qu'il te trouve digne de son amour, non ?

Luséna était certaine d'avoir frappé la bonne corde avec cette réponse. Quelle que fût l'étendue de son Don et de ses capacités potentielles, malgré des signes de maturité dont la fréquence allait croissant, la Rowane gardait en elle assez d'enfance pour avoir besoin d'être soutenue et rassurée. Une petite boule de fourrure pouvait-elle satisfaire ce besoin ?

Le chaton s'éveilla. La petite bouche s'ouvrit, révélant des crocs d'albâtre autour d'une langue rose pâle arrondie sur un bâillement. Les délicats orteils de ses pattes avant déployèrent l'éventail de leurs sept griffes minuscules. Il arqua le dos, imprima des mouvements saccadés à sa belle queue rayée, roula ensuite sur le ventre et ouvrit les yeux ; il étaient bleus avec des reflets d'argent, les pupilles réduites à de simples fentes dans la brillante lumière qui baignait la pièce.

Il les posa, momentanément dédaigneux, sur Luséna qui lui faisait face, ne présentant plus l'instant d'après que son profil classique alors qu'il se tournait vers la Rowane. Puis, sur l'un de ces petits cris râpeux caractéristiques de son espèce, il se leva et, déterminé au plus haut point, marcha vers la jeune fille pour, dressé sur ses pattes de derrière, appuyé au rebord du carton, tendre vers elle un regard interrogateur.

— Oh, quel amour ! s'exclama la Rowane en un murmure avant de lui tendre un doigt à flairer ; ce qu'il fit, et aussitôt il se frotta contre ce doigt, le crâne légèrement incliné pour amener la caresse sur l'arrière de son oreille. Luséna, reprit la jeune fille, je n'ai jamais rien touché d'aussi doux. Pas même... et elle laissa la phrase en suspens, mais plus à cause de l'insistance du chadbord à requérir qu'elle fût à ce qu'elle faisait que faute de pouvoir la finir, puis battant des paupières : Il a soif. Vite, de l'eau !

Luséna était sidérée.

— Ne me dis pas qu'il t'a *parlé* ?

La Rowane fit non de la tête.

— Il ne m'a rien dit. Je n'ai rien senti s'appliquer sur mon esprit. Mais je n'en suis pas moins sûre qu'il a soif. Et que c'est de l'eau qu'il veut.

— Parfait ! (Luséna s'abattit les mains sur les cuisses et se leva.) Si c'est de l'eau qu'il veut, ce canaillou, il en aura.

S'acheminant vers la kitchenette, elle eut à faire un effort pour contenir l'exultant débordement de sa joie.

— Dis, Luse, j'ai été atroce, non ? demanda la Rowane, toute douce et s'excusant.

— Non, pas atroce, mais terriblement meurtrie par la perte de Ronronnette.

— Idiote, alors. Pleurer la perte d'un objet inanimé.

Luséna revint avec un bol d'eau qu'elle tendit à la jeune fille.

— A tes yeux, Ronronnette n'était pas un objet inanimé.

Là Rowane déposait le bol devant l'animal quand on frappa à la porte. Et celle-ci ne s'était pas encore entrebâillée sur l'expression anxieuse de Bralla que déjà le couvercle du carton avait été prudemment rabattu.

— Convaincue comme j'étais d'en avoir une, je n'ai pas pensé à regarder... excusez-moi de débouler comme ça, mais dans l'état où elle est...

Le regard de la D-4 alla de l'une à l'autre, non moins suppliant que l'ensemble de son attitude.

— De quoi tu parles ? demanda Luséna, habituée à ce que Bralla négligeât de projeter concrètement ses images mentales.

— Une holo récente de la Rowane. Tu en as sans doute pris à Favor Bay.

— Oui. Mais pourquoi tu t'excites ?

Retrouver les holos dans la sécuriboîte dont elle n'avait même pas pensé à les sortir ne posa pas problème à Luséna. Il y en avait des bonnes de la Rowane. Plusieurs. Elle en choisit une où la jeune fille souriait, seule à l'arrière du bateau, ses cheveux d'argent dans le vent, bannière déchiquetée.

— Ouf, Mieux merci ! (Bralla cessa un moment de s'agiter.) C'est Reidinger qui insiste pour avoir cette holo de toi, Rowane. Et il la veut dans les plus brefs délais. Je peux te dire que ça n'arrange nullement l'humeur de Siglen. Ah, en voilà une superbe ! (La D-4 décocha un sourire ravi à la Rowane qui, le plus discrètement possible, contenait l'inopportun museau du chadbord pointant entre les rabats du carton.) Elle fera parfaitement l'affaire. Cela dit, je ne sais pas si tu as une chance de la revoir. Dois-je en faire une copie ?

— Si ça ne te dér...

Et Luséna n'eut aucune certitude d'avoir été entendue, Bralla ayant déjà quitté l'appartement comme par téléportation.

— Qu'est-ce que Reidinger peut bien vouloir faire d'une holo récente de moi ? demanda la Rowane, se hâtant de mettre fin au confinement du chaton qui maintenant piaillait. Non qu'il eût la moindre envie de sortir du carton, simplement qu'il supportait mal d'avoir un couvercle au-dessus de la tête. Après un coup d'œil de pure forme sur la pièce, il retourna boire.

— Ma foi, ce n'est pas net..., dit Luséna, masquant ses pensées parce que c'était en fait on ne peut plus net : Reidinger allait-il la soumettre à l'un de ces entretiens inquisiteurs dont il avait la spécialité ?

Luséna contempla sa pupille, la vit totalement absorbée par le chaton, et poussa un discret soupir de soulagement. Reidinger lui laisserait-il ne serait-ce que la moitié d'une chance ?

Quand l'animal eut fini de boire et qu'il eut parcimonieusement dégusté le pain trempé dans du lait qu'on lui avait servi, il fit rapidement sa toilette et se roula en boule, s'apprêtant à piquer une nouvelle petite sieste pour se reposer d'un tel effort. Dès que sa respiration eut adopté un rythme régulier, la Rowane se précipita sur son clavier, requit un dossier complet sur les chadbords, faits et légendes.

— Ce que doit être son alimentation, dit-elle, tendant à Luséna les premières pages sorties de l'imprimante, et ce qu'il est susceptible de vouloir manger. Bon, je ne serais pas mécontente d'intercepter Gérolaman avant qu'il ne disparaisse pour la journée. Je reviens tout de suite.

Elle fut dehors avant que Luséna n'ait pu dire quoi que ce fût. Ô, Seigneur, quelle heure pouvait-il être sur Terre ? Elle aurait voulu être près de la Rowane quand Reidinger la contacterait — en admettant qu'il le fît.

Pas plus tard que dans la soirée, le doute cessa d'être permis : Canaillou appréciait la Rowane. S'éveillant d'un second somme, il avait cherché sa litière (Luséna s'était occupée de lui en fournir une avec les moyens du bord) avant de grimper le long du bras de la jeune fille et de s'installer, les griffes logées dans le tissu de sa chemise.

— Ne t'inquiète pas, Luse, dit la Rowane. Il ne les enfonce pas très profond. (Elle gloussa, eut un drôle de frisson.) Mais il me chatouille avec ses moustaches. Voyons, Canaillou, du calme.

Quoiqu'il donnât l'impression d'être parti pour un séjour durable sur l'épaule de la jeune fille, le chaton en bondit soudain, atterrit sur le dossier du canapé, courut à l'autre bout, puis il se tourna et s'assit, posant sur la Rowane un regard accusateur.

— Qu'est-ce que j'ai bien pu faire ?

— Pourquoi..., commença Luséna, surprise, avant de voir la jeune fille se tendre et s'asseoir toute droite.

— Oui, Méta Reidinger ?

— *J'avais l'intention de m'adresser directement à toi, Rowane*, dit la voix, profonde et non moins nette que si Reidinger avait été près d'elle sur le canapé. *Même moi, poursuivit-il sur un petit rire, j'ai besoin d'un talisman sur lequel me concentrer, aussi ai-je joint ton holographie à celles de ma liste d'accès prioritaire. J'en ai profité pour informer Siglen qu'il te fallait bénéficier des congés scolaires en vigueur sur Altaïr. Qu'elle mène sa propre barque comme elle l'entend, mais il existe à l'égard des mineurs des règlements qu'il convient de respecter.*

— *Je ne lui en veux pas, Méta Reidinger. J'ai tant de choses à apprendre...*

— *Ta loyauté t'honore, Rowane. Il n'en reste pas moins que la discussion que je viens d'avoir avec Siglen devrait mettre un terme à bon nombre de malentendus de sa part. Et concernant ton éducation future. Qu'il soit clair que tu es en droit de me contacter directement quel que soit le problème qui se pose à toi. Tu as la portée nécessaire pour un tel contact et tu vas recevoir une holo destinée à te le faciliter.* La Rowane entendit sourire le Méta de la Terre. *N'hésite pas à t'en servir. Des holos de David de Bételgeuse et de Capella doivent également te parvenir. Que tu sois de temps à autre en relation mentale avec eux ne peut pas faire de mal. Ce sera aussi un bon exercice. Tous deux ont fait leurs études avec Siglen.*

La Rowane perçut une certaine sécheresse dans l'intonation mentale de Reidinger et se posa des questions.

— *Autre chose*, enchaîna le Méta. *Gérolaman va animer un stage d'initiation au travail en Tour, et j'aimerais que tu y assistes. C'est que, vois-tu, il ne s'agit pas d'un travail exclusivement psychique.* Il marqua une pause distincte, laissant la Rowane dans l'incertitude : devait-elle le remercier d'avoir intercédé en sa faveur ou quoi ? *Tu as un bébé chadbord, n'est-ce pas ? Eh bien, ma petite demoiselle, c'est un grand honneur qu'on t'a fait.*

— C'est aussi mon avis, monsieur. Et merci pour les vacances, pour le stage... et pour tout.

— *Sois sans crainte, Rowane. Tu auras plus tard l'occasion de le rendre au centuple.*

Puis l'espace qu'il avait occupé dans son esprit fut brusquement désert, et elle cligna des yeux sous le coup de la surprise.

— Rowane ? hasarda Luséna en se penchant par-dessus la table basse pour lui effleurer la main.

— J'étais en communication avec le Méta Reidinger, répondit-elle avant de porter son regard sur la boule de fourrure fauve au bout du canapé. Il est au courant pour Canaillou, ajouta-t-elle, perplexe à l'évidence.

— Le contraire m'eût étonné, fit remarquer Luséna, caustique, tout en suivant des yeux le chaton qui retournait d'un pas décidé vers la jeune fille.

— Comment est-ce possible ?

Luséna haussa les épaules.

— Dans la Famille Reidinger, Dons et perceptions se sont toujours manifestés à un degré exceptionnel. Voilà des siècles qu'ils sont Doués. Qu'a-t-il dit d'autre ?

Le visage de la Rowane se fendit sur un sourire de pure espièglerie.

— Que j'allais avoir droit aux mêmes vacances que tous les écoliers et lycéens d'Altaïr, et assister aux cours de Gérolaman sur le travail en Tour.

— Je ne savais pas qu'il en donnait, dit Luséna au bout d'un court silence.

La Rowane éclata de rire.

— D'après Reidinger, oui.

— Alors c'est vrai.

Le Gérolaman qui, tard dans la soirée, passa prendre des nouvelles du chaton semblait excessivement content de lui. Il accepta le verre proposé par Luséna puis, s'installant face à la Rowane dont la petite boule de fourrure occupait à présent le giron, porta un toast à la jeune fille.

— Je crois que tu as réussi ton examen. Je vais pouvoir rendre la chose officielle et le commandant du *Mayotte* te transmettra directement les papiers. Il m'a dit de te dire que Canaillou est d'une lignée d'authentiques champions.

— Ça se voit, répondit la Rowane, contemplant avec fierté le dormeur.

Elle conservait une immobilité parfaite depuis que le chaton, son dîner terminé, s'était engagé dans l'immense effort d'un troisième roupillon.

— Excellente journée, dit Gérolaman. Un chadbord placé, d'une part, et la confirmation d'autre part que toute une classe de jeunes terriens — des stagiaires D-4 et D-5 à plein tarif — va débarquer ici la semaine prochaine pour apprendre ce qu'il faut savoir sur le fonctionnement et l'organisation d'une Tour. Siglen prétend que c'est eu égard à sa position dans les TTF qu'Altaïr a été choisi. (Gérolaman fit un clin d'œil à Luséna qui étouffa un petit rire.) Et tu vas y participer, Rowane. On m'a chargé de t'en informer moi-même. Le matin, tu t'acquitteras comme par le passé de ton service dans la Tour mais, l'après-midi et le soir, tu assisteras à mes cours. Ça te va ?

La Rowane marqua son accord d'un simple hochement de tête, réserve qui lui valut les applaudissements silencieux de Luséna.

— Je suis loin de t'avoir appris tout ce que je sais, en fait, et je vais maintenant pouvoir poursuivre mon enseignement sur un mode officiel. Fais attention avec ces doués d'importation, ma fille. C'est du mélangé. Des D-4, des D-5, des kinétiques, quelques empathes et deux ou trois mécaniques, mais un seul télépathe digne de ce nom. Toutefois, tu devrais en retirer un aperçu de ce qu'est la palette offerte par le Don. Et, qui sait, un ou deux camarades de ton âge.

— Combien sont-ils ? demanda Luséna, sensible à la soudaine circonspection de sa pupille.

— Huit, me suis-je laissé dire.

— Tant que ça ! Siglen n'acceptera jamais qu'ils soient logés à la Station.

— Il n'en est pas question. Nous avons des chambres d'hôte, répondit Gérolaman avec un sourire entendu. C'est ma femme qui va s'occuper d'eux. Il n'y a pas grand-chose qui puisse échapper à Samella, même si elle n'est qu'une D-6. Elle est empathe au possible, surtout pour ce qui est des imbécillités adolescentes. Elle les flaire avant qu'elles ne se produisent. (Il vida son verre et se leva.) J'ai du pain sur la planche avant leur arrivée. Alors, je vous quitte, gentes dames. Cela dit, je passe prendre ce qu'il faut pour le chaton en rentrant. Le commandant du *Mayotte* m'a fait une liste. Je vous amène tout ça demain.

De nouveau la Rowane exprima sa profonde gratitude pour le chadbord.

— Il y a belle lurette que j'aurais dû t'en procurer un, Rowane, rétorqua Gérolaman d'une voix bourrue, puis, sur un petit signe de tête à Luséna, il s'éclipsa.

Le lendemain, la Rowane put constater que Siglen n'était en aucune manière enchantée par la perspective de voir *sa* Station se transformer en centre de formation mais qu'elle s'en trouvait pour le moins distraite de ce qui, en temps normal, aurait alimenté sa mauvaise humeur : le récent comportement de la Rowane entre autres. Bralla et Gérolaman se virent soumis à un feu roulant d'ordres et de consignes, et la Rowane nota que tous deux faisaient semblant d'être fort mécontents de l'"invasion", rivalisant de considérations grognonnes sur la difficulté de trouver des logements et salles de conférence assez à l'écart sur le vaste terrain d'atterrissage situé derrière la Tour pour ne pas avoir tout le temps dans les pattes ces benêts qu'ils allaient devoir dorloter et instruire. Vers midi, Siglen était dans un tel état d'excitation qu'elle tomba sur Bralla.

— Si le Méta de la Terre a choisi Altaïr comme lieu de stage, il nous faut coopérer de toutes les façons possibles. Aussi en ai-je plus qu'assez de vous entendre râler. Reidinger sait parfaitement ce qu'il fait.

La Rowane ne manqua pas de remarquer la discrète lueur de

triomphe dans les yeux de Bralla dont la tactique portait ses fruits. Siglen en était réduite à soutenir les décisions de Reidinger. La Rowane commença d'attendre avec impatience la compagnie que ce stage allait lui apporter.

Plus tard, quand elle en fit la demande, Gérolaman lui communiqua le dossier d'inscription de ses futurs élèves.

— Tout est là-dedans : faits, chiffres et holos, lui dit-il avec un grand sourire, et tu pourras ainsi faire un peu connaissance avec eux. Ils ne savent pas que ton niveau général diffère du leur. Ordre de Reidinger, ajouta-t-il en voyant le regard surpris de la jeune fille. C'est pourquoi nul Doué local n'a été admis à participer à ce stage... afin que ton intégration au groupe pose un minimum de problèmes.

Elle emporta le dossier chez elle et le parcourut. Chaque entrée comportait une holographie, des états scolaires circonstanciés ainsi qu'un additif chiffré dérobant aux regards indiscrets certains détails trop intimes. Les données en clair eurent toutefois le don de rassurer la Rowane. Trois garçons et une fille étaient nés sur la Terre. Les jumeaux — frère et sœur, et de quelques mois ses cadets — venaient de Procyon. Quant aux deux autres filles, c'étaient des Capelliennes.

Elle visionna les holos et passa un long moment à chercher les ressemblances, à s'efforcer de cerner les personnalités. Elle s'attarda particulièrement sur l'un des jeunes Terriens parce que Barinov était beau comme un acteur de 3-D, avec de longues boucles blondes qui flottaient sur ses épaules nues. On l'avait holographié en maillot de bain, rendant ainsi justice à son corps parfait : musclé, splendide comme l'avait été celui de Turian. Et il n'avait que trois ans de plus qu'elle. Une chance que Moria ne fût pas une Douée. Puis Canaillou choisit cet instant pour exécuter l'un de ses bonds phénoménaux de l'étagère aux bandes jusqu'à l'épaule de la jeune fille, requérant l'attention exclusive de celle-ci maintenant qu'il s'était éveillé de sa dernière sieste.

Les étudiants arrivèrent tous par la même navette officielle au-devant de laquelle Gérolaman et la Rowane s'étaient portés. Ayant de toute évidence eu l'occasion de faire connaissance au cours du transfert, ce fut dans une joyeuse bousculade émaillée de rires et de plaisanteries qu'ils franchirent les portes, suivis par une bondissante file de bagages flottant en l'air, désinvolte illustration de leur don kinétique. Puis l'un des garçons repéra le comité d'accueil et deux des sacs atterrirent.

— Tss, tss, fit Gérolaman, le visage fendu d'un large sourire de bienvenue. Je me présente : Gérolaman, D-5, et votre instructeur pour ce stage.

Il donna un discret coup de coude à la Rowane qui restait les yeux écarquillés devant un Barinov plus beau que jamais en chair et en os, même si des vêtements à l'élégance décontractée voilaient pour l'heure ladite chair.

— Je m'appelle Rowane, et j'espère que vous allez vous plaire sur Altaïr, dit-elle, se reprochant un tel manquement aux bonnes manières et distribuant impartialement ses sourires pour se rattraper. Elle sentit alors deux, non, quatre effleurements psychiques distincts — plus des poignées de main que des intrusions — qu'elle dévia en douceur après avoir clairement laissé voir le plaisir qu'elle prenait à rencontrer d'autres Doués.

— Pour sûr que ça fait la pige à cette sinistre vieille Terre, dit l'un des garçons, le bras levé sur un salut. (L'examen auquel la Rowane avait soumis les holos lui permit de reconnaître Ray Loftus, natif de la mégalopole sud-africaine. Il se mit la main en visière et, par-delà le vaste plan du terrain d'atterrissage, porta son regard sur la découpe à peine marquée des toits de Port-Altaïr.) Mais c'est tout ce que vous avez comme ville ? demanda-t-il, ponctuant sa question d'un sifflement dépréciateur.

— Ecrase, Ray ! fit Patsy Kearn en riant. Et toi, Rowane, ne te laisse pas impressionner par son numéro. C'est qu'il n'a jamais rien connu d'autre que les villes

— Pas que les villes, Pat, que la ville ! La grande ville avec ses gratte-ciel et sa technologie hypersophistiquée, rectifia Joe Toglia, dessinant de ses bras largement écartés les contours de bâtiments immenses. Et moi, je suis aussi urbanisé, *intox-cité* que lui, même si ma famille ne vit qu'à la périphérie de Midwestmétro. Sur ce, content de te connaître, Rowane.

Puis la jeune fille eut à répondre aux chaleureuses et amicales émanations mentales qui lui parvenaient de Mauli et de Mick, les jumeaux empathes originaires de Procyon. Des plus curieux était leur Don puisqu'il présentait un effet d'écho, chaque esprit venant renforcer l'émission de l'autre. Et comme ils ne faisaient pas la moindre tentative pour s'abriter derrière un écran, tout le monde pouvait les entendre.

— *Personne ne sait vraiment quoi en faire*, expliqua Mauli à la Rowane.

— *Pourtant ils aimeraient bien*, dit presque en même temps Mick. *Ils ont la certitude que nous pouvons être d'une extrême utilité. A condition de trouver où, comment et pourquoi.*

— Ça suffit, vous trois, lança Gérolaman, fronçant les sourcils d'un air faussement sévère. Nous ne sommes pas tous télépathes. Mais je suppose qu'aucun d'entre vous n'ignore les règles de politesse en matière d'affichage des pensées. Maintenant, que les kinétiques ramassent ces affaires. On va vous installer dans vos appartements.

Il les poussa vers le gros véhicule terrestre garé un peu plus loin.

La Rowane y grimpa en dernier et s'assit à côté de Goswina, la grande et maigre Capellienne aux cheveux noirs qui donnait l'impression d'être particulièrement secrète. Elle avait un teint vaguement verdâtre et des yeux tirant sur les mêmes nuances, quoique plus proches du jaune. Seth et Barinov semblaient toujours en grande discussion mais Barinov se tourna soudain vers la Rowane et la fixa en clignant de l'œil. Tout en ne sachant vraiment quelle attitude adopter, elle resta déterminée à ne pas imiter les fausses pudeurs de Moria.

— Cette planète est magnifique, dit Goswina d'une voix douce, et la Rowane lui fut reconnaissante d'avoir fait diversion. Pas comme Capella qui est un endroit très rude. Est-ce que ce sont de vrais arbres ?

Elle montrait du doigt les collines boisées se profilant derrière Port-Altaïr.

— Oui, bien sûr.

— Et on peut monter là-haut les voir de près ?

— Evidemment, répondit la Rowane, prenant conscience qu'elle-même ne l'avait jamais fait. Un souvenir pénible tenta de faire surface puis se perdit alors que l'expression ravie de Goswina requérait son attention.

— On aura le droit d'aller se promener dans cette forêt ? demanda la Capellienne.

— Je ne vois pas de raison de te l'interdire. Tu as dix-huit ans, et tu es assez grande pour te promener seule n'importe où.

— Vous n'avez donc pas de problèmes avec les bandes de tractuels ?

Goswina en semblait quelque peu soulagée.

La Rowane alla pêcher l'explication du phénomène dans la part non protégée du psychisme de sa future condisciple : *tractuels* était l'abréviation de contractuels, et sur Capella, ces gens liés par contrat s'autorisaient souvent des activités pour le moins illégales à l'issue de leur temps de travail.

— Non, pas sur Altaïr. Il faut dire qu'ici, nous n'avons pas grand monde sous contrat.

— C'est une chance pour vous. Dès que ces gens sont en

nombre, c'est pour ne plus manifester que leur seule et unique compétence : un réel penchant pour la violence.

Sur ce, leur véhicule s'immobilisa devant les bâtiments réservés aux hôtes, et Ray Loftus émit un nouveau sifflement, appréciateur cette fois.

— Whaou ! Pas mal ! Pas mal du tout ! J'ai bien fait de venir !

Le visage fendu d'un large sourire, il bondit à terre et fut le premier à l'intérieur.

Samella l'y reçut et, instantanément, le sourire de Ray s'estompa de manière sensible en présence de cette incontestable figure de l'autorité.

La Rowane écouta ce que Gérolaman et Samella avaient à dire aux étudiants quant à leurs droits et obligations. Elle assista également à l'énoncé du programme quotidien. Puis chacun se vit assigner une chambre et apprit qu'il avait quartier libre jusqu'au repas du soir.

— Tu ne restes pas, Rowane ? lui demanda Goswina alors qu'elle s'apprêtait à sortir sur les talons de Gérolaman.

— Non, il faut que j'assure mon service à la Tour ; mais je serai de retour juste après le dîner.

Et elle réprima le violent désir de se téléporter parce qu'à cet instant précis, Barinov regardait dans sa direction. Juste à temps, elle se rappela l'avertissement de Gérolaman : ce genre de prouesse n'aurait pas encore dû être dans les cordes d'une D-4 de quatorze ans. En compagnie d'autres Doués, elle n'avait certes pas besoin de se limiter outre mesure dans l'usage de ses facultés mais il eût été stupide d'en faire étalage. Et, bien qu'elle se fût sentie parfaitement à l'aise lors de l'entretien avec Reidinger, il lui traversait à présent l'esprit que le monde obéissait scrupuleusement au Méta de la Terre et qu'elle ferait mieux d'en faire autant. S'il voulait qu'elle ne se montrât pas plus douée qu'une D-4, elle n'irait pas le contredire.

Elle fut donc légèrement surprise quand Gérolaman la prit par le coude pour la ramener au véhicule. Il n'était pas fâché contre elle : son toucher mental avait son habituelle et sereine coloration bleue tramée de jaune par le rire, et sa saveur n'excédait pas le niveau normal.

— Pas de blagues, Rowane. Ça n'est pas prévu au programme. Ordre de Reidinger ! Et surtout, ne va pas m'écraser le premier puceron venu avec un marteau-pilon de trente kilos, ma fille, lui murmura-t-il, son large sourire presque menaçant. Mais il lui ébouriffa les cheveux alors qu'elle s'installait à ses côtés.

— Pigé !

Et elle garda le conseil gravé aux avant-postes de son esprit au cours des deux mois qui suivirent. Le matin, pendant qu'elle secondait Siglen, téléportant des denrées de base jusque dans les Concessions les plus lointaines, Gérolaman exténuait les autres en exercices qu'elle avait depuis longtemps assimilés puis dépassés. Elle tendait une oreille vers la classe et, de temps à autre, quand son estomac se nouait d'exaspération devant la maladresse de Ray ou l'incompétence de Seth, elle donnait un discret coup de pouce. Elle n'avait pas l'impression que Gérolaman s'aperçût de ces infimes interférences.

L'après-midi, elle les rejoignait pour les cours magistraux où le Chef de Station passait en revue tous les aspects mécaniques d'une Tour, démontage et remontage de chaque appareil inclus, ainsi que les tests permettant d'y repérer tel ou tel élément défectueux. C'étaient Seth et Barinov qui, dans le groupe, avaient un Don plus spécifiquement orienté vers la mécanique. Gérolaman leur associa Ray et Goswina pour former une unité de remontage. Patsy Kearn étant d'une rare habileté en micro-kinétique, on lui fit faire équipe avec Joe Toglia pour la maintenance des pupitres d'ordinateur. Puis chaque étudiant eut à montrer ce qu'il rendait dans la spécialité des autres, et la Rowane, qui n'avait jamais travaillé en micro, y découvrit une application de ses compétences autrement plus exténuante que la routine d'assister une Méta TT. Elle s'aperçut aussi qu'elle y puisait de grandes joies.

Puis Gérolaman inventa des situations qui détraquaient les machines et chacun dut coucher par écrit — "sans incursion dans l'esprit de quiconque", leur précisa-t-il — son diagnostic et le mode de réparation qu'il suggérait.

La Rowane fut passablement contrariée de voir Barinov et Seth remettre systématiquement leur copie les premiers, prendre ensuite des airs supérieurs pendant que leurs camarades continuaient à peiner sur le problème, mais la fréquence de ses réponses correctes s'avéra nettement supérieure.

— Courir à la première approximation est le plus sûr moyen de sombrer dans la pagaille et la paralysie, dit Gérolaman aux deux garçons. Mieux vaut se donner le temps de tomber juste. En théorie, c'est vous les Doués en mécanique, mais Rowane récolte un pourcentage de réponses correctes bien plus satisfaisant. Allez Rowane, explique à la classe ce qui t'a amenée à penser que le dernier problème était lié à des circuits défectueux.

Elle commença par bégayer parce que le beau visage de Barinov était tout assombri par la réprimande. Seth l'avait à l'évidence mieux encaissée, mais ce n'était pas de Seth dont la Rowane voulait capter l'attention. De retour chez elle après les cours, elle ne put s'intéresser à rien, pas même à Canaillou, de vivace humeur pourtant, et qui se ruait à l'assaut des oreillers et tapis comme sur autant d'ennemis redoutables. En temps ordinaire, pareil spectacle l'aurait amusée. Ce soir-là, ce fut hantée par un Barinov aux traits moroses qu'elle se coucha.

Pour être, à sa totale surprise, accueillie le lendemain par un grand sourire. Elle fut tentée de le sonder pour voir d'où venait le changement mais elle avait trop intériorisé les interdits de Siglen. Elle avait par ailleurs un peu peur de ce qu'elle aurait pu découvrir. C'était déjà bien qu'il lui eût souri.

Elle était capable de se retenir d'entrer en compétition trop étroite avec lui, ce qu'elle fit le jour même, feignant de n'avoir pas pris en considération la fatigue du métal dans l'un des problèmes posés. L'étonnement de Gérolaman ne lui échappa pas, et elle se dit qu'à l'avenir, elle ferait mieux de simuler avec un peu plus de finesse. Plus tard, toutefois, quand Barinov vint s'asseoir à côté d'elle avec son plateau-repas, et engagea aussitôt la conversation, elle estima avoir agi avec une discrétion suffisante pour un tel résultat.

— Ecoute, lui dit-il. On descend tous en ville, ce soir. Il y a un concert. Les jumeaux ont le droit d'y aller ; donc, toi aussi, je suppose. Et puis comme on a réussi à convaincre Goswina, tu serais la seule à rester. Tu n'es pas consignée, quand même, ou quelque chose du genre ? ajouta-t-il, notant l'hésitation de la jeune fille. (Elle sentit l'esprit du garçon collé au sien et s'ouvrit assez pour lui laisser voir qu'elle avait vraiment envie de venir.) Tu n'as qu'à demander à Samella. Elle n'est pas d'humeur à refuser. J'ai même obtenu de prendre la voiture.

— Pourquoi pas ? dit effectivement Samella sur un haussement d'épaules. C'est une activité de groupe.

La Rowane n'en dut pas moins tempérer sa joie et fut même assez perturbée de n'avoir pas le temps de rentrer se changer à la Tour — à moins de s'y téléporter, ce que le regard insistant de Samella excluait d'avance. Même le simple "prélèvement" d'une robe dans son placard aurait soulevé des questions sans fin. Elle était pourtant déjà trop féminine pour accepter de gaieté de cœur cet état de fait.

— Arrête de traîner, Rowane, lui cria Barinov. Tu es très bien comme tu es.

Elle s'interrogeait sur la sincérité d'un tel jugement quand elle se découvrit dans le miroir des toilettes un visage et des mains passablement éloignés de la netteté requise. Elle en fut amenée à poser sur elle un regard impartial. Sur ses cheveux d'abord. Etait-il logique, à quatorze ans, d'avoir cette crinière argentée ? D'autant que cette mutation n'était pas la seule, même si les autres, moins patentes, ne suscitaient jamais de commentaires. Elle avait un visage de loin trop émacié, trop étroit, et qui se terminait par un menton pointu. La mince et haute double arcade de ses sourcils était certes conforme aux canons de la mode actuelle, mais il n'en allait pas de même de ses grands yeux qui lui mangeaient la figure. Et elle avait des formes, désormais ; sans trop de poitrine, ce qui était heureux : de gros seins eussent déséquilibré sa silhouette. Le sourire que lui avait adressé Barinov n'en restait pas moins mystérieux, surtout après l'épisode de la veille. Peut-être voulait-il savoir comment elle s'y prenait pour obtenir un tel pourcentage de réponses correctes aux exercices ? Bof, deux années dans une Tour des plus actives sous la tutelle d'une Siglen n'y étaient probablement pas pour rien, même si la Méta la cantonnait dans des tâches de bébé. A ce propos, il se pouvait qu'après le stage Siglen lui confiât de plus grandes responsabilités.

Le concert valait à coup sûr le déplacement avec ses trois orchestres au programme et son light show d'une sophistication extrême. Bien supérieur, en tout cas, au spectacle provincial donné à Favor Bay. Barinov s'était assis à côté d'elle et, pendant toute la première partie, elle en sentit la cuisse musclée pressée contre la sienne. L'énergie émanant du garçon avait une coloration brun-rouille qui la surprit. Son arôme était indéfinissable, pas vraiment déplaisant, mais loin d'être rassurant.

Lui déplut franchement, en revanche, qu'il ne cessât mentalement de la harceler, de peser çà et là sur son psychisme, cherchant à l'évidence un moyen d'y pénétrer. D'abord, c'était très mal élevé ; ensuite elle n'aimait pas cette insistance. Puis les intrusions du jeune homme s'accentuèrent alors que son, lumière, chorégraphie et paroles se combinaient pour distiller une atmosphère suggestive — rien d'ouvertement érotique, toutefois, juste ce qu'il fallait pour arracher aux spectateurs cris et sifflements. Placés comme ils l'étaient dans les rangs supérieurs de l'amphithéâtre, il ne put échapper à la Rowane que quelques couples — et un certain nombre de petits groupes — s'éclipsaient dans l'ombre des couloirs extérieurs. Elle était avertie de l'existence de ces choses, Luséna ayant inclu dans son éducation un topo complet sur l'amour et la sexualité, mais c'était la première fois qu'elle assistait à leur émergence en public. A sa droite, Goswina se tortilla nerveusement : ces départs furtifs la perturbaient au plus haut point.

Subtilement, la Rowane rayonna d'une douce empathie destinée à calmer sa condisciple. Non sans résultat, sembla-t-il.

Mais le finale du concert, délibérément conçu comme un crescendo sensuel, s'acheva sur une triomphante explosion de décibels et d'effets lumineux spectaculaires cependant que danseurs et musiciens se figeaient sur scène dans des postures d'un érotisme criant. Goswina se dressa d'un bond — pour partir et non pour se joindre aux applaudissements. La Rowane s'élança derrière la jeune fille dont elle avait eu le temps de capter les exclamations étranglées.

— Wina ! Ce n'est qu'un spectacle ! lui dit-elle quand elle la rattrapa sur le parking déjà noir de monde.

— Est-ce une raison pour être... d'une vulgarité si écœurante ? Sur Capella, ce genre d'exhibition suggestive ne serait tout bonnement pas tolérée en public. (Sa voix s'était réduite à un feulement rauque épaissi par le dégoût et elle tremblait littéralement d'indignation.) Pareil étalage me révulse. C'est une expérience intime, merveilleuse, et qu'il ne faudrait sous aucun prétexte galvauder, traîner dans la boue, exposer aux regards de tous.

Sans avoir eu vraiment l'intention de fureter dans l'esprit de Goswina, la Rowane "sut" que la Capellienne avait eu une liaison sérieuse qu'il lui avait fallu momentanément rompre pour assister à ce stage sur Altaïr. Que cet ami lui manquât à ce point ne laissait pas de la surprendre car elle la jugeait bien jeune pour s'être ainsi engagée à vie. Par bonheur, Goswina était trop absorbée dans ses émotions pour avoir conscience de l'involontaire intrusion de la Rowane. Et celle-ci, par malheur, était trop absorbée dans la tâche de mettre fin à l'intrusion pour avoir conscience de ce qui se passait à l'extérieur.

Les ombres mouvantes se firent silhouettes matérielles aux intentions fort mal voilées. Goswina laissa échapper un petit cri avant qu'une main ne la bâillonnât et qu'elle n'eût les bras cloués le long du corps. Il en fut de même pour la Rowane qui à voix haute hurla : "Pas question !" mais frappa mentalement, exerçant sa kinésie tous azimuts, vu son incertitude sur le nombre de leurs assaillants. Sans faire de détail ni se soucier de limiter la violence rayonnante de sa poussée, elle les expédia loin d'elle et de Goswina, eut aussitôt l'intense satisfaction d'entendre des chairs molles heurter de plein fouet des objets solides qui leur infligeaient souffrance et dommages. Impitoyable, elle se ferma l'esprit, s'épargnant les vagues de leur désarroi et, temporairement, la culpabilité qui accompagnait chez elle la conscience d'avoir blessé d'autres créatures humaines.

— Rowane ! hoqueta la Capellienne. Qu'est-ce que tu leur as fait ?

— Rien qu'ils n'aient mérité. Allez, viens, on s'en va. (Elle prit Goswina par le bras et l'entraîna vers un secteur plus éclairé du parking.) Il y a toujours des taxis à l'entrée.

— Mais...

— Pas de mais, pas d'explications, et ne va pas me dire que tu aurais préféré te laisser faire par ces types !

— Grand Mieux, non ! Il y a simplement qu'on aurait dû rester avec les autres.

— On aurait dû mais on ne l'a pas fait !

Goswina commençait à l'exaspérer.

— *Ray, Goswina me ramène chez moi. Je ne me sens pas très bien.*

Ray Loftus était le moins susceptible de mettre en doute une transpensée venant d'elle. Et, pour l'heure, elle ne voulait rien avoir à faire avec l'excessive curiosité de Barinov.

— J'ai dit à Ray que nous rentrions par nos propres moyens. Maintenant, viens. Il y a plein de taxis.

Goswina était tout à fait disposée à se laisser guider par sa cadette. Elle s'affaissa sur la banquette du véhicule dont la voix monocorde s'enquit de leur destination.

— La Tour.

— Accès réservé.

— Je suis la Rowane.

Le taxi répondit en se soulevant de la route pour souplement infléchir sa course vers le sud-est, prendre rapidement de l'altitude et filer vers le désormais visible déploiement de lumières aux abords du complexe de la Tour.

— Dis, Rowane, tu n'es pas D-4 ? demanda Goswina, la voix paisible.

— Non.

Soupir de la Capellienne. Il émanait d'elle soulagement et satisfaction.

— Voilà donc pourquoi ce stage se tient sur Altaïr. Tu es une Méta en puissance et tu ne peux pas voyager.

— Je ne sais pas si je suis à l'origine...

Goswina exprima son incrédulité.

— Il te faut un personnel de Station. Des gens auxquels tu puisses t'en remettre en toute confiance, dans un climat d'empathie. Constituer une équipe de ce genre réclame du temps et de constants réajustements. J'en sais quelque chose. Mes parents occupent de telles fonctions sur Capella. C'est pourquoi ils m'ont laissée venir, dans l'espoir que je sois jugée digne d'entrer... à ton service, une fois que tu auras ta Station.

La Rowane resta sur le moment à court de réponse, mais l'explication de Goswina n'était pas dénuée de sens. Combien étaient-ils dans le groupe à s'être ainsi doutés de la finalité du stage ? Et de l'envergure réelle de son Don ? Barinov ? Oui, voilà qui était moins absurde que de l'imaginer tombant amoureux d'une adolescente au physique insolite.

— Je t'en prie, Rowane. Je t'aime beaucoup et je te suis infiniment reconnaissante, mais nous ne ferions jamais du bon travail ensemble. Je... je panique pour un rien alors que toi, tu es très forte. Ce qui est une bonne chose, s'empressa-t-elle d'ajouter, effleurant le bras de la Rowane qui, tournant la tête, lui découvrit le plus doux des sourires. Car il te faut l'être. Quant à moi, je ne me vois pas du tout comme le genre de personne ayant sa place dans une Tour. Mes parents tenaient simplement à ce que cette chance me soit donnée. J'ai un petit frère, Afra, qui n'a que six ans mais trahit déjà un potentiel considérable. D-4 au moins, tant en 'pathie qu'en 'portation. Il adore accompagner papa à la Tour, et Capella, pour le taquiner, ne cesse de lui prédire qu'il en prendra la relève.

La Rowane eut un petit rire, puis étreignit brièvement entre ses doigts ceux de la Capellienne, l'assurant ainsi de son estime et de son amitié. Goswina était d'un bleu délicat, d'une fragrance florale.

— Maintenant, Wina, mieux vaut nous occuper de l'avenir immédiat. Tu ne vas rien dire de ce qui s'est passé, à part que je me sentais mal. L'atmosphère de l'endroit était si étouffante...

— Mais c'était un amphithéâtre à ciel ouvert...

— Le bruit, voyons ! Et toutes ces lumières qui m'ont flanqué un mal de crâne carabiné. Tu ne démordras pas de cette version des faits.

— Et les...

— Voyous ? compléta malicieusement la Rowane.

— Oui. Ils savent bien ce qui leur est arrivé. Car tu n'y as pas été de mainmorte... enfin, si je puis dire.

— Qu'ils s'en expliquent eux-mêmes... si tant est qu'ils laissent à quiconque une chance de les interroger sur l'origine de leurs bleus.

Elle refusait de passer l'éponge, furieuse qu'on les eût agressées alors qu'elle avait certifié à sa condisciple que Port-Altaïr était un endroit sûr. Goswina non plus ne leur pardonnait pas, elle dont l'empathie la rendait plus que tout autre sensible à ce genre de traumatisme.

— Tu as montré plus de courage que je n'aurais su en avoir.

— Il ne s'agissait pas de courage mais de rage pure et simple, grogna la Rowane. Ça y est. Nous y sommes.

— Passagers, veuillez décliner votre identité! fit une voix de synthèse.

— La Rowane. Et Goswina, stagiaire capellienne.

Leur véhicule fut admis dans le périmètre de sécurité.

— Bon. Maintenant, histoire de s'en tenir à notre version des faits, tu vas m'accompagner jusqu'au bas de la Tour, puis le taxi te ramènera chez toi. (La Rowane donna au véhicule les directives nécessaires.) N'oublie pas, Goswina, lui rappela-t-elle, penchée à la portière devant l'entrée des bâtiments. Et puis, quand il sera en âge, je m'arrangerai pour qu'Afra ait également la possibilité d'assister à ce stage sur Altaïr.

— Oh, tu ferais ça? eut le temps de s'exclamer la Capellienne avant que le taxi ne l'emportât.

La Rowane mit Luséna au courant de ses réactions migraineuses à l'agression des lumières stroboscopiques et accepta docilement de se soumettre dès le lendemain à l'examen ophtalmologique qui s'imposait. Ce même lendemain, mais dans l'après-midi, alors que Barinov se concentrait sur le problème que Gérolaman leur avait donné à résoudre, elle n'eut aucun scrupule à porter ses coups de sonde jusque dans les zones privées de l'esprit du jeune homme. Sans toutefois découvrir d'où il tenait l'information, il lui apparut avec une incontestable évidence que Barinov la cultivait sciemment parce qu'il avait appris son statut de Méta potentielle. Par voie de conséquence, elle n'eut plus la moindre hésitation à entrer en compétition avec lui ni avec aucun autre. Les Métas dirigeaient leur Station et le sentiment n'avait pas voix au chapitre.

Aussi, durant la dernière semaine du stage, mena-t-elle avec Barinov un jeu des plus subtils qui bien souvent fit s'empourprer la douce Goswina.

Dans les quatre années qui suivirent, Gérolaman anima sur Altaïr d'autres stages auxquels la participation de la Rowane ne fut pas spécifiquement requise. Elle n'en garda pas moins l'habitude de s'y parachuter quand on en venait aux exercices pratiques de chasse aux pépins : elle adorait rivaliser de compétence et de perspicacité avec les étudiants mais s'interdisait d'avoir des relations trop amicales avec l'un ou l'autre. Elle ne prêtait nulle attention à la réputation de froideur hautaine et méprisante qu'un tel comportement pouvait lui valoir, s'attachant à être aimable mais sans plus avec tous, même avec ceux qui lui étaient particulièrement sympathiques, gardant secrètes ses préférences. De temps à autre, Gérolaman lui demandait de passer dans son bureau pour une petite conversation à bâtons rompus et ils y discutaient l'opinion qu'elle avait de tel ou tel étudiant.

A un moment donné, après la clôture de chaque stage, Reidinger ne manquait jamais de la contacter et avait avec elle un entretien sur les divers aspects qui venaient d'être couverts, sur les problèmes posés, sur les solutions qu'on y avait apportées.

La Rowane dit à Luséna qu'elle avait en pareille circonstance l'impression de passer un examen à longue distance.

— Crois-moi, tu dois plutôt t'estimer heureuse de ce qu'il s'intéresse de si près à toi. D'après Bralla... (et le sourire de Luséna ne fut pas exempt de quelque malice)... c'est tous les mois qu'il exige un rapport détaillé de Siglen sur tes progrès.

— Ah, c'est donc pour ça qu'elle s'est brusquement décidée à m'abandonner le soin de manier les bennes à minerai ? (La Rowane n'était pas vraiment sensible à la promotion, vu que l'acheminement desdites bennes ne faisait appel, en général, qu'à des techniques de transfert passablement élémentaires.) Combien d'années compte-t-elle encore me laisser sur les inanimés avant de me charger d'un travail digne de ce nom ?

Sur ce point, Luséna était impuissante à lui apporter une consolation quelconque. Mais ce qu'elle pouvait faire et qu'elle fit, s'abritant derrière l'autorité de Reidinger, fut de s'arranger pour que la Rowane passât le maximum de temps hors de la Tour. Quand le trafic y était très réduit, elle l'emmenait en week-end prolongé faire du camping sur la spectaculaire Côte Est d'Altaïr et, à plusieurs reprises, dans le Grand Sud, désert qui, comme le guide le leur montra, grouillait en fait de vie, de toutes sortes d'insectes et d'invertébrés, de fleurs fantastiques qui s'ouvraient la nuit ou à l'aube pour faner ensuite et mourir dès que l'aveuglante majeure altaïrienne entamait sa course brûlante à la verticale des zones équatoriales de la planète. La Rowane ayant conservé sa passion pour les sports nautiques, la résidence officielle de Favor Bay devint leur séjour habituel de vacances. Bardy et son mari, ou Finnan et son épouse accompagnés de leurs jeunes enfants vinrent fréquemment les y rejoindre.

L'été de sa sixième année dans la Tour coïncida avec la programmation d'un stage exceptionnel, de par son effectif supérieur à la moyenne mais aussi parce qu'il s'adressait à des gens plus âgés — personnel en poste dans des stations tant planétaires qu'intérieures — qui venaient y rafraîchir leurs connaissances. A cette époque, la plupart des stagiaires débarquaient en sachant que la Rowane était une télépathe et télékinétique d'une puissance inhabituelle qui, selon toute vraisemblance, finirait Méta.

Mais où, dans toute la Ligue des Neuf Etoiles ? Là se situait le problème.

Il n'était pas question que ce fût sur Altaïr où l'on ne constatait nul relâchement dans la ferme mainmise de Siglen sur sa Tour. David était solidement retranché sur Bételgeuse, Capella dans la Station dont elle portait le nom, et si Guzman de Procyon avançait en âge, plusieurs années le séparaient encore de la retraite. Il était bien sûr inconcevable que la Rowane accédât au statut de Méta de la Terre mais la rumeur grossissait que Reidinger allait éventuellement se décharger sur elle de certaines responsabilités particulièrement lourdes. Ou que le Conseil de la Ligue pourrait envisager l'ouverture d'une Station sur Déneb — l'une des toutes dernières colonies —, pour invraisemblable que ce fût. Car pour justifier les frais d'implantation d'une Tour, il fallait qu'une colonie fût à la fois exportatrice et en mesure d'acheter à d'autres membres de la Ligue des produits d'importation. Le volume des échanges extra-planétaires devait à l'évidence atteindre un certain taux, à moins qu'elle ne fût située sur une route commerciale. Or, pour l'heure, Déneb n'avait d'excédents d'aucune nature, ni matérielle ni financière.

— J'ai bien dit à Reidinger, expliqua Gérolaman à Luséna, la veille de l'arrivée du nouveau groupe de stagiaires, qu'il fallait absolument faire quelque chose pour la Rowane. Elle va finir par s'étioler à force d'ennui, et comme c'est une gamine sensée, on n'a pas le droit de la laisser ainsi se tourner les pouces. Elle en sait bien plus sur les procédures opérationnelles et sur les aspects techniques d'une Station que Siglen n'a jamais été fichue d'en apprendre. Elle est parfaitement capable — et dès maintenant — d'assumer des responsabilités métales, même si elle n'a pas encore atteint sa puissance adulte. (Il secoua la tête avec lenteur et irritation.) Et cette sacrée bonne femme qui ne lui confiera jamais un seul travail digne de ce nom !

— Parce qu'elle en est jalouse ! C'est un fait dont ni Bralla ni toi ni moi n'avons jamais douté.

— Dans le vocabulaire de Siglen, elle est vouée à rester à tout jamais une *enfant*. Tu sais, je me demande souvent... (il se tritura le menton)... s'il n'aurait pas été préférable de lui administrer un sédatif et de l'emmener sur Terre quand l'occasion s'est présentée.

— Non, certainement pas, fit Luséna, se redressant pour mieux marquer son désaccord. Tu n'y étais pas. Tu n'as pas vu la terreur déformer ses traits quand j'ai voulu l'entraîner à bord de la navette. Et il y avait un tel chaos dans son esprit. C'est pourquoi Siglen est intervenue. Autrement, elle ne l'aurait pas fait, je peux te l'assurer. C'est la seule fois où j'aie jamais vu Siglen se faire du souci pour quelqu'un d'autre ! Et n'oublie pas que les Métas sont agoraphobes. Pense à la dépression qu'a traversée David de Bételgeuse. Pense à Capella. L'un comme l'autre n'ont rejoint leur Station qu'au prix d'horribles tourments.

Gérolaman se gratta le crâne, songeur.

— Bon. Il est exact que Siglen n'était pas au mieux de sa forme. J'ai fait le voyage avec elle ; à partir de la Lune, les toubibs ont été plus nombreux à bord que le personnel de Station. A l'époque, en fait, je me suis dit qu'elle espérait les voir renoncer à l'expédier sur Altaïr. Elle avait une telle certitude de finir Méta de la Terre pour peu qu'elle réussisse à traîner assez longtemps dans le Blundell Building, ajouta-t-il, grognon, avant de ramasser une feuille sur son bureau : les coordonnées des stagiaires attendus. Cela dit, je crois qu'il ne va pas tarder à y avoir du nouveau. Regarde. Tous ceux qui reviennent pour la deuxième fois ont la particularité d'avoir donné de bons résultats en association avec la Rowane. Ray Loftus, Joe Toglia : l'un comme l'autre détachés de Capella avec d'excellentes observations de leurs supérieurs. Et Reidinger m'en a signalé trois dont je dois examiner les aptitudes comme Chefs de Station. C'est la première fois qu'il fait ça. Je te dis, ce type est d'un tortueux !

— Si seulement il pouvait mettre la Rowane au courant de ses intentions. Ça lui éviterait peut-être de perdre tant de temps à s'inquiéter pour rien.

— Tu vas l'emmener comme prévu à Favor Bay. Que ça lui fasse une bonne coupure. Puis vous reviendrez à temps pour qu'elle en bouche un coin à ce tas de débiles dans la phase de chasse aux pépins.

Luséna ébaucha un sourire devant le malin plaisir que, d'avance, Gérolaman prenait à la déconfiture de ses stagiaires, puis elle soupira.

— Si seulement elle pouvait se montrer un peu plus subtile dans sa façon de reprendre les gens, un peu moins violente dans l'expression de ses opinions…

Gérolaman haussa un sourcil surpris et agita un doigt plaisamment réprobateur.

— Une équipe de Station se hisse au niveau de son Méta. Tu le sais, Luséna, et il n'y a rien de plus à en dire. Elle lui apporte son soutien, elle la seconde, mais c'est le Méta qui joue la partie. Les Métas ne sont pas faits pour briguer des prix de camaraderie. Ils se doivent d'être inflexibles avec tout le monde et ont coutume de l'être plus encore avec eux-mêmes. (Ses mains firent le geste de trancher.) Et il faut qu'il en soit ainsi ; autrement, c'est la fin des TTF. Qu'un relâchement se produise et la Ligue en profitera pour prendre le contrôle. Et on en arriverait à une structure qui ne serait même pas moitié moins efficace qu'une bureaucratie, avec tel ou tel système jetant son poids dans la balance pour réclamer tel ou tel privilège. Les TTF sont un service public : du haut en bas de l'échelle, on y a droit aux mêmes considérations.

— D'accord. (Luséna exhala un soupir lugubre.) Mais je n'oublie pas qu'il s'agit d'une enfant solitaire, et qui l'est depuis toujours.

— Mais pas pour toujours. Rappelle-toi la promesse de Yégrani.

— Une promesse qui prend son temps pour porter ses fruits.

Sur ce, Luséna quitta le bureau du Chef de Station.

— Et j'ai gardé la gardienne, se murmura-t-elle avec une intense satisfaction.

A cet apogée du printemps, Favor Bay était sublime, et Luséna vit la Rowane littéralement revivre dès qu'elle fut descendue de voiture.

— Je n'ai qu'une chose à reprocher à cet endroit, dit-elle en promenant un regard autour d'elle avant d'écarter la mèche d'argent que le vent lui avait rabattue sur le visage, c'est de n'y pouvoir emmener Canaillou.

— Il n'a pas eu l'air trop perturbé de rester chez Gerry.

— Parfait exemple de reconnaissance du ventre, commenta la Rowane avec un petit sourire en biais. Tu me nourris, alors je t'aime.

Luséna éclata de rire.

— En partie seulement. Tu ne peux pas nier qu'il soit particulièrement affectueux à ton égard, courant à la porte dès qu'il t'entend rentrer. Moi, c'est à peine si j'existe pour lui, même quand je lui donne à manger, et il ne fait que tolérer Gérolaman.

La Rowane marqua son scepticisme d'un bruit de gorge puis se tourna pour téléporter les bagages de Luséna puis les siens dans leurs chambres respectives.

— Ce serait chouette un jour d'être aimée ! Pas en tant que

Méta Rowane, en tant que pourvoyeuse, mais pour moi-même, pour ce que je suis. Et, de préférence, que cet amour vienne de *quelqu'un*.

Avec tout autant d'objectivité dans la voix, Luséna lui répondit :

— Tu as dix-huit ans maintenant...

— Est-ce bien sûr ?

— Physiologiquement, tout l'indique. (La réponse de Luséna trahissait quelque aigreur devant l'obstination de la Rowane à vouloir élucider ces détails mineurs dans la connaissance desquels grandissaient la plupart des gens : date de naissance, nom de famille, antécédents.) Ici, à Favor Bay, rares sont ceux qui te savent Douée, plus rares encore à se douter qu'ils ont parmi eux la jeune et convoitable Méta d'Altaïr. Tes séjours s'y sont toujours déroulés dans un cadre familial dont tu es à mon sens assez grande pour sortir en quête de contacts plus intimes.

La Rowane écarquilla les yeux.

— Siglen aurait une attaque si elle t'entendait ! Avec notre Don et nos responsabilités, pas question de nous abandonner à ce genre d'activités grossièrement physiques.

Avec, comme toujours, ce génie dévastateur dans l'imitation.

— Grossièrement physiques, de fait, répéta Luséna en riant. Je ne devrais pas me moquer d'elle de cette manière mais tu sais, Rowane, que ce soit physiquement ou moralement, Siglen n'est vraiment pas taillée pour jouir des "plus délicates émotions de l'existence"...

— Quand bien même elle y serait sensible...

— Bon toujours est-il que tu es une mince et jeune...

— Dame Blanche. N'est-ce pas le surnom que m'avait trouvé ce stagiaire, l'an passé ? Tu sais, le rouquin kinétique ?

— Les revenantes sont pleines de charmes, rétorqua Luséna, interprétation dont elle ne voulut pas démordre.

Elles étaient dans la maison maintenant, et la Rowane s'examina dans le miroir de l'entrée.

— Je pourrais me teindre les cheveux.

— Pourquoi pas ?

— Ma foi, oui, pourquoi pas ?

Elles essayèrent plusieurs nuances et, en dépit d'un net penchant de la jeune fille pour les longues tresses d'ébène, le fait qu'elle n'eût pas le genre de teint convenant aux brunes déplaça leur choix sur un blond cendré. Puis, compte tenu de la saison, la Rowane opta pour une coupe courte et bouclée. Le résultat final les enchanta l'une et l'autre.

— Et comme ça, c'est mieux ? demanda la jeune fille en se disposant une boucle en accroche-cœur sur le front.

— Piquant ! Tout à fait mode. Et maintenant, va t'amuser. D'après la garantie, cette teinture résiste aux effets décolorants du sel et du soleil.

— Oui, je vais aller faire un tour à la plage, histoire de voir si leurs prétentions sont fondées. Tu m'accompagnes ?

— Pas aujourd'hui, lui répondit Luséna en la poussant gentiment dehors.

Il y avait pas mal de courses à faire, certains hôtes de l'administration coloniale n'étant pas des plus scrupuleux quand il s'agissait de regarnir les placards de la cuisine avant leur départ.

Un brin de natation puis une petite séance de bronzage le temps de justifier le hâle qu'elle donnait à sa peau portèrent à son comble la bonne humeur de la Rowane. Elle et Luséna dînèrent au restaurant ce soir-là, et bon nombre de regards masculins se tournèrent dans leur direction.

— Tu es vraiment sûre que personne ici ne sait qui je suis ?

— Il n'y a pour ainsi dire aucune chance. Je ne vois même pas Gérolaman te reconnaître au premier coup d'œil, à présent. Evidemment, ajouta Luséna en haussant les épaules, il se peut qu'on suspecte en toi quelque Don, mais cela ne te distinguerait pas d'un bon tiers de la planète qui peut légitimement prétendre au statut de Doué mineur.

— Ça vaudrait mieux. Que je n'aie plus de souci à me faire là-dessus.

Ce vœu impossible, Luséna n'était pas vraiment certaine que la Rowane l'eût exprimé à voix haute. De loin en loin, au cours des ans, il lui était arrivé d'*entendre* des commentaires purement intérieurs de la jeune fille mais pas une seule fois elle n'en avait fait mention, lui épargnant ainsi la gêne d'avoir été surprise dans ses pensées. Par ailleurs, un tel abandon de tout écran révélait l'entière confiance que celle-ci avait en elle. Jamais ne l'avait assailli le moindre regret de ces quinze années consacrées à la Rowane, même si, de temps à autre, son dévouement lui avait attiré des réflexions désobligeantes tant de Bardy que de Finnan.

Telle fut la raison pour laquelle, deux jours plus tard, quand Jedder Haley, le mari de Bardy, l'informa de ce que sa fille allait accoucher plus tôt que prévu, Luséna se sentit obligée de partir aussitôt pour leur concession, aux confins orientaux du Grand Sud.

— Si je t'accompagne, ta fille sera contrariée, lui dit fermement la Rowane. C'est de toi seule que Bardy a besoin. Je saurai me débrouiller. Ne m'as-tu pas dit que j'étais assez grande ? Et puis je te rappelle, enchaîna-t-elle, devançant les objections de Luséna, que selon toi personne ne sait précisément ni qui je suis ni ce que je suis et qu'en conséquence je ne risque absolument rien. Franchement, ça ne me déplaît pas du tout de passer quelques jours seule. La plupart des gosses sont autonomes à seize ans. Je ne vais pas vivre toute ma vie dans une bulle. (En une seule et rapide incursion, la Rowane avait lu assez profond dans l'esprit de Luséna pour percevoir toutes ses réticences et mesurer le dilemme que lui posait sa fille.) Ce n'est pas comme si j'étais incapable de me conduire correctement. Je ne suis pas Moria.

— J'en suis parfaitement consciente.

L'attitude de sa nièce était restée gravée dans la mémoire de Luséna, même si son frère n'avait jamais su pourquoi elles avaient brusquement écourté leurs vacances.

— Autant se servir de la navette puisque Camella l'a laissée à notre disposition à l'aéroport. Comme ça, tu ne perdras pas de temps, poursuivit la Rowane, prélevant vite fait bien fait des affaires dans les tiroirs de Luséna pour en remplir un sac de voyage. D'ici dix minutes, tu es en chemin. Bardy peut-elle espérer mieux ?

— Oui, mais c'est toi que j'abandonne, dit Luséna, ses traits mobiles assombris par le remords.

— Absurde ! (Et la Rowane prit Luséna dans ses bras, l'enveloppant d'amour, de tendresse, de compréhension.) Tu sais très bien que je t'ai monopolisée. Bardy avait tous les motifs de m'en vouloir, et elle a été assez généreuse pour au moins ne pas trop le montrer. A l'époque, j'avais besoin de toi, beaucoup plus qu'elle. Maintenant, c'est l'inverse.

Et, debout sur la terrasse, alors que Luséna s'éloignait, la Rowane se sentit saisie d'une étrange exaltation : un sentiment de libération des plus inattendus, vu que Luséna s'était toujours occupée d'elle avec discrétion et subtilité, interdisant que sa sollicitude pût être interprétée comme de la surveillance. Mais elle était seule — seule pour la première fois depuis quinze ans, depuis ce miraculeux sauvetage qui avait été le sien. Seule, sans même un minah.

Elle pivota sur elle-même et rentra dans la maison, appliquant sa paume à plat sur la porte, faisant courir ses doigts sur la table de l'entrée, tinter d'une chiquenaude le vase garni de fleurs estivales, pénétrant dans le salon sur un pas dansé pour caresser le bois poli puis le brocart d'un fauteuil, comme pour marquer la différence entre ces objets inanimés et elle, la seule créature vivante dans cette demeure. Sur une ultime pirouette, elle se laissa choir dans les profondeurs du canapé, riant à gorge déployée de son comportement fantasque.

Whaou ! La sensation ! Seule ! Son propre maître ! Enfin !

Elle se tendit mentalement vers Luséna. La pauvre continuait de se ronger les sangs, de se demander si elle avait bien fait de laisser sa protégée seule, pour se dire aussitôt qu'elle n'aurait pu se dispenser de répondre à l'appel de Bardy. En douceur, la Rowane la soulagea de son anxiété, lui implantant l'automatisme de substituer à toute bouffée d'inquiétude la pensée que sa pupille jouissait pour la première fois de sa vie d'authentiques vacances.

Favor Bay se para pour la Rowane d'un charme qu'il n'avait jamais eu auparavant. Elle attendit d'avoir faim pour manger, Luséna n'étant plus là pour lui rappeler qu'il était l'heure "normale" de passer à table, et surtout en l'absence d'une Siglen horripilante par sa façon de lui enjoindre de manger ci ou ça, de reprendre de ci ou de ça, ou de bien vouloir finir ce qu'elle avait dans son assiette en pensant au nombre de gens de par le monde qui auraient tant aimé avoir la chance de goûter à des mets si raffinés. Et quand la faim vint à se manifester, elle prit la forme d'un appétit féroce qui la poussa à prendre un des vélos pour descendre en ville et se laisser guider par son nez vers la source du plus délicieux des multiples fumets dont l'air était chargé.

Après avoir rangé sa bicyclette dans le râtelier jouxtant la porte de la gargote, elle jeta un coup d'œil à l'intérieur sur le menu qui pendait du plafond. L'odeur du poisson grillant sur les braises exerça sur elle une tentation assez puissante pour qu'elle entrât et prît place au comptoir à côté de l'unique autre client. Un regard plus attentif quoique discret sur le profil de ce dernier ainsi que le plus infime des effleurements psychiques lui firent reconnaître Turian, leur guide et capitaine lors de cette première sortie en mer à Favor Bay.

— Qu'est-ce qu'il faut prendre ici ? Tout sent si bon.

— Moi, j'ai choisi leur sandwich au steak de redfish, lui répondit-il, inclinant vers elle un large sourire — et ses pensées disaient : *Joli petit lot. Pas une étudiante puisqu'il reste encore une semaine avant les grandes vacances. Une convalescente, peut-être ? Elle a l'air un peu fatiguée. Beaux yeux, en tout cas.*

La Rowane n'aurait su dire si elle était contente ou fâchée qu'il ne l'eût pas reconnue. En un seul été, il devait voir défiler des centaines de clients. Comment aurait-il pu se souvenir d'une adolescente comme tant d'autres.

— Ils ne font que des steaks de redfish ?

— Non, mais c'est ce qu'ils ont de plus frais. J'en ai vu arriver de la pêcherie il n'y a pas même une demi-heure.

— Même chose pour moi, donc.

Et, quand on vint prendre sa commande, elle montra le steak sur le grill, eut alors beaucoup de mal à s'abstraire du flot de pensées dont son voisin avait repris le fil après leur court échange de paroles. Il récapitulait tout ce qu'il avait encore à faire sur son bateau s'il le voulait fin prêt pour la saison, se demandant s'il allait avoir assez d'argent pour que ce soit fait dans les règles de l'art et, sinon, sur quoi il pourrait rogner sans mettre en danger son gagne-pain ou ses clients. A propos de pain, il avait une faim de loup après cette matinée à gratter les noires traînées dont l'hiver avait maculé la coque, et les odeurs qui flottaient tout autour lui faisaient monter l'eau à la bouche. Ou était-ce la proximité de cette jolie fille ? A coup sûr appétissante, dans le genre mince, et avec un bronzage trahissant qu'elle était ici depuis quelques jours au moins. Bizarre ! Son visage lui était étrangement familier. Non, impossible : c'était la première fois qu'il la voyait à Favor Bay.

— Vous êtes du coin ? lui demanda-t-il, histoire de passer le temps pendant que cuisait sa tranche de poisson.

— Non, de Port.

— En vacances ?

— Oui, j'ai dû les prendre tôt cette année. Dans les bureaux, les jeunes ont rarement le choix. (Cela devait répondre à sa question.) Et vous ?

— Je prépare mon bateau pour la saison.

— Ah bon ! Quelle sorte de bateau ?

Autant tout reprendre à zéro avec lui. Ainsi courait-elle un moindre risque qu'il se rappelât les circonstances de leur précédente rencontre... et n'en déduisît l'âge qu'elle avait en réalité.

Il eut un large sourire.

— Visitez les luxuriants jardins de la mer ! Accompagnez dans leurs évolutions les citoyens des profondeurs ! Enfin, ce genre de trucs. *Et si je gagne assez d'argent l'été, je peux passer tout l'hiver à bourlinguer où bon me semble*, ajouta-t-il en pensée.

— Toujours à Favor Bay ?

Elle ne se rappelait pas l'avoir vu l'année dernière, quoiqu'elle ne l'eût en fait jamais cherché, n'eût pas même songé à retourner aux jardins de la mer.

— Non, pas toujours. Altaïr compte un certain nombre de ports superbes et j'aime le changement. Mais j'avoue qu'ici c'est un bon coin pour l'été.

Les sandwichs étaient prêts. On les leur servit assortis d'une demande de paiement, et la Rowane mettait la main à la poche de sa veste quand elle s'empourpra, tant elle était gênée : ses doigts n'y avaient rencontré que trois malheureuses petites pièces. Comment pouvait-on être aussi distraite ? Allait-elle avoir à jamais besoin que Luséna fût derrière elle ? Pour sa première sortie en solo, elle venait d'oublier l'indispensable. Les trois pièces, une fois exhibées, confirmèrent leur inaptitude à couvrir même le dixième de la somme requise.

— Zut !

Elle répartit entre le serveur et Turian un sourire confus et se creusa la cervelle pour retrouver l'endroit où elle avait laissé son sac à la maison. Il lui restait encore la possibilité de téléporter ce dont elle avait besoin dans les poches de son short.

— Ttt-ttt, c'est pour moi, dit Turian, souriant. *De toute façon, ça me les pompait de bouffer seul, et je ne la vois pas en train de me faire un coup ; c'est pas le genre.*

Le sourire soulagé de la Rowane répondit plus à cette pensée charitable qu'à l'exploit de lui payer son sandwich.

— J'insiste pour vous rembourser dès que possible, dit-elle. J'ai simplement oublié mes sous chez moi. Le je-m'en-foutisme des vacances, je suppose.

— Vous savez quoi ? Je vous échange ce sandwich contre une heure ou deux d'un travail somme toute assez peu exténuant. A condition bien sûr que votre entourage n'y voie pas d'objection.

— Je suis en vacances, dit-elle, mais je ne doute pas qu'il y ait assez de...

D'un geste, elle acheva sa phrase, montrant les gens qui passaient dans la rue.

— Tout le monde est occupé à mettre de l'ordre chez lui. Ce dont j'ai besoin, c'est avant tout d'une personne capable de suivre des consignes relativement simples. (Et son sourire montra qu'elle était amplement qualifiée.) Je vous apprendrai à gréer une voile, savoir qui ne manquera pas de vous être utile un de ces jours.

La Rowane était convaincue que Turian limiterait là ses exigences. Il restait l'homme foncièrement sincère et honnête qu'elle avait connu quatre ans auparavant.

— Marché conclu. Un peu de dur labeur ne risque pas de me faire grand mal et, en tout cas, ça me changera des journées que je passe coincée sur mon fauteuil au bureau. Où dois-je me présenter demain matin, mon capitaine ?

Et elle porta la main à sa tempe dans un salut très "gars de la marine".

— Au port de plaisance. Sur le quai. Mon bateau est le quinze mètres bleu gréé en sloop.

Souriante, elle porta le sandwich à sa bouche, mordit dans le pain croustillant, et la sauce piquante dont elle avait copieusement arrosé le poisson lui ruissela sur le menton. Elle recueillit le débordement d'un doigt qu'ensuite elle lécha, gourmande. Turian, engagé dans un processus identique, arborait un sourire de franche camaraderie.

Quand elle eut dévoré son salaire, Turian insista pour augmenter sa future employée d'un demi-melon garni de fruits précoces et d'une tasse de "thé" local. Puis il lui demanda d'être au port à sept heures pour leur permettre de faire le plus gros du travail avant que le soleil ne soit trop haut. Ensuite, il la salua poliment et prit congé.

Il s'éloigna, se dissuadant de tenter quoi que ce fût avec une fille si jeune. Il avait tout l'été devant lui, et comme d'habitude, les occasions n'allaient pas manquer.

Quelque peu piquée au vif, la Rowane rentra en se demandant presque à chaque tour de pédale comment lui prouver qu'elle n'était pas si jeune que ça ! C'était de toute évidence un type bien : droit, intelligent, bon marin et passionnant comme guide.

De retour à la villa, elle décida de se former à ses tâches du lendemain. Elle consulta des banques de données sur la navigation à voile, sur le métier de marin en général, s'attardant sur les chapitres qui traitaient du radoub d'un bateau remisé tout l'hiver afin d'assimiler toute information disponible. Les Métas étaient communément gratifiés d'une mémoire photographique, l'exactitude absolue du souvenir s'avérant précieuse à l'extrême lors des décisions parfois instantanées qu'il leur fallait bien souvent prendre dans l'exercice de leurs fonctions.

Elle regarda aussi ce que les Archives de la Commission Maritime avaient à lui apprendre sur un certain Turian Negayon Salik et son mot de passe de Station lui donna même accès au dossier confidentiel du susnommé, pour n'y rien découvrir de fâcheux. Turian avait trente-deux ans standards, même s'il faisait un peu plus à cause de ses traits burinés par le soleil et les embruns. (Les confidences de diverses stagiaires avaient appris à la Rowane que les hommes d'un certain âge se montraient souvent très prévenants.) Il n'avait jamais rempli de formulaire pour déclarer son intention de se marier, à plus forte raison pour contracter un engagement parental à court terme. Il avait un grand nombre de frères et sœurs ainsi que d'oncles et de tantes, de cousins, de cousines, la plupart liés d'une manière ou d'une autre aux activités maritimes.

Consciente de quelque étrange lacune dans les données concernant Turian et les autres membres de sa famille, elle eut à marquer une pause pour réfléchir à ce qui manquait. Puis ça lui sauta aux yeux : ni lui ni aucun de ses parents proches ou éloignés n'avait jamais passé un seul test de détection des Dons. C'était particulièrement insolite, la plupart des familles guettant le moindre signe de telles facultés — mineures ou majeures — chez leur progéniture. Identifiable et mesurable, tout Don signifiait bien souvent, outre une scolarité privilégiée, des aides dont bénéficiait la famille entière. Même si personne n'avait vraiment besoin d'être assisté sur une planète riche, fertile et encore fort peu exploitée comme Altaïr, il était rare qu'on fût insensible à une substantielle augmentation de ses revenus. Donc, aucune loi n'obligeait les gens à se rattacher à un centre de détection des Dons, mais négliger de le faire constituait une anomalie patente.

Elle se renseigna sur son bateau, le *Miraki*, obtint un relevé des sorties effectuées au cours des quatre dernières années, sut ainsi sur quelles mers il avait cinglé, dans quels ports il avait mouillé, quels passagers étaient montés à son bord. Formé par son oncle maternel, Turian avait reçu à l'issue de son apprentissage une partie de la somme nécessaire à l'achat du sloop. Le reste, il l'avait remboursé à la sueur de son front et pouvait à présent s'enorgueillir d'être son maître. Le *Miraki* était homologué pour la promenade, le transport et les missions scientifiques. En huit ans, il s'était vu affecté à toutes les sortes de tâches qu'autorisait son tonnage. Son capitaine en avait scrupuleusement tenu à jour le carnet d'entretien et il n'avait essuyé aucune avarie, amende ou suspension temporaire.

A six heures tapantes, la Rowane était debout. Elle prit un solide petit déjeuner et fut à deux doigts d'être en retard au port de plaisance à cause du temps passé à se choisir une tenue appropriée, c'est-à-dire appropriée au but qui était maintenant le sien. Elle était sur le point de quitter la maison un quart d'heure avant le rendez-vous — le port de plaisance était juste au bas de la route — quand elle prit conscience que Turian esquivait et déjouait depuis des années les manœuvres de filles bien plus expérimentées qu'elle dans ces jeux de séduction. Il la voyait comme une jolie gamine, un peu maigrichonne, peut-être. Elle avait à partir de là. Et à développer.

A l'instant précis où la tri-D braillait son jingle de sept heures par la fenêtre de l'amirauté, elle se présenta donc sur le quai en combinaison mais avec de quoi se changer attaché au guidon de son vélo. Ses révisions de la veille l'avaient avertie d'un risque de se mouiller et de se salir. Elle avait également glissé une confortable liasse de crédits dans la poche de son pantalon de rechange.

— Est-ce vraiment la première fois que vous gréez un bateau ? lui demanda Turian en milieu de matinée alors qu'une fois de plus elle devançait ses instructions.

— En fait, oui et non. La voile m'ayant toujours fascinée, j'en ai potassé les techniques. Une bonne éducation tertiaire vous apprend comment combler les lacunes de votre savoir.

— En ce cas, vous êtes très douée pour passer de la théorie à la pratique. Des auxiliaires intelligents sont ce qu'il y a de plus dur à trouver dans n'importe quel secteur d'activité. A ce propos, qu'est-ce que vous faites ?

— Rien de passionnant, des trucs d'import-export, répondit-elle, s'autorisant un haussement d'épaules timide. Mais le salaire est correct, sans parler d'à-côtés non négligeables. Je sais ne pouvoir espérer vraiment de l'avancement qu'après un stage de formation hors d'Altaïr et, en attendant, j'essaie d'être d'agréable compagnie pour mes collègues jusqu'à ce qu'on me remarque.

En voilà une qui a la tête bien vissée sur ses épaules, pensa Turian.

L'extrême franchise du garçon épargnait à la Rowane de se sentir indiscrète : chez lui, tout était là, sur le devant de la conscience, monologue informulé.

Comme le soleil jouxtait au zénith dans la brillance du ciel sans nuages, Turian décréta une pause et suggéra de la commencer en faisant trempette au bout de la jetée, histoire de se rafraîchir avant de casser la croûte. Sitôt dit, elle eut ôté sa combinaison et fut en maillot de bain, puis dans l'eau avant lui, riant et l'éclaboussant quand il l'y rejoignit. Il avait toujours ce même corps admirablement découplé dont le hâle semblait accentuer la souplesse et la puissance.

Régénérés par leur baignade, ils s'installèrent sur la jetée, à l'ombre de filets au séchage.

— Vu l'excellent boulot abattu, je tiens à vous payer le resto, dit-il, reconnaissant.

— Deux fois en vingt-quatre heures, vous ne trouvez pas que c'est un peu trop ? D'ailleurs, ce que j'ai apporté devrait amplement suffire pour deux.

Alors qu'il se levait, ses yeux d'océan se plissèrent, se renfonçant au creux des rides dont le soleil avait marqué son visage. Les mains sur les hanches, dégoulinant d'eau, il la contempla.

— Vous êtes une maline, vous.

— Un marché est un marché. Vous m'avez tiré d'un mauvais pas et j'ai payé ma dette. Maintenant, à charge de revanche : le repas d'aujourd'hui contre un tour à bord du *Miraki* dès qu'il sera en état de prendre la mer. OK ?

Une poignée de main scella leur accord. Turian riait, tout empli d'admiration intérieure pour l'indépendance de la Rowane. Elle aurait voulu qu'il ne pensât pas si fort — vu l'injuste avantage qu'à son sens elle en tirait — et n'en semblait pas moins faire le nécessaire pour prouver qu'elle n'était pas aussi jeune qu'elle en avait l'air.

Ils eurent encore trois jours de travail sur le *Miraki* avant qu'il ne fût fin prêt. Trois jours auprès de Turian avec l'exigence de ne pas trop souvent anticiper l'expression vocale de ses ordres. Dans la fraîcheur du soir, tout en cochant sur sa liste les tâches accomplies, il lui détaillait ce qu'ils allaient avoir à faire le lendemain. Eprouvait-elle le besoin de compléter ses connaissances sur quelque point — vernir n'exigeait aucun effort mental mais l'expérience de la fatigue physique, surtout au niveau des épaules, s'avéra digne d'intérêt — qu'elle n'allait pas se coucher sans avoir accédé sur son écran aux informations désirées. Elle dormait par ailleurs beaucoup mieux qu'elle ne l'avait fait depuis des mois.

Quand il n'y eut plus un pouce du *Miraki* — coque, pont, bouchain, misaine, mât, voilure, gréement, moteurs, cockpit, cuisine et cabines — qui n'ait été l'objet de leurs soins, Turian fit venir l'Ingénieur Maritime de Favor Bay qui délivra sans problèmes son certificat. La Rowane ne put retenir un cri de triomphe : elle y voyait une réussite personnelle.

— Et maintenant, vais-je avoir droit à ma virée sur les flots ? demanda-t-elle au retour de Turian qui avait raccompagné l'Ingénieur jusque sur la jetée. La météo annonce pour demain du temps clair avec un petit nord-nord-est de quinze nœuds.

Turian pouffa, lui ébouriffa ses boucles, et elle eut à réprimer la soudaine bouffée de pure conscience sexuelle du corps de l'autre suscitée par cette caresse désinvolte. Une simple marque d'amitié ne justifiait nullement pareille réaction. Toutefois ce geste tendre et gamin ne l'avait tant surprise que parce que les contacts physiques étaient rares entre Doués, et réservés au renforcement des liaisons mentales. Elle ne souhaitait pas révéler prématurément ses desseins concernant un certain Capitaine Turian qui la tenait toujours pour une petite jeune fille en dépit des tentatives qu'elle faisait pour l'éduquer.

— D'accord pour la virée. Une journée entière, vous croyez pouvoir supporter ?

— Ce ne sera pas la première fois, Capitaine Turian, répondit-elle, malicieuse. Et j'ai un estomac d'acier.

— En ce cas, je vais faire rentrer des provisions, mais à condition que vous vous chargiez de la cuisine. Et apportez des vêtements de rechange ainsi qu'un bon coupe-vent. (Il leva vers le ciel des yeux experts qui s'étrécirent pour en filtrer la brillance.) J'ai bien l'impression que le temps va changer d'ici demain soir.

— Ah bon ? (Elle rit de le voir si sûr de lui.) Je croyais la météo parfaitement fiable de nos jours.

Les lèvres de Turian s'écartèrent sur un sourire avisé qui révéla une denture légèrement irrégulière. Il hocha la tête.

— Pouvez-vous être ici à quatre heures pour que nous partions avec la marée ?

— Oui, Capitaine. Bien, Capitaine.

Et sur un petit salut effronté, elle renfourcha sa bicyclette et s'éloigna vers le fond de la jetée.

Sitôt rentrée à la villa, elle s'installa devant son écran et demanda le dernier bulletin météo. Sachant que, tout à l'heure au bateau, Turian n'avait pas même allumé le sien, elle fut très intriguée d'y apprendre qu'une nouvelle zone de basses pressions était en train de se former dans l'arctique. Comment s'y était-il pris, par tous les saints, pour être au courant d'une chose qui avait lieu à des milliers de kilomètres d'ici ? Et, dans sa famille, on ne s'était jamais soumis au moindre test de détection des Dons. Vraiment curieux ! La Rowane fit son sac, n'oublia pas d'y fourrer un imperméable et quelques accessoires qui, pour n'être pas essentiels, risquaient néanmoins de s'avérer utiles.

Le lendemain, sac au dos, elle pédala dans la grisaille de l'aube, bien contente de connaître désormais l'emplacement de chaque ornière ou nid-de-poule que la route du port de plaisance présentait sous ses roues. Arrivée devant le *Miraki* — amarré par l'avant et par l'arrière le long de la jetée, il se balançait mollement dans la marée montante — elle appela, et sa voix lui parut anormalement forte.

— Range-moi ce vélo, p'tit gars, et largue-moi l'amarre de poupe, dit Turian en émergeant de la cabine pour gagner à grands pas le cockpit. Maintenant, tu te tiens juste à coté de l'autre amarre. On appareille.

Riant d'entendre Turian métamorphosé en loup de mer plus vrai que nature, la Rowane s'exécuta puis, d'un bond précis, sauta sur le pont pour gléner l'amarre de proue à l'instant même où les hélices du *Miraki* mordaient l'eau et arrachaient le voilier du quai.

— Va mettre ton sac dans la cabine, et remonte-nous une tasse de thé pour chacun. On va en avoir besoin pendant la sortie du port.

Alors qu'elle exécutait joyeusement ces consignes, elle ne doutait pas que ce dût être une journée merveilleuse, à coup sûr un sommet dans l'année qui venait de s'écouler. Son Don ne comportait pas le moindre élément de précognition, mais il y avait des moments — et celui-ci en était un — où l'on n'avait nullement besoin d'être voyant pour savoir ses actes placés sous de bons auspices.

Une fois qu'ils eurent franchi les limites du port, et laissé derrière eux la flottille plus haletante des bateaux de pêche rentrant de leur labeur quotidien, Turian donna l'ordre de hisser les voiles. Filer au ras des flots sous un vent constant exalta la Rowane à l'extrême ; accrochant le regard de Turian, elle lui vit un sourire indulgent devant cet abandon au plaisir de l'instant.

— Ce n'est pourtant pas la première fois, m'as-tu dit ? la taquina-t-il à demi alors qu'ils étaient ensemble dans le cockpit avec la compétente main de Turian posée sur la barre entre eux deux.

— Oui, mais ce n'était pas vraiment comparable. Juste des excursions... rien qui ait ce parfum d'aventure.

Turian renversa la tête en arrière et partit d'un grand rire chaleureux.

— Bon, si une petite sortie d'essai constitue pour toi une aventure, je suis heureux de t'en procurer la rare occasion. *Pauvre gosse,* se disait-il bien que son regard sur elle fût toujours aussi gentil. *Si tu n'as jamais rien vécu de plus aventureux...*

N'en gardant pas moins l'intention de lui faire vivre l'expérience à sa pleine mesure, il en vint à oublier ses propres prédictions météo. Le plan de sortie laissé aux autorités portuaires prévoyait un aller-retour dans la journée jusqu'à Islay, la plus grande île d'un archipel parallèle à la côte, mais vu l'allure à laquelle ils filaient, il décida d'aller plus loin, d'attraper le courant nord-sud qui les porterait juste à la pointe méridionale de Yona où ils n'auraient plus qu'à virer nord-ouest pour rentrer en cabotage à Favor Bay. Il en résulterait un surcroît d'aventure pour la jeune fille.

En attendant, il prenait grand plaisir à la voir s'activer. A peine s'offrait-elle de temps à autre un instant de repos, et pareille diligence, pareil empressement — bien qu'il les approuvât — semblaient parfois hors de proportion avec les simples tâches qu'il lui donnait à faire.

Les sommets violets d'Islay — et Yona plus loin vers le sud dans leur prolongement — se profilaient sur l'horizon quand Turian expédia la Rowane aux fourneaux. Du temps qu'ils aient satisfait l'immense appétit que leur avait donné la mer, l'île s'était assez rapprochée pour que sa petite agglomération fût visible. Puis ils rencontrèrent le courant, et les yeux de la Rowane s'écarquillèrent devant le nouveau comportement du voilier qui donnait de la bande alors que son étrave soulevait des gerbes d'écume. Turian lui fit serrer le clinfoc cependant que lui-même jouait sur la bouline pour prendre le vent par côté. Elle retournait s'asseoir près de lui quand il entendit crépiter la météo-alarme.

— Passe me chercher ce feuillet, veux-tu, Rowane ? lui criat-il, et profites-en pour nous remonter une boisson chaude.

— Tu avais raison pour le changement de temps, dit-elle en réémergeant sur le pont avec les tasses fumantes entre les mains. Il y a un front de basse pression qui dégringole du pôle Nord ; une bousculade d'isobars qui semble nous promettre des vents de force 8 pour le moins. (Elle sortit de sa poche le feuillet d'imprimante et le lui tendit.) Mais tu étais au courant depuis hier.

Il rit en prenant connaissance du bulletin. Puis il le fourra dans sa poche pour prendre sa tasse de son unique main libre.

— Voilà des siècles qu'on est marin dans la famille. On a fini par acquérir une sorte d'intuition sur le temps.

— Vous êtes des météo-Doués ?

Il lui décocha un drôle de regard.

— Non, rien d'aussi officiel.

— Comment tu le sais ? As-tu déjà passé des tests ?

— A quoi bon ? Dans ma famille, tous les hommes ont cette intuition du temps. Pourquoi irions-nous nous soumettre à des tests ?

Il haussa les épaules et prit une gorgée prudente de potage brûlant.

— Mais... la plupart des gens veulent que leur Don soit officiellement reconnu.

— La plupart des gens veulent plus que ce dont ils ont besoin, répliqua-t-il. Du moment que j'ai un bateau, un océan pour le porter et assez d'argent pour l'entretenir, je suis content.

La Rowane le regarda, déconcertée par sa philosophie.

— Une chouette vie, d'ailleurs, ajouta-t-il en hochant la tête, puis il lui sourit. Sur tous les mondes, il faut bien qu'il y ait des gens comme nous pour se satisfaire de ce qu'ils ont, et supporter sans ennui de rester toute la journée au bureau posés sur leur derrière à brasser de la paperasse.

Elle capta dans l'esprit de Turian une acceptation de cette indicible lucidité qui ne prenait sa source dans nul manque d'ambition, se soldait par un style de vie totalement différent, sans plus. C'était une composante de son honnêteté foncière et de son haut sens moral. Fugitivement, elle jalousa ses certitudes. Elle n'avait pas le moindre argument à lui opposer sinon qu'il ne lui avait jamais été donné de vivre une vie comparable à la sienne, ce qui suscitait presque en elle du ressentiment Depuis l'instant où ses sauveteurs l'avaient extirpée de la puce, aucun autre sentier ne s'était présenté qu'elle pût suivre.

— Tu as de la chance, Capitaine Turian, dit-elle avec un petit sourire que tordait l'envie.

— Comment se fait-il que tu donnes parfois l'impression d'avoir dix ou vingt ans de plus qu'il n'est possible?

— C'est que j'ai parfois dix ou vingt ans de plus que je ne le devrais, Capitaine Turian.

Il en resta coi et elle se sourit mentalement. Si rien d'autre ne marchait, pourquoi pas se montrer mystérieuse?

— Toujours est-il que nous allons devoir modifier nos plans, dit-il en ressortant le bulletin météo qu'il relut. Nos chances de rentrer à Favor Bay avant l'arrivée de ce grain sont nulles, et je n'ai pas l'intention de me faire surprendre par lui de ce côté-ci de l'archipel. Nous sommes donc en face d'un choix... que je t'abandonne en dernier ressort. (Il la défia du regard.) Ou bien nous franchissons le goulet... (il montra du doigt la pointe d'Islay qui se rapprochait à grande vitesse)... pour nous abriter derrière Yona. Je connais une jolie petite baie sur la queue de l'île. On y sera en sécurité, d'accord, mais cela reportera notre voyage retour à demain. Ou bien nous pouvons rebrousser chemin jusqu'à Port Islay, nous y amarrer solidement jusqu'à la fin du coup de vent et regagner Favor Bay dans la nuit.

— C'est toi le capitaine.

— Sache que s'engouffrer dans le goulet à marée haute a de quoi flanquer les jetons.

— Mais le *Miraki* serait mieux abrité de l'autre côté de l'île, non?

Le sourire de Turian lui répondit.

— Donc, allons-y pour le goulet, dit la Rowane, son sourire à elle relevant le défi.

Turian hésita encore un moment. Le goulet d'Islay à marée haute était au mieux un passage éprouvant. Le peu de voile que sa passagère pouvait avoir fait pendant ses vacances ne l'avait certainement jamais confrontée au tumultueux enchevêtrement de courants et de contre-courants dans l'exiguïté d'un détroit. Ayant souvent mené le *Miraki* dans pareille tourmente, il avait une totale confiance dans ses propres qualités de marin, mais si c'était l'aventure qui la séduisait, elle allait être servie.

Aussi lui ordonna-t-il d'enfiler son ciré et son gilet de sauvetage dès qu'ils doublèrent les récifs marquant l'entrée du goulet, s'équipant de même pour couper court à toute discussion.

— Paré à virer, rugit-il par-dessus le fracas du ressac contre les rochers.

En passant à l'avant exécuter la manœuvre, la Rowane eut un premier aperçu réel de ce qui bouillonnait à l'intérieur du goulet.

— On va s'engager là-dedans ? s'écria-t-elle, et il admira la manière dont elle dissimulait la terreur qui à l'évidence la saisissait.

— Tu m'as dit avoir un estomac d'acier. Je vérifie.

Alors qu'elle retournait vers le cockpit, il sourit de remarquer comment elle s'accrochait au bastingage, et de la précision avec laquelle ses pieds nus se posaient sur le pont pour compenser les plongeons du *Miraki*.

Il se dit qu'il n'avait peut-être pas choisi la façon la plus douce de tester les qualités de marin de la jeune fille, mais n'en était pas moins fier du courage qu'elle montrait. Elle ne dévia pas de cette apparence impavide jusqu'à ce qu'ils fussent au point de rencontre des deux flux. A cet instant, le *Miraki* se retrouva chevauchant la crête d'une énorme vague, puis la dévalant presque en piqué pour aborder la suivante.

A ses côtés, la fille hurla, et il détourna brièvement son attention sur elle, eut le temps de la voir blanche comme un linge, les yeux écarquillés, le regard fixe, en proie à la panique la plus totale. Ce fut alors une main que Turian détourna de la barre le temps de serrer contre lui la Rowane pour autant que le permettait la pièce de bois tressautante qui les séparait. Puis il lui saisit la main et la bloqua sous la sienne en replaçant celle-ci sur la barre. Enfin, après avoir accroché sa jambe à celle de la jeune fille, il se colla du mieux qu'il put contre elle.

Car ce n'était pas la mer qui la terrifiait. Il le savait sans s'interroger sur l'origine de ce savoir. Elle succombait à une peur ancienne, de quelque manière ressuscitée par leur situation présente... et luttait contre cette peur, de toutes ses forces. Il resserra son contact physique avec elle, conscient qu'elle en sortirait avec la main couverte de bleus, tant il la lui écrasait. Mais il n'avait rien d'autre pour la rassurer.

S'il présentait des risques incontestables — et paraissait de ce fait interminable —, le goulet n'était par bonheur pas très long, et Turian fut assez vite en mesure de virer dans des eaux nettement plus calmes.

— Rowane ? (Il lâcha la barre, le temps de tirer la jeune fille en travers de ses genoux puis d'attraper une corde pour assujettir la barre sur leur nouvelle course. Quelques tours de guindeau redéployèrent la grand-voile comme il fallait, et Turian fut libre de se consacrer à sa passagère. En douceur, il lui repoussa les boucles du front.) Qu'est ce qui t'a fait peur ?

— *Ça m'est tombé dessus par surprise ! Ce n'était pas le goulet. C'était la façon dont le bateau remuait. Les bonds qu'il faisait puis ces glissades. Comme dans la puce. J'avais trois ans. Maman m'avait laissée dans la puce, et la coulée de boue est arrivée. J'ai été emportée, ballottée comme ça. Puis après, des jours et des jours, ça a duré. Personne ne venait. J'avais faim, j'avais soif, j'avais froid, j'avais peur.*

— C'est fini. La passe est derrière nous. A partir de maintenant, c'est une croisière sans problèmes, promis.

Elle voulut se dégager mais Turian, qui la savait encore sous le choc de cet horrible retour du passé, continua de la serrer contre lui. Son œil de marin se posa sur les flots puis sur la voile gonflée par le vent, mesura la distance qui séparait le *Miraki* du rivage, et s'estima satisfait de leur course présente. Soulevant alors la Rowane, tremblante et légère sur ses bras, il la transporta dans la cabine et l'étendit sur la couchette. Il mit de l'eau à bouillir, débarrassa la jeune fille de son gilet de sauvetage puis de son imperméable, sentit ce faisant à quel point elle était glacée, et prit alors le temps de l'envelopper dans une couverture avant de retourner aux fourneaux concocter un breuvage régénérateur qu'il lui tendit, généreusement arrosé d'alcool.

— Tu bois ça, lui ordonna-t-il, et son ton péremptoire la fit sourire, même si elle obéit.

Puis il s'extirpa de son propre harnachement, s'ébouriffa les cheveux, se massa les épaules, alla se préparer la même chose, s'assit sur la couchette opposée, et attendit qu'elle eût envie de parler.

— Le bateau ? demanda-t-elle une fois entre deux gorgées, inquiète d'entendre le chuchotement de l'eau glissant le long de la coque.

— Ne te fais pas de souci pour lui.

Elle eut un sourire un peu plus digne de ce nom.

— Et toi, ne te fais pas de souci pour moi. Voilà des années que je n'avais pas revécu ce cauchemar. Ce sont les mouvements...

— Bizarre comme les souvenirs remontent, dit-il sans insistance particulière dans la voix. Comme ça sans crier gare. J'ai bien failli perdre et mon voilier et la vie dans un détroit comme celui que nous venons de franchir. J'en ai... tu vois quoi... dans mon froc, et c'était le seul que j'avais. Tu es en droit de penser... (et il se recroquevilla légèrement, affectant d'être gêné)... que je ne m'aventure si souvent dans le goulet d'Islay que pour me prouver que je suis désormais inaccessible à la peur.

— Je ne suis pas vraiment sûre... enfin, si tu n'y vois pas d'inconvénient... commença-t-elle en égrenant ses mots — mais son visage avait déjà repris des couleurs — ... de vouloir y retourner aujourd'hui.

— Ce serait impossible, de toute façon, rétorqua-t-il en éclatant de rire. (Il lui reprit sa tasse vide.) La marée n'est pas dans le bon sens pour qu'on prenne la passe d'est en ouest.

— Ah, c'est bien triste !

Plein d'admiration pour une pareille élasticité de caractère, il lui allongea plaisamment — et en douceur — son poing dans la mâchoire puis lui lança la serviette propre qu'il venait de prendre dans le placard. Allez, sèche-toi, change-toi, et rendez-vous sur le pont. C'est toi qui es de quart jusqu'à ce qu'on atteigne la queue de Yona.

Qu'elle s'active, se disait-il en remontant. Ça lui évitera de replonger dans ses vieilles peurs. Bien que parfaitement d'accord avec lui, la Rowane resta encore un moment sur sa couchette, toute à sa réaction devant le soutien immédiat que lui avait apporté Turian. Il aurait pu se moquer d'elle, la traiter de poule mouillée, ou simplement l'abandonner à sa terreur sans en soupçonner la réelle nature. Mais non, il avait deviné ce dont il s'agissait, et agi en conséquence, lui donnant toute la présence physique dont elle avait besoin... et qui avait tant manqué à la petite fille de trois ans prisonnière de la boue.

Oui, les vieilles terreurs avaient une manière de vous assaillir au moment où vous vous y attendiez le moins. C'était la première fois qu'elles réussissaient à forcer en masse les scellés mis par les psychiatres sur l'horrible expérience. Si, mentalement, elle n'était pas autorisée à se souvenir, son corps avait de toute évidence les moyens de transgresser l'interdit. Une chance qu'elle ait eu cette fois quelqu'un pour lui tenir la main.

Elle enfila ses vêtements de rechange, enveloppa dans la chaleur du sweater un froid si enraciné au cœur des os que le grog était resté impuissant à le dissiper. Alors qu'elle se séchait les cheveux, il lui revint à l'esprit — et elle en fut amusée — qu'elle s'était expliquée sur sa panique à un niveau subvocal sans que Turian s'en aperçût. En fait, compte tenu de leur proximité physique du moment, il n'avait pas eu besoin d'avoir des trésors d'empathie pour capter son message mental.

Le visage de Turian s'illumina quand il la vit reparaître sur le pont. Elle lui rendit son sourire.

— A toi la barre, dit-il en lui montrant la boussole. Je vais déployer le foc. Comme ça, on sera plus vite ancré dans cette rade, et avec du temps devant nous avant la nuit. J'ai communiqué à la Vigilance Maritime une nouvelle date de retour, histoire de leur éviter une panique, mais si tu as quelqu'un à prévenir en particulier à Favor Bay...

Elle fit non de la tête, consciente — parce que c'était criant dans les pensées de Turian — qu'il n'était pas mécontent de cette prolongation de leur croisière. Il y avait déjà qu'il en voulait à ceux qui avaient laissé une gamine de trois ans mariner des jours durant dans sa détresse ; et puis qu'il commençait à voir en elle, au-delà de la fille qui lui avait donné un coup de main, de la camarade de travail, une personnalité originale et digne d'intérêt.

Elle observa le jeu souple de ses muscles alors qu'il hissait le foc, renroulait quelques cordages éparpillés pendant la traversée du goulet et vérifiait d'une manière générale un peu tout, à tribord comme à bâbord, en retournant vers le cockpit. S'asseyant au coin du banc, il jeta un œil sur la boussole puis sur le rivage.

— Timonier, infléchissez notre course. Dix degrés à tribord. (Son bras se tendit, désignant dans les lointains la pointe de Yona.) Nous allons mouiller sur la queue de Yona. Et demain, nous rentrerons droit sur Favor Bay.

— Bien, Capitaine. Dix degrés à tribord, cap sur la queue de Yona. Et puis-je m'enquérir auprès du capitaine si les provisions qu'il a embarquées suffiront à nourrir un matelot affamé ?

— Personne ne meurt de faim à bord du *Miraki*, lui fut-il répondu avec petit rire approbateur. L'équipage est libre de pêcher autant de poisson qu'il peut en manger, et ce n'est pas la garniture qui manque.

D'épais nuages avaient commencé d'envahir les cieux quand ils atteignirent leur ancrage, une charmante petite baie sertie dans le croissant d'une plage de sable blond. Yona était un séjour d'été apprécié, précisément du fait que des centaines de plages similaires émaillaient sa côte orientale. Ils n'en étaient pas moins les seuls à mouiller dans ces eaux calmes, voiliers en cale sèche et résidence du bord de mer continuant de rêver à la belle saison dans leurs cocons hivernaux. Sitôt qu'il eurent ferlé les voiles, proprement roulé tous les cordages et allumé leurs feux de position, Turian sortit les cannes à pêche.

— Qu'est-ce qu'on y met comme appât ?

Il sourit.

— Tu lances ta ligne et tu regardes ce qui se passe.

— Incroyable ! s'exclama-t-elle alors qu'un poisson plat bondissait sur l'hameçon nu à peine celui-ci se fut-il enfoncé de quelques centimètres sous la surface.

— C'est le bon moment de l'année pour en attraper. Et cette baie est particulièrement poissonneuse. Maintenant, cinq minutes entre la mer et ton assiette, et ainsi de suite jusqu'à ce que tu sois gavée.

La Rowane appliqua ce programme à la lettre parce qu'elle n'avait jamais eu à ce point l'estomac dans les talons, ni autant apprécié un repas improvisé. Ce fut emplie d'un inhabituel sentiment de complétude qu'elle fit la vaisselle. Elle était également épuisée, d'une fatigue physique et non mentale qui s'avérait aussi pacifiante que soporifique.

— Hé ! moussaillon, tu dors debout, lança Turian, la voix tout ensoleillée d'ironie amène, mais ses sourcils légèrement froncés trahissaient son inquiétude.

— Ça va maintenant. Vrai de vrai. Tu as été super, tout à l'heure. Si je t'avais eu avec moi dans la puce, je n'aurais pas eu si peur. (Voyant la colère se peindre sur les traits de Turian, elle leva la main.) En fait, personne n'est à blâmer. Et il se trouve que j'ai survécu parce que j'étais dans la puce. Ils sont tous morts à part moi.

Et elle se demanda si elle n'en avait pas trop dit. A en croire Siglen, il n'était personne sur la planète qui n'eût été mentalement assourdi par les hurlements de terreur qu'elle avait poussés. Certes, il avait pu être en mer à l'époque, mais ça n'avait pas dû changer grand-chose, doté qu'il était, à l'évidence, d'un taux de perception extra-sensorielle relativement élevé.

— Tu n'as pas de famille ?

Bizarrement, c'était là ce qui le perturbait au plus haut point.

— Non, mais j'ai d'excellents amis qui se sont occupés de moi mieux que n'auraient su faire des parents.

Il secoua la tête.

— La famille, c'est mieux. On peut toujours compter sur les

siens. Mais tu as sûrement quelque part des cousins ou quelques proches.

La Rowane haussa les épaules.

— Ce que tu n'as jamais connu ne peut te manquer. (Elle avait conscience de le choquer, lui qui avait des rapports personnels avec chaque membre de sa famille et pour qui les liens du sang étaient sacrés.) Mais viendra un jour où j'aurai ma propre famille, ajouta-t-elle, autant pour le rassurer que pour s'en faire la promesse.

Peut-être fallait-il y voir la motivation première de Reidinger quand il l'avait pressée d'assister au stage : il y expédiait plus de garçons que de filles, et les Métas étaient censés s'allier de préférence à des Doués de niveau comparable. Se pouvait-il qu'à temps perdu le Méta de la Terre exerçât les fonctions de marieur ?

Absorbée qu'elle était dans ce genre de pensées, l'initiative amoureuse de Turian la prit au dépourvu. Elle se cramponna dans ses émotions alors qu'il l'enlaçait, l'attirait tendrement vers lui. Elle s'abandonna au délice d'être caressée, de sentir un corps chaud et musclé se plaquer contre le sien, des mains douces qui jouaient dans ses boucles, descendaient puis remontaient le long de son dos. Elle tourna la tête et la posa sur la poitrine de Turian, entendit battre son cœur plus vite qu'à la normale et sut qu'il se sentait coupable d'abuser d'une orpheline.

Elle prit soudain conscience qu'était venue l'heure du choix. Sans le vouloir, elle avait produit l'effet souhaité sur Turian. Maintenant, la plus impalpable chiquenaude mentale pouvait suffire...

La décision lui fut épargnée. Turian s'en chargea. Il émana de lui une aura de tendresse — avec un rien de pitié, peut-être — mais essentiellement nourrie par une profonde sympathie pour cette fille courageuse et que rien n'abattait. Elle ne s'était jamais sentie si appréciée, si choyée... si désirée surtout, avec une intensité qui la surprit. Elle en releva brusquement la tête et des lèvres se posèrent sur les siennes, douces mais insistantes.

La Rowane n'eut que le temps de faire au mieux pour réduire à un niveau décent la violence de sa propre réaction. Les dernières heures avaient suscité chez elle une foule d'émotions trop longtemps soumises à un strict contrôle, répression qui n'allait pas manquer d'avoir de graves conséquences. Elle en aurait sa part — et pareillement un Turian qui ne soupçonnait rien — pour peu qu'elle relâchât son attention. Or elle voulait, pour une fois dans sa vie, ne plus faire attention La sensualité se projeta au premier plan de ses pensées, de ses sentiments, de ses perceptions et quand Turian y répondit, elle s'offrit à lui de tout cœur, en toute sincérité.

Il ne s'était pas attendu à la trouver vierge, et ce qu'elle lisait en lui de colère était à la fois tourné contre elle qui l'avait séduit et contre sa propre incapacité à moucher l'incandescent désir qui le saisissait. Aussi l'encouragea-t-elle corps et âme, de ses mains, de ses lèvres. La brève douleur passa presque inaperçue dans le torrent de passion qui le submergeait et qui déferlait aussi sur elle, liée qu'elle était à lui, par la pensée, sous ses caresses. Elle maudit la stupide réserve qui la coupait d'une semblable explosion libératoire mais l'extase qui l'attendait la deuxième fois qu'il lui fit l'amour s'inscrivit en lettres de feu dans son esprit.

La Rowane s'éveilla en sursaut, consciente que la chaude et réconfortante présence de Turian avait déserté l'étroite couchette où ils s'étaient endormis, rompus. Ce n'était pas le clapotis des vagues sur les flancs du voilier qui venait de l'éveiller. C'était la détresse morale de Turian. Ecrasé de culpabilité, il se reprochait un égarement qui l'avait conduit à déflorer une vierge, tout en lui en voulant de l'avoir — croyait-il — délibérément provoqué, mais n'en brûlait pas moins de répéter cette étreinte dont il vibrait encore.

La Rowane fut assaillie de remords en le voyant dans cet état. Ce qu'elle avait initié moitié par jeu, moitié pour relever un défi qu'elle se lançait, avait eu des effets désastreux sur un brave type heureux de ce qu'il faisait et de la manière dont il menait sa vie. Elle n'avait pas de leçons à donner à Moria !

Elle se leva, s'habilla en hâte, mais la fraîcheur de la nuit la convainquit de s'envelopper en outre dans une couverture et de préparer vite fait deux grogs. Une main fermant les pans de sa cape improvisée, l'autre tenant les tasses en équilibre — avec un soupçon d'assistance kinétique — elle monta sur le pont. Turian était tassé dans un angle du cockpit, tremblant de tous ses membres, glacé jusqu'au fond de son être, l'esprit sans cesse ramené sur la dévastatrice intensité sexuelle de leur union spontanée et sur son impuissance à y faire face.

— Il faut qu'on parle, Turian, lui dit-elle d'une voix calme qui le fit toutefois sursauter. (Elle lui tendit son grog et s'assit à ses côtés sans demander la permission, partageant avec lui la couverture.) Tu n'as aucune raison de te sentir coupable de ce qui s'est passé hier soir.

Il lui jeta un regard noir.

— Comment tu peux savoir ce que je ressens.

— Sinon, tu ne serais pas dehors à te geler avec la mine d'un type qui vient de commettre un crime. Allez, bois, tu as besoin de te réchauffer. (Elle usait de ce ton sans réplique si souvent adopté à son égard par Luséna dans des circonstances similaires.) Maintenant, reprit-elle, doublant la fermeté de sa voix d'une légère pression psychique, posons clairement les choses. Je n'ai rien manigancé pour arriver à ce résultat. (Il eut un reniflement incrédule, tira la couverture sur son épaule droite mais ne fit rien pour soustraire son corps glacé à la chaleur qui rayonnait de la jeune fille.) Mais je voulais que tu cesses de me considérer comme une gamine, comme n'importe quelle nana sympa mais un peu jeune. Je voulais que tu me regardes et que tu me voies, moi, la Rowane.

Lentement, il se tourna vers elle, et le blanc de ses yeux trancha plus nettement sur l'ombre alors qu'il la reconnaissait et, sous le coup de la surprise, les ouvrait tout grands.

— Ce nom me dit quelque chose. Et je t'ai déjà vue quelque part. Il me semblait bien que ton visage m'était vaguement familier.

— Nous étions quatre, trois filles et ma tutrice et il y aura de ça quatre ans cet été. Tu nous avais emmenées en excursion. Aux jardins de la mer, une des filles — une dragueuse de première — s'est fait salement piquer parce qu'elle n'avait pas écouté ce que tu disais.

— Je me souviens. Toi, tu avais écouté, et tu as soigné la petite allumeuse. (Il rejeta la tête en arrière et la regarda par en dessous.) En fait, quel âge as-tu, Rowane ?

— Dix-huit ans, répondit-elle, puis elle ajouta, facétieuse : allant sur soixante-dix-huit. Je suis donc en âge d'avoir des aventures et de savoir quand je puis me les permettre. Mais là, franchement, c'est arrivé comme ça. J'ai adoré t'aider à remettre en état le *Miraki*. Tu ne peux pas t'imaginer comme ça me changeait de tout ce qu'on me fait faire l'année durant. Cela seul aurait suffi pour que ces vacances restent les plus belles que j'aie jamais eues. Et puis il y a eu l'inespéré, ce qui s'est passé cette nuit. Crois-moi, ça n'a rien de courant dans mon existence.

Ses explications tranquilles trouvaient une oreille attentive car, fondamentalement, l'homme était sensé. Chaude encore d'avoir tenu le grog, une main vint couvrir la sienne, et elle sentit dans ce contact une raideur extrême, tant physique que psychique. Elle le sonda, à la recherche d'un biais pour soulager cette tension, découvrit des pensées en bande fermée qui allaient de sa jeunesse à l'érotisme de la nuit écoulée.

— J'ai fait l'amour à bien des femmes depuis que je sais comment m'y prendre mais ça ne s'est jamais passé comme avec toi. (Il poussa un énorme soupir.) Non, vraiment. Loin s'en faut. (Il marqua une nouvelle pause sur le souvenir de cette intensité inattendue dont il frémissait encore.) Tu m'as pratiquement démoli pour toute autre. (Et ça ne lui plaisait pas. Il aimait que ses liaisons fussent brèves, sans heurts ni complications, avec lui comme figure dominante et sans rien qui, comme cette nuit, échappât à son contrôle.)

— Moi, la gamine, démolir le Capitaine Turian ? s'étonnat-elle, humoristiquement sceptique. J'en doute, quoique ce soit un sacré compliment que tu me fais. Je n'avais pas la moindre idée de ce qui allait suivre quand on a commencé. Tu es un amant merveilleusement tendre. Je n'ai pas eu besoin d'expérience antérieure pour m'en rendre compte. Et je te sais foncièrement honnête, respectueux des autres, attentionné. Mais de là à te voir démoli pour toujours, c'est hautement improbable. Tu n'as jamais pu te fixer auprès d'une femme, dans un port ou sur l'une ou l'autre des mers altaïriennes. Si tu veux mon avis... (et elle pesa soigneusement la formulation de sa phrase pour ne rien trahir de son indiscrète et illégale incursion dans le dossier personnel de Turian) ... je ne te vois pas t'épanouir dans le cadre d'une famille bien que les liens du sang aient beaucoup d'importance pour toi. Il y a simplement que je ne t'imagines pas restant à terre pour élever des enfants. Bref, j'ai bien l'impression que le *Miraki* te suffit comme épouse et progéniture. Est-ce que je me trompe ? (Elle avait plutôt bon espoir d'arriver à ses fins mais sentir le nouveau tour que prenaient les pensées de Turian sur sa candide remarque fut un grand soulagement.) Même si j'avais une petite chance dans quelque forme d'association, ce voilier finirait par l'emporter, et c'est moi qui resterais en cale sèche.

Il eut un petit rire malaisé. Elle le savait à deux doigts de réitérer ce geste affectueux, désinvolte, de lui ébouriffer les cheveux, l'en savait aussi empêché par le désordre présent de ses pensées. Elle lui prit la main et la porta à sa joue, laissant filtrer d'un épiderme à l'autre le calmant salvateur du respect et de l'amitié immuable.

— Je n'oublierai jamais comme tu m'as rassurée, Turian, quand nous avons franchi le goulet. Ni que tu as tout de suite su que j'en avais besoin. C'était si généreux de ta part, une pure gentillesse, et je n'y suis pas habituée. Ça m'a complètement désarmée, tu sais ?

Il hocha la tête, saisissant à plusieurs niveaux ce qu'elle voulait lui transmettre.

— Qui es-tu, Rowane ?

— Une orpheline de dix-huit ans. Douée. En service à la Tour d'Altaïr.

Elle l'entendit happer une soudaine goulée d'air et sentit la révérence teinter l'image qu'il avait d'elle.

— Comme la Méta Siglen ?

Tout en sachant très bien ce que faisait le personnel de la Tour, et par quelles techniques, il n'arrivait pas trop à replacer la jeune fille dans un tel contexte.

— Je n'ai pas le titre de Méta, dit-elle avec un petit rire pour enrober cette vérité partielle. Mais c'est un boulot solitaire car je suis tenue de m'isoler des gens avec lesquels je travaille. Je ne peux pas me permettre avec eux des relations comme celles que tu as avec ton équipage, Capitaine. Travailler avec toi et sous tes ordres a été en soi une expérience merveilleuse. Remettre en état le *Miraki*, rien que nous deux, était aux antipodes de ma vie dans la Tour et je n'ai jamais passé une semaine dans un tel état de grâce. Mais crois bien que je n'avais pas l'intention de te payer cette amitié sous forme de taxe sexuelle.

— Une taxe ! (Il avait presque hurlé le mot, et elle sut qu'elle avait touché juste.) J'ai entendu désigner ça par bien des termes mais jamais par celui de taxe ! (Il éclata de rire et, soudain, trouble et tension disparurent de ses pensées.) Une taxe, oui, c'est ça.

L'aube éclaira le ciel et la Rowane découvrit sur les traits de Turian une expression amusée, écho de son équilibre reconquis.

— En ce cas, commença-t-elle d'une voix timide, quoique enhardie de le retrouver tel qu'en lui-même, sous toutes réserves et considérant qu'il s'agit là d'une occasion unique, peu susceptible de se représenter, ne pourrions-nous de nouveau nous taxer l'un l'autre ?

— Si tu as quelque Don, Rowane (et son expression reflétait le désir qui l'envahissait), tu sais très bien que je n'ai pour l'heure de souhait plus cher. (Puis il sourit, lui ébouriffa les cheveux et ajouta :) Si ce n'est, peut-être, un petit déjeuner qui nous donnera les forces nécessaires.

L'après-midi tirait à sa fin quand ils atteignirent Favor Bay. Durant le retour, la Rowane s'était trouvée en mesure — et n'avait pas négligé — d'établir leurs rapports sur la base d'une franche et solide camaraderie. Il avait parlé d'abondance de ses précédents périples autour de la planète, des multiples connaissances qu'il s'était faites, et elle, assise à ses côtés, le plus près de lui qu'il était possible, en avait appris plus sur son monde natal qu'elle n'aurait jamais espéré en savoir.

C'était dans un profond silence qu'ils amarraient à présent le voilier et s'acquittaient d'ultimes corvées, nettoyant la cuisine et s'attachant à tout remettre en ordre pour la prochaine sortie ; plus rien à dire — ou peut-être trop. Elle fourra ensuite ses vêtements imbibés de sel dans son havresac et, d'un bond, fut sur la jetée où elle récupéra son vélo. Turian l'y rejoignit et s'attarda en travers de sa route ; elle sut qu'il répugnait tout autant qu'elle à voir leur idylle prendre fin.

— Il faut que je m'en aille, Turian. Allez, bon vent et que tes cieux soient cléments.

— Bonne chance, Rowane.

C'était presque un feulement, le cri muet d'un cœur et d'une conscience tout entiers tendus vers elle. Toutefois, il s'écarta pour la laisser partir et, passant devant lui, elle capta un regret aussi douloureux que le sien.

Le temps d'atteindre le sommet de la longue côte, elle fut en sueur, et partant indifférente à ce que certaines des gouttes salées qui ruisselaient sur ses joues fussent en fait des larmes. Sa vie venait de connaître un extraordinaire interlude et elle rendait grâces à Luséna d'en avoir été — même indirectement — à l'origine, se demandant si celle-ci allait deviner ce qui s'était passé. Sans doute. Elle n'avait pas souvenir d'une Luséna restant dans l'ignorance de quoi que ce fût concernant sa pupille, et vu le caractère magique de l'incident, il aurait fallu des tonnes de camouflage pour le soustraire à son œil d'aigle. D'ailleurs, souhaitait-elle vraiment le lui cacher ? Ne pouvait-elle s'attendre à voir Luséna heureuse de ce que sa protégée fût tombée sur un amant si gentil ?

Elle était entrée dans la villa et avait eu le temps d'expédier son paquetage au bas de l'escalier menant à la buanderie quand le couinement soutenu du répondeur la tira de ses pensées. Toute une longueur de messages déroulait son accordéon jusqu'au sol. Une telle quantité en à peine plus de trente-six heures ?

— De quoi s'agit-il encore ?

Non sans mauvaise humeur devant ce brutal rappel à d'oppressives contingences qu'elle avait cru pouvoir oublier, la Rowane arracha le dernier feuillet, rafistola la liasse et alla s'installer dans un fauteuil avant de consentir à jeter le moindre coup d'œil.

Le premier message — de Luséna — était arrivé juste après qu'elle eut quitté la villa pour descendre s'embarquer à bord du

Miraki. Triomphal, il annonçait la naissance de deux adorables jumelles, et pronostiquait pour la mère un prompt rétablissement bien que l'accouchement eût traîné en longueur et se fût révélé fertile en complications. Un deuxième — également de Luséna — donnait confirmation d'une intuition de cette dernière : les deux bébés, testés à la naissance, se révélaient être des Doués de haut niveau. Dans son troisième message, Luséna exprimait à quel point elle était heureuse que Finnan soit venu voir ses nièces et parlait de la merveilleuse réunion de famille qui avait prit place autour des deux berceaux. Le quatrième émanait de Gérolaman et s'inquiétait de son silence. Le cinquième était arrivé la veille au soir : Siglen y ordonnait qu'elle se mît immédiatement en rapport avec la Tour. Le sixième — et dès les premiers mots la Rowane fut au supplice de n'avoir pas Turian à ses côtés pour la soutenir — fit exploser la fragile bulle de bonheur née de son idylle.

Dois vous informer Luséna Shev Alloway tuée dans collision routière. Veuillez vous présenter dans les plus brefs délais. Siglen.

C'était daté d'aujourd'hui, 12 heures 20, alors que *Miraki* fendait toutes voiles dehors les flots bleus d'une mer encore grosse des orages de la nuit. Elle et Turian avaient été assis l'un contre l'autre dans le cockpit, dans la chaleur de la camaraderie et de l'amour partagé.

Des larmes roulaient sur les joues de la Rowane.

— Dois vous informer, marmonna-t-elle. Pas un regret, Siglen ? Pas un mot pour déplorer la perte d'un être d'exception, pétri d'amour et d'altruisme ?

Puis elle s'abandonna à son chagrin, cherchant en vain un contact mental qui s'était à jamais rompu, avait disparu comme la réconfortante présence de cette femme qui s'était occupée d'elle avec un tel dévouement. La souffrance se déploya, monta lui bloquer la gorge, descendit battre dans son ventre, jaillit lui loger son essaim dans le cerveau, pesa sur la face interne de ses globes oculaires. Les larmes débordèrent et son corps entier fut ravagé de sanglots. Turian pouvait l'aider. A coup sûr, ce ne serait pas trop lui demander. Mais pourquoi l'impliquer dans une douleur qui ne regardait qu'elle ? Quelque chose qu'il lui fallait assumer, son cœur saignant, l'infructueuse quête psychique, le désert de son âme. Luséna ! Luséna ! Luséna !

Sur l'intrusion déplacée des stridentes instances de l'unité-comm, elle enfonça par kinésie d'un mental en colère la touche et l'une d'elles donna sans conteste l'impression d'être une réplique miniature de sa grand-mère, ce qui était à la fois source de joie et de tristesse.

Ce fut donc une famille unie dans son chagrin qui s'achemina vers le cimetière où la Secrétaire à l'Intérieur, déjà sur les lieux, parut manifestement soulagée de repérer la Rowane dans l'assistance. Marque de la haute estime dans laquelle était tenue la défunte, Camella procéda elle-même à la lecture de l'éloge funèbre, mais la Rowane "entendit" plus qu'il n'était dit en termes sobres et sincères. Elle "entendit" bien plus encore émanant d'autres personnes présentes, et il y avait là des pensées peu amènes, mensongères et fallacieuses. Elle se ferma à ces esprits pour se concentrer sur les paroles exprimées. Ses larmes continuaient de sourdre et ses mains les recueillaient. Puis un grand mouchoir lui fut offert par Finnan, et la main de Bardy, si proche par sa forme de celle de Luséna, se referma sur son bras. Dans ce contact, brièvement, elle ne fit plus qu'une avec sa sœur adoptive.

Elle se réveilla dans son lit, tard dans la matinée du lendemain. Canaillou marmonnait sur l'oreiller au-dessus d'elle.

— *Rowane ?* Elle reconnut Bralla, sa voix timide. *Reidinger a laissé la commission que tu le recontactes à ton réveil.*

— *Reidinger ? Siglen délègue ses gueulantes maintenant ?*

— *Ah, je te prie de croire* — voix plus pincée, reproche — *que Siglen a tout à fait compris l'état d'esprit dans lequel tu étais hier et qu'elle est passée à l'écran suivant. On est tous avec toi dans cette terrible épreuve. Cela dit, Reidinger a insisté pour que tu le contactes tout de suite.*

— *Il sait parler assez fort pour me réveiller.*

— *Personne ne t'aurait réveillée, Rowane,* la reprit de nouveau Bralla.

— *Excuse-moi.*

— *Il n'y a pas de mal, chérie.*

Le ton s'était considérablement radouci.

— Bon, le temps de me faire un thé, je suis à lui.

Elle se leva, Canaillou désagréablement accroché par les griffes à ses nouvelles boucles, enfila une robe de chambre et alla se préparer sa dose de stimulant. Dans les cartes de condoléances sur la table de Bardy, elle en avait vu une de Reidinger. Il lui devait bien ça.

Elle ramassa la holo qu'il lui avait envoyée pour l'aider à se concentrer. Elle servait peu — c'était lui qui la contactait d'habitude — mais là, après s'être octroyé une solide gorgée du chaud liquide, elle l'étudia, se préparant pour son long bond mental jusqu'à la Terre. Il y était assis dans un fauteuil, les bras sur les accoudoirs, les mains lâches, une pose détendue dont, au fond, elle sentait qu'il ne l'avait adoptée que pour la holo. Même ainsi, la vivacité du regard, le vigoureux modelé des traits, la rectitude du dos laissaient entrevoir la formidable énergie et le non moins formidable potentiel de cet homme. Truc d'holographe, ses yeux bleu nuit semblaient pétiller d'étincelles, comme si, par-dessus les années-lumière qui les séparaient, il se faisait d'elle, la Rowane, une image exceptionnellement nette.

— *Méta !* Elle se concentra sur ces grands yeux brillants. Sur le point de répéter plus fort, elle le sentit.

— *Réveillée ?* Il aurait pu être dans la pièce à côté, vu l'intensité du contact.

— *Et moi, je ne vous ai pas réveillé, j'espère ? On m'a dit de vous contacter le plus tôt possible.*

— *Ce ne serait pas la première fois et, de toute façon, je dors peu. Gérolaman m'a dit qu'il ne vous a pas encore vue à son dernier stage.* Elle n'eut pas le temps de penser une réponse qu'il enchaînait : *Vous allez y aller, me choisir des personnalités qui vous plaisent, une vingtaine au moins, dans la perspective d'une équipe de Tour. Gérolaman me certifie qu'on peut s'en remettre à vous. C'est que, voyez-vous...* et un petit rire teinta sa voix mentale... *c'est toujours mieux de mettre sur pied une nouvelle Tour avec du personnel harmonieux. L'efficacité s'en ressent dans le cas contraire. N'hésitez donc pas à prendre votre temps pour choisir.*

La Rowane se redressa d'un bond.

— *Une nouvelle Tour ?*

— *Ah, la vivacité des filles ! Oui, une nouvelle Tour. Sur Callisto. Une Station terraformée, donc. Les TTF sont tombés d'accord pour que Callisto s'occupe d'acheminer tout ce qui est forcé de passer par le Système avant de pouvoir repartir ailleurs. Vous allez m'épargner un tas de casse-tête et me donner le temps d'en voir arriver d'autres du seul ressort du Méta de la Terre. Vous êtes encore bien jeune, je sais, mais vous serez sous ma surveillance, et si vous vous dites que Siglen a été plutôt rude à votre égard, vous allez vous apercevoir qu'entre deux diables, vous avez commencé par le moins mauvais. Et sitôt que vous aurez rassemblé cette équipe, vous partirez tous pour Callisto. Bon, vous me rappelez demain à neuf heures précises. Heure de la Terre.*

Le trou laissé par son départ était presque palpable dans le silence de la pièce.

de connexion et l'écran s'éclaira. Par bonheur, ce furent les traits soucieux de Gérolaman qui s'y affichèrent.

— Rowane, où étais-tu ?

— En mer. Le temps nous a forcés à mouiller la nuit dernière dans un endroit désert. Je rentre à l'instant. Comment ça se passe avec...

— Siglen a piqué sa crise quand on a appris l'accident. Pour elle, tu ne pouvais qu'avoir accompagné Luséna, et je ne te dis pas dans quel état...

— Elle a dû se croire débarrassée de moi, hein ?

Gérolaman fronça les sourcils, réprobateur.

— Nous étions tous inquiets. Surtout quand Finnan nous a dit que tu n'étais pas venue.

— Bardy avait besoin de sa mère, pas de moi en train de traîner dans leurs pattes. D'autant qu'à dix-huit ans et en vacances, j'estime être capable de me débrouiller seule pendant quelques jours. (Elle se savait cracher ça sur un ton hargneux mais ne pouvait s'en empêcher.) Oh, Gérolaman, Luséna était ...

Et elle se plaqua les paumes sur la figure dans une nouvelle explosion de larmes.

— Je sais, mon lapin, je sais. Rien ne sera plus comme avant. Mais il y a qu'on ne savait pas où tu étais. Et il fallait que tu saches.

— Siglen s'est chargée de me l'annoncer.

— Ne va pas l'accabler, Rowane. Elle aussi était secouée. Surtout qu'elle te croyait morte dans l'accident. La Secrétaire Camella s'est occupée de prendre les dispositions nécessaires et on ne peut que l'en remercier. Bon, maintenant que je sais où tu es, je passe te prendre.

La Rowane s'essuya les joues des deux mains.

— Merci, Gerry, mais c'est inutile. Le temps de fermer la maison et j'arrive.

Elle coupa la ligne avant qu'il n'ait pu protester.

Puis ne prêta plus la moindre attention à l'unité-comm alors qu'elle rassemblait ses affaires, se douchait, s'habillait, passait un coup de fil au gardien pour le prévenir de son départ. De la véranda, elle vit le *Miraki* à quai. Au moins lui restait-il ce souvenir.

Et, pour la première fois, elle se téléporta directement dans son appartement de la Tour. Depuis des années elle avait la puissance et la portée pour le faire mais l'occasion ne s'était jamais présentée. Canaillou bondit aussitôt sur elle du haut de la bibliothèque, la miaulant de tous les noms en s'accrochant à son épaule.

Elle tourna la tête, s'enfouit le visage dans la fourrure soyeuse et sentit poindre à nouveau la brûlure des larmes. Elle se mordit la lèvre et gagna la cuisine pour récompenser le chadbord de son accueil. Elle n'eut pas la force de poser les yeux sur le couloir qui menait à la chambre de Luséna.

La sonnerie de l'unité-comm retentit, péremptoire.

— Je suis là, Gerry.

— Ce n'est pas Gérolaman, répondit la voix épaisse de Siglen. Où étiez-vous passée, enfant irresponsable ? Allez vous mettre à un endroit où je puisse vous voir. Tout de suite.

— Un instant, Méta. Là, je ne suis pas libre.

Elle prit le temps de caresser Canaillou qui mastiquait allégrement sa friandise carnée.

— Où étiez-vous... (et les yeux globuleux de Siglen s'exorbitèrent un peu plus quand elle découvrit les changements intervenus dans l'aspect de la Rowane). Vos cheveux ? Qu'est-ce qui est arrivé à vos cheveux ? Vous vous les êtes coupés ? Et cette couleur ? Ce n'est pas la bonne. Qu'est-ce que vous avez fait ? Où étiez-vous ? Est-ce que vous vous rendez compte que Luséna doit être enterrée aujourd'hui et que la plus élémentaire décence exige que vous assistiez aux funérailles ?

— J'y vais dès que je me serai changée. Et dès qu'on m'aura dit où a lieu la cérémonie.

— La Secrétaire Camella représente le Conseil et vous allez avoir à vous dépêcher pour être prête à temps. Et vraiment, il faut faire quelque chose. Vous n'allez pas vous rendre à un enterrement avec des cheveux comme ça.

— Pourquoi pas ? C'est Luséna qui a eu l'idée de cette nouvelle coupe. Maintenant, excusez-moi, Méta. Si la hâte est de mise, je crains d'avoir à faire.

— Et rappelez-moi sitôt rentrée, Rowane, compris ? Vous avez abusé de ma patience au-delà de toute...

Incapable d'en supporter plus, la Rowane mit fin à la conversation.

— *Gerry, dis-moi où ça se passe. Je veux y aller par mes propres moyens.*

Si, faute d'avoir le don d'émettre, Gérolaman ne put lui répondre, elle le sentit recevoir son message et agir en conséquence. Elle n'avait pas besoin de prendre une autre douche mais, après avoir enfilé une tenue convenable pour la triste circonstance, elle se bassina le visage d'eau froide en attendant l'arrivée du Chef de Station. Canaillou cracha, signalant l'entrée de ce dernier.

— Une nouvelle Tour, murmura-t-elle, abasourdie. Sur Callisto. (C'était une des lunes de Jupiter. Pourquoi là-bas ? Pourquoi pas sur la Lune ? On aurait pu, sans doute, avec tout le terraforming investi pour aménager la Mère des Satellites.) Et c'est moi qui en rassemble l'équipe ? Je vais... Je vais être une Méta !

— *Gérolaman, Reidinger m'a affectée à la Tour de Callisto !*

— *Je ne puis dire que vous méritiez un tel honneur, jeune femme.* C'était Siglen qui lui répondait. *Au moins vous aura-t-il sous les yeux. Après ce qui s'est passé l'autre fois, j'estime que c'est votre place.*

— *Mais oui, Siglen, mais oui !*

Siglen même allait rester impuissante contre son bonheur.

Luséna en aurait hurlé de joie ! Luséna... La Rowane ferma les yeux. Luséna n'allait jamais savoir que sa protégée avait accédé au statut de Méta. Et des larmes amères avaient forcé ses faibles défenses quand elle entendit frapper à la porte.

Gérolaman entra, son sourire hésitant, jusqu'à ce qu'il l'aie vue bravement le lui rendre.

— Bien, ma fille. cesse de regarder en arrière.. Elle en aurait été fière, comme je le suis, ça ne fait pas de doute, mais... (il agita la sortie d'imprimante qu'il avait à la main)... nous avons du pain sur la planche, Méta Rowane. Cela dit, c'est une joie et un privilège pour moi que de vous seconder.

Le travail aida beaucoup. Elle eut d'abord à se concentrer sur les rapports, puis à les confronter à la réalité des stagiaires. Une demi-douzaine de fois, elle se dit qu'elle allait devoir parler de ci ou de ça à Luséna pour voir l'angoisse resurgir intacte jusqu'à ce qu'elle la repoussât. Le chagrin, c'était hier ; aujourd'hui ouvrait l'avenir, cet avenir que Luséna lui avait toujours souhaité : sa propre Station et le titre de Méta.

Quatre années s'étaient écoulées mais elle voyait toujours Ray Loftus et Joe Toglia comme d'excellents techniciens et agents de maintenance. Gérolaman approuva son choix : ils avaient de bons états de service en tant qu'assistants dans leur domaine, et avaient travaillé sur Procyon, sur Bételgeuse et sur Terre. Mauli et Mick étaient disponibles pour une mutation ; et ils l'avaient toujours intriguée. Parmi les nouveaux, elle pressentit un Bill Powers au poste d'assistant gros tonnages, pour avoir étudié son dossier déjà, mais aussi pour sa présence tranquille, solide, pour son sourire un peu lent.

— Une aussi bonne raison que toute autre, commenta Gérolaman. D'autant que tu vas être amenée à le voir souvent.

Une femme de la génération précédente, une Capellienne,

Cardia Ren Hafter, pouvait faire un bon Chef de Station ; sa candidature pour le poste sur Bételgeuse avait reçu le soutien du Méta David. Elle s'interrogeait en revanche sur Zabe Talumet, cinquante ans, lecture instantanée. Il avait les qualifications requises mais ne semblait pas tenir en place. N'en était pas moins bien noté dans sa partie.

— Attends-toi à des remaniements avant d'être rodée, Rowane, l'avertit Gérolaman. Il faut que les personnalités se fondent, et ça veut dire du temps, des tâtonnements, des erreurs bien souvent. Tu sais, quelque équipe que tu rassembles n'est pas coulée dans la résine à jamais. Ça a pris six ans à Siglen pour s'estimer satisfaite. Certains de ses choix n'ont pas manqué de nous surprendre, Bralla et moi, mais je dois avouer qu'en cas de crise on se débrouille plutôt bien.

Reidinger lui soumit quatre dossiers supplémentaires de D-4 et de D-5 tirés de ses propres archives puis, quand il s'avéra qu'un bon gestionnaire de la vivance était la perle rare, n'eut de cesse qu'un des gars de la Lune n'ait accepté une promotion sur Callisto.

Trois jours plus tard, Bralla pressa la Rowane de dîner avec Siglen.

— Elle a vraiment été mal quand Luséna nous a quittés. Et puis il y a eu cette terreur que tu ne sois morte dans l'accident. Elle a paniqué pendant une demi-heure avant de pouvoir localiser la voiture, et pour flanquer ensuite une trouille bleue aux autorité locales en allant directement aux renseignements dans leur cervelle. Bon, mais je t'assure qu'elle est sincèrement ravie de ta promotion.

Point qui soulevait un vague scepticisme chez la Rowane. La Méta d'Altaïr avait toujours soutenu qu'il faudrait encore des années avant qu'on ne pût confier à la jeune fille une responsabilité quelconque. Sûr, ce n'était qu'au mépris des strictes consignes de Siglen qu'on ne l'avait jamais sommée de justifier impertinences et initiatives. Mais à quoi bon entretenir des frictions inutiles avec celle qui était toujours sa patronne ?

Elle se fit donc livrer une robe du soir gris pâle — à peu près la seule teinte qui eût des chances de ne pas trop jurer dans la salle à manger haute en couleur de la Méta — et, suggérant subtilement son statut d'adulte, la porta sans autre bijou qu'un torque d'argent. Elle se présenta chez Siglen pour y être reçue par Bralla qui la trouva parfaite et la poussa dans le salon.

Siglen avait déjà fait des incursions conséquentes dans les petits canapés accompagnant l'apéritif. Les trois couverts sur la table impliquaient la présence de Bralla, ce qui rassura la Rowane.

La Méta démarra la conversation sur le détail d'une modernisation de sa Station dont elle venait de discuter avec Reidinger, et la Rowane endura poliment trois exposés, ou plutôt n'en écouta que l'indispensable pour avoir l'air de suivre.

— Vous muter alors qu'Altaïr va faire peau neuve n'est vraiment pas chic de sa part. Vous pourriez en apprendre tant avec ces nouvelles machines à la condition de rester quelques mois de plus pour bénéficier de mes conseils en restant.

— Si c'est ce matériel sophistiqué qui vous préoccupe, lui répondit la Rowane, traduisant, je suis sûre que vous allez rapidement vous y faire.

Elle remarqua le petit pli ennuyé au coin des lèvres de la Méta mais ne trouva brèche dans son écran mental. Le pli gagna, se fit piètre sourire.

— J'aimerais vous voir manger, ma chère. J'ai apporté grand soin à la composition de ce menu. Vous êtes trop maigre.

— Les médicos disent que j'ai un métabolisme actif, Siglen, et que je ne suis pas susceptible de prendre trop de poids.

— Mais ça ne vous ferait pas de mal d'avoir des réserves.

Maintenant, les traits mous de Siglen affichaient une nette inquiétude.

— Des réserves ? Je croyais la Station de Callisto équipée d'unités hydroponiques de pointe, aptes à produire n'importe quel type comestible de légume ou de fruit.

— Elle l'est. Une fois là-bas, il n'y aura plus de problèmes, fit Siglen, mais sa voix toute en rondeurs laissait présager quelque imminent désastre.

— Evidemment que tout ira bien sur Callisto.

— Mais il faudra d'abord y aller !

Et, à l'immense surprise de la Rowane, la Méta éclata en sanglots, s'enfouit le visage dans sa serviette. Sa main se tendit pour étreindre celle de la jeune fille qui ne douta plus que Siglen fût folle d'angoisse. Elle se tourna vers Bralla, en quête d'une explication, sentant la terreur de l'autre palpiter dans les doigts qu'elle crispait sur les siens, et dont elle tentait de les dégager, ne voulant en rien participer, même indirectement, à ce type de débordement émotionnel. Bralla ne paraissait pas en meilleur état ; sa bouche aussi tremblait.

— De quoi parlez-vous, Siglen ?

Siglen se tamponna les yeux, eut le temps de jeter à la Rowane un unique regard navré, puis cala sur la table les massives colonnes de ses avant-bras et s'abandonna à une nouvelle crise de larmes.

— De l'espace, répondit Bralla à la place de sa patronne.

— Et alors ?

— Tu sais bien ce qui arrive aux Métas dans l'espace, s'écria Bralla comme s'il n'y avait rien d'autre à en dire. David a souffert le martyre en partant d'ici pour Bételgeuse. Il avait eu la sottise de croire que son sexe le protégeait. Capella a mis six mois à récupérer de la désorientation totale occasionnée par son transfert.

— Je me suis téléportée de Favor Bay à Concessions, là où habite Bardy, sans être le moins du monde désorientée...

— Oui, mais tu étais encore reliée à la planète, soumise à la gravité coutumière..., objecta Bralla.

— J'ai aussi fait des bonds en navette tout autour d'Altaïr.

— Navette et téléportation sont deux choses différentes, déclara Siglen, rentrant dans la discussion. Oh, je ne vis plus depuis que la rumeur de cette nouvelle Station sur Callisto m'est parvenue. J'ai supplié Reidinger d'envisager toutes sortes de combinaisons de D-2 pour ce poste. Jadis, c'est parce que tu sortais de ta hideuse épreuve que je n'ai pu me résoudre à ce que tu en subisses une seconde, toi qui n'étais qu'un bébé. Maintenant, tu as grandi, mais Luséna n'est plus là pour te seconder.

La Rowane n'avait plus repensé depuis l'époque à cette tentative avortée d'envoyer la petite fille de trois ans qu'elle était alors en formation sur Terre, mais le souvenir de s'être ancrée sur le seuil de la navette, terrifiée par l'ombre et le confinement de l'endroit, restait incroyablement vif. Sans doute avait-il soustendu sa récente terreur quand le *Miraki* s'était engouffré dans le goulet d'Islay.

— Absurde. Tout se passera très bien cette fois. Je n'étais qu'une gamine et personne ne m'avait expliqué quoi que ce soit. On m'avait juste dit... (et elle ouvrit de grands yeux pour ne plus voir l'énorme gueule dans laquelle on avait voulu la convaincre d'entrer). J'aimerais que vous n'en fassiez pas toute une histoire, Siglen. Je ne devrais pas avoir les mêmes problèmes.

— C'est ce que disait David quand je l'ai averti de cette horrible perte de tout repère. Capella, qui m'a crue et a pris la précaution de s'abrutir de sédatifs, n'en a pas moins mis trois mois à redistinguer sa gauche de sa droite. J'aurais voulu pouvoir t'épargner ça, si peu de temps après avoir perdu ta grande amie. Bralla est d'accord avec moi pour dire qu'il n'y a pas dans les stagiaires de Gérolaman un seul D-4 susceptible de t'être utile.

Bralla hocha vigoureusement la tête et la Rowane eut à réprimer un mouvement d'exaspération.

— Si je ne trouve pas de D-4 dans ce groupe, j'irai voir ailleurs. Je suis certaine que les candidatures pour une nouvelle Tour ne feront pas défaut. Maintenant, cessez de dramatiser une simple portation. Je sais que vous allez effectuer la levée avec votre habileté coutumière, Siglen, et cela m'ôte toute inquiétude.

Elle resta encore avec les deux femmes le minimum requis par les bonnes manières, puis partit en quête de Gérolaman.

— Ma foi, lui dit-il, David et Capella ont effectivement fait le voyage sous sédatifs et dans une capsule protectrice spéciale. Je sais que Siglen a été si malade qu'elle a perdu cinq kilos. Et, à ma connaissance, jamais un Méta n'a assuré sa propre téléportation dans l'espace. Reidinger, une fois, s'est ainsi transféré sur la Lune... et n'a jamais plus jamais réitéré l'expérience.

— Mais je suis la plus jeune des Métas, au mieux de ma forme, dotée d'un physique de sportive...

— Toutes sortes d'atouts dont les autres étaient hélas dépourvus, compléta malicieusement Gérolaman. Je vais donc parier sur toi, mam'zelle. Maintenant, j'aimerais savoir ce que tu penses de Forrie Tay, le D-4.

— Pas grand bien. Il pose sur moi les mêmes yeux que Siglen sur un éclair des plus crémeux, et pas moyen de croiser son regard. La plus courtoise requête lui fait aussitôt dresser ses écrans. Je ne me vois pas faire équipe avec un esprit aussi secret.

— Procyon nous en propose un autre. Une femme.

— Je travaille mieux avec des hommes.

— Siglen aussi aurait préféré un homme, mais Bralla s'est révélée être la seule à lui convenir.

— Gérolaman, dois-je te rappeler que je n'ai strictement rien de commun avec Siglen.

— Je sais bien, Rowane. N'empêche qu'il nous faut rassembler ce noyau d'équipe avant ton transfert sur Callisto.

— Bon, d'accord. Va pour un essai.

Délibérément conçue par un généticien fou pour être aux antipodes de la Rowane, Channi n'aurait pas mieux rempli ce rôle. Elle dépassait la jeune fille d'une bonne cinquantaine de centimètres, avait une ossature épaisse et des gestes mesurés (probablement par crainte de blesser les nains qui l'entouraient), et bien qu'elle eût le grade attesté de D-4 en télépathie comme en téléportation, la Rowane ne put rien faire avec elle.

— Elle me ralentit : c'est comme si j'essayais d'opérer à travers un mur, expliqua-t-elle, commençant à désespérer de réunir une équipe cohérente.

Si Gérolaman se montrait confiant, lui assurait qu'elle parviendrait bientôt à marier convenablement Dons et personnalités, Bralla ne cessait de lui transmettre de la part de Siglen des suggestions qui, invariablement, se révélaient déplorables. La date prévue pour le départ se rapprocha et la terreur de n'être pas prête la saisit pour de bon.

— *ROWANE !* Reidinger n'avait pas eu besoin de se présenter pour qu'elle sût de qui émanait ce rugissement dans son crâne. *Arrête de flipper. Tu as ce qu'il faut pour gérer une Tour avec les sept que tu as déjà choisis et les dix qui t'attendent là-bas. Tu vas me faire le plaisir de te détendre. Je ne veux pas que tu sois dans cet état pour le voyage.*

— *Et quelles sont mes chances de survie, selon vous ?* demanda-t-elle, acide.

— *De quoi ?*

Et son ton sincèrement surpris la rassura plus que la diatribe dont il la gratifia quand il comprit de quoi elle parlait.

Mauli et Mick vinrent l'aider à emballer ce qu'elle voulait emmener sur Callisto. Leur compagnie s'avéra précieuse, soulageant la détresse qui ne manquait pas de l'assaillir dès qu'elle tombait sur un cadeau de Luséna. Dans son panier spécial, Canaillou alternait commentaires acerbes sur son incarcération et plaintives requêtes de mise en liberté, mais il avait amplement donné la preuve qu'il était un fléau, se cachant dans les cartons ou se ruant à l'assaut de Mauli. Quand tout fut proprement rangé dans le container, la Rowane et les jumeaux téléportèrent celui-ci jusqu'à son emplacement réservé dans le cargo déjà en nacelle pour la levée du lendemain.

— Tu es sûre que tu ne veux pas venir dormir avec nous à la Cité des Stagiaires ? Mauli promenait son regard sur l'appartement vide. Il n'y restait que la cage de Canaillou.

— Ça ira. Je vais remonter deux ou trois trucs des magasins, histoire de meubler un peu, les rassura-t-elle avant de gentiment les mettre à la porte.

Puis elle logea provisoirement le chadbord dans la cuisine — la seule pièce à garder sa décoration d'origine, le fonctionnalisme des lieux ayant limité les débordements kitch de Siglen —, et, travaillant à vitesse de pointe, retapissa, repeignit, restaura l'appartement tel qu'elle l'avait trouvé en emménageant dans la Tour. Pour une nuit, elle supporterait de dormir dans ce redoutable lit orange et rose. Elle était trop fatiguée pour même y prêter quelque attention. Ce ne ne fut pas le cas, hélas, de Canaillou qui ne consentit qu'au bout d'un certain temps à mettre en sourdine ses miaulements de dégoût.

Eût-elle pu se soustraire au rituel des adieux qu'elle ne s'en fût pas privée. Outre que les formalités l'avaient toujours crispée, elle avait vraiment mal dormi sur ce lit trop mou. Les Secrétaires étaient là au grand complet, chacun ou chacune avec des paroles d'encouragement et un petit cadeau à suspendre au mur ou à poser sur une étagère de sa nouvelle résidence. La Secrétaire lui faisait des petits signes de la main, son sourire radieux, ses joues noyées de larmes. Siglen aussi pleurait d'abondance sur l'épaule de Bralla, gémissait sur les imminentes tribulations de la jeune fille et prenait Dieu à témoin de ce que personne ne voulait l'écouter et prendre correctement soin de sa petite élève, la meilleure qu'elle eût jamais formée, et qui allait avoir à endurer une telle épreuve...

A la tête de son état-major de Tour, la Rowane escalada les marches de la passerelle, congédiant le brusque souvenir d'une semblable montée vers la gueule béante d'un énorme vaisseau, mais avec Ronronnette sur le bras au lieu de Canaillou dans sa cage. Elle se tourna pour un dernier adieu aux gens massés sur l'aire de levage et, en toute confiance, suivit le steward jusqu'à ses quartiers.

— Vous avez un chadbord? s'exclama l'homme, remarquant son précieux fardeau.

— Oui. Il s'appelle Canaillou et vient du *Mayotte*. Il y a quatre ans que je l'ai. C'est un ami super.

— Du *Mayotte*? Bigre! Vous n'êtes pas n'importe qui, Méta, pour que l'équipage du *Mayotte* vous ait voté l'attribution d'une de ses mascottes.

— Et votre cargaison, quelle est-elle?

Stimulant échange qui dura jusqu'au moment où ils atteignirent sa cabine et qu'il en ouvrit la porte, expliquant qu'elle était plus grande que la plupart, avant de se lancer dans le détail des commodités qu'elle offrait.

La Rowane fit semblant de s'y intéresser mais éprouvait le constant besoin de déglutir et fut en sueur bien avant d'avoir pu remercier l'intarissable steward, l'obligeant en douceur à la laisser. Cette cabine était d'une rare exiguïté. Elle avait connu des douches nettement plus spacieuses. Bof, elle n'allait pas y rester des siècles.

— *Je vous en prie, mon petit. Il n'y a vraiment pas de quoi paniquer.* Démentant ce qu'elles voulaient véhiculer, les inflexions mentales angoissées de Siglen s'épanouirent dans sa tête. *Ça n'aura pas le caractère psychiquement dévastateur du voyage que j'ai dû faire pour venir ici la première fois. Vous comprenez, c'était du temps où la Station d'Altaïr n'était pas encore opérationnelle.*

L'esprit de Siglen roulait des flots d'inquiétude pour la Rowane qui se représentait parfaitement la Méta : son grand corps répandu sur le sofa, ses yeux sur l'écran-plafond où s'inscrivaient les coordonnées du vaisseau, ses doigts contrôlant et recontrôlant la poussée gestalt nécessaire au lancement. Elle avait plus d'une fois assisté à la scène, mais jamais à cette extrémité-ci des opérations. On sentait Bralla évoluer à l'arrière-plan.

— *Je m'attends que ça se passe en douceur pour vous, mon petit,* poursuivit Siglen, de plus en plus anxieuse. *J'ai vérifié par deux fois et tout est en ordre de marche. Ah je regrette vraiment qu'à l'époque...*

La Rowane serra les dents. La dernière chose dont elle eût besoin, c'était bien que Siglen s'étendît sur le calvaire de son propre voyage de la Terre à Altaïr. Mais la pauvre femme croyait bien faire.

La jeune fille avait hâte d'entendre le signal du départ. Immergée dans la gestalt, Siglen n'était plus en mesure d'émettre n'importe quoi. Qu'est-ce qui pouvait la retenir d'effectuer le lancement ?

— *Oh, Bralla,* gémit grand ouvert l'esprit de Siglen comme l'avait fait celui de l'enfant Rowane d'autrefois. *Comment se résoudre à lui faire ça ?*

La Rowane tenta d'occulter une soudaine et tourbillonnante sensation de vertige absolu.

— *Allez-y, Siglen ! Ce n'est plus le moment de traînasser. Soulevez-moi de cette planète. Et pas dans cent sept ans !* hurla-t-elle, désireuse d'en finir avec cette attente que teintaient les anciennes terreurs d'une vieille femme sans volonté.

Elle s'adossa à la porte de sa cabine, se ferma l'esprit aux gémissements de Siglen. La Méta était la seule à se faire peur. La Rowane n'avait pas peur, même si, brusquement, l'exiguïté des lieux semblait croître. La cabine du *Miraki* n'avait pas été bien grande mais c'était sur l'océan sans limites d'Altaïr que le voilier avait cinglé, et dans la pureté de l'air du large. Elle prit deux ou trois bonnes goulées de celui qui à présent l'environnait et en trouva la saveur acceptable, se souvint alors qu'on le renouvelait entre chaque voyage et qu'en conséquence il ne s'agissait pas d'air recyclé.

Le vaisseau n'était pas un monstre : Siglen avait soulevé des masses autrement considérables sans y réfléchir à deux fois. Elle n'allait d'ailleurs pas avoir à le téléporter plus loin qu'à mi-distance, Reidinger devant prendre le relais et assurer l'entrée dans le Système Solaire. Aux abords de Jupiter, le vaisseau n'aurait plus qu'à trouver la bonne orbite pour un atterrissage sur le satellite souhaité.

Une fois la Tour de Callisto opérationnelle, ce serait à la Rowane d'aller chercher les vaisseaux téléportés dans l'espace pour les faire se poser sans heurt dans la nacelle prévue à cet effet. Elle se concentra sur cet avenir, sur sa Station à gérer, sur son définitif affranchissement des tracassières singularités de Siglen.

La sirène retentit et la Rowane se découvrit d'étranges difficultés à gagner la couchette. C'était idiot, mais elle s'y étendit. Elle n'allait pourtant rien sentir ; Siglen était une Méta émérite. Non, il n'allait y avoir aucun mouvement, ni bonds, ni basculements, ni glissades, rien de comparable au comportement du *Miraki* s'engouffrant à marée haute dans le goulet d'Islay.

— *Oh, mon enfant, courage ! Courage !*

La gestalt décuplant ses facultés télépathiques, Siglen avait fini par percer l'écran de la jeune fille.

Et la Rowane sut à quel instant commençait la portation. Elle le sut parce que la moelle de ses os se mit à vibrer en harmonie avec la gestalt.

— *Oh, Bralla ! Comment puis-je infliger un tel supplice à cette gamine ? Comment ? Et quelles vont être ses souffrances maintenant !*

Il était apparemment hors de question que la Rowane pût échapper aux lamentations angoissées de la Méta. Et fort douteux que celle-ci la laissât tranquille, déterminée qu'elle était dans l'inutile sollicitude qui la poussait à soutenir son ex-élève dans l'épreuve.

Puis, en conformité parfaite avec la description de Siglen, tout se mit à tourner dans sa tête. Il n'y eut plus ni haut ni bas, ni droite ni gauche également, rien qu'une spirale désespérée qui l'emportait vers nulle part, et elle hurla, hurla, hurla, entendit Canaillou miauler dans une égale panique. Puis se sentit choir dans des mains, des mains qui la saisirent et la tirèrent vers le bas, le bas, le bas, l'introduisirent de force dans ce vortex monté à sa rencontre pour l'envelopper, et elle continua de s'enfoncer, sans rien qui arrêtât sa chute, dans d'horribles ténèbres qui tournoyaient et lui déchiquetaient l'esprit.

Deuxième époque

CALLISTO

Quand la Rowane, ce matin-là, fit une entrée fracassante dans sa Station de Callisto, son personnel se fit tout petit, mentalement et littéralement. Mentalement parce qu'on pouvait craindre qu'elle eût négligé de mettre son écran, littéralement parce qu'on la savait encline à projeter autour d'elle tout ce qui lui tombait sous la main quand elle s'abandonnait à sa colère. Aujourd'hui, par chance, elle se maîtrisait assez, se bornant de faire sonner sous ses pas les marches de la Tour. Une vague rumeur de pensées bruyantes clapota un moment sur le sol de la Station, mais l'ordinateur et ses servants restèrent indifférents à ce contrecoup dépressif, tout à la gratitude de ceux qui viennent d'échapper à un terrible désastre.

Dans les vestiges du passage de la Rowane, Brian Ackerman, le Chef de Station, releva une violette et intense aura de frustration. A la base, il n'était qu'un D-9, mais travailler en permanence avec la Rowane avait élargi son champ perceptif. Il savait apprécier ce plus qu'il retirait de sa position dans la Tour... à condition de ne pas y être.

Au début, juste après l'affectation de la Rowane sur Callisto, il avait tenté sans succès de se faire muter ailleurs, les TTF ayant élaboré une stratégie pour faire face à ses constantes requêtes. La première demande qui leur parvint se vit purement et simplement ignorée. La deuxième suscita une réponse savamment tournée où il était fait état de son caractère irremplaçable à la Station de Callisto. La troisième — comme à l'accoutumée passablement violente — lui valut de recevoir une caisse de whisky. La quatrième — piteux tissu de jérémiades — décida l'Inspecteur de Section à passer le voir pour discuter le problème de vive voix et, seulement alors, à en toucher discrètement deux mots à la Rowane.

Ackerman était certain qu'elle n'avait pas attendu la visite de l'Inspecteur pour être au courant de toute l'histoire. A l'évidence, elle prenait plaisir à se montrer peu commode, mais un jour qu'Ackerman, envoyant paître le protocole, lui avait répondu en piquant son propre coup de gueule, elle s'était radoucie pendant un bon trimestre. Progressivement, il était alors apparu au Chef de Station qu'elle devait bien l'aimer, ce dont il avait su depuis tirer parti. Il n'était également pas peu fier d'être l'un des plus anciens à son service.

Chacun des trente-trois membres de l'Etat-Major de Tour de Callisto était passé par un purgatoire similaire avant d'être accepté par la Rowane. Il fallait, dans le domaine des facultés parapsychiques, un dosage extraordinairement précis de don et de personnalité, mais aussi de dextérité technique, quand il s'agissait de concentrer la gestalt requise pour le transfert de long-courriers géants ou de tonnes de marchandises. Les TTF ne roulaient que sur cinq Métas — cinq D-1 — stratégiquement réparties sur le territoire sans cesse en extension de la Ligue des Neuf Etoiles de manière à s'acquitter au mieux des transactions commerciales et communications de tout ordre. C'était le rêve des TTF de pouvoir un jour proposer à sa clientèle la transmission instantanée de n'importe quoi, n'importe où, n'importe quand. En attendant, les TTF se montraient diplomates avec leurs cinq D-1, supportant patiemment leurs caprices, gâteux propriétaires d'une couvée de poules aux œufs d'or. Si le bonheur de la Rowane avait exigé qu'on lui renouvelât deux fois par jour son personnel subalterne, on se serait probablement débrouillé pour qu'il en fût ainsi. Il n'en restait pas moins qu'en dépit des excentricités de la Rowane, l'Etat-Major de Callisto offrait son visage actuel depuis plus de deux ans.

Cette fois, il y avait une semaine que la Rowane n'était pas à prendre avec des pincettes, et tout un chacun commençait à en avoir les nerfs à fleur de peau. Jusque-là, personne n'était parvenu à comprendre ce qui la mettait dans cet état... si elle le savait elle-même. Soyons juste, se dit Ackerman. Elle avait d'habitude de bonnes raisons.

— *Parée pour le lancement !*

La pensée avait jailli si perçante qu'Ackerman ne douta pas qu'équipage et passagers du transgalactique en attente devant la Tour l'aient captée. Il bascula quand même l'unité-comm, entrant en liaison avec le commandant du vaisseau.

— J'ai entendu, dit celui-ci — et sa grimace était audible. Faites-moi un compte à rebours sur cinq et expédiez-nous.

Ackerman ne se donna pas la peine de transmettre le message à la Rowane. Dans sa concentration présente, elle aurait perçu un murmure sur Capella. Le pupitre du générateur étincelait d'affichages multicolores alors que l'équipe portait à son maximum le champ propulseur et que les doigts de la Rowane emballaient avec impatience les unités de lancement. Elle avait une large avance sur le minutage standard et l'énergie contenue semblait emplir de son chant la Station tout entière. Le compte à rebours démarra soudain tandis que l'intensité sonore de la mélopée atteignait les limites du supportable.

— Pas de blagues, Rowane, lui lança Ackerman.

Il capta l'éclat de rire mental de la Méta et n'eut que le temps d'aboyer un "Attention !" dans le micro pour prévenir le commandant. Il espéra avoir été entendu parce que avant qu'il ait pu poursuivre, la Rowane fut au zéro et le paquebot hors du système, puis hors de portée des liaisons classiques en l'espace de quelques secondes.

La stridence des dynamos n'enregistra qu'un infime fléchissement avant de regrimper au maximum, et les marchandises au départ bondirent dans l'espace aussi vite qu'on en pouvait charger les lots sur les rampes. Ensuite, ce fut le fret en provenance d'autres Stations TTF qui se mit à pleuvoir dans l'aire de réception, et les équipes au sol de s'activer à le réacheminer et à prendre les commandes. La mélopée de l'énergie se stabilisa dans des aigus supportables tandis que la Rowane sortait de sa transe sans pour autant perdre cette efficace et précise puissance de poussée qui faisait d'elle le meilleur Méta des TTF.

Si la Base lunaire de Callisto n'avait rien d'exceptionnel quant à ses dimensions, elle occupait une position clé. La plupart des vaisseaux — cargos ou paquebots — partant du cœur du système solaire exigeaient d'être portés par gestalt au-delà de ses limites pour qu'on pût sans risque activer leur propulsion ultraluminique ou autorégulée. Pour autant qu'un tel terme s'appliquât à ce genre de bases, c'était un paradis — une fois prise l'habitude de voir la masse de Jupiter bas au-dessus de sa tête ou jaillissant, énorme, de derrière l'horizon. Terraformé, le satellite offrait à ceux qui le fréquentaient durant leur "journée" de travail le confort psychologique d'évoluer — du moins sous le dôme central — dans un décor de pelouses ponctuées d'arbres et de buissons fleuris.

On avait également prévu d'agréables appartements donnant sur des jardins pour ceux qui assuraient un service vingt-quatre heures sur vingt-quatre, mais dans l'ensemble — s'il plaisait à la Rowane — le personnel retournait chaque soir chez lui, qu'il demeurât sur la Terre même ou en orbite. Conformément à son statut de Méta TTF, la Rowane habitait une villa sous double dôme avec parc, piscine, et qu'entourait une haie touffue l'isolant des regards. Une rumeur en prétendait la décoration fastueuse, le mobilier inestimable — des pièces de musée recueillies sur diverses planètes — mais personne n'en pouvait rien savoir avec certitude, la Rowane veillant sur son intimité plus jalousement encore que les TTF ne veillaient sur elle. Cela dit, prouesse du siècle lors de son inauguration, la Station de Callisto s'était faite bien banale de nos jours, les progrès techniques ayant fait oublier l'audace de sa conception — tant scientifique qu'architecturale — à mesure que l'humanité prenait pied sur de nouvelles planètes dans des systèmes stellaires sans cesse plus lointains.

Basculé par un type de l'équipe au sol, le voyant d'alerte jaune clignota sur le tableau, puis ce fut le rouge alors que dix tonnes de fret en provenance de la Terre débarquaient dans la nacelle d'Acheminement Prioritaire. Dénèb VIII, disait le bordereau d'expédition. Une des nouvelles colonies, presque hors de portée de la Rowane. Mais la cargaison était estampillée EXTRÊME URGENCE, copieusement bardée de tampons OMS et de DANGEREUX tracés au pochoir. Le bordereau précisait qu'il s'agissait d'antibiotiques destinés à combattre une épidémie particulièrement virulente et excluait un acheminement par étapes.

— *Bon, où sont mes coordonnées et ma photo de position*, gueula la Rowane. *Je ne peux pas balancer ça à l'aveuglette, et on n'a jamais rien réexpédié là-bas directement.*

Bill Powers avait déjà démarré le RéperStell. La Rowane accéléra le défilement, l'interrompit sur l'entrée voulue qui s'afficha en même temps sur tous les écrans.

— *Maa... gnifique. Et vais-je avoir à poser moi-même toute cette masse sur Dénèb VIII ?*

— *Mais non, tête de linotte ! Je la récupère à 24 578 82*, répondit dans chaque cerveau la riche et nonchalante voix de baryton. *L'adorable naine noire qui a le bon goût d'être à mi-chemin. Tu n'auras même pas besoin de secouer un seul neurone dans ta jolie petite tête.*

Il y eut un silence assourdissant.

— *Euh... je vais...*, fit la Rowane.

— *Pour sûr que tu vas, chérie. Allez, contente-toi de pousser dans ma direction ce mignon petit colis. Ou est-ce trop te demander ?*

Plus soucieuse qu'insultante était la voix, quelle que fût la désinvolture de ses inflexions.

— *Tu veux ton colis ? Parfait ! Le voilà !* rétorqua la Rowane, et les dynamos n'eurent qu'un cri à pousser pour que les dix tonnes disparaissent de la nacelle.

— *Hé là, du calme, ou je te grille les oreilles en retour !*

— *Qu'est-ce que tu attends, maintenant ? Sors me le bloquer !*

Mais le rire de la Rowane se figea dans un hoquet de surprise, et Ackerman la sentit dresser précipitamment ses écrans.

— *Je veux que ça m'arrive en un seul morceau, chérie, pas écrabouillé par terre sur une épaisseur d'un millimètre,* fit sévèrement observer la voix. *Ha, ça y est, je l'ai. Merci. On en avait sacrément besoin.*

— *Un instant ! Qui es-tu ? Quelle est ta position ?*

— *Dénéb VIII, ma poule, et tu peux dire que pour l'heure j'suis un p'tit gars sacrément occupé. Allez, merci encore.*

Rompit seule le silence qui suivit la plainte mourante des dynamos retournant au ralenti.

Plus un soupçon du monde intérieur de la Rowane ne filtrait à présent mais Ackerman captait l'aura d'incrédule et atterrante surprise, de spéculations ouvertes et de profonde satisfaction émanant des pensées de tout un chacun dans la Tour. La Méta avait trouvé à qui parler ! Nul autre qu'un D-1 n'aurait pu couvrir pareille distance, or il n'avait pas été question d'un tel recrutement par les TTF alors qu'à la connaissance d'Ackerman, ces dernières jouissaient d'un droit de préemption sur tout kinétique de première puissance. Bon, mais Dénéb en était à sa troisième génération, et des particularismes coloniaux avaient fort bien pu susciter le double de la Rowane.

— Hé, les mecs, lança-t-il. Vos écrans ! Je ne la vois pas apprécier ce qui émane de vous.

L'aura fut aussitôt camouflée mais les sourires s'obstinèrent, et Powers alla même jusqu'à siffloter.

Une autre alerte jaune clignota pour les Claies d'Altaïr, et le bordereau portait : CARGAISON VIVANTE /Dest. : BÉTELGEUSE. Les dynamos gémirent sans réserve, puis la catapulte fut vide. Malgré ses préoccupations du moment, la Rowane faisait son boulot.

Drôle de jour, quand même, se dit Ackerman, sans savoir s'il devait ou non remercier la Rowane de ne rien laisser suinter qui aggravât les choses. Elle attrapa et balança son fret quotidien avec une aisance insouciante et, quand la masse de Jupiter vint interdire tout trafic extérieur, la journée de travail sur Callisto tirait à sa fin, alors que la Rowane n'avait pas même perdu un décibel de puissance. Une fois le trafic intérieur réparti dans les nacelles disponibles, Ackerman ferma la Station. Les banques de données s'éteignirent et les dynamos se turent. La Rowane ne descendit pas de sa Tour.

Ray Loftus et Afra, le D-4 capellien, vinrent s'asseoir sur le coin du bureau d'Ackerman. La bouteille de tisane locale sortit du tiroir et passa à la ronde. Afra la déclina, comme d'habitude, et prit dans sa ceinture une feuille d'*origami*.

— Je voulais demander à Son Altesse de m'expédier chez moi, dit Loftus. Et puis, je ne sais plus... C'est que j'ai rendez-vous avec...

Il disparut. Un instant plus tard, Ackerman le vit en bas, près d'un module de service. Non seulement elle lui avait gentiment évité de prendre l'ascenseur, mais des petits riens bien utiles tel un sac de voyage garni surgissaient de nulle part pour venir proprement s'entasser dans la malle du module. Ray eut largement le temps de s'installer à son aise sur le siège avant la fermeture et le verrouillage du haillon, puis il quitta Callisto.

Powers rejoignit Afra et Ackerman.

— Sûr que c'est bizarre comme elle est, dit-il.

A une Rowane d'humeur massacrante, on osait rarement demander de vous expédier sur Terre. Des chaînes psychologiques l'attachaient à sa planète et elle prenait mal que des Doués de moindre envergure fussent libres de se déplacer dans l'espace sans même souffrir l'ombre d'un vertige.

— *D'autres candidats ?*

Adler et Toglia se manifestèrent et disparurent à leur tour. Ackerman et Powers échangèrent un regard, puis s'empressant de le ranger quand elle apparut devant eux, souriante. C'était la première fois depuis deux semaines qu'une aussi charmante expression barrait ses traits.

Ce sourire vous fait prendre conscience, songea Ackerman, très très doucement dans une région reculée de ses pensées, quel beau brin de fille ce pourrait être. Elle était fluette, maigre plutôt que mince, et avait quelquefois des mouvements de bonhomme en bâtons. Il n'appelait pas ça une femme — trop d'angles et pour ainsi dire pas de poitrine — mais il devait avouer que quand elle le regardait comme ça, d'en contrebas, du coin des yeux, avec ce petit sourire qui tiraillait sur la commissure de lèvres plutôt sensuelles, elle avait de quoi couper le souffle à un mec... le laisser pantois, et pensant à des choses qu'aucun homme marié — ni D-9 — n'avait à se repasser, même dans la tête. Ça venait peut-être de ses cheveux blancs — certains disaient qu'elle les avait ainsi depuis qu'on l'avait extirpée de cette coulée de boue sur Altaïr, d'autres y voyaient la marque d'une appartenance extraterrestre. La Rowane semblait différente parce que — et il s'agissait d'un fait aux yeux d'Ackerman — elle était réellement différente.

Elle souriait, d'un sourire pas vraiment rusé mais observateur. Elle but une gorgée à la bouteille, fit la grimace, la rendit en disant merci. Si excentrique fût-elle, la Rowane savait se comporter. Elle avait grandi avec son don sous la férule de la vieille Siglen d'Altaïr. On lui avait inculqué certains principes de savoir-vivre : des moins doués risquaient d'être gênés par l'usage intempestif d'un Don. Alors qu'elle estimait justifié "d'aller chercher" des choses pendant les heures de travail, elle s'attachait le reste du temps à ne rien faire qui s'écartât de la normale.

— Un scoop sur notre ami dénebien ? s'enquit-elle, sur un ton qui avait juste ce qu'il fallait "d'indifférence".

Ackerman fit non de la tête.

— Ces planètes sont colonisées depuis trois générations. Deux ont suffi sur Altaïr dans votre cas.

— C'est une explication, mais il n'est même pas dans les projets des TTF d'implanter une Station sur Déneb. Elles ont déjà bien assez de mal à trouver des Doués pour des systèmes proches.

— Et ce n'est pourtant pas faute d'essayer, précisa Afra.

— Un Don sauvage, alors ? suggéra Powers, une note d'espoir dans la voix.

— A ce niveau de puissance ? Douteux. Tout ce que j'ai réussi à tirer du Central, c'est qu'ils ont reçu un message urgent d'un négociant qui rentrait de là-bas et leur demandait de participer à la lutte contre un virus ravageant la planète. Il y joignait le détail du syndrome. Le labo s'est pointé avec un sérum, déjà en doses, prêt à être conditionné. On leur avait donné l'assurance d'être en mesure de réceptionner l'envoi à 24 578 82, puis de s'en charger du moment qu'un Méta était capable de l'expédier aussi loin. Jusqu'à ce matin, les rares exportations vers Déneb sont toujours parties par cargo-robot ou *via* d'autres Stations. (Puis elle ajouta, songeuse :) Déneb VIII n'a rien d'une très grosse colonie.

— *Oh, mais nous sommes bien assez gros, chérie*, l'interrompit la voix traînante. *Désolé de te poursuivre après les heures de service, mais je ne vois personne d'autre sur Terre à qui m'accrocher. Et comme je t'ai entendue colorier ton atmosphère...*

— *Qu'est-ce qui se passe ? Aurait-on fini par écrabouiller son sérum après toutes ces fières paroles ?*

— *L'écrabouiller ? Je l'ai bu, voyons. Bon, blague à part, chérie, on vient de se rendre compte qu'on a la visite d'extraterrestres qui se pren-*

nent pour des exterminateurs. On a repéré trois OVNI perchés à six mille mètres, et figure-toi que le sérum que tu as soufflé dans ma direction ce matin est destiné à combattre le sixième virus qui nous tombe dessus en moins de trois semaines. A mon sens, la coïncidence est un peu grosse. Visiblement, on cherche à nous tuer. Un plan si méthodique qu'il est pratiquement possible de déterminer sur ordinateur à quel moment ils vont nous larguer sur le râble une nouvelle cochonnerie. Notre population a déjà chuté de vingt-cinq pour cent, et je peux te dire que leur dernier virus est une merveille. Bref, ce que je voudrais, c'est deux bouffe-microbes mahousses en orbite là-haut et, mettons, deux escadres de la flotte. Car je doute que nos petits copains se contentent encore longtemps de nous saupoudrer de germes. Déjà parce qu'on est bien affaiblis. Ensuite, parce qu'ils sont en train d'opérer des manœuvres et qu'il y a fort à parier qu'une fois qu'ils auront pris position, ils aborderont l'étape suivante : faire de jolis cratères dans notre décor. Donc, fais passer la commission jusqu'à l'Amirauté, veux-tu ? Histoire de nous mobiliser une flotte de représailles conséquente.

— OK, je m'en occupe. Mais pourquoi ne les contactes-tu pas directement ?

— Contacter qui ? Quoi ? Est-ce que je suis au courant de votre organisation terrestre ? Tu es la seule que je puisse entendre.

— Pas pour longtemps, si tu veux mon avis ; je connais mes patrons.

— Tu connais peut-être tes patrons, mais tu ne me connais pas, moi.

— On doit pouvoir y remédier.

— Ah, écoute, c'est pas le moment de flirter. Sois bonne fille et transmets mon message, OK ?

— Quel message ?

— Celui que je viens de te donner.

— Tu remontes au déluge. Ils m'ont répondu que tu aurais tes bouffe-microbes demain matin, dès qu'on sera débarrassés de Jupiter. Mais pour ce qui est des escadres, la Terre a dit non. Pas sans offensive armée de l'adversaire.

— Ah, tu tiens aussi deux conversations à la fois ? Tu es vraiment forte. Mais, demain matin, ça ne va pas, c'est maintenant qu'il nous les faut. On a intérêt à avoir le maximum de gens valides. Tu ne pourrais pas envoyer les médicos ? Ah, non, c'est vrai, pas avec Juju en travers du chemin. Désolé, je ne te situais pas jusque-là. Je viens juste de tomber sur les coordonnées de ta Station. Dans la rubrique : Installations Spatiales Diverses. Mais, dis-moi, qu'est-ce qu'on entend par offensive armée si une demi-douzaine de virus n'en sont pas une ?

— Des missiles, répondit la Rowane.

— Franchement, ce serait mieux. Au moins, on les voit quand ils vous tombent dessus. Bon, revenons à ces bouffe-microbes. Tu ne pourrais pas creuser un peu ta jolie cervelle et trouver une solution pour me les procurer tout de suite ?

— *Comme tu le faisais remarquer, nous ne sommes plus dans les heures de service.*

— *Bon sang, nénette !* La voix traînante s'était faite rugissement. *Ce sont mes parents, mes amis, tous ceux de ma planète qui sont en train de crever.*

— *Ne plus être dans les heures de service signifie simplement que nous sommes derrière Jupiter. Mais, attends... quelle est ta portée ?*

— *Honnêtement, je n'en ai pas la moindre idée.*

Les fermes inflexions mentales avaient perdu de leur assurance.

— Ackerman ! fit-elle en se tournant vers son Chef de Station.

— J'écoutais, Rowane.

— *Tiens bon, Déneb. Je crois savoir comment te faire parvenir tes bouffe-microbes. On se recontacte dans une demi-heure.* Puis, s'adressant à Ackerman : Qu'on prépare ma capsule ! (Elle avait les yeux brillants, les joues en feu.) Afra !

Le beau Capellien aux yeux jaunes — D-4 et en deuxième position dans la hiérarchie du personnel de Tour — s'extirpa du fauteuil où il n'avait jusqu'alors cessé d'observer tranquillement sa Méta.

— Oui, Rowane.

Elle promena son regard sur les hommes présents dans la pièce, gratifiant chacun de ce miraculeux sourire dont la sensualité jetait un tel trouble dans l'esprit d'Ackerman.

— Je vais avoir besoin de votre aide à tous, dit-elle, puis au seul Afra (Ackerman et Powers pianotant déjà sur la console, l'un pour réactiver les dynamos, l'autre pour amener la capsule de la Rowane dans la catapulte) : Il va falloir me lancer, lentement, par-dessus la courbure de Jupiter. Et quand je dis lentement, Afra, c'est vraiment très lentement, ajouta-t-elle avant de prendre une grande inspiration.

A l'instar de tout Méta, elle était incapable d'utiliser ses propres pouvoirs pour se projeter dans l'espace. Son voyage d'Altaïr à Callisto l'avait par ailleurs profondément traumatisée, elle et ses semblables souffrant d'une forme d'agoraphobie des plus pernicieuses, voire, pour la plupart, sujets au vertige. Dans son cas, toutefois, certains ne manquaient pas de faire remarquer qu'elle n'avait pas de problèmes pour grimper les marches de sa Tour. Paradoxalement, alors que d'autres développaient une psychose de "chute" à force de voir Jupiter si proche, la présence de l'énorme planète la rassurait. Avec une telle masse dans le passage, elle ne risquait pas de tomber très loin dans le vide illimité de l'espace.

Autre mesure de sécurité — prise dans l'éventualité d'une pluie de météores sur Callisto —, la Rowane disposait d'une capsule personnelle, opaque et spécialement conçue, capitonnée, programmée pour réduire au minimum la sensation de "mouvement" qui la paralysait. Dans le cadre d'une rigoureuse autodiscipline, elle s'astreignait à de courtes sorties d'entraînement à son bord.

Dès qu'elle la vit en place, elle s'emplit de nouveau les poumons puis disparut de la Station pour resurgir à côté du petit véhicule. Avec grâce, elle se lova dans la mousse du siège-coquille et, à l'instant où sur un sifflement la verrière se verrouilla, elle "sut" qu'Afra la soulevait avec une infinie douceur, l'éloignant de Callisto. Que toute sensation de mouvement fût absente de sa conscience ne l'empêcha pas de solidement s'accrocher à la rassurante présence mentale du D-4 et d'attendre que la capsule ait pris position au-dessus de la vaste courbe de Jupiter pour répondre à l'appel prioritaire émanant du Central terrestre.

— *Bon sang de bonsoir, Rowane, qu'est-ce que vous fabriquez ?* crépita la voix de Reidinger dans son crâne. *Auriez-vous perdu le peu qui vous restait de votre inestimable esprit ?*

— *C'est pour me rendre un service,* dit Déneb, s'immisçant dans la conversation.

— *Qui êtes-vous ?* demanda sèchement Reidinger. Puis, manifestement sidéré : *Déneb ? Comment vous y êtes-vous pris pour projeter votre pensée jusqu'ici ?*

— *Les ailes du désir, sans doute. Allez, soyez chic, faites passer à ma jolie copine ces deux bouffe-microbes.*

— *Un instant, Déneb ! C'est pousser le bouchon un peu loin. Vous n'allez quand même pas me bousiller mon meilleur Méta avec ce genre d'envoi hors normes ?*

— *Ce sera comme pour les antibiotiques. Je récupère le colis à mi-chemin.*

— *Déneb, qu'est-ce que c'est que cette histoire d'antibiotiques et de bouffe-microbes ? Qu'est-ce que vous nous mijotez dans votre trou de primitifs ?*

— *Oh, on se bat simplement d'une main avec quelques épidémies pendant que, de l'autre, on s'efforce de maintenir à l'étage une bande d'extraterrestres un peu trop excités.* Déneb leur donna un aperçu de ce qu'il avait sous les yeux : la terrasse d'un énorme hôpital avec un flot ininterrompu d'ambulances qui descendaient s'y poser, des salles surchargées, des infirmières et des médecins aux traits tirés, des piles désagréablement hautes de silhouettes empaquetées dans un drap. Puis fondu enchaîné sur un écran de proximité montrant en orbite une formation de petites taches. *Nous n'avons ni le temps ni la technologie nécessaire pour lancer une Identification mais notre Chef de la Sécurité assure que c'est du jamais vu.*

— Bon, dit Reidinger. *Je ne me rendais pas compte. Vous pouvez avoir tout ce que vous voulez... dans les limites du raisonnable. Mais je veux un rapport détaillé.*

— *Et pour des renforts ?*

Reidinger changea de ton.

— *Vous vous faites à l'évidence une fausse idée de l'influence des TTF. Nous ne sommes que des postiers. Je n'ai nulle autorité pour faire intervenir des troupes comme ça.*

Suivit un claquement de doigts mental.

— *Vous avez sans doute la possibilité de glisser quelques mots dans la bonne oreille ? Ces types, là-haut, sont parfaitement capables d'avaler Déneb cette nuit puis de passer à la Terre.*

— *Je vais faire un rapport, évidemment. Mais vous autres, colons, êtes avertis des risques quand vous signez votre contrat !*

— *Ça fait plaisir d'avoir affaire à un homme de cœur*, persifla Déneb.

Reidinger resta un moment silencieux, puis reprit :

— *Les bouffe-microbes sont prêts, Rowane. Je vous les lance.*

Et sa présence mentale les quitta.

— *Rowane... joli nom.*

— *Merci*, fit-elle, absente.

Elle suivait depuis le début l'impulsion donnée par Reidinger et bloqua les deux containers quand ils se matérialisèrent à côté de sa capsule. Puis elle se brancha sur les dynamos de la Station pour concentrer ses forces. Les générateurs gémirent. Elle poussa les containers. Ils disparurent.

— *Ça y est, Rowane, les voilà. Merci encore.*

Un baiser tendre et passionné lui parvint, venu d'années-lumière. Elle tenta d'en remonter la trace, de reprendre contact avec Déneb. Il n'était plus à l'écoute.

Elle se laissa retomber dans le cocon du siège. La soudaine irruption de Déneb dans sa vie la déconcertait au plus haut point. La puissance de sa pensée, sa vitalité d'esprit avaient quelque chose de magnétique. Il lui avait donné l'impression d'être avec elle dans la capsule, d'y déverser sa bonne humeur gouailleuse et sa chaleur. Oui, c'était ça. De la chaleur. Il l'avait baignée de chaleur et elle s'y était abandonnée comme à la caresse du soleil l'été sur sa peau nue. Jamais elle ne s'était sentie réagir sur un mode aussi instantané avec quiconque depuis Turian vers lequel, souvent, continuaient de s'envoler ses pensées nostalgiques.

Oh, ce n'était pas qu'elle eût vécu en solitaire : elle n'avait jamais cessé d'entretenir des rapports avec autrui, du moins avec les personnes de son choix. Mais lui étaient-elles inférieures par les dons — cas de figure le plus fréquent — qu'immanquablement s'insinuait une gaucherie, un malaise ayant pour effet d'inhiber sa spontanéité. Que Siglen en fût responsable crevait les yeux : elle avait enseveli sous une chape de plomb les plus intimes pensées de son élève, justifiant non sans paternalisme un tel acte par l'inutilité de "faire ployer de jeunes épaules sous le fardeau de vieux soucis". Siglen, jusqu'à ce jour, s'obstinait à ne voir dans la Rowane qu'une gamine, même s'il y avait déjà presque dix ans que la gamine avait le titre de Méta et sa Station sur Callisto.

Çà et là resurgissait toujours chez elle l'amer regret que Luséna fût morte quelques jours avant que Reidinger ne la nommât à la tête de cette nouvelle base sur une lune de Jupiter. Elle avait trouvé chez sa mère adoptive un tel réconfort, un tel soutien, une telle foi inébranlable en son avenir, l'avenir promis par Yégrani... promesse éphémère. Aussi avait-elle lutté pour comprendre qui elle était comme elle avait lutté précédemment pour acquérir la parfaite maîtrise de son Don.

— Nous autres qui avons été gratifiés de pouvoirs exceptionnels, s'était plu à répéter Siglen sur un ton dolent, ne pouvons nous attendre à des joies ordinaires. Nous avons le devoir de mettre notre Don au service de l'humanité entière ! Tel est notre Destin d'être à l'écart des autres, distincts et solitaires, afin que nous puissions mieux nous concentrer sur nos tâches.

Il n'y avait eu que Turian pour s'inscrire en faux contre les théories de Siglen. Mais cela remontait à dix ans alors que les Métas hommes n'avaient aucun problème pour se trouver des partenaires amoureux.

Reidinger avait une bonne vingtaine d'enfants spirituels à divers degrés de compétence. David de Bételgeuse était amoureux fou de sa D-2 d'épouse et prenait visiblement à cœur de peupler son système d'autant de Doués à haut potentiel que celle-ci pouvait en pondre. La Rowane n'avait pas d'atomes crochus avec David bien que leurs relations professionnelles fussent satisfaisantes. L'excentricité de Capella n'était pas moindre que le conformisme de Siglen et sa personnalité prenait à rebrousse-poil la Rowane. Bref, quelles qu'aient été ses relations mentales avec les autres Métas, aucun n'avait fait preuve d'une réelle ouverture à son égard. Et si Reidinger se montrait pour le moins compréhensif en ce qui concernait certains de ses problèmes, il lui fallait à tout moment être disponible pour les milliers d'autres que suscitait la gestion des TTF. La Rowane n'avait guère espoir en conséquence de voir s'amoindrir cette solitude prophétisée par Yégrani.

Lors de son affectation sur Callisto, elle avait cru comprendre le sens de l'oracle, se jugeant au centre de tout. Quelques mois de train-train n'avaient pas tardé à lui faire perdre ses illusions. Elle était utile, certes, essentielle même pour assurer la bonne marche des échanges entre les capitales des Neuf Etoiles, mais n'importe quel Méta aurait fait l'affaire.

Une fois retombé son enthousiasme, elle s'était rabattue sur la dogmatique formation héritée de Siglen et avait tenté de trouver une forme de satisfaction — sinon de sublimation — dans la bonne exécution d'un travail ardu et prenant, refoulant un sentiment croissant d'irrémédiable solitude. Conscient du caractère dévastateur de cet esseulement qui étreignait son meilleur Méta, Reidinger avait ratissé la Ligue à la recherche de Doués de l'autre sexe qui fussent d'un bon niveau, des D-3 ou des D-4 comme Afra, mais aucun n'avait réellement trouvé le chemin de son cœur.

Elle aimait bien Afra, et pas seulement à cause de la promesse jadis faite à Goswina, la sœur du jeune Capellien. Elle l'aimait bien, mais sans plus. Le seul D-2 que Reidinger ait pu dénicher s'était avéré résolument homosexuel. Et voilà que sur Déneb un D-1 se manifestait, surgi de nulle part, mais loin, si loin.

— *Afra, je voudrais rentrer,* dit-elle, soudain consciente de son épuisement tant physique que mental.

Le Capellien la ramena sur Callisto avec autant de douceur qu'à l'aller.

La Rowane resta encore un long moment dans sa capsule après que tout le monde eut quitté la Station, sa conscience insomniaque douloureusement sensible au fait que chacun se fût retiré chez lui jusqu'à ce que Callisto, une fois de plus, ressortît de derrière la masse de l'énorme planète. Tous avaient un endroit où aller, quelqu'un pour les y attendre, tous sauf elle, qui rendait ces retours possibles. Le niveau de l'amère et hurlante solitude dans laquelle sombrait la Rowane entre chaque journée de travail commença de monter — cette frustration de ne pouvoir s'arracher au sol que dans les limites atrocement réduites des capacités kinétiques d'Afra, cette horreur d'être seule, seule avec son Don à double tranchant. Glauque et noirâtre, l'infect limon lui suinta dans l'esprit jusqu'à ce que le souvenir du baiser reçu s'y substituât. Alors, d'un seul coup, totalement, elle connut la bénédiction du premier sommeil réparateur qui lui était octroyé depuis trois semaines.

— *Rowane*. C'était Déneb, sa présence mentale sur les confins du songe. *Je t'en prie, Rowane, réveille-toi.*
— Mmmm ?

Difficile de s'arracher à ce sommeil, si profond, si désirable.

— *Nos visiteurs... s'avèrent coriaces... comme les bouffe-microbes... dispensaient un antibiotique... à large spectre... on croyait... qu'ils allaient renoncer. Tu parles ! Ils sont en train... de nous arroser... de missiles. Transmets... mon bon souvenir... à ton copain... le juriste de l'espace... Reidinger.*

— *Qu'est-ce que tu fabriques ? Tu leur renvoies les balles ?*

Parfaitement réveillée, elle sentait la liaison osciller entre présence et absence. Sans doute utilisait-il ses facultés kinétiques pour dévier les missiles.

— *Il me faut... des renforts, chérie. Toi... et les filles dans ton genre... que tu pourrais... avoir sous la main. Fais un saut... jusqu'ici... veux-tu ?*

— *Faire un saut ? Mais je ne peux pas !*
— *Pourquoi ?*
— *Parce que je ne peux pas ! J'en suis incapable !* gémit-elle.
— *Mais il le faut... j'ai besoin... d'aide,* parvint-il à dire avant que la liaison ne s'estompât.
— *Reidinger !*

C'était plus un cri qu'un appel.

— *Je me fiche pas mal que vous soyez une D-1, Rowane. Ma patience a des limites et vous vous êtes ingéniée à les faire sauter une par une, petite guenon aux cheveux blancs !*

La réponse du Méta de la Terre lui fit l'effet d'un fer rouge s'imprimant dans son cerveau. Par pur réflexe, elle dressa ses écrans mais, dans le même temps, s'accrocha désespérément au contact.

— *Il faut aller au secours de Déneb,* hurla-t-elle, transmettant le SOS.

— *En quel honneur ? Vous ne voyez pas qu'il plaisante ?*
— *Comment serait-ce possible ? Sur un sujet pareil ?*
— *Vous les avez vus, ses missiles ? Vous a-t-il montré ce qu'il était en train de faire ?*
— *Non, mais je l'ai senti repousser des choses. Et depuis quand un citoyen de l'EU refuse-t-il de croire l'un de ses compatriotes qui lui demande de l'aide ?*
— *Depuis qu'Eve a tendu à son homme un beau fruit rouge et rond*

en lui disant: "Mange!", crépita au travers de l'espace la cynique repartie de Reidinger. *Et précisément depuis que l'intégration de Déneb dans le réseau des Métas a été reportée jusqu'à plus ample information. Rien ne nous permet de savoir avec certitude qui il est, ce qu'il est, ni même sa position exacte. Il m'est impossible de le croire sur parole. Oh, et puis zut! D'accord. Essayez de me mettre en liaison avec lui que je puisse entendre directement ce qu'il a à dire.*

— *Je n'arrive pas à le contacter. Il est trop occupé à repousser ces missiles.*

— *J'y croirai quand je les verrai. Et s'il est aussi fort qu'il le prétend, tout ce dont il a besoin, c'est de puiser dans l'énergie d'autres potentiels de sa propre planète. Il n'a pas à chercher de l'aide ailleurs.*

— *Mais...*

— *Pas de mais qui tienne, et fichez-moi la paix. Je n'ai que trop longtemps joué les Cupidon. C'est qu'il me faut assurer la cohésion d'une compagnie... et de Sept Systèmes.*

Sur ce, Reidinger mit fin à la communication, si brutalement que l'ondulation résiduelle claqua comme un coup de fouet... et fut aussi cuisante.

La Rowane ne savait que penser de la réponse de Reidinger. Elle l'avait toujours connu occupé, grognon, mais jamais si borné, si sourd à la voix de la raison. Et pendant ce temps, là-bas, Déneb était de plus en plus faible. Elle quitta la capsule et regagna la Tour. Sans doute allait-elle pouvoir faire quelque chose, une fois Callisto de l'autre côté de Jupiter et la Station opérationnelle. Mais quand le fret du jour commença de s'empiler sur les claies, il n'y apparut pas d'unité navale à destination de Déneb.

— On doit avoir un moyen de faire quelque chose pour lui, Afra. Je ne sais pas, moi... quelque chose! s'écria la Rowane, étreinte par une peur irraisonnée. Je me fiche de ce qu'a pu dire Reidinger. Déneb ne nous mène pas en bateau, et les Doués doivent s'entraider!

Le regard d'Afra se posa sur elle, triste et compatissant. Sa main s'aventura, effleura la frêle épaule de sa patronne.

— Quelle aide lui apporter, Rowane? Tu n'arrives même pas à te tendre jusqu'à mi-distance de chez lui. Et Reidinger n'a effectivement pas autorité en matière de défense. En revanche, sa suggestion est bonne. Pourquoi ne pas s'intéresser aux autres Doués qu'il doit y avoir sur sa planète? Il n'est quand même pas le seul!

— C'est d'une aide de D-1 qu'il a besoin, et...

Elle s'avachit, vaincue.

— Et tu es à peine capable de dépasser l'horizon de Callisto, acheva pour elle le Capellien. Ce qui est déjà plus, pourtant, que n'importe quel Méta.

Un cri mental d'Ackerman les fit tous deux sursauter :

— *Bon Mieux ! On a un missile qui nous fonce dessus !*

Instantanément, la Rowane fut en liaison avec son Chef de Station et, par ses yeux, vit le petit écran d'alerte périphérique, d'ordinaire enclin à se faire oublier, clignoter et lancer des bips frénétiques. L'intrus, un projectile sophistiqué diffusant des radiations mortelles, venait de doubler Uranus. Elle rougit, confuse, car c'eût été à elle de le détecter bien avant l'écran. On n'avait plus le temps de réveiller les dynamos : l'engin filait trop vite. Déneb était en train de prouver à Reidinger la réalité de la menace et par un procédé dont elle admira l'audace : rabattre à la volée l'un des missiles extraterrestres vers le Système Solaire.

— *Je veux que toutes les personnes présentes sur le satellite m'ouvrent grand leur esprit ! Mauli ! Mick ! Faites le nécessaire !* émit-elle, sûre d'être entendue, sentant déjà converger en elle, amplifiée par les jumeaux, l'énergie des quarante-huit Doués de Callisto, au nombre desquels le fils d'Ackerman, un gamin de dix ans. Elle les recueillit — de la moindre 12 à la solide 4 d'Afra —, se les intégra et projeta cette concentration d'esprits à la rencontre de la bombe ennemie. Si la technologie radicalement étrangère du missile l'arrêta quelques instants, l'efficacité accrue de l'amalgame qu'elle formait lui permit d'en désamorcer sans trop de difficulté le mécanisme avant d'ouvrir la tête et de disperser les matières fissiles dans la masse effervescente de Jupiter.

Puis elle libéra ceux qui s'étaient mêlés à elle et se laissa retomber sur ses coussins.

— Je me demande comment Déneb s'y est pris pour faire ça, lança Afra du fauteuil où il s'était affalé. Reidinger va être furax.

La Rowane hocha la tête avec lassitude.

— Sans doute. Mais il ne pourra plus nier que Déneb a des problèmes.

N'avoir pas eu le temps d'accélérer les dynamos impliquait que la Rowane avait dû fournir son effort sans gestalt comme onde porteuse initiale. Même avec l'aide des autres — dont les énergies mises en commun n'avaient augmenté que d'un tiers la sienne —, l'expérience s'était révélée exténuante. Elle pensa à Déneb qui, seul, sans Station TTF ni personnel formé pour le seconder, n'arrêtait pas de faire la même chose, encore et encore... et son cœur se tordit.

— *Chauffe les dynamos, Brian. On va probablement avoir à en parer d'autres.*

Afra leva les yeux, surpris.

— Oui, lui expliqua-t-elle, il lui faut bien développer sa démonstration.

Puis :

— *Ici la Méta Rowane de la Station de Callisto. Alerte donnée au Méta Reidinger de Terre Central et à l'ensemble des Métas ! Préparez-vous à un éventuel assaut par projectiles à fission d'origine non humaine. Transmettez à toute station spatiale et unité défensive.* Elle abandonna son calme officiel pour ajouter sur un ton hargneux : *Voilà ! Maintenant, on est bien obligé d'aider Déneb ! Il ne s'agit plus d'une incursion isolée contre un avant-poste colonial mais d'une agression concertée contre le cœur de notre monde !*

— *Rowane !* Avant que Reidinger n'ait pu lui projeter en tête autre chose que les syllabes de son nom, elle s'ouvrit à lui et montra les cinq nouveaux missiles qui se ruaient vers Callisto. *Pour l'amour des petites pommes !* Il émanait du Méta de la Terre une incrédulité sans bornes. *Qu'est-ce que ce petit mec a été nous déclencher ?*

— *Pourquoi ne pas faire en sorte d'en avoir le cœur net ?* suggéra la Rowane sur un ton d'une douceur assassine.

Impatience, fureur, détresse puis consternation totale s'emparèrent successivement des pensées de Reidinger à mesure qu'il cerna les intentions de la Rowane.

— *Votre plan est voué à l'échec. Ça ne peut pas marcher. Nous sommes incapables de nous fondre en une seule entité combattante. Chacun d'entre nous est trop égocentrique. Trop instable. Le risque est trop grand de nous consumer dans des luttes intestines.*

— *Non, on doit y arriver, Altaïr, Bételgeuse, Procyon, Capella, vous et moi. Si j'ai pu désamorcer l'un de ces maudits missiles avec seulement quarante-huit Doués mineurs et pas un poil de gestalt, six Métas branchés sur de grosses dynamos tournant à plein régime devraient être capables de repousser n'importe quelle sorte d'engin. Puis nous pourrons nous fondre avec Déneb, et là, nous serons sept. Montrez-moi un extraterrestre assez coriace pour soutenir un pareil assaut !*

— *Ecoutez,* lui répondit Reidinger presque suppliant, *nous n'avons pas ses chiffres. On ne peut quand même pas se fondre à l'aveuglette : il pourrait nous faire éclater ou bien c'est lui qui ne supporterait pas le voltage. Comprenez qu'on ne sait rien de lui. Et qu'il est impossible de calibrer un télépathe de puissance inconnue.*

— *Vous feriez mieux de bloquer ce missile qui vous fonce dessus,* dit-elle tranquillement. *Je ne peux pas et avoir à m'en taper plus de dix à la fois et tenir en même temps une conversation digne de ce nom.* Elle sentit diminuer la résistance de Reidinger à son plan et s'introduisit dans la brèche : *Si Déneb est à même de soutenir un tir de barrage à l'échelle planétaire, ça nous donne un assez bon aperçu de sa puissance. Pour ma part, je suis pratiquement sûre de supporter l'égofusion parce que j'en ai sacrément envie. Et puis, y a-t-il une alternative ?*

— *Dépêcher une escadre.*

— *Ç'aurait dû être fait quand je vous l'ai demandé. Maintenant, il est trop tard.*

Quelques secondes à peine s'étaient écoulées depuis le début de leur entretien, et les missiles ne cessaient de pleuvoir. C'était la Terre même qui essuyait un assaut.

— *OK*, fit Reidinger — résignation rageuse — et il contacta les autres Métas.

— *Non, non*, glapit Siglen d'Altaïr. *Vous allez la cramer, la pauvre petite ! Restons-en à... Ne pas s'exposer, surtout ! Nous serions la première cible de ces extraterrestres.*

— *Ta gueule, vieille fille*, fit David.

— *Nous n'avons pas le droit de nous défiler, Siglen, vous le savez !* intervint Capella, carillon acide. *Et plus nous frapperons fort, mieux ce sera.*

— *Siglen a raison, Rowane*, reprit Reidinger. *Il pourrait vous cramer.*

— *J'en prends le risque.*

— *Putain de Déneb qui nous a mis dans un tel pétrin !* grogna Reidinger sans se donner la peine de voiler son agacement.

— *Il faut le faire. Et tout de suite !*

Hésitante au début, puis avec une force étonnamment croissante, l'énergie des cinq autres Métas — augmentée de celle fournie par les gigantesques générateurs de cinq Stations — se transvasa dans la Rowane qui se mit à grandir. Elle grandit, grandit, n'eut plus qu'une vision floue du ridicule bombardement qu'elle repoussait comme s'il s'agissait de mouches importunes. Elle grandit, grandit, jusqu'à se sentir colossale, plus énorme encore que l'énorme planète surplombant l'horizon. Lentement, avec d'infinies précautions, parce que cette énergie phénoménale était désormais sous son seul contrôle, elle s'achemina mentalement vers Déneb.

Elle traversa l'espace, majestueuse, abasourdie par la puissance illimitée qu'elle était devenue, dépassa la petite naine noire qui leur avait servi de relais, puis commença de sentir l'esprit qu'elle cherchait, d'en sentir l'épuisement, les redoutes externes qui vibraient de lassitude mais, avec acharnement, tenaient à distance l'assaillant dans des poussées quasi réflexes.

— *Oh, Déneb, Déneb !* Tels étaient son soulagement, sa gratitude de le retrouver vivant qu'ils se fondirent avant même que l'ego de la Rowane n'ait pu offrir la moindre résistance — fût-elle symbolique.

Elle lui abandonna son moi si protégé et, dans cette reddition, la masse d'énergie accumulée en elle se déversa en lui. L'esprit écrasé de fatigue qu'elle venait de rejoindre récupéra, retrouva ses forces et s'épanouit jusqu'à ce qu'elle ne se sentît plus qu'une simple molécule de l'ensemble, un élément noyé dans cette immense entité. Puis, soudain, elle vit par les yeux de Déneb, par ses oreilles entendit, n'eut plus d'autre perception que les siennes, et fut totalement prise dans le combat qu'il livrait.

Planté sous un ciel verdâtre et pommelé de champignons atomiques dans un paysage de collines que les missiles déviés de leur cible avaient criblées de cratères, il repoussait — sans peine aucune désormais — le feu roulant de trois forteresses volantes.

— *Allons donc voir la tête qu'ils ont*, dit la facette Reidinger. *Tout de suite.*

Déneb se hissa jusqu'aux croiseurs, et l'esprit multiple qui l'habitait se grava en mémoire l'aspect des intrus : des silhouettes arachnéennes grouillant dans ce qui ressemblait à un enchevêtrement de toiles. Avec nonchalance alors, il broya la coque de deux bâtiments ennemis dont il répandit le contenu dans le vide, avant de charger les heureux occupants du troisième de témoigner de la puissance des Métas et de l'invulnérabilité des mondes situés dans ce secteur de l'univers. En effet, d'une seule et gigantesque poussée, il projeta ce dernier vaisseau loin de sa planète ravagée, plus loin que le système d'où ces créatures étaient issues, dans les noires *terræ incognitæ* de l'immensité.

Puis il remercia les Métas pour l'aide incomparable qu'ils lui avaient apportée par cette égofusion et, l'espace d'une milliseconde, leur répercuta la formidable gratitude d'une planète qui avait bien cru sa dernière heure arrivée. L'incroyable bataille resterait dans toutes les mémoires et les générations futures ne manqueraient pas de célébrer l'immense victoire remportée en ce jour par l'humanité.

La Rowane sentit des liens se dissoudre alors que, dans des murmures polis, les autres Métas prenaient congé de Déneb. Il la retint et, quand ils furent seuls, lui ouvrit toutes ses pensées pour qu'elle le connût aussi intimement qu'il la connaissait.

— *Regarde, Rowane. Il faudra du temps pour que Déneb retrouve sa beauté, mais nous y parviendrons, et elle sera même encore plus belle qu'avant. Viens y vivre avec moi, mon amour.*

Le cri navré qu'elle poussa se répercuta cruellement dans leurs deux consciences mises à nu.

— *C'est impossible. Je n'en suis pas capable !*

Et elle se recroquevilla, referma les zones les plus intimes de son être pour lui dérober le pitoyable motif : de cœur et d'esprit, elle était plus que désireuse de le rejoindre mais le boulet de son corps l'en empêchait. Dans cette chair traîtresse, elle battit en retraite, raidie dans la détresse de son refus, puis elle s'y noua serré, parcourue de frissons sous le contrecoup de l'effort et de la déchirure.

— *Rowane !* entendit-elle encore. *Rowane, je t'aime !*

Elle engourdit la frange extérieure de ses perceptions et se roula en boule. Afra, qui n'avait cessé de la veiller pendant qu'elle avait l'esprit au loin, lui effleura l'épaule.

— *Oh, Afra. Etre si proche et à une telle distance. Nous n'étions plus qu'une âme alors que, physiquement, nous resterons à jamais séparés. Déneb ! Oh, Déneb !*

Puis elle astreignit son moi meurtri à l'oubli du sommeil. Afra la souleva dans ses bras et la monta dans la Tour. Il la déposa sur son lit, referma la porte de la chambre, redescendit sans bruit, prit une chaise, la disposa de manière à pouvoir caler ses pieds sur la première marche, puis s'installa dans l'attente, le suaire du chagrin sur son beau visage, plissant de temps à autre ses yeux jaunes pour en chasser les larmes.

Afra et Ackerman parvinrent à la seule conclusion possible : la Rowane s'était cramée. Ils allaient devoir en informer Reidinger. Quarante-huit heures s'étaient écoulées depuis leur dernier contact avec l'esprit de la jeune Méta. Elle n'avait pas entendu — ou n'avait pas voulu entendre — leurs timides tentatives pour requérir son aide. Assumer avec les seules dynamos le fret courant ne leur posait pas trop problème, mais deux paquebots étaient attendus qui allaient exiger qu'elle s'en occupât. Or, elle était certes vivante, mais mentalement inaccessible. Ackerman avait d'abord pensé qu'elle récupérait, illusion dont ne s'était pas nourri Afra qui, tout au long de ces deux jours, n'avait eu d'autre espoir que de la voir accepter l'irrémédiable situation.

— Je vais devoir avertir Reidinger, dit Ackerman à Afra.

Sa grimace voulait tout dire.

— Bon, où est la Rowane ? demanda Reidinger. Un bref contact avec Afra le renseigna. Lui aussi soupira. *Il va simplement falloir trouver un moyen de la réveiller. Elle n'a pas cramé, c'est déjà ça.*

— *Peut-être*, rétorqua sèchement Afra. *Mais si vous aviez pensé à elle dès le début...*

— Ça, je n'en doute pas, l'interrompit brutalement Reidinger. *J'aurais dépêché à son chéri les escadrilles qu'il demandait qu'elle n'aurait pas songé une seule seconde à une fusion avec lui. J'ai exercé sur elle toute la pression que j'ai estimé pouvoir me permettre. Mais quand ce jeune coq de Déneb s'est mis à renvoyer des missiles dans notre direction... eh bien... il se trouve que j'ai été pris de court. Toujours est-il qu'elle a quand même été poussée à faire quelque chose... et hors planète avec ça.* Il soupira. *J'avais espoir qu'à une Méta au moins, l'amour puisse donner des ailes.*

— *Quoi ?* rugit Afra. *Vous voulez dire que cette bataille était une mise en scène ?*

— *Pas vraiment. Je vous répète que ces extraterrestres n'étaient pas prévus. Déneb n'était censé avoir affaire qu'à des virus mutants particulièrement coriaces.*

— *Alors vous n'étiez pas au courant pour les extraterrestres ?*

— *Bien sûr que non !* fit Reidinger, dégoûté. *Il y a eu ce pur hasard que Déneb nous contacte pour un problème d'assistance médicale. J'ai sauté sur l'occasion, y voyant un éventuel moyen de briser le cercle vicieux de cette psychose agoraphobe dont nous souffrons tous. Rowane est la plus jeune d'entre nous. Je pensais pouvoir l'amener à se transporter physiquement là-bas... et j'ai échoué.* Il y avait une telle résignation dans sa voix qu'Afra s'en trouva tout triste ; on n'était pas habitué à voir Le Méta Central comme une créature faillible. *L'amour n'est pas aussi fort qu'on le dit. Et où vais-je aller chercher de nouveaux Métas si les croisements s'avèrent impossibles ? J'avais eu l'espoir que Rowane et Déneb...*

— *Comme marieur...*

— *Oui, je n'ai plus qu'à donner ma démission.*

Afra coupa brusquement la communication parce que la porte de la Tour s'était ouverte et qu'il en descendait une Rowane très pâle et très tranquille.

— J'ai dormi longtemps, dit-elle, son petit sourire semblant s'en excuser.

— C'est que tu as eu une rude journée... avant-hier.

Elle grimaça, puis sourit pour dissiper l'inquiétude aussitôt née sur les traits d'Afra.

— Je suis encore un peu dans les vaps. (Froncement de sourcils.) Mais n'étiez-vous pas en train de parler avec Reidinger, tous les deux ?

— On se faisait du souci, dit Ackerman. Il y a deux paquebots qui vont arriver, et tu sais qu'Afra et moi, dès qu'il s'agit de passagers...

— Oui, je sais. Je suis prête.

Elle regagna lentement sa Tour.

Ackerman secoua tristement la tête.

— Sûr, ça l'a sacrément secouée.

L'attitude assagie de la Rowane n'apporta nullement le soulagement qu'en un temps son Etat-Major avait pu en attendre. Les tâches quotidiennes furent assumées dans une efficacité routinière, sans rien des saynètes annexes et sorties qui les tenaient d'habitude en alerte. Sous la chape saturnienne de cette Rowane tragiquement douce, leurs gestes étaient ceux d'automates. Sans doute fut-ce une des raisons pour lesquelles leur visiteur passa d'abord inaperçu. Il fallut qu'Ackerman quittât son bureau en quête d'une énième tasse de café pour remarquer le jeune homme en tenue de voyage tranquillement assis dans l'entrée.

— Vous êtes arrivé par la dernière navette ?

— Oui, en quelque sorte. (Il s'était poliment levé, s'exprimait sur un ton empreint de modestie.) On m'a dit d'aller voir la Rowane. Reidinger. J'étais dans son bureau en fin de matinée. Il m'a engagé.

Puis il sourit et, fugitivement, sur ce sourire, Ackerman vit se superposer ceux qui, de temps à autre, éclairaient soudain les traits de la Rowane et vous ravissaient l'âme. Chez cet homme, un tel sourire rayonnait d'un magnétisme sans entrave cependant que le bleu vif des yeux pétillait de bonne humeur et de gentillesse. Ackerman se surprit à sourire en retour, l'air idiot, et à se porter vers le nouveau venu pour lui serrer vigoureusement la main.

— Enchanté de vous connaître. Comment vous appelez-vous ?

— Jeff Raven. J'arrive juste...

— Hé, Afra, viens par ici que je te présente Jeff Raven. Un café ? C'est que ça fatigue les voyages. Et vous avez déjà travaillé dans d'autres Stations ?

Toglia et Loftus s'étaient retournés, curieux de voir qui faisait l'objet d'un si exceptionnel débordement de courtoisie. Le charisme opéra ; eux aussi s'empressèrent autour de l'inconnu. Raven prit le café tendu et remercia Ackerman qui avait déjà sorti sa boîte de sablés au gingembre, spécialité de son épouse dont il se montrait d'ordinaire des plus avares. Le Chef de Station semblait ne rien épargner pour accueillir dignement ce merveilleux chic type ; lui offrir du café s'était révélé être un tel plaisir !

Afra leva sur l'étranger le regard tranquille mais légèrement voilé de ses yeux jaunes.

— Salut, fit-il, soupir plus que murmure, une façon particulière d'accentuer le mot.

Le sourire de Jeff Raven se modifia imperceptiblement.

— Salut.

On aurait eu tort de croire leur échange aussi limité.

Avant que quiconque dans la Station eût vraiment pris conscience de ce qui se passait, tout le monde avait quitté son poste pour s'agglutiner autour de l'inconnu, bavasser, sourire, lui toucher la main ou l'épaule sous les prétextes les plus futiles. Lui, de son côté, marquait un intérêt sincère pour ce qu'on lui disait, et tout confronté qu'il fût à une cour de vingt-trois personnes anxieuses de monopoliser son attention, il s'arrangeait pour qu'aucune ne se sentît lésée. On aurait dit qu'il les enveloppait dans son champ perceptif.

— *Mais qu'est-ce que vous fabriquez, là, en bas ?* Un rien de familière mauvaise humeur avait refait surface dans sa question. *Pourquoi...*

Au mépris des règles sacrées qu'elle s'était toujours fixées, elle se matérialisa au milieu de la salle. Raven se porta aussitôt vers elle et lui prit la main.

— Reidinger a dit que tu avais besoin de moi.

— Déneb ? Chuchotement sidéré dont son corps entier accompagna l'émission. *Déneb ? Toi... ici ! Tu es ici !*

Il lui sourit tendrement et sa main glissa jusqu'au bas de la chevelure d'argent pour étreindre l'épaule de la Rowane. De bouche bée qu'elle était, celle-ci partit dans un grand éclat de rire — le rire d'une jeune femme au sommet du bonheur, oublieuse de tout le reste. Puis ce rire s'étrangla en hoquet de terreur.

— *Mais comment as-tu fait pour venir ici ?*

— *Je suis venu, c'est tout. Toi aussi, tu peux.*

— *Non, non, je ne peux pas. Il n'est pas un D-1 qui puisse.*

Elle tenta de se libérer des bras du garçon comme s'il lui faisait soudain horreur.

— *J'ai pourtant réussi.* Sa douceur insistante était sans équivoque. *Tu viens de sauter de ta Tour à ce niveau. Si tu as pu faire ça, qu'est-ce que la distance peut y changer ?*

— *Non, non !*

— Sais-tu, reprit Raven sur le ton de la conversation courante en distribuant des sourires autour de lui, que Siglen d'Altaïr est malade à la seule idée de monter ou de descendre un escalier ? Tu ne peux l'ignorer : tu as vécu près d'elle. Tu sais comment est sa Station : tout de plain-pied, rien qui ressemble à une marche. Et cette longue rampe capitonnée pour accéder à sa Tour, avec la haie d'arbres qui la borde, épaisse au point d'interdire tout regard sur l'extérieur. Je sais qu'elle t'a raconté cent fois plutôt qu'une cet horrible et presque fatal voyage de la Terre à Altaïr à bord d'un — instrument de torture s'il en est — vaisseau spatial. Il faut surtout voir qu'elle avait compté décrocher le poste de Méta de la Terre. Les déceptions ont parfois des effets bizarres sur certaines personnalités.

La Rowane secoua la tête, les yeux écarquillés par l'incompréhension.

— Personne ne s'est jamais demandé pourquoi elle avait de telles réactions au vol dans l'espace. Moi, si. Ça m'a paru si absurde quand Reidinger m'en a parlé. (Il marqua une pause, histoire de tenir son auditoire en haleine, et son sourire se fit malicieux.) En fait, Siglen souffre d'une détérioration de l'oreille interne, une affection physique assez massive pour engendrer de sérieux troubles moteurs. Son premier voyage dans l'espace s'est soldé par de tels malaises qu'elle a aussitôt sauté à la conclusion que n'importe quel type de voyage était à même de les reproduire. Le pire est qu'elle a transmis cette hantise à tous ceux qu'elle a formés, et bien sûr, ni elle ni personne n'a jamais remis en question "qu'il s'agissait là du prix que tout Doué avait à payer". D'un geste théâtral, il se posa la main sur la gorge, imitation de Siglen si criante de vérité qu'Afra eut peine à ne pas éclater de rire. Puis il décocha un regard en coin à la Rowane.

— Siglen... oh, non, Déneb.

Il éclata de rire.

— Mais si, Callisto. C'est d'elle que chacun d'entre vous a hérité cette phobie de l'espace. Les D-2 ne l'ont pas pour la simple raison qu'elle ne s'est jamais souciée de former des Doués de rang inférieur. J'en suis la preuve, moi qui ne lui ai pas été confié (il ouvrit grands les bras) et qui suis venu jusqu'ici par mes propres moyens. Ah, le Don Maudit ! (Il avait repris sa vibrante imitation du contralto de Siglen.) La Grande Peur ! Mais toi, tu n'as aucun trouble de l'oreille interne. Tu ne fais que te croire frappée d'agoraphobie. Conviction qu'il est plutôt néfaste d'avoir gardée si longtemps, OK, mais c'est ton handicap à toi, voilà tout.

Chaleur et tendresse passaient de l'un à l'autre, et les yeux de la Rowane commencèrent de briller. Etincelèrent.

— *Allez viens, Rowane, on va vivre ensemble. Reidinger te juge parfaitement à même de faire chaque jour la navette entre ici et Déneb.*

— La navette ?

Elle n'avait pu se retenir de dire ça tout haut et le regardait maintenant complètement éberluée.

— Evidemment. Tu restes une D-1 sous contrat avec les TTF. Et moi pareil, mon amour.

— Ah bon ? Alors je suis rassurée : je connais bien mes patrons, dit-elle avec un petit sourire.

— L'offre était honnête. Reidinger n'a pas marchandé une seule seconde après que je la lui eus faite dans son bureau ce matin à onze heures.

— Mais faire la navette entre Déneb et Callisto ? répéta la Rowane encore sous le choc.

— C'est fini pour aujourd'hui ? demanda Raven à Ackerman qui fit non de la tête après un coup d'œil sur les rampes de lancement.

— Allez, ma fille, emmène-moi dans ta Tour d'Ivoire qu'on expédie ça en cinq sec. Après, on en recausera. Je ne voudrais pas te bousculer ou quoi que ce soit, mais j'ai une planète entière à remettre sur pied. Et quelques millions de sujets de discussion à aborder avec toi.

Jeff Raven lui décocha un sourire espiègle puis porta à ses lèvres la main qu'il n'avait pas lâchée, geste d'une courtoisie désuète et délicieuse. Le sourire qu'elle eut en réponse rayonnait de bonheur.

Dans le silence respectueux qu'observaient les autres, le couple de Doués monta les marches de cette Tour qui avait cessé d'être un symbole de solitude.

Afra brisa le charme en prenant la boîte de biscuits des mains pétrifiées du Chef de Station, mais le génie pâtissier de madame Ackerman n'était pour rien dans ces larmes qui lui noyaient les yeux.

— Ce n'est pas qu'ils aient vraiment besoin de notre aide, mais on peut toujours essayer de soutenir le brio du numéro qu'ils vont nous faire.

La plainte des générateurs se noua sur un dernier sanglot, puis ce fut un silence, bien accueilli d'abord par les deux Métas qui le mirent à profit pour se vider des tensions dont s'accompagnait leur tâche, puis que Jeff Raven rompit d'un grognement sourd en se forçant le menton contre la poitrine, s'étirant les vertèbres et les muscles du dos. Car si la Rowane avait opéré dans le confort fonctionnel de son siège-coquille, Déneb avait dû se contenter de celui tout relatif du fauteuil à pivot placé devant la console. Il faisait à présent demi-tour et la dévisageait.

— Je te connais..., commença-t-elle d'une voix timide, soudain déroutée tant par la présence du jeune homme que par le sentiment de vide succédant à l'exécution du train-train quotidien, ... et j'ignore presque tout de toi.

Elle le sentit placer en douceur son esprit contre le sien puis se retirer non moins doucement, laissant derrière lui comme une suave saveur d'épices. C'était la première fois qu'un contact mental lui faisait un tel effet, et il lui fallut un certain temps pour se pénétrer de la sensation.

— Il nous reste encore un tas de choses à découvrir l'un sur l'autre. (Jeff Raven esquissa un sourire qui lui aussi se teintait de timide incertitude. Il se passa la main dans les cheveux.) Mais n'avons-nous pas toute une vie pour le faire ? (Son sourire s'élargit et il rejeta la tête en arrière, la regarda légèrement par en dessous, le fit avec des yeux débordant d'affection où se lisaient des émotions plus violentes mais strictement contrôlées.) Ecoute, enchaîna-t-il d'une voix totalement différente en se penchant sur son siège, les coudes calés sur les genoux, je viens de passer quelques semaines passablement éprouvantes, et maintenant que nous nous sommes rencontrés, il n'y a plus de raison de rien précipiter. En fait (et sur ce il bâilla à s'en décrocher la mâchoire), je vais me montrer naïvement dénué de tout romantisme et t'avouer que je suis crevé. J'ai vécu sur les nerfs depuis l'arrivée de ces extraterrestres, et ce dont j'avais l'intention tout à l'heure, ce beau geste de nous téléporter tous les deux sur Déneb, c'est au-dessus de mes forces à présent. J'ai faim, j'ai besoin d'un bain, et de vingt ans de sommeil au bas mot.

La Rowane se mit à rire, d'un beau rire perlé sans malice aucune, alors que des considérations pratiques venaient à bout des derniers doutes, des ultimes réserves. Elle se leva, tendit la main vers Déneb, lui prit la sienne, la trouva chaude, calleuse, contact physique qui ne fit qu'affirmer sa détermination et sa voix.

— En ce cas, c'est moi qui te ramène à la maison ce soir !

Jeff l'attira tendrement contre lui — *Mon amour !* — lui logea la tête sous son menton et la serra très fort. Elle lui posa sur les flancs des mains d'une légèreté expérimentale. Il avait un corps ferme. Elle aima ça. *C'est bon !* Elle sentit aussi l'extrême lassitude imprégnant les muscles, les os, le sang du jeune homme.

— Viens, dit-elle, puis avec lui elle se téléporta dans la grande pièce de sa maison.

— Original, dit Jeff, promenant un regard critique sur le décor. A mon avis, tu n'auras pas trop de mal à rejeter le conditionnement ridicule de Siglen. Toutes ces marches ! (Il montra d'un geste l'enchevêtrement de niveaux divers, la villa s'étant moulée sur le relief escarpé de Callisto.)

— Elle a été construite sur mes plans.

Elle avait dit ça avec orgueil, sensible à l'appréciation flatteuse qu'elle lisait dans ces yeux qui allaient de l'intime fosse de séjour autour de l'âtre à l'ancienne où flambait un feu de synthèse au coin-repas avec sa vue sur les jardins et sur l'orée des taillis, revenaient se poser sur le mur audiovisuel puis plongeaient dans le couloir descendant vers l'autre aile de la maison.

— Superbe ! Du beau boulot ! Et qui apporte définitivement de l'eau à mon moulin : la Malédiction des Métas n'est que celle de Siglen. Tu l'imagines au milieu de toutes ces marches ? (Bâillements en série.) Ah, quel amant tu t'es choisi !

— Au bain ! et elle le poussa dans la direction voulue. Puis je te prépare de quoi réveiller un mort. Après quoi, tu pourras faire le tour du cadran ou plus si tu veux.

Il se déshabilla. Le beau corps bâti en force et la peau gorgée de soleil du capitaine Turian remontèrent du plus secret d'elle-même. Puis elle se dit qu'en fait elle aimait bien ce gabarit plus économe, cette minceur, ce dos strié de muscles longs, ces hanches étroites : elle se sentait irritable en présence de gens massifs.

— *Non sans motif*, fit remarquer Jeff en descendant dans les chauds remous d'un bassin assez profond pour qu'elle se fût à demi attendue à l'y voir plonger mais il s'y était refusé sur un petit rire. *Une autre fois, chérie.* Il se laissait porter, totalement détendu. *Va me préparer ce repas, veux-tu ? Sinon je risque de m'endormir et de ne plus me réveiller parce que je serai mort d'inanition.*

Elle lui envoya le coussin pneumatique pour qu'il pût sans effort maintenir la tête hors de l'eau et sentit en retour sur les lèvres l'empreinte d'un baiser. Ce fut en souriant qu'elle sortit du placard les ingrédients nécessaires. Siglen avait mangé pour manger, et ce contre-exemple avait amené la Rowane à surveiller son alimentation : elle s'était pénétré des bases de la diététique, du soin qu'il fallait apporter non seulement à la préparation des plats mais aussi à leur présentation.

"Qu'est-ce que les gens pensent de moi quand ils te voient si maigre, Rowane ? Allez, reprends-en. C'est vraiment délicieux. Si tu te forçais un peu..." continuait de moduler en inflexions cajoleuses la voix de Siglen dans ses oreilles.

Mais quel que fût le plaisir qu'elle y prît d'habitude, faire la cuisine pour Jeff Raven s'avéra infiniment plus gratifiant. Au point qu'absorbée dans le choix des substances nutritives et dans leur subtil équilibrage, elle eut un sursaut de surprise en sentant désormais émaner du jeune homme les ondes du profond sommeil. Une petite pointe d'aigreur se dissipa très vite dans sa conscience d'avoir largement le temps de prouver ses talents de cordon-bleu. L'urgence, c'était d'éviter qu'il se noyât. Quelque fatigue de cette fin d'après-midi mouvementée lui tomba dessus.

En douceur, elle souleva le corps inerte puis, après une halte dans le moelleux de serviettes parfumées qui le séchèrent, le téléporta dans son grand lit. Etre une kinétique trouvait une application pratique jusqu'alors inenvisagée, se dit-elle, posant un regard tendre sur son amoureux. Toute tension l'avait quitté. Il faisait plus jeune.

En fait, il n'était pas vraiment beau. Inanimés, ses traits taillés à coups de serpe n'offraient nul compromis : le nez saillait droit d'un front large et haut, les yeux étaient de loin plus renfoncés qu'elle ne l'aurait cru ; il avait une mâchoire prononcée... il ne devait pas faire bon lui chercher querelle. Elle se demanda s'il lançait le menton en avant quand il était fâché. Ses lèvres aussi trahissaient une grande fermeté de caractère, si bien dessinées fussent-elle — quoiqu'un peu minces —, mais ce détail lui avait échappé : elle l'avait tant vu sourire. Bref, un visage au modelé vigoureux qui la séduisait énormément.

Austère, elle réprima les inhabituelles clameurs de la chair et du sang. La Rowane de dix-huit ans avait pu délibérément provoquer le capitaine Turian mais c'était une idiotie qu'elle n'irait jamais refaire avec Jeff Raven. Elle déposa l'eau, le jus de fruits et le "souper" qu'elle avait préparé dans un cocon thermos à portée de main sur la table de nuit.

A quoi allaient ressembler leurs enfants ? La pensée la fit rougir bien qu'il n'y eût personne pour la voir. Depuis qu'elle avait arraché Turian à ses remords pour faire l'amour avec lui si pleinement, personne d'autre n'avait éveillé ses sens. Pas même les Doués de haut niveau que Reidinger n'avait cessé de lui fourrer dans les pattes, dans un premier temps avec les stages de Gérolaman, depuis dix ans sous le prétexte fumeux de missions auprès de la Tour de Callisto.

La Rowane avait longtemps cru n'avoir qu'à faire preuve de patience — à l'issue de sa formation viendraient le "voyage" et la fin de tous ses problèmes — et s'était retrouvée dans une autre Tour, certes, mais toujours aussi seule, et avait continué de voir se dérouler interminablement devant elle la "longue route solitaire" de la prophétie. Jusqu'à l'énigmatique vision qui s'était réalisée : elle avait été le foyer. Jeff Raven, alors ? Sa récompense ? Etait-ce avec lui qu'elle allait "voyager" pour de bon ?

Il bougea, comme s'il avait perçu ses pensées, et sa gorge se noua. Puis elle le vit replonger sur un sourire dans ce sommeil dont il avait tant besoin. Elle s'étendit sur la moitié libre du grand lit sans chercher à le toucher, simplement heureuse qu'il fût là. Puis l'épuisement eut raison des nouveaux horizons qui s'ouvraient à elle.

L'étonnement de sentir des lèvres sur les siennes la réveilla en sursaut, et il lui fallut un moment pour se replacer dans la continuité des extraordinaires événements de la veille.

— Je suis vraiment navré d'avoir à te réveiller, chérie, mais le service nous appelle !

Ton et expression de Jeff trahissaient un regret sincère, et pareillement la nuance épicée de sa présence mentale.

— De quoi s'agit-il encore ?

Brusquement, la notion même de service lui sortait par les yeux.

— Calme-toi, fit-il, moqueur. Il y a que notre joyeux massacre de vaisseaux extraterrestres s'est soldé par un tas de débris dangereusement proches de ma pauvre planète. (Dans l'esprit qu'il lui ouvrait, elle eut quelques plans visuels de la situation sur Déneb.) On a extrapolé leur trajectoire et certains pourraient tomber sur des secteurs peuplés. J'ai des types bien là-bas, mais pas au point de pouvoir s'en occuper seuls.

— Et moi, je peux aider ?

Elle était déjà debout et s'habillait.

— Sûr que tu peux, et j'y compte. Reidinger a obtenu un pont télé entre la Terre et notre colonie pour les produits de première nécessité. Pas question qu'il y ait de la casse, alors j'ai besoin de toi pour assurer le relais. Par ailleurs, le Haut Commandement désire des échantillons de ce que nous avons si malencontreusement haché menu.

— Mais, Jeff, et nous ?

Cri de terreur devant la menace d'une nouvelle et d'autant plus atroce solitude.

Il la prit dans ses bras, lui logeant une fois de plus la tête sous son menton, et la berça, l'enveloppa d'une telle tendresse, d'un si profond réconfort qu'elle sut que l'éloignement physique ne saurait désormais dresser entre eux le moindre obstacle. Puis il lui releva le menton et l'embrassa, baiser qu'il enrichissait de sa présence mentale et de scènes d'amour anticipées : ce qu'ils allaient faire dès que le "service" leur en laisserait le loisir. Elle en vibra d'un désir qu'il satisfit d'un effleurement d'esprit en forme de caresse intime, et elle se plaqua contre lui, comblée, surprise. Il lui sourit, ravi de lui avoir fait un tel effet.

— La chimie opère à merveille entre nous, mon amour, et je vais être au supplice d'en repousser l'expérimentation décisive et méthodique. Toutefois... (il se fit grave, desserra son étreinte non sans y répugner corps et âme à l'évidence)... profite de mon absence pour travailler à secouer cette part étrangère qui te vient de Siglen. Je serai de retour dès que ce ramassage d'ordures aura été mené à bien et que les échantillons qu'ils demandent leur auront été transmis. Si j'étais toi, j'y jetterais un coup d'œil quand ça passera par Callisto : qu'on ait reçu la visite de ce groupe de créatures teigneuses en vadrouille dans l'espace laisse à penser qu'il pourrait y en avoir d'autres. (Il la lâcha et la conduisit vers la porte.) On y va à pied, cette fois. Ce sera toujours ça de gagné.

Elle accorda son pas au sien et, tout au long du trajet de chez elle à la Tour, n'eut plus conscience que de leurs deux hanches, de leurs deux cuisses l'une contre l'autre, et des doigts de Jeff entrelacés avec les siens. Jusqu'au gémissement des énormes générateurs au démarrage qui resta impuissant à se faire entendre

— Qui était Ronronnette ? demanda soudain Jeff en la regardant droit dans les yeux.

Pareille question contre toute attente en un tel moment fit qu'elle perdit la cadence. La crainte qu'il n'ait eu accès dans sa mémoire à ce qui concernait Turian venait de l'assaillir. Peut-être l'avait-il fait sans y trouver matière à commentaire : à quoi bon s'attarder sur le passé ?

— C'était mon minah, répondit-elle, la gorge nouée par le souvenir toujours cuisant du chagrin et de la colère. *On est bien forcé de renoncer un jour aux choses de son enfance ?*

— *Ah, mon amour*, et des flots de tendresse à la douceur épicée l'enveloppèrent. *Je n'ai pas l'impression qu'on t'ait jamais permis d'en avoir une, et ce sera notre privilège que d'y remédier.* Puis, avec dans la voix des accents de pure malice, il ajouta : *Et je me fais fort de prouver qu'un Raven est un compagnon autrement plus inventif qu'un minah.*

Les yeux qu'il posait sur elle étaient d'un bleu intense et son sourire avait quelque chose de diabolique. Brusquement, elle eut conscience de sensations qui remontaient de plus belle, déclenchaient d'inhabituelles réactions puis d'une inconcevable chaleur qui prenait naissance au fond de son ventre et commençait de se répandre, soudaine bouffée d'exquise torture.

— *Et ce n'est qu'un échantillon, mon amour ! Un simple échantillon !*

La voix mentale du jeune homme semblait faire partie de la sensation, et elle dut s'accrocher à lui pour ne pas tomber.

Puis tous deux furent dans le couloir menant au garage, et, au prix d'un immense effort, elle se reprit, aidée par la vue de l'étrange appareil en attente dans la nacelle. Les couleurs des Mondes Centraux sur la pointe du nez et, sur les flancs, le matricule de Jeff Raven en chiffres brillants, leur peinture pas tout à fait sèche.

— Prototype, je suppose ?

Elle passa la main sur une coque encore dépourvue de cet épiderme d'électricité statique dont se dotaient les véhicules au bout d'un certains nombre de déplacements.

— Toujours le fin du fin pour les derniers recrutés, fit Jeff, vaguement moqueur, mais sans rien qui pétillât dans les profondeurs de ses yeux d'azur.

Il l'attira contre lui et l'embrassa. Elle s'ouvrit au baiser, mit toute sa fougue à y répondre, et quand une éternité plus tard celui-ci prit fin les étincelles étaient de retour dans le regard de Jeff. Il s'installa dans la capsule. Les générateurs haussèrent leur plainte jusqu'à la puissance de lancement.

— A plus tard, mon amour !

Le départ de Jeff laissa tout le monde baba. Il y avait participé, repoussant à grands éclats de rire les conseils de la Rowane qui lui disait de garder ses forces pour sa journée de travail, asticotant Afra et Ackerman pour leur faire presser le mouvement... jusqu'au moment où, sans crier gare, il leur eut faussé compagnie.

La Rowane se trouva soudain trop occupée pour toute introspection. Un quasi-déluge de containers, de cargos robots et de paquebots de moyen tonnage s'abattait de la Terre, réclamant par bordereaux impératifs un réacheminement immédiat sur Déneb : il s'agissait d'experts en tout genre qui, bardés de leur matériel, allaient passer au peigne fin les vestiges des deux croiseurs extraterrestres et s'assurer que les fragments les plus susceptibles de se révéler parlants prendraient le chemin des grands labos lunaires. Leur analyse en profondeur fournirait sur les agresseurs de précieuses données qui seraient ensuite archivées afin de pouvoir être aisément consultées à l'avenir.

Chaque fois qu'une cargaison repartait de Callisto, Jeff et la Rowane échangeaient des baisers et autres caresses qui lui faisaient apprécier d'être seule dans sa Tour. Elle s'en trouvait contre toute attente stimulée dans son effort mental.

Et, ainsi qu'il le lui avait demandé, elle jetait un œil au passage sur le fret plus insolite en provenance de Déneb : des sections de coque évoquant des tranches de melon, d'étranges produits empaquetés (de la nourriture, peut-être), des lambeaux d'une sorte de fine pellicule métallique (des vêtements ?), quelques échantillons congelés de l'anatomie étrangère : des membres et autres parties du corps de ces créatures. Elle les revoyait telles qu'elles lui étaient apparues quand, fondue avec les autres Métas dans le creuset d'un seul esprit, elle avait déchiqueté les deux vaisseaux. Pas le moins du monde humanoïdes, des coléoptères plutôt, la chitine omniprésente dans les carapaces, dans les élytres, jusque dans les ailes, un tas de pattes, des pinces et mandibules en guise de doigts. Elle en avait vu debout aux commandes qui devaient avoir dans les deux mètres. D'autres, plus petites, lui étaient restées gravées en mémoire détalant sur leurs six ou dix pattes dans les coursives tubulaires de ces nefs étrangères. Elle se souvenait aussi que l'une de ces dernières avait comporté une structure centrale massivement gardée, pleine de ces êtres à l'état larvaire, d'alvéoles à œufs et où avait trôné la plus grosse de ces créatures, une reine probablement. Vaisseau couveuse ? Suggérant que ce voyage au travers de l'espace s'était prolongé sur des générations ?

Il y avait là de quoi ouvrir un champ illimité aux spéculations et conforter un immense soulagement que les Métas fussent venus à bout d'une telle menace. De quoi engendrer quelques bouffées d'hystérie nerveuse aussi.

Non seulement le trafic à destination de Déneb connut une pointe exceptionnelle, mais plusieurs jours durant la Rowane fut requise d'acheminer des vedettes de reconnaissance sur la périphérie de la sphère d'influence des Mondes Centraux. Dans la panique qui suivit l'incident dénébien on put assister à de massifs mouvements tant d'hommes que de matériel. Reidinger décida d'augmenter l'effectif de Doués dans les principales Stations afin d'exercer une vigilance sans relâche sur la frontière et de moderniser le système de balises avancées qu'on y avait installé. Lui-même en restait dans sa propre Tour à court de personnel expérimenté, de patience aussi par voie de conséquence.

— On a mis une sacrée sourdine sur l'incident, fit remarquer Ackerman alors qu'ils soufflaient enfin, à l'issue d'une quatrième journée d'horreur. La Rowane le regarda, ahurie — sans doute ailleurs — et il précisa : Dans les médias. On y réduit de jour en jour la taille des vaisseaux, leur armement et l'importance du danger couru.

— Sage mesure, à mon sens, vu l'aspect de certaines pièces qui nous passent par les mains en provenance de Déneb, fit remarquer Afra, caustique.

Ses doigts s'activaient à perfectionner par pliages successifs une étonnante réplique des nefs étrangères. Puis il froissa négligemment l'*origami* et l'expédia contre un mur.

— *Moi aussi*, répondit soudain Jeff à la Rowane qui venait de songer à quel point elle était exténuée. *Tout juste s'il me reste de quoi me traîner jusqu'à mon lit de solitude pour m'y remémorer comme c'était bon de dormir à tes côtés, de toute cette nuit te savoir là près de moi.*

— Jeff, dit-elle, énigmatique, à ses deux collaborateurs, en prenant conscience de son sourire niais.

Ils avaient déjà compris, apparemment, puisqu'ils se contentèrent de hocher la tête à l'unisson.

Loftus s'approcha, un accordéon de sorties d'imprimante à la main.

— C'est encore une chouette journée qu'ils nous ont concoctée, dit-il avant de libérer jusqu'au sol l'interminable liste des transferts prévus pour le lendemain. On aura même un joli mastodonte de cuirassé battant pavillon amiral. Je me demande où il était quand on avait besoin de lui.

— Tu crois qu'il y a un risque de le voir servir ? demanda le Chef de Station, brutalement inquiet.

Afra eut un reniflement mi-sceptique mi-dégoûté.

— Peu probable avec tous les palpeurs, balises et autres saloperies qu'on nous a fait expédier en périphérie.

— Rien de tel que de fermer la porte de la grange quand le canasson s'est tiré ! dit Loftus.

— Ça veut dire quoi ? s'enquit la Rowane.

— Vieux proverbe. On se ruine en demi-mesures ! Dis, Ackerman, tu ferais mieux de jeter un coup d'œil là-dessus. Je ne sais pas comment on va s'y prendre pour transbahuter tout ça.

— *Je te vois*, reprit Jeff en elle. *Tu es dans ta Tour à causer avec tes gars. Pourquoi ne rentres-tu pas chez toi que je puisse te voir dans ton cadre et m'endormir en sachant où tu es ?*

Dans une espèce de transe, la Rowane prit congé de son Etat-Major et les laissa tous les trois rivant des yeux ronds sur l'endroit qu'elle venait de déserter.

— Je suppose qu'il va falloir s'habituer à ce qu'elle soit tout le temps dans la lune et s'éclipse comme ça, dit Brian, vaguement jaloux.

— Elle est partie pour Déneb ? voulut savoir Ray Loftus, et il attendit bouche bée une réponse qui vint d'Afra.

— Il lui reste encore quelques obstacles à surmonter. (Sa tasse de stim encore à moitié pleine prit la direction du vide-ordures.) Mais j'espère que c'est pour bientôt.

Puis il retourna s'asseoir à sa console, le moral à zéro. Ce n'était pas qu'il prît mal l'accaparement de la Rowane par Jeff Raven. Le Capellien avait depuis longtemps fait le deuil de son penchant hésitant et unilatéral pour la jeune femme vif-argent, tout en continuant d'espérer qu'un jour, ne fût-ce que pour une aventure sans lendemain, la solitude la pousserait dans ses bras, car il lui vouait un véritable culte. Depuis qu'elle s'était présentée à son poste, jeune fille de dix-huit ans passablement paniquée, ils avaient développé des liens qui n'avaient fait que se resserrer au cours des ans, si bien qu'il n'enviait pas vraiment Jeff Raven. Il se faisait plutôt du souci pour eux deux.

Ils auraient dû se transporter sur Déneb dès le premier soir, estimait-il. Qu'ils ne l'eussent pas fait l'avait surpris, puis le lendemain — sachant pourtant que ça ne le regardait pas — il s'était senti inquiet de lire en eux qu'ils n'avaient pas consommé leur union. A la place de ce type... hé, du calme ! Le Dénebien pouvait s'y prendre comme il voulait pour séduire la Rowane, ça n'était pas ses oignons. Elle semblait y trouver son bonheur ; bon, qu'allait-il exiger de plus, lui, Afra, D-4 capellien ?

S'il comprenait parfaitement l'urgence de renforcer les autres Tours en effectif comme en matériel, d'expédier tous azimuts des unités navales et quoi que ce fût qu'ils allaient trouver demain sur les Claies, lui échappait que Reidinger n'ait pas encore dépêché sur Déneb quelques D-2 ou une équipe de D-3 bien fondue. Pourquoi les TTF n'avaient-elles pas accordé deux ou trois jours de congé aux tourtereaux ? Le Méta de la Terre continuait-il à jouer avec le spleen spatial de la Rowane ? Reidinger allait peut-être bien voir sa stratégie se retourner contre lui.

Car si limité fût-il sur le plan de la voyance, le Capellien n'en était pas moins tenaillé par le sentiment que l'autre se fourvoyait en agissant ainsi. Le problème avec ce genre de prescience mal développée restant son caractère hautement nébuleux, il se promit de la ruminer jusqu'à ce que quelque chose en sortît. Un homme averti en valait deux.

La fatigue avait fini par le rattraper. Aussi ne rentra-t-il chez lui que pour se préparer une ampoule repas, la boire et se mettre tout de suite au lit.

— *Rowane, mon amour.*

Les riches inflexions de Jeff, chant de tendresse et d'épices, la tirèrent en douceur du sommeil. Des lèvres fantômes se posèrent sur les siennes, et d'amoureuses caresses d'une égale immatérialité se faufilèrent en d'autres lieux plus intimes.

De son ardent désir qu'il fût présent naquit d'abord la conviction que, de quelque manière, il était de retour sur Callisto, et se découvrir toujours seule dans son lit lui arracha presque des larmes.

— *Oh, Rowane, ma tant aimée, si tu savais comme je regrette moi aussi qu'il n'en soit rien.*

Et l'aperçu qu'il lui donna de sa propre tension sexuelle l'effara quelque peu par son intensité.

— *Les débris continuent-ils de tomber ?*

Elle capta comme un sursaut farouche dans l'esprit du jeune homme : l'opiniâtre détermination mais aussi la lutte contre la fatigue.

— *A seaux !* Puis l'écœurement se fit sensible dans la voix mentale : *Si l'un d'entre nous dans cette fusion avait eu le bon sens que Dieu a mis dans ses créatures...*

— *En a-t-il vraiment mis ?*

— *... nous nous serions arrangés pour que ces épaves dérivent vers le soleil de Déneb.*

— *Oubli.*

— *Mais criminel. Enfin... au moins notre équipement nous permet-il de contrôler leur chute. Vingt-quatre heures sur vingt-quatre, trois équipes se relaient pour prendre au lasso les plus grosses pièces et vous les expédier après conditionnement. A ce propos, attends-toi à voir passer un panier rempli d'œufs à ras bord.*

— *Des œufs ?*

— *Oui. Nos biologistes ont trois hypothèses pour expliquer que les coléoptères se soient encombrés d'une unité de reproduction de cette importance : 1) qu'il s'agissait d'une traversée de l'espace sur plusieurs générations ; 2) que la sous-espèce ouvrière n'avait qu'un temps de vie limité, d'où la nécessité d'en assurer le renouvellement ; 3) qu'ils se préparaient pour un baby-boom sur notre planète dès qu'ils y auraient pris pied. La Terre tient à ces œufs, ils pensent pouvoir en extrapoler le cycle vital de nos visiteurs. Alors, n'en fais pas une omelette.*

— *Aucune chance, avec des œufs congelés. Mais ne serait-ce pas plus simple — d'une moindre peine et d'un moindre coût — de procéder à toutes ces analyses sur Déneb ?*

La seule pensée du travail réclamé par le transfert fit remonter toute sa fatigue. Jeff voulait-il l'avertir de quelque chose ou ne faisait-il que se plaindre ?

— *Ils prétendent que ce doit être fait dans leurs grands laboratoires lunaires... soi-disant pour éviter la contamination ou quelque chose du même goût. A mon avis, c'est qu'ils ne veulent pas que Dénéb décroche un contrat aussi juteux alors qu'elle en est encore au tout début de son histoire coloniale. Tu comprends, nous risquerions de pouvoir rembourser par anticipation le prêt des Mondes Centraux si un chantier de cette envergure s'installait chez nous.*

La Rowane y accorda réflexion. L'Armée — tant la Spatiale que les Forces d'Intervention au Sol — considérait les Doués d'un œil pour le moins chargé de suspicion, vu qu'en règle générale, des esprits tournés vers la guerre restaient fermés à ceux qui fuyaient comme la peste toute forme de violence physique. Bien sûr, la nécessité d'expédier un escadron à l'autre bout de la galaxie venait à bout des réticences et, en pareille occasion, les autorités militaires se rappelaient comme par enchantement l'existence des TTF. L'administration civile n'inspirait guère plus confiance à la Rowane, mais lois et règlements présentaient l'avantage de réduire le chaos à de la simple pagaille bureaucratique. Elle en était venue à les respecter, n'aurait jamais trouvé d'excuse à les tourner. Par nature insensible à l'appât du gain, elle ne comprenait rien non plus à l'aspect financier des choses : le nécessaire lui était fourni, et elle pouvait acheter ce qu'elle voulait dans la limite du raisonnable.

Mais elle n'était pas Jeff. Et c'était à Jeff que toute cette histoire arrivait.

— *Jusqu'à quel point ta colonie est-elle endettée auprès des Mondes Centraux ? Et comment vos gouverneurs comptaient-ils rembourser ?*

— *La richesse de notre sous-sol fait que nous sommes presque tous mineurs ou techniciens, mais le secteur agricole est assez développé pour assurer notre autonomie alimentaire.*

La Rowane réfléchit encore un moment, laissant remonter à la surface de son esprit les informations périphériques recueillies au cours de la fusion. Ainsi le savait-elle technicien de haut niveau et issu d'une famille d'agriculteurs, doté de six frères et de quatre sœurs, la croissance démographique sur Dénéb n'étant pas moins importante que dans toute autre colonie. Elle savait également que l'agression extraterrestre avait coûté la vie à l'aîné de ses frères, à deux sœurs plus grandes que lui, à son père aussi et aux deux derniers, qu'il avait deux frères cadets dans le corps médical et que sa mère attendait pour bientôt un bébé qui naîtrait orphelin de père. Et il avait des oncles, des tantes, des cousins et cousines jusqu'au troisième degré, la moitié d'entre eux Doués mineurs. Mais Déneb, dont l'accession au plein statut dans les Mondes Centraux — et partant la possibilité de recevoir un Méta — n'était pas prévue avant un siècle, avait négligé d'organiser ses ressources en la matière jusqu'au moment où l'invasion avait précipité son passage à la maturité.

— *Ben, ma fille, c'est un joli bouquet de données que tu as rassemblé sur nous.*

La pensée lui était parvenue sur un ton ravi, et elle sentit Jeff s'étirer... dénouer les crampes aux aguets dans ses muscles douloureux. Elle tendit vers lui des mains d'esprit qui le massèrent, au regret de n'avoir pas la chaleur d'un corps de chair sous des doigts non moins réels.

— *Moi aussi*, fit Jeff, pareillement désolé.

— *On ne peut pas continuer comme ça !*

— *Voilà qui ne fait aucun doute, mais je ne peux pas non plus quitter Déneb.* Sa voix mentale se teinta de résignation grognonne. *S'il doit résulter de mon absence un surcroît de destructions, il est tout simplement exclu que je m'accorde du temps libre. Comme je le fais maintenant. A plus tard !*

Et elle n'eut plus même dans l'esprit l'écho de sa présence, se sentit plus dépossédée que jamais, profondément insatisfaite. Si les principes du jeune homme forçaient son admiration, elle fulminait contre les circonstances. Ce qui la ramena au nœud du problème : cette peur de l'espace dont Siglen l'avait lestée. Puisque Jeff ne pouvait décemment quitter Déneb en cette période critique, c'était à elle de briser ces chaînes qui l'empêchaient de voyager.

— *Afra !*

L'esprit du Capellien fut aussitôt là, disponible. Comme toujours, songea-t-elle. Il était comme son ombre, une ombre qui aurait rayonné d'amour et de sollicitude, perçut-elle encore avec sa nouvelle ouverture à de telles notions. Elle réprima la pensée pour ménager la sensibilité d'Afra.

— *J'ai besoin de m'exercer dans ma capsule.*

— *Pas au milieu de la nuit, Rowane*, répondit-il sans se donner la peine de voiler son exaspération. *Crois-moi, je ferais n'importe quoi pour que deux amants puissent se rejoindre, mais tenter de surmonter un traumatisme à ce point enraciné alors que tu es — que nous sommes l'un comme l'autre — dans un tel état de fatigue serait de la démence. Demain matin, nous disposerons de quelques heures avant que Callisto ne sorte du cône d'ombre de Jupiter et que n'arrive le fret en provenance de la Terre. D'ici là, ton humble serviteur D-4 a besoin de tout le repos qu'il peut prendre pour être à même de t'assister au mieux. Rendors-toi, Rowane. Et laisse-moi en faire autant !*

Peu accoutumée à tant de fermeté chez le jeune homme, ce fut une Rowane confuse qui coupa le contact. Afra avait raison. C'eût été folie que de tenter quelque chose dans son état d'esprit présent

Etat d'esprit ! Comment Siglen s'était-elle débrouillée pour lui imposer un tel conditionnement ? Pourquoi n'y avait-il eu personne pour s'en apercevoir plus tôt ? Luséna, par exemple, qui avait toujours eu tant de bon sens ?

Pour la simple raison que Siglen avait si souvent rabâché la rengaine, déploré cette Malédiction des Métas, que nul n'avait jamais songé à mettre en doute sa bonne foi. D'autant que David et Capella avaient souffert du même mal lors de leur transfert. Qui aurait osé s'inscrire en faux contre le témoignage de l'élite d'Altaïr ?

Des débiles d'Altaïr ! se dit la Rowane en repérant tout ce qui, chez elle, réfutait les affirmations de Siglen. Elle n'avait jamais eu le moindre problème pour se téléporter sur sa planète natale, n'avait jamais souffert d'agoraphobie. Et les techniques à mettre en œuvre pour transférer d'un monde à l'autre ne différaient en rien de celles qu'elle avait toujours pratiquées. Elle était écœurée. Toutes ces années perdues à cause d'un ridicule déséquilibre de l'oreille interne chez celle qui l'avait formée !

Elle n'en gardait pas moins le souvenir effroyablement net de sa propre terreur de petite fille quand Luséna avait voulu la faire entrer dans la navette censée l'emmener sur Terre. Sur le seuil, la panique l'avait saisie, assez dévastatrice pour lui faire lâcher Ronronnette afin de se téléporter plus vite dans le seul abri sûr qu'elle connaissait. En fait, la scène s'était déroulée dans la présence mentale d'une Siglen délirant sur les horreurs du voyage spatial et déclinant sur tous les tons qu'il était criminel d'exposer la malheureuse enfant à de telles angoisses. Numéro que la Méta, quinze ans plus tard, avait réitéré en opérant le transfert de son élève sur Callisto ! La Rowane frissonna au souvenir du cauchemar qui en était résulté. Pourquoi les Doués étaient-ils affligés d'une mémoire si parfaite ?

David de Bételgeuse se revoyait accroché au sein de sa mère. Capella jurait avoir indissolublement gravé en elle le traumatisme de sa naissance, d'où — faisait remarquer David, acerbe — le refus des hommes que ces Culottes en Zinc affichaient et prônaient, soi-disant pour ne pas infliger un tel supplice à la chair de leur chair.

Une fois de plus, la Rowane essaya de remonter plus loin que ce départ avorté. De sa prime enfance, elle ne savait rien que ce qu'on lui en avait dit : que ses parents étaient morts dans un glissement de terrain, qu'elle était la seule survivante de la catastrophe qui avait rayé de la carte cette Concession de la Compagnie Rowane. Elle n'avait jamais songé à contester l'authenticité de ces faits mais aurait tant voulu en savoir plus, connaître son vrai nom, le genre de famille qui avait été la sienne, si elle avait eu des frères, des sœurs. Il lui avait fallu attendre de rencontrer Turian pour mesurer à quel point c'était chez elle un manque.

Elle se rappelait avoir été extirpée de la puce puis aussitôt placée sous sédatif. Et à coup sûr se revoyait disant à Siglen qu'elle s'appelait la Rowane parce qu'on se référait à elle comme à l'enfant de la Rowane.

Maintenant qu'elle savait ce Mal des Métas n'exister que dans le cadre d'une névrose induite, elle se jugeait plus qu'à moitié guérie. Du moins s'il fallait en croire les théories des psychiatres. Elle se vida de sa nervosité, trouva une position confortable dans son lit trop grand, deux fois trop grand, et entama sa descente par paliers dans la bénédiction du sommeil.

Pour être éveillée le lendemain matin par le grondement des générateurs en chauffe.

— *Encore deux heures avant que Jupiter ne soit plus dans le champ,* dit Afra.

— *Je sais.*

Bizarre qu'elle le sût d'instinct. L'horlogerie du satellite et de sa planète mère était devenue chez elle une seconde nature. Elle s'habilla en vitesse, n'omit pas de prendre un verre d'aliment complet, puis dévala le couloir menant au garage en sous-sol où l'on remisait les capsules. La sienne manquait, constata-t-elle... juste avant de la retrouver dehors dans l'une des nacelles de lancement.

S'installer dans le siège-coquille lui fit exactement le même effet que la dernière fois.

— *Tu sens une différence ?* lui demanda le Capellien en écho à ses pensées, puis il eut un petit rire.

Comment lui avait-il échappé jusqu'alors que l'aura d'Afra était d'une chaude nuance brune, veloutée pour la texture et citronnée pour le parfum.

— *En tout cas, si quelque chose a changé, ce n'est pas toi mais simplement ta perception du processus,* poursuivit Afra tandis qu'elle l'examinait en secret.

— *N'as-tu jamais soupçonné qu'il y ait à l'origine de tout une banale psychose née d'un déséquilibre physiologique chez Siglen ?*

Equivalent mental d'un haussement d'épaules.

— *Un D-4 n'a pas à fureter dans la délicate et subtile mécanique des Métas, très chère.*

Puis il repoussa d'un reniflement de mépris la seule éventualité d'un tel blasphème.

— *Mais quelles sont tes impressions, ou celles de Brian Ackerman, bref de tous ceux que j'expédie sur Terre, pendant le transfert ?*

— *Ce n'est pas que j'y prête une attention extrême.*

— *Cesse de faire de l'obstruction, Afra. Enfin j'aimerais que tu sois objectif. Quelles sont tes impressions ?*

— *Lors d'un transfert kinétique ? En général, je me concentre sur ma destination. Où comptes-tu aller aujourd'hui, Rowane ?*

— *J'aimerais me rendre sur Déneb,* répondit-elle d'une petite voix.

— *Impossible si Jeff n'est pas là pour te recevoir, et il semble que ce ne soit pas le cas. Même avec la gestalt, je ne suis pas en mesure de t'expédier très loin. Du coup, tu ne risques rien,* s'empressa-t-il d'ajouter dès le premier frémissement de terreur qu'il sentit dans l'esprit de sa patronne. *Ça va prendre un certain temps, tu sais, pour t'accoutumer au voyage dans l'espace.*

— *Je ne peux tout de même pas me contenter de faire du surplace dans ma capsule !*

— *Ne crois pas qu'elle soit immobile,* fit remarquer Afra. *Tu es en train d'accompagner Démos dans sa révolution autour de Mars.*

— *QUOI ?*

Le cri que sa frayeur lui arracha fut si puissant qu'Afra se plaqua les mains sur les oreilles dans un mouvement tout aussi instinctif qu'inefficace.

— *Qu'est-ce que vous fabriquez là-haut, Rowane ?* rugit soudain le Méta de la Terre. *Et vous, Afra, je vous conseille de la ramener au sol si vous ne voulez pas finir en chair à pâté.*

— *Fichez-lui la paix, Reidinger. Il ne fait qu'obéir à mes ordres et satisfaire votre souhait explicite : qu'une Méta de ma connaissance apprenne à se déplacer dans l'espace. Inutile de monter sur vos grands chevaux. Je suis en orbite autour de Mars et c'est déjà plus loin que je n'ai jamais été fichue d'aller. Toutefois* — et bien qu'elle fît son possible pour apprécier la vue dans son ensemble, elle se retrouva "regardant" droit devant elle, incapable (ou sans désir) de détourner les yeux de la surface piquetée de Démos derrière laquelle se profilait le globe rougeâtre de Mars ; du moment qu'elle n'était confrontée qu'à ce spectacle, ça ne se passait pas trop mal : Démos ressemblait à s'y méprendre à sa holo — *je crois que ça suffit pour ce matin*, acheva-t-elle, détachant ses mots comme si l'un d'entre eux risquait de lui faire bouger la tête, de l'amener à voir une plus grande section de l'espace illimité entourant la capsule, de déclencher peut-être ce vertigineux tournoiement sur lequel son premier voyage avait basculé dans l'horreur. Ça suffit ! s'admonesta-t-elle. Ce qui est arrivé l'autre fois n'était dû qu'à Siglen.

Elle n'en avait pas moins le visage trempé de sueur.

— *Tu t'es bien débrouillée*, dit tranquillement Afra et, tout de suite après, elle se sut de retour dans la nacelle.

— *M'as-tu vraiment expédiée jusqu'à Démos ?*

Elle se sentait toute molle ; lever la main pour s'éponger le front aurait réclamé d'elle un trop grand effort.

— *Bien sûr, et les instruments n'ont pas décelé chez toi le plus petit traumatisme. Arrête simplement de penser à Siglen.*

«*Et toi de me parler sur ce ton suffisant*», pensa-t-elle en aparté ; ce traître de D-4 l'avait royalement roulée dans la farine.

— Que fait la capsule de la Rowane dans cette nacelle ? beugla Ray Loftus qui avait déjà soulevé la verrière avant de s'apercevoir que sa patronne était à l'intérieur de l'engin. Mais... (Il la regardait, livide.) Ça va, Rowane ?

Il tendit la main puis la retira, ne sachant apparemment quoi faire.

— Alors, tu te décides ? fit-elle. Ce n'était qu'un aller-retour jusqu'à Démos... en pénitence pour mes péchés !

Ray s'arracha à sa stupeur et aida la Rowane à sortir de la capsule ; puis, avec une sollicitude presque exagérée car il la sentait vidée de toute énergie, il la soutint jusqu'aux bâtiments. Inexorablement, son incrédulité — doublée d'un éventail d'autres émotions fugitives, bizarres, inclassables — se projeta sur elle au travers de ce contact physique. Mais elle capta aussi un mélange d'orgueil et de soulagement.

Afra alla leur ouvrir, prit la main de la Rowane et, d'une courte décharge kinétique, lui redonna des forces. Puis il restaura son écran avant qu'elle n'ait eu le temps de lire en lui.

— *Tu pourrais te passer de faire ça comme si c'était de la routine*, lui dit-elle, piquée au vif.

— *Pourquoi pas ? Il faudrait que c'en soit, non ?*

Il esquiva les doigts qui jaillissaient lui pincer la taille.

— *Bon, si vous avez fini de vous amuser, on pourrait peut-être passer en revue le programme de la journée*, intervint Reidinger, quelque peu acide. *Il y a des modifications.*

Cette nuit-là, dans son lit doublement solitaire, la Rowane revécut sa sortie. Elle n'avait rien senti, pas même le début — une fois repoussé le souvenir — de ce vertige qui avait transformé son voyage d'Altaïr à Callisto en tournoyante torture. Mais à la lumière de ce qu'elle savait désormais, n'était-il pas compréhensible d'avoir réagi ainsi à une première téléportation dans l'espace ? Siglen n'avait-elle pas piqué sa crise, gémit, hurlé, tordu ses mains de désespoir comme si c'était à une mort certaine qu'elle envoyait la jeune fille ? Et la batterie d'injections préventives qu'on lui avait administrée avant le départ n'était-elle pas, sinon la seule responsable, du moins pour beaucoup dans ces vertiges et nausées qui l'avaient assaillie, puisqu'elle n'en avait pas eu besoin, ne souffrant d'aucun déséquilibre de l'oreille interne ? Siglen avait fait du beau boulot en la conditionnant à réagir sur un modèle strictement conforme à sa propre pathologie.

Demain, elle allait demander au Capellien de la téléporter de nouveau aux abords de Démos. Cette fois, elle regarderait autour d'elle. Elle n'avait aucune raison, tant physiologique que psychologique, d'être affectée par le voyage dans l'espace.

— *Exact*, approuva Jeff, s'insérant en douceur dans son esprit. *Continue dans cette voie, mon amour. Répète-toi ça encore et encore jusqu'à ce que tu le croies, de tout ton cœur, de toute ton âme.*

— *Oh, ta présence est si frêle...*

Elle s'inquiéta soudain : n'exigeait-on pas de lui plus que n'en pouvait fournir un Doué n'ayant que si récemment développé ses facultés ?

— *C'est juste parce que je ne voulais pas te faire sursauter.*

— *Arrête tes salades, Jeff Raven. Je sais que tu es sur les genoux. Il serait même préférable que tu ne fasses pas l'effort de me contacter quand tu es dans cet état...*

— *Aurais-je dû m'en abstenir ?* Minauderie qu'une caresse d'une infinie délicatesse accompagna. *Où que tu sois et quel que soit mon état de fatigue, je resterai en mesure de le faire. Même si...* et sa voix se fit suggestive *...l'effet produit sur moi n'est pas vraiment l'idéal quand on a besoin de repos. Sur ce, dors bien, mon amour, et fais de beaux rêves.*

Elle lui envoya un baiser sur la joue ainsi que des pensées calmantes pour induire en lui les structures du sommeil.

— *Merci, mais ça, j'y arrive tout seul !*

Si fatiguée fût-elle, la Rowane restait pour sa part encore en deçà d'un sommeil dont elle usait fréquemment pour mettre un terme aux pensées négatives ou se repliant sur elle-même en cercle vicieux. Ainsi réussissait-elle de temps à autre.

Ronronnette se présenta, non pas dans l'état pitoyable où elle l'avait laissée.

Elle se remémora les ultimes journées de son enfance, ces petits riens dont elles avaient parlé... Elles ? La Rowane se reprit. Des années durant, elle avait eu la conviction que Ronronnette était douée de raison tout en sachant que c'était impossible, qu'il s'agissait d'un minah.

Dans ce feu croisé de questions, elle s'endormit, et au matin, cherchant une réponse dans ses premières pensées, elle n'en trouva aucune. A la place, un urgent besoin de contacter Jeff. Et à ce besoin, elle résista.

Pourquoi Ronronnette lui revenait-elle en tête cette nuit ? Parce que Jeff en avait évoqué le souvenir ? Jeff était plus que le substitut d'un suppléant... à cela près qu'il était incapable de lui faire la cour *de visu* !

Et ce fut sans énergie aucune qu'elle se leva pour affronter les tâches du jour. Elle et Jeff avaient toute la vie pour se connaître, mais mieux vaudrait s'y mettre sérieusement. Maudit Reidinger ! Elle avait envie de lui dire deux ou trois mots... de vive voix.

— *Attention !* entendit-elle sans vraiment savoir si elle était fâchée ou amusée qu'Afra ait ainsi averti les autres de son approche.

Elle ouvrit la porte qui se referma derrière elle dans un chuintement tandis qu'elle examinait les expressions circonspectes de son personnel.

— *Je ne te sens pas encore prête pour une petite balade sur Terre*, dit Afra, puis tout haut : Bonjour, Rowane. On est partis pour se coltiner du lourd, aujourd'hui.

Elle foudroya du regard le Capellien, consciente qu'il avait raison. Et pourtant, si elle ne se lançait pas à l'eau, quand se déciderait-elle ? Qu'est-ce qui la retenait s'il n'y avait à l'origine de tout qu'un banal conditionnement ? Mais la remarque d'Afra et l'évident souci qu'il se faisait pour elle eurent raison de sa colère. Elle n'était pas du tout sûre qu'un simple saut jusqu'à Démos lui ait permis de se reconditionner. En attendant, le regard noir qu'elle venait de décocher au D-4 avait déclenché un intérêt général pour les claviers et les listings, bref, pour toute tâche occupant l'Etat-Major à distance respectable de la Méta.

— Ecoutez-moi bien, vous tous. Il reste deux heures et cinquante-cinq minutes avant que Jupiter ne dégage le ciel. Je vous sais capables de préparer la Station sans moi ni Afra. Donc, Afra...

(et ses yeux lancèrent des éclairs)... je veux retourner à Démos. Tout de suite.

— Comme tu voudras, dit-il, capitulant contre toute attente.

Puis se détournant non sans qu'elle captât dans ses yeux jaunes un réel soupçon, il restaura ses écrans et elle décida de ne plus s'occuper de lui, redescendit de la Tour et gagna l'aire de lancement.

Cette fois, bien qu'elle s'usât les yeux pour détecter quelque indice de mouvement, Afra la souleva avec tant de souplesse qu'elle se retrouva face à Démos dans l'instant qui suivit. Elle regarda autour d'elle comme elle se l'était promis, et son souffle s'accéléra. Elle se contrôla, se calma. Le spectacle était plutôt grandiose.

— *Est-ce qu'on voit la Terre d'ici ?* demanda-t-elle au Capellien. Elle retint son souffle alors que la capsule pivotait.

— *Branche le grossissement,* lui dit Afra. *Clavier droit, deuxième touche.*

Quatre impulsions rendirent clairement visible la bille marbrée de nuages du Monde des Hommes et le petit gravier laiteux de sa lune éclairé par le soleil lointain. Impressionnant de penser que c'était au départ de cette insignifiante poussière perdue dans l'immensité noire que l'humanité avait essaimé pour se répandre à des années-lumière de distance sur les planètes d'autres Systèmes.

Et tout ce noir autour d'elle fut soudain au premier plan de sa conscience, ces ténèbres absolues et l'exiguïté de la capsule... sans même avoir Ronronnette avec elle pour la réconforter.

— *Calme-toi, Rowane, c'est fini.*

Instantanément, elle se retrouva sur Callisto. Afra ouvrait la capsule et penchait sur elle un visage non plus jaune mais couleur de cadavre.

Elle lui jeta des bras tremblants autour du cou. Il la souleva puis regagna la Tour au pas de course, chargé de son précieux fardeau, réclamant à grands cris, sur le double mode vocal et mental, un remontant bien dosé.

— *C'est ce noir, Afra. Pourquoi ça m'a fait cet effet ? J'étais bien, vraiment bien, et puis j'ai eu soudain tout ce noir à l'esprit...*

— *Et une réaction claustrophobe,* acheva le D-4.

Il prit le verre que lui tendait Ray et le porta aux lèvres de la Rowane. Elle tremblait trop pour le tenir.

— *ROWANE !*

Le hurlement de Jeff la fit sursauter.

— *Ça y est, Jeff. Ça va maintenant.*

— *Pourquoi je t'ai sentie avoir peur du noir ? Pourquoi y avait-il le minah dans tes pensées ?*

— *Je ne sais pas. Ça m'est tombé dessus. Mais c'est fini. Afra s'est juré de me saouler aux aurores.*

Elle avait donné un tour enjoué à sa voix psychique, ne voulant pas qu'il s'inquiétât parce qu'elle venait de céder à un ridicule instant de panique.

— *Tu m'as flanqué une de ces trouilles, tu sais ?*

Elle lui sentit le cœur battant à tout rompre comme le sien.

— *C'est vrai, Jeff. Tout va bien maintenant,* confirma le Capellien qui déjà faisait irradier en elle la détente d'un massage métamorphique.

— Ce n'était pas l'espace. C'était le noir. Ces horribles ténèbres.

— Bon sang ! J'en ai tout simplement marre de tout ça ! beugla Jeff.

— *DENEB !* Même le crâne de la Rowane ne put soutenir sans vibrer le rugissement de Reidinger. Afra, lui, roula des yeux sous la torturante violence du choc. *Les Métas sont comme tout le monde ! Elle est secouée, sans plus. Et vous, Rowane, fini ce genre d'expérience ! C'était la dernière fois ! Vous m'entendez !*

— *Même moi, je vous entends,* ricana David de Bételgeuse.

— *Vous êtes en train de battre un record d'égoïsme, Reidinger,* fit observer Capella.

— *Je vous l'avais bien dit qu'elle risquait la mort,* gémit Siglen.

— *Vous allez me foutre la paix !* tonna la Rowane, furieuse d'être l'objet de cette sollicitude déplacée. *Retournez à vos affaires. Reidinger s'est très bien fait comprendre.*

La caresse sur laquelle Jeff la quitta n'allégea guère le pas de la Rowane sur les marches de sa Tour ni la manière dont elle se laissa choir à son poste ni son effort pour se concentrer sur les tâches du jour. Une tasse de java fumant se matérialisa, et elle tendit une main reconnaissante pour la prendre. Dans les profondeurs de son être, il y avait quelque chose de figé, de noir... d'où montait une odeur qu'elle n'arrivait pas à définir bien qu'elle la sût en rapport avec les ténèbres et la peur que celles-ci lui inspiraient. Non pas ces ténèbres d'aujourd'hui mais d'autres chargées d'effluves, tenaces, et qui tournaient sur elles-mêmes. C'était là ce qui avait déclenché sa panique : quand la capsule avait pivoté pour se placer face à la Terre... Tout comme jadis les bonds du *Miraki*, quand Turian et elle s'étaient engagés dans le goulet d'Islay, et le tournoiement sur lequel avaient démarré à bord du *Jibooti* les affres du "Mal des Métas".

— Ça y est, le premier chargement arrive, lui annonça Afra, la rappelant à ses responsabilités.

Une fois de plus l'Etat-Major de Tour de Callisto entra dans la morne efficacité de la routine quotidienne.

Callisto était sur le côté espace de Jupiter — et en recevait un fret importé dont le réacheminement allait attendre que la Lune soit de ce côté-ci de la Terre — quand la console se mit à clignoter pour signaler l'arrivée d'une capsule.

— *Il y a quelqu'un à bord,* lui rappela Brian Ackerman en sa qualité de Chef de Station.

Elle avait — contre toutes ses habitudes — perdu quelque peu de sa dextérité, l'après-midi tirant à sa fin, mais aucune cargaison n'ayant porté la mention FRAGILE, il s'était abstenu d'en faire état.

— *Et alors ?* fit-elle, n'en mettant pas moins plus grand soin à récupérer la capsule.

— Encore un connard de la Spatiale. Voyons voir ce que dit sa fiche...

La Rowane ne remarqua pas tout de suite le silence qui s'était abattu sur son personnel. Cette capsule tardive venait de conclure la journée ; les générateurs retournaient au repos dans des grondements de plus en plus sourds. Elle avait entrepris de faire une pile bien nette de bordereaux quand elle entendit quelqu'un grimper quatre à quatre l'escalier de sa Tour.

— Je ne me suis jamais imaginé te laissant tout ça sur le dos ! (Et il fut là, s'encadrant dans la porte qu'il venait d'ouvrir, les yeux brillants de désir... et d'amour.) En fait, je ne crois pas t'avoir le moins du monde manqué !

Elle ne se donna même pas la peine de relever la plaisanterie, le prit simplement par la main et ils furent chez elle, dans sa chambre, nus en un rien de temps. Après quoi, elle lui prouva de toutes les manières possibles à quel point il lui avait manqué, revenant sans cesse ni fausse honte à ce qui en lui lui avait le plus manqué.

Diverses périodes dans cette nuit magique virent entre eux des échanges de paroles plutôt que de débordements émotionnels.

— Notre famille s'est agrandie d'un dernier-né, tu sais ? lui dit-il en la ramenant contre lui, la tête sur son épaule, leurs corps en étroit contact, les jambes de la Rowane nouées autour d'une des siennes. (Une oreille sur la poitrine de Jeff, elle en entendait la voix comme un roulement au travers du diaphragme.) Et Mère, à qui j'étais allé présenter mes félicitations, m'a rappelé que j'avais un jour de congé à prendre depuis déjà pas mal de temps. Donc, avec cette impétuosité qui a fait ma réputation sur Déneb, j'ai rassemblé une équipe de confiance capable d'assurer la sécurité de la planète pour vingt-quatre heures, et me voilà, enfin apte à tenir mes promesses.

— J'en garderai une infinie gratitude à l'auteur de tes jours !

— Elle-même a grand désir de mieux te connaître. Je lui ai souligné que les holos ne te rendaient pas justice.

— A-t-elle quelque Don ?

— Oh, des masses, mais sans en avoir vraiment cultivé aucun. Si bien que, parfois, je ne te dis pas les dégâts quand elle s'en sert ! (Il eut un petit rire dont la Rowane sentit la vibration dans le ventre plat qu'elle avait sous sa paume. Il n'y avait en lui, elle en prit conscience, la plus petite once de chair superflue. Il était vraiment trop maigre.) *Manger est le cadet de mes soucis, mon amour !* Je ne lui vois pas la portée de nous atteindre ici sur Callisto, mais crois-moi, quand elle en a envie, elle sait nous faire passer un message, qu'on soit à Port-Déneb ou dans les champs. (Son rire se teinta de tristesse.) On n'a jamais rien pu cacher à Maman.

— Moi, je n'ai jamais connu ma mère !

Jeff la prit tendrement dans ses bras.

— Je sais, mon poussin, je sais. (Il changea soudain de position, se soulevant sur un coude et rompant cette proximité physique dont elle se délectait.) Comment se fait-il que tu aies de nouveau cette Ronronnette en tête ? A ma connaissance, la fonction d'un minah n'est pas d'être un substitut maternel.

— C'est à une exploration en profondeur que tu te livres ?

— Non. (Il fronça légèrement les sourcils et lui repoussa du visage ses cheveux d'argent, en prit une mèche qu'il roula entre ses doigts, songeur, fasciné par leur pâleur dans la pénombre de la pièce.) Je n'ai même pas plongé jusqu'à mi-chemin de mes intentions. Au fait, à propos d'exploration en profondeur...

Sur ce, leur conversation en resta là. Même si, sous les expertes caresses de Jeff, la Rowane restait parfaitement consciente du caractère délibéré de l'interruption, elle ne songea pas à s'en plaindre, trop vite exclusivement requise sur les divers niveaux de perception que la technique amoureuse du jeune homme mobilisait en elle. Jeff était incroyable et sa façon de faire l'amour la propulsait sans cesse vers de nouvelles jouissances.

Quand ils finirent par se séparer d'un centimètre ou deux, l'estomac du garçon émit un borborygme auquel celui de la Rowane répondit.

— Seigneur, jusqu'à nos digestions qui sont en accord ! s'exclama-t-il.

— Dans ton cas, c'est de faim qu'il s'agit. N'y a-t-il donc personne pour prendre soin de toi sur Déneb ? s'enquit la Rowane, une moitié d'elle-même déjà occupée à transférer de la nourriture du congélateur à la chambre tiède.

— Aurais-tu par hasard un vrai steak provenant d'un vrai bœuf de la Terre ? lui demanda-t-il, attentif à ce qu'elle faisait. Nous avons perdu le gros de notre cheptel sous les bombardements, et il est impossible de semer tant que les champs n'auront pas été débarrassés des éclats qui les jonchent. Je veux bien croire que leur truc de synthèse est aussi nourrissant qu'ils le prétendent, mais le goût en est franchement dégueulasse ! Ohhh... (il ferma les yeux et savoura l'odeur de viande grillée qui venait de filtrer dans la chambre)... et ça ne sent jamais aussi bon. Sur quel trésor de Dons suis-je tombé !

Et il exprima son appréciation de la plus délicieuse manière qui fût.

— Jeff ! Ça va cramer.

— Un peu de charbon n'a jamais fait de mal à personne. Il paraît qu'il faut en manger son poids dans sa vie pour aller au pa...

— Jeff ! C'est mon dernier vrai steak !

— Si tu me prends par les sentiments...

Et il la lâcha.

Après qu'ils eurent englouti un repas somme toute pantagruélique — la Rowane n'ayant cessé de faire la navette entre la chambre et le garde-manger pour compléter le steak d'une profusion d'aliments, pas toujours naturels mais bourrés de ces protéines dont ils avaient besoin pour soutenir leur ardeur —, ils refirent l'amour. Ensuite, ils s'endormirent, et si profondément que ni l'un ni l'autre n'entendit le coup discret d'Afra sur la porte ni même la sonnerie de l'unité-comm.

— *Excusez-moi !* inséra donc Afra, poliment, dans leurs deux esprits. Puis il répéta, y mettant chaque fois plus d'énergie mentale, jusqu'à finir par réveiller la Rowane.

Elle se sentait délicieusement reposée... rassasiée...

— *Hé, Rowane ! Tu es en train d'émettre...*, l'avertit Afra en accompagnant ses paroles psychiques d'un petit toussotement sur le même mode.

Définitivement arrachée au sommeil, la Rowane eut la surprise de se sentir les joues en feu. Et bien qu'elle sût le Capellien trop bien élevé pour "regarder", elle remonta sur elle un pan du drap thermique. Jeff Raven grommela indistinctement et sa main la chercha.

— Jeff! Réveille-toi! On a dormi trop longtemps!
— Qu'est-ce que tu racontes? C'est mon jour de congé.
— A mon avis, c'était hier.
— *Elle a raison! Reidinger ne sait pas que vous êtes là...*
— Comment ça?

Jeff se redressa puis reprit la Rowane dans ses bras.

— *Non, il ne...* Afra laissa tomber. *Toujours est-il qu'il est d'une humeur massacrante.*

— Voilà qui n'a rien d'exceptionnel! rétorqua Jeff, décidé à ne pas se laisser intimider. *C'est délibérément qu'il nous a jetés dans les bras l'un de l'autre. A mon tour d'être ici tout aussi délibérément, et si ça ne lui plaît pas, c'est la même chose.*

— *Dis-lui la vérité, Afra,* ajouta la Rowane. *Que j'ai oublié de me réveiller mais que je serai au boulot dès que j'aurai un petit déjeuner correct dans le ventre.*

Consciente de s'être effectivement montrée quelque peu irresponsable, la Rowane tenta de se dégager mais Jeff la retint.

— *Le problème avec Reidinger, c'est qu'il dit: saute, et que vous êtes tous à lui demander: à quelle hauteur? Il se trouve qu'avec ce petit gars de Déneb, ça ne marche pas!* Bon, cela dit, reste-t-il quelque chose à manger dans cette maison, mon amour?

Et comme s'il n'avait rien d'autre au monde qui eût pour lui de l'importance, il sourit tendrement à la femme qu'il tenait dans ses bras.

La Rowane ravala sa salive, admirative et en même temps consternée devant la nonchalance de son amant.

— J'ai comme l'impression que le conditionnement de Siglen n'est pas le seul dont tu aies à te détacher. (Sa voix restait douce, d'une extrême gentillesse, mais avec un je-ne-sais-quoi qui ouvrit à la Rowane des perspectives totalement neuves sur Jeff Raven de Déneb.) Tes TTF t'ont si longtemps exploitée que tu en as fini par ne plus voir que toi, en tant que Méta mais aussi en tant que citoyenne des Mondes Centraux, tu as certains droits inaliénables que tu ne t'es même jamais donné la peine d'exercer. (Il lui déposa un baiser affectueux sur le bout du nez.) Or, il est temps que ça change et que tu prennes ce congé.

— *Avec tout le respect que je vous dois, Rowane, Raven,* dit Afra, toujours sans entrer, *on s'est assez bien débrouillés hier, mais aujourd'hui, il y a un paquebot qui est attendu et cela requiert une précision dont elle seule est capable.*

— *Bon, il leur faudra simplement rester en nacelle une demi-heure de plus*, lui répondit Jeff, occupant sa bouche à planter des baisers sur les endroits de la Rowane qu'il avait pour quelque raison négligés auparavant. *Dites au commandant que vous avez des problèmes de générateur. J'en ai tout le temps sur Déneb, et personne n'y prête attention.*

— Mais, Jeff, il s'agit d'un transport de passagers. C'est une rupture de contrat carac..., commença la Rowane.

— Il est un autre contrat entre nous dont la rupture me semble être un crime bien plus grand. (Il pencha sur elle un grand sourire avec sa mèche qui lui pendait dans les yeux, l'air très pirate.) *Ne vous inquiétez pas, Afra, on ne mettra pas tant de temps que ça. Dites-leur de patienter, qu'il y a un départ prioritaire. Le mien. Et je ne suis pas encore tout à fait prêt.*

Sans aller jusqu'à l'entrain, leur baignade n'eut rien d'un moment de paresse, entrecoupée qu'elle fut de caresses et de baisers. Le simple effleurement de ses doigts portait la Rowane à des sommets d'extase inusités dans les rapports physiques. Elle veillait à maintenir l'étroite conjonction de leurs épidermes comme si le plus petit écart eût risqué d'amoindrir l'incroyable intensité de leur relation.

A eux deux — Jeff sachant à présent se repérer dans la cuisine de la Rowane —, ils se concoctèrent un petit déjeuner qui fut prêt à l'instant même où ils finirent de s'habiller.

Ils s'acheminaient vers l'aire de lancement, la Rowane accrochée au bras de Jeff, quand Reidinger les interpella. Ils sursautèrent.

— *Pas la peine de hurler comme ça*, susurra Jeff.

— *QU'EST-CE QUE VOUS FOUTEZ LÀ ?*

— *Je prends mon jour de congé...*

— *AH BON !*

— *Ecoutez, Reidinger. J'estime avoir amplement mérité ce repos, et Rowane aussi...*

Il se tourna vers elle, ses yeux bleus scintillant de pure malice, et un large sourire s'épanouit sur ses traits mobiles. Il contra l'accélération que la Rowane, soumise au Méta de la Terre et ne cherchant qu'à en apaiser la colère, imprimait à leur allure.

— *Vous êtes sous contrat avec les TTF...*

— *Je sais, et vous aussi, et la Rowane, mais nulle part ce contrat ne stipule que nous sommes tenus d'assurer notre service sept jours par semaine, vingt-quatre heures — voire vingt-six heures — sur vingt-quatre.* Il changea brusquement de ton. *Maintenant, tirez-vous, Reidinger. Vous violez notre intimité. Et ça, c'est une rupture de contrat caractérisée !*

Ils perçurent encore dans leur crâne l'amorce d'un bruit vite réprimé, une sorte d'étouffement de rage. Jeff souriait toujours. La Rowane semblait un peu inquiète.

— Chérie, cesse de te faire exploiter par lui. N'oublie pas qu'on pourra toujours se débrouiller seuls alors qu'il n'en est pas de même de lui et des puissantes TTF ! Allons, du nerf ! L'œil fixé sur des lendemains radieux. Bref, tout ce genre de choses ! (Ils étaient parvenus à la hauteur de la vieille capsule cabossée qui lui avait permis d'arriver inaperçu. Il reprit la Rowane dans ses bras, lui enfouit une fois de plus la tête sous son menton, approcha au mieux leurs corps de l'intimité mentale qu'ils partageaient. Il resta silencieux, savoura l'instant. Puis, de but en blanc, il l'écarta, l'embrassa sur les deux joues et grimpa dans son véhicule.) Allez, à dans six jours, même heure.

Le hayon se rabattit sur lui et sur le réconfort de son grand sourire confiant.

Regagnant la Tour, courant presque s'y réfugier, la Rowane crispait ses lèvres sur une souffrance bizarrement plus intense que toutes les séparations jusqu'alors vécues.

— *Sache que, désormais, ni le temps ni la distance ne constitueront un obstacle entre nous,* lui rappela-t-il avant d'en donner une rapide démonstration qui arracha un hoquet de jouissance à la jeune femme. *Tu vois ce que je veux dire ?*

Ce fut les joues en feu qu'elle s'engouffra dans les courants d'air de la passerelle, et tête baissée qu'elle entra dans la Station pour dissimuler son visage. Deux par deux elle escalada les marches de sa Tour. Elle s'installait à son poste quand les générateurs se fixèrent sur leur gémissement de pointe.

— Bon voyage ! dit-elle en propulsant la capsule vers Déneb.

Puis un baiser qui dura jusqu'à ce qu'il eût dépassé les lunes de Neptune amena sur ses traits un large sourire. Elle bascula ensuite l'unité-comm sur le vaisseau en attente et s'excusa :

— Pardon pour le retard, commandant. Mais si vous êtes prêt, le lancement peut avoir lieu dans les délais qui vous conviennent.

Ou que ce fût un mandarin de l'espace d'un caractère exceptionnellement bonasse, ou que quelqu'un dans la Station lui eût au préalable passé discrètement la consigne, le commandant s'abstint de tout commentaire, se bornant à souhaiter un départ dans les cinq minutes.

Jusqu'au soir, s'attendant plus qu'à moitié à une engueulade de Reidinger, la Rowane prit soin d'assurer sans temps mort le trafic de la journée. Jeff non plus ne la contacta pas dans les cinq jours qui suivirent bien qu'elle sentît constamment sa présence en elle, caresse duveteuse dans un coin de son esprit.

Sans doute fut-ce pourquoi le choc s'avéra d'une telle violence quand elle s'aperçut soudain que cette présence n'était plus là.

— *Jeff!* Elle se sentait infiniment plus seule qu'après la destruction de Ronronnette, infiniment plus que dans le tourbillon des ténèbres. *Jeff!* Elle acéra son trait mental et pivota son fauteuil dans la direction approximative de Déneb. *JEFF!* A la surprise se substitua l'angoisse. *JEFF RAVEN!*

— *Qu'est-ce qui se passe, Rowane,* s'inquiéta Afra, percevant ce qui filtrait d'elle.

— *Il a disparu. J'ai cessé de le sentir.*

Elle en entendit plusieurs escalader les marches de sa Tour.

— On va boucler la chaîne! annonça le Capellien, pénétrant dans la pièce suivi de Brian Ackerman et de Ray Loftus.

Elle s'ouvrit à eux, puisa dans l'énergie des générateurs et réitéra son appel. En vain. Paniquée, elle se tourna vers Afra.

— Il n'est pas là. Il nous entendrait sinon!

Elle arrivait à contenir le tremblement de sa voix mais Afra était bien trop sensible pour rester sourd à la terreur croissante qui la submergeait.

Il lui prit les mains.

— Calme-toi, Rowane. Respire plus lentement. Il peut y avoir des tas de raisons...

— Non! C'est comme si quelque chose s'était mis en travers. Tu ne peux pas comprendre...

— *Rowane?* C'était lointain, n'aurait pas été perceptible sans son lien avec les autres. *Rowane?*

— Tu vois, qu'est-ce que je te disais..., eut le temps de murmurer le Capellien avant qu'elle ne récupérât ses mains.

— Ce n'est pas lui. *Oui?*

— *Venez tout de suite! Jeff a besoin de vous!*

— Non, Rowane. Attends!

Elle s'était arrachée de ses coussins et Afra la retenait par le bras.

— Tu as entendu? Il a besoin de moi! J'y vais. *Bon, tout le monde s'ouvre au maximum,* ajouta-t-elle, gagnant sa capsule et s'y installant. *Alors, Afra, tu me raccordes?* Il y eut un long silence, mais la Rowane y sentit chaque esprit dans toute la Station lui infuser son énergie. Mauli lui souhaita bonne chance et Mick fit écho. *Vas-y, Afra, tout de suite! Si Jeff a besoin de moi, je dois y aller. Expédie-moi là-bas avant que je n'aie eu le temps de comprendre ce que je faisais!*

— Rowane, tu ne vas quand même pas tenter de..., fit le jeune Capellien au désespoir.

— *Ne discute pas. Aide-moi. Si on m'a demandé de venir, c'est que je dois y aller.*

La disparition de Jeff en elle portait déjà ses fruits hideux : la torture de l'incertitude sur le pourquoi d'un si brusque retrait.

— *Je l'attendrai au mi-point habituel...*, fit la voix mentale, frêle parce que lointaine mais d'une fermeté indéniable.

Ses propres facultés accrues de celles de tout son personnel de Station, la Rowane passa outre les hésitations d'Afra, força le Capellien à entrer dans leur fusion, fit en sorte qu'il ne pût ni s'en échapper ni en modifier la structure opératoire. Puis, les coordonnées de l'étoile naine gravées dans sa tête, elle puisa une dernière fois sur les générateurs et procéda au lancement de sa capsule.

Troisième époque

DÉNEB

Il faisait noir, oui, mais la capsule fit le saut sans la moindre rotation pour lui rappeler ses anciennes terreurs. Elle connut la sensation presque entièrement nouvelle d'une multiplicité d'esprits en contact avec le sien, en reconnut en elle la nécessité, en éprouva une sincère gratitude.

Son véhicule se balança un moment dans la nacelle après une réception passablement rude. En même temps que des excuses pour cet atterrissage, elle perçut les cliquetis d'un vieux générateur au couple effarant. Si c'était avec ça que l'être multiple l'avait gestaltée, elle pouvait s'estimer sacrément heureuse d'être parvenue à destination.

Elle releva la verrière, s'extirpa de la capsule et tenta de contenir son surcroît d'ébahissement devant ce qu'elle voyait. Le générateur en question — apparemment installé à la hâte au pied de ce qui avait été la tour de contrôle de l'aéroport réaffecté — rendit un ultime soupir sur l'affaissement d'un étançon avant de disparaître derrière l'épais nuage de fumée noire et huileuse qui s'en échappa. De la Tour provisoire sortit un groupe de gens dont une femme portant un bébé sur l'épaule.

La Rowane se tendit vers eux et reconnut l'élément dominant des esprits fusionnés : Isthia Raven, la mère de Jeff. Sur les dix qui avaient participé à l'opération, le sien seul demeurait relativement exempt des tensions qu'une équipe novice ne pouvait manquer de récolter d'un tel effort.

— *Tous mes remerciements,* leur dit-elle. Puis à la seule mère de Jeff : *C'est grave ?*

Isthia Raven détourna son regard sur le vieillard qui se tenait à sa droite et dont la ressemblance avec Jeff était telle que la

Rowane ne fut pas surprise de découvrir qu'il s'agissait d'un de ses oncles.

— Un accident stupide, répondit Rhodri, culpabilité, chagrin et souci au premier plan de sa conscience. Nous sommes tombés sur une bombe coléoptère qui n'était pas partie. C'est un boulot qu'en théorie on leur laisse... (du pouce, il montra la Flotte en orbite au-dessus de Déneb)... mais ces crétins ont dirigé leur lance-flammes avec une telle puissance que le machin a explosé. Jeff a fait son possible pour nous protéger mais, du coup, il a oublié de s'accroupir. Putain d'altruiste. Je lui avais pourtant dit de se méfier.

Il parlait, et dans le même temps elle capta la scène qu'il se repassait en tête. Elle vit le long cylindre dépassant du sol dans la banlieue de Port-Déneb, vit l'équipe de déminage qui s'en approchait prudemment, vit les gros vaisseaux en surplomb et les rayons qui en jaillissaient, vit le nuage de poussière qu'en soulevait l'impact, entendit les cris, vit la désintégration de la bombe, et la retombée de ses éclats, et même leur détournement. Puis elle vit Jeff, le vit chanceler, trébucher, s'écrouler.

— Le plus inquiétant, disait sa mère, c'est la blessure à la poitrine. (Et la remarquable clarté de son mental présentait conjointement l'image du jeune homme atrocement lacéré, la plaie longue et profonde qui lui barrait le pectoral gauche.) Les médicos disent que c'est juste le choc mais je n'arrive pas à l'atteindre. Aussi ai-je décidé de vous appeler. Le temps nous est compté.

— Où est-il ? demanda la Rowane avec un calme et une assurance totalement factices.

D'autant qu'elle sentait qu'Isthia Raven était loin de tout lui dire. Qu'elle lui cachait quelque chose de particulièrement horrible au sujet de son fils. Estimait devoir nier l'inacceptable aussi longtemps qu'il était possible.

La Rowane prêta une attention totale quand Isthia projeta l'image d'un lieu souterrain, le seul hôpital encore en état dans cette ville pilonnée. Un pilier, à droite de l'entrée éclairée, portait un grand 7 tracé à la peinture.

— On vous suit, dit Isthia, montrant des voitures garées un peu plus loin.

La Rowane hocha la tête. Que, dans ce qui n'était malgré tout qu'une équipe improvisée, tout un chacun fût vidé de son énergie après avoir fourni un tel effort kinétique se comprenait sans peine.

Elle se concentra sur sa destination et se téléporta aussi près que possible du pilier numéroté pour réduire le risque de heurter quelqu'un ou de gêner une ambulance. Du coup, elle s'en retrouva le nez à guère plus d'un centimètre. Se retournant alors vers l'entrée, elle perçut immédiatement la présence d'autres Doués — de forces diverses et pour la plupart occupés à lutter contre la douleur et l'angoisse. Il s'agissait d'un hôpital, après tout. A quelle autre aura s'attendre ? Jeff Raven avait beau être son souci premier, elle n'en oubliait pas pour autant les autres victimes qu'elle avait entrevues par les yeux de Rhodri.

Les portes du niveau 7 s'écartèrent et elle eut la surprise d'y trouver des gens avertis de son arrivée qui s'empressèrent de lui montrer le chemin de la section des soins intensifs où l'on avait placé Jeff.

Dans le sas, elle marqua la pause nécessaire pour laisser les panneaux prophylactiques faire leur œuvre. Après quoi, la porte intérieure s'ouvrit sur une salle circulaire que bordaient dix alcôves dont certaines avaient leur rideau tiré, preuve qu'elles étaient occupées. Au-dessus de chacune, des écrans tournés vers le centre de la salle permettaient au personnel de service de surveiller si les patients donnaient encore signe de vie.

Jeff était dans le cinquième compartiment. Quatre médecins et une infirmière observaient ses écrans, lâchant de temps à autre un commentaire à mi-voix. D'autres qu'ils se contentaient de penser — et les courbes anormales qui les suscitaient — avertirent la Rowane qu'il y en avait deux qui désespéraient de sauver Jeff. Les deux autres étaient des Doués, dont un se creusait frénétiquement la cervelle, cherchant d'autres moyens d'aider son patient. A peine eurent-ils vu la Rowane approcher qu'ils lui firent de la place au chevet de celui-ci.

Ce qu'elle avait glané sur les blessures de Jeff dans l'esprit de l'oncle ne l'empêcha pas d'être secouée quand elle lui vit ce visage décoloré par les puissantes lumières de l'antenne chirurgicale, ce côté gauche couturé de cicatrices, une bonne douzaine au dessin presque stylisé sur le haut de son bras, sur sa poitrine, sur sa hanche, sur sa cuisse et sur son mollet, partout où il avait fallu extraire des éclats. Mais la plaie au torse était la plus grave. Elle pouvait en mesurer la profondeur au travers des couches successives de peau, de muscle et d'os, droit jusqu'au cœur, voir l'endroit où l'on avait réparé les dégâts.

— Asaph, Médecin Chef, se présenta le plus vieux dont l'esprit continuait de chercher par élimination d'autres techniques de traitement, mais son regard levé sur la Rowane attendait surtout d'elle quelque chose comme un "miracle". Ils vous ont ramenée en un temps record. On arrive juste du bloc opératoire.

Il s'interrompit, et la Rowane n'eut pas à faire appel à son Don pour savoir qu'il répugnait à reprendre.

— Votre pronostic ?

Il soupira, choisit ses mots. Inutilement : rejetés ou conservés, elle les entendit tous.

— Choc et lésions ont eu un caractère massif, et sa vie n'a vraiment tenu qu'à un fil si vite qu'on nous l'ait téléporté. Le Haut Commandement de la Flotte nous a dépêché deux de ses meilleurs chirurgiens.

Il montra les deux autres.

C'étaient ceux qu'elle avait perçus doutant que Jeff pût survivre. Sa détermination n'en fut que plus grande.

— On peut réduire le choc, ainsi que l'essentiel des lésions corporelles.

Son assurance la surprit. Mais il s'agissait de Jeff, de Jeff Raven, son amant.

— Faites-lui passer le cap des deux ou trois prochaines heures et on a peut-être une chance de voir son état se stabiliser, dit Asaph sur lequel déteignait l'optimisme de la jeune femme.

— Cela serait un miracle, lui opposa l'un des types de Navale. On aurait déjà dû avoir une réaction...

La Rowane négligea ces sceptiques et se tourna vers les deux Doués, l'infirmière qui se présentait d'une pensée discrète comme Rakella Chadevsky, la tante de Jeff, l'autre était son frère Dean, le chirurgien.

— Et vous, avez-vous essayé d'obtenir une réaction ?

— Oui, mais rien qu'une fois, quand on nous l'a amené..., reconnut Dean.

— Mais il n'y avait plus qu'un brin de vie, expliqua Rakella. Et un gros travail de chirurgie qui urgeait. En fait, j'ai juste eu le temps de me débrouiller pour redémarrer le cœur !

— Sans ratés ? l'interrogea la Rowane, refusant de céder à la panique en apprenant ce qu'Isthia Raven lui avait caché.

Un cœur, ça se réparait toujours, et se remplaçait si nécessaire, même dans ces installations temporaires. Tant que le cerveau n'était pas privé d'oxygène, une blessure au cœur restait pour un Doué infiniment préférable à un traumatisme crânien sérieux.

— *Au quart de tour*, la rassura Rakella. *J'étais également concentrée sur son cœur... à cause de la plaie...* Elle eut un sourire tremblotant. *J'en ai capté le réveil avant l'aiguille de la machine.*

— *Donc personne n'a essayé de l'atteindre au niveau métamorphique ?*

— *Encore faudrait-il être au courant de cette technique*, intervint Dean.

— Vous allez en voir une démonstration, lâcha simplement la Rowane, s'interrogeant toutefois sur ce qu'on apprenait aux Doués d'orientation médicale sur Déneb, à part requinquer un cœur défaillant.

Renvoyant aux oubliettes les terreurs soulevées par la mort apparente de son amant, la Rowane s'approcha du lit et prit Jeff par les chevilles. La légère fraîcheur du contact n'avait rien que de très normal, se dit-elle avant de serrer plus fort, de percevoir l'infime palpitation au point méridien. Elle y sentit la congestion, l'organisme de Jeff en train d'éteindre les ampoules avant le noir complet, et ses pouces descendirent jusque sous la plante des pieds, trouvèrent le corrélat du plexus solaire, s'y enfoncèrent, massèrent vigoureusement dans un cercle étroit, puis remontèrent s'imprimer sur chaque gros orteil, redescendirent au terminal du plexus. Elle réamorçait son massage circulaire quand elle entendit Rakella ravaler brusquement son air.

— Il a réagi. Je ne sais pas ce que vous avez fait, mais il a réagi.

— *Normal. Vous l'avez réparé physiquement, j'achève le travail au niveau métamorphique.*

— *Je peux vous aider ?* demanda la tante de Jeff.

— *Sûr que vous le pouvez. En calquant chacune de mes manipulations. J'avoue ne pas en avoir une grande expérience, l'occasion m'étant rarement donnée d'exercer mes compétences dans le domaine médical, mais ce traitement peut donner d'excellents résultats. Il suffit parfois d'un stimulus. Dans son état présent, le temps n'a pour lui aucun sens, et nous mettons à profit cette intemporalité pour développer une base solide, apte à soutenir en lui le flux vital et à restaurer son équilibre.*

La plainte assourdie d'un bébé en colère la fit sursauter.

— *Reprenez-vous*, dit Isthia Raven en entrant dans la pièce. (Reconnaissante pour ce que la sécheresse de l'injonction avait de tonique, la Rowane obéit.) A mon avis, Asaph, il conviendrait de réduire la présence physique autour de mon fils. Trop de corps au mental inutile. Remerciez ces types de l'Armée. Qu'ils rejoignent leur unité. Ils ont des pensées négatives qui font flotter ici une très mauvaise aura.

Avec Rakella pour à présent reproduire sur l'autre pied chacun de ses gestes, la Rowane répéta ses pressions sur la plante, sur le gros orteil, puis entreprit un massage général, réchauffant les chairs avant de remonter en douceur jusqu'au bas de la cheville le long des os, s'attardant longuement sur le sillon entre le premier cunéiforme et le scaphoïde pour accélérer le réveil des énergies. Le calcanéum ensuite, et par l'arrière du talon jusqu'au tendon d'Achille. Puis elle reprit du début : l'attaque vigoureuse sur la plante et les orteils s'allégeant en effleurement sur la cambrure.

Rakella n'avait pas tardé à saisir le rythme et toutes deux œuvraient désormais à l'unisson. De temps à autre, la Rowane montait consulter le point méridien au-dessus de la cheville gauche, aspirant à entendre l'écho régulier de son propre cœur dans les veines de Jeff, aspirant à une réponse, à un signe — si faible fût-il — montrant qu'il s'accrochait encore à la vie.

La masse physique excédentaire évacuée, Isthia s'approcha de son fils, d'une caresse en releva les cheveux noirs trempés de sueur et lui prit les tempes entre ses doigts. Puis ses yeux du même bleu surprenant que ceux de son enfant, au même regard franc d'une honnêteté foncière, montèrent se poser sur la Rowane. Mais dépouillée que fût désormais l'aura psychique des lieux, l'esprit de Jeff leur resta inaccessible à l'une comme à l'autre.

— *Nous autres, Raven, avons la tête dure*, dit Isthia, fermant ses émotions à un espoir qui continuait d'être différé.

— *Et les pieds calleux*, ajouta Rakella.

Sous ses pouces qui pétrissaient le creux de la plante, la Rowane sentit soudain sauter l'horrible bouchon. Jetant un œil sur les écrans, elle eut confirmation d'un mieux, petit mais sensible, et cependant insuffisant pour redonner prise sur ce secteur particulier de l'esprit de Jeff où se réfugiait en dernier ressort tout Doué.

— *Nous ne le laisserons pas s'en aller !* dit Isthia, les yeux toujours soudés à ceux de la jeune Méta.

— *Non, nous ne le permettrons pas.*

Et la Rowane repartit au combat, remontant cette fois le long de la jambe jusqu'au genou le long du méridien suivant. Si relâchés fussent-ils dans le coma, les muscles du jeune homme gardaient intact leur potentiel énergétique... et les souvenirs déferlèrent, salués d'un *Bienvenus* cocasse par la mère de Jeff.

La Rowane releva la tête, prise au dépourvu.

— *Jeff m'avait prévenue que vous aviez la voix qui portait*, dit-elle sur un ton respectueux tout en massant l'arête osseuse de la cambrure : des petites caresses qui semblaient vouloir obtenir son réveil par la ruse. *Mais je ne savais pas que vous aviez aussi l'oreille fine.*

Isthia sourit.

— *J'avais déjà entendu parler de ces techniques manuelles. Intéressant !*

— *Parfois un peu longues à donner des résultats...*

— *Ce qui est le cas de bien des traitements, Rowane. Mais je "sens" que ça marche, même si on ne voit pas trop les progrès.*

Sur ce, un infime tressaillement passa dans le pied dont s'occupait la Rowane. Elle sursauta.

— *Là, c'est réellement encourageant !* dit Rakella qui devait avoir senti la même chose de son côté.

La Rowane enfonça donc énergiquement les pouces dans le gros orteil gauche de Jeff et vit se trémousser la courbe des ondes Alpha ainsi que celle des ondes Delta mais à un moindre degré. Rakella l'imita sur l'orteil droit et obtint la même réponse.

— Combien de temps comptez-vous continuer ? s'enquit Asaph, de retour après avoir raccompagné les deux chirurgiens de la Flotte. Son anxiété concernant Jeff avait partie liée avec sa fatigue pour lui donner une mine de déterré.

— Jusqu'à ce qu'il soit sorti de cet état, répondit simplement la Rowane. Le temps n'existe pas là où il est.

Asaph émit une sorte de reniflement.

— Mais nous sommes ici ; et il nous en réclame énormément. Du temps mérité, d'ailleurs, vu que Jeff a pour nous autres une importance extrême. (Puis il ajouta, très vite :) Hélas, j'ai besoin de Rakella. Il n'est pas le seul qui ait été blessé.

Isthia effleura l'épaule de la Rowane.

— Et moi, je vais devoir retourner m'occuper du bébé, dit-elle, ouvrant son esprit à la Rowane qui put y entendre les cris d'un nourrisson réellement affamé. Mais s'il le faut, cela peut encore attendre un moment,...

La Rowane était également sensible au dilemme de la mère ayant à choisir de s'occuper de l'un ou l'autre de ses fils.

— Allez lui donner sa tétée, dit-elle, d'une certaine manière soulagée de pouvoir se concentrer entièrement sur Jeff, d'être libérée de l'angoisse des deux femmes.

Elle était seule avec lui, et il était entre ses mains comme jamais personne ne l'avait été auparavant.

Isthia s'éclipsa. L'occupant du compartiment voisin gémit et la Rowane entendit le pas menu de l'infirmière accourant à son aide.

Une fois de plus, elle s'astreignit à regarder le visage de Jeff, ces traits dont le hâle échouait à dissimuler la pâleur mortelle. Chez un homme d'une telle vigueur physique et mentale, l'apparence enfantine qu'il avait, inanimé, pouvait surprendre. C'était comme si l'accident avait tiré un trait sur sa personnalité charismatique en même temps que sur sa santé. La souffrance en elle monta dans des proportions inquiétantes ; insistante pression des larmes sur l'arrière de ses yeux et sa gorge si nouée qu'expulser de l'air et en admettre tenaient de l'exploit.

— *Calmez-vous !* La voix d'Isthia, probablement nourrie d'une douleur pour le moins égale à la sienne, eut instantanément cet effet. *N'allez pas tout gâcher par des émotions négatives alors que vous êtes sur la bonne voie.*

Définitivement, c'était une mère à l'oreille fine ! Reconnaissante pour ce rappel, la Rowane n'en éprouva pas moins quelque agacement. Elle prit son temps pour amener le tabouret — le seul autre meuble de l'alcôve — au pied du lit, et reprit son traitement métamorphique — tantôt pressante, tantôt subtile, toujours caressante. De temps à autre, ses doigts montaient se poser sur le point méridien, y écoutaient la pulsation du flux artériel et tentaient d'en élever la cadence à celle de sa propre circulation.

— Tu es là, Jeff ? Tu es toujours là, n'est-ce pas ? murmura-t-elle, résolue à lui faire entendre sa voix physique à défaut de l'autre. Et tandis que ses mains massaient et caressaient les pieds de Jeff, elle continua de lui parler ainsi, dans un chuchotement au bord du silence conçu pour rester en deçà de l'écran privé du jeune homme. Etrangement, une certaine sérénité naquit en elle de son propre murmure.

La Rowane n'avait jamais veillé ni mort ni malade. Pas plus qu'elle ne s'était jamais sentie à ce point désemparée. Si, une fois, dans un passé lointain, lointain — dans de cascadantes et puantes ténèbres ? Mais jamais l'impuissance n'avait eu un tel goût d'amertume. A quoi lui servait son Don, pour l'heure ? Non. Elle avait déjà des résultats. Sans doute l'esprit de Jeff n'était pas conscient de sa présence mais il avait un corps, et ce corps la savait là, lui empruntait son énergie physique pour épaissir les liens ténus qui l'accrochaient encore à la vie. Elle lui prit le poignet, palpa un pouls lent mais loin d'être flou. Oui, le corps de Jeff était au courant de sa présence même si les vertes ondulations sur les écrans n'en portaient pas trace.

Ses doigts, ses paumes continuèrent donc à lui infuser son énergie. Quand Jeff serait... oui, quand il serait rétabli... elle se promettait de perfectionner ces techniques métamorphiques auprès des Doués de la Terre qui, dans cet art, obtenaient des résultats proches du miracle. Il n'était pas douteux qu'en l'occurrence un miracle fût nécessaire. Combien de temps mettait un tel miracle pour se produire au niveau où elle opérait ?

L'avait-elle même atteint ce niveau ?

Non ! Jeff allait vivre, revivre, redevenir lui-même, entier. C'était un flux de vie calme et régulier qu'elle lui transfusait avec amour et dévouement.

Ni sa volonté, ni l'inconfort de sa position sur le tabouret trop bas, ni le doux massage qu'elle n'avait apparemment pas interrompu n'y avaient rien fait : elle s'était assoupie, se retrouvait la tête enfouie entre les pieds de Jeff. Elle se secoua, honteuse d'une telle faiblesse, négative alors qu'une attitude positive était exigée. Elle leva un regard plein d'appréhension sur les écrans. Tous affichaient un renforcement des fonctions.

Le cri qui jaillit d'elle ramena les deux infirmières dans l'alcôve. Elles avaient répondu à un geyser de joie pure.

— *Rowane* ! hurla Isthia, l'espoir dans sa voix, brillance de météore.

Car de retour où elle avait tant manqué dans l'esprit de la Rowane, peu marquée mais déjà si tendre, il y avait la présence mentale endormie de Jeff Raven.

— *Il est là ! Il est là ! Il est vivant ! Vivant !* fut l'hymne qu'elle entonna dans des sanglots d'une joie et d'un soulagement quasi insoutenables.

Du coup, elle en voulut énormément aux infirmières qui présentement soulevaient le rideau puis la bousculaient pour se précipiter au chevet du blessé.

— *Laissez-les faire leur boulot*, dit Isthia, la rembarrant quelque peu. *Ce n'est pas comme s'il était en mesure de hausser lui-même son taux d'endomorphines, partant de réduire la douleur — laquelle, je vous le certifie, ne va pas tarder à se faire sentir. On l'a ramené inconscient, se vidant de son sang, et il n'était pas question de se montrer délicat sur l'anesthésie. Ça va prendre un bon bout de temps pour l'arracher aux effets de ce qu'on lui a injecté. A ceci près que, maintenant, on sait qu'il en sortira. Soyez-en remerciée encore une fois.*

La Rowane n'apprécia pas du tout d'être ainsi mise sur la touche, de n'avoir qu'à regarder alors qu'on faisait le nécessaire sur le corps de son amant. Puis, sans autre marque de déférence à son égard qu'un hochement de tête poli, les infirmières quittèrent l'alcôve, refermant le rideau derrière elles.

— Il ne faudrait pas vendre la peau de l'ours avant de l'avoir tué, déclara de but en blanc la mère de Jeff en repénétrant dans l'alcôve. Je vous dis ça pour le cas où vous vous imagineriez qu'à partir de maintenant vous allez pouvoir vous occuper seule de mon fils. Que vous fassiez des merveilles sur le plan métamorphique ne vous donne aucune compétence particulière sur le plan médical. Et ne me foudroyez pas comme ça du regard, gamine !

J'accepte volontiers que Jeff vous ait choisie comme partenaire pour la vie mais... (et elle leva un doigt en signe d'avertissement) ... n'essayez pas d'accaparer un homme tel que mon fils.

La Rowane s'aperçut qu'elle prenait mal cette intrusion d'Isthia dans son duo avec Jeff. Qu'elle le prenait d'autant plus mal qu'elle reconnaissait la valeur des mises en garde que celle-ci lui donnait. Elle se refusait en fait à partager Jeff, qu'il fût blessé ou sur pied. Elle mesurait les ravages de ces séparations inéluctables dans son être affectif et mental.

— Mettez de l'ordre dans tout ça, Rowane, poursuivit Isthia, parlant de pensées que la Rowane ne se souciait même plus de cacher. Ne laissez pas la jalousie mesquine et toutes ces émotions indignes ternir ce que vous partagez avec Jeff. Nourrissez votre lien, ne l'asphyxiez pas.

Sur ce, Isthia lui posa la main sur l'épaule et elle se dégagea, inaccoutumée à des contacts physiques sans conséquence. La main d'Isthia se raidit.

— *Il faudra vous y habituer. Nous autres, Dénebiens, sommes des toucheurs. Ça nous aide, nous, pauvres débiles, à fonctionner au niveau mental.*

— Vous n'êtes pas des débiles, explosa la Rowane, son sens foncier de la justice déniant à Isthia le droit de se déprécier. Mais, ce faisant, ses yeux croisèrent ceux d'Isthia qui les accrocha et les retint, s'appuyant sur la colère pour plonger un trait de sonde par-delà les défenses de la jeune femme.

— *Ça n'a jamais été rose, n'est-ce pas ?* Il brillait dans l'esprit d'Isthia une compassion et une générosité que la Rowane n'avait plus vues à ce degré depuis la mort de Luséna et qui eurent pour effet de dissoudre instantanément tout malaise. *Vous aimez Jeff, mais c'est le cas de la plupart de ceux qui demeurent sur Déneb. Vous ne pouvez refuser à tous ces gens une part de l'attention de Jeff. A votre place, je n'essaierais pas. Vous êtes assez intelligente pour comprendre ce que je veux dire. Ayez aussi la sagesse de l'accepter. Ce qu'on veut bien laisser partir a plus de chances de rester.* Un léger pli s'inscrivit sur son front. *Qui est Ronronnette ?*

— Jeff m'avait prévenu que votre Don n'était pas mince, fit la Rowane, sidérée qu'Isthia ait "vu" le minah. J'ai peine à imaginer comment vous avez pu avoir accès à cet épisode d'histoire ancienne.

— C'est que vous l'avez là, ma chère, en grosses lettres sur le devant de l'esprit, expliqua gentiment Isthia avant d'attendre la réponse.

— Pas "qui" mais "qu'est-ce que". Ce n'était qu'une machine

maquillée en peluche, un régulateur affectif pour enfant à problèmes.

— Ce que vous étiez, sans nul doute. Cela aussi, c'est écrit noir sur blanc au même endroit. Je n'aurais pu le voir plus profond : votre mental est beaucoup trop fort pour une personne aussi peu entraînée que moi.

La Rowane eut un petit rire sceptique.

— C'est mieux, dit Isthia, lui rendant son sourire. Vous alliez vous enfermer dans un cercle de pensées qui ne vous auraient fait aucun bien alors que mon fils a encore besoin de vous. Je vais vous faire apporter un repas ainsi qu'un siège plus confortable.

Sur ce, elle prit congé. Nourriture et fauteuil furent les bienvenus, même si la Rowane dut se forcer pour manger. Au-dessus du lit, les moniteurs montraient des rythmes corporels sans cesse plus marqués, avec d'harmonieuses réponses Alpha et Delta. Jeff était toujours là dans un coin de son esprit, mais restait une présence passive.

Il fallut encore une heure avant que Jeff ne fût à même de reconnaître le décor autour de lui. Découvrant la Rowane au pied de son lit, il esquissa un faible sourire qui se transforma en grimace de douleur.

— Rowane ? (Et sa main se tendit pour saisir la sienne.) Il me semblait bien que c'était toi mais je ne voyais pas comment c'eût été possible. (Sa voix ne dépassait pas le niveau d'un froissement de feuilles mortes. Comprenant qu'il avait soif, elle lui bassina les lèvres comme elle avait vu faire l'infirmière, puis lui versa de l'eau dans la bouche à la petite cuillère.) *En fait,* reprit-il sur un mode moins exténuant, *je me demandais si tu n'étais pas une vision surgie des profondeurs subliminales de mon être.*

— Chut, mon amour. Tu avais besoin de moi. Alors je suis venue.

— *Par tes propres moyens ?*

Surprenante était la force de sa voix mentale, et pareillement celle de ses doigts étreignant ceux de la Rowane.

— *Ta mère…*

— *Ça, je lui fais confiance pour appeler la cavalerie. Enfin, l'important, c'est que tu sois là.*

Les pensées du jeune homme déferlèrent en elle, mélange de gratitude et d'étonnement.

— *Ta mère a réuni une équipe. Et juste après mon arrivée, le générateur a claqué.*

— *Reidinger t'a laissée venir ?*

— *Chut, voilà l'infirmière.*

— Eh bien, Raven, de retour parmi nous ? dit cette dernière en soulevant le rideau. (D'un certain âge et les cheveux blond-roux, elle se tourna vers la Rowane avec un hochement de tête approbateur.) Le docteur Asaph va être très content. (Puis, elle la regarda dans le blanc des yeux.) Maintenant, vous allez me faire le plaisir de quitter son chevet pour aller vous reposer avant que je ne sois obligée de recourir à mon gourdin spécialement conçu pour assommer les grenouilles d'hôpital.

— Je me sens très bien.

L'infirmière haussa un sourcil sceptique.

— Voyez-vous ça! Après avoir assuré deux tours et demi de veille! Raven, faites-lui entendre raison.

— *Va te reposer, chérie! Tu sais très bien que je t'accompagne partout.*

Il lui sourit, de ce sourire tendre qu'il n'avait que pour elle.

Dans les deux jours qui suivirent, maintenant que Jeff avait entamé sa convalescence et qu'elle avait le temps de regarder autour d'elle, la Rowane se découvrit de plus en plus surprise par le ressort des Dénébiens. La planète avait perdu les trois cinquièmes de sa population et vu ses deux principales agglomérations détruites par les bombardements, ses champs ravagés par l'incendie, ses mines — dont elle dépendait pour son marché extérieur — temporairement inexploitables.

Les survivants connus de la vague d'épidémies puis de la tentative de débarquement extraterrestre avaient été regroupés depuis longtemps ainsi que les compétences et les réserves disponibles. Là en étaient les choses quand Jeff avait contacté la Rowane pour demander de l'aide.

Depuis, Port-Déneb s'était relevé de ses ruines. Rien de grandiose, bien sûr : des quartiers d'habitation rudimentaires mais qui n'avaient pas moins le mérite de procurer un toit à chacun. Nichée au creux des falaises entre lesquelles la Kenesaw acheminait son large cours vers la mer lointaine, la centrale hydroélectrique avait échappé au désastre mais se trouvait être la seule source d'énergie opérationnelle de la planète. Une immense cuisine communautaire nourrissait tout un chacun et, à heure fixe, il était possible de prendre des douches et de laver son linge dans quatre établissements répartis sur la périphérie de la ville. Pour peu qu'ils fussent en âge de marcher, même les enfants passaient la moitié de leur journée en brigades de travail, et l'école, pour les plus vieux, s'était transformée en travaux pratiques sur le terrain.

Si la Flotte avait pallié les besoins les plus urgents, mettant à la disposition de la malheureuse colonie tant son personnel médical que ses réserves de produits pharmaceutiques et de nourritures congelées, la Rowane constatait des manques alarmants dans d'autres secteurs. Il n'y avait pas assez de chaussures de chantier ni de vêtements chauds pour affronter un hiver dénebien désormais proche. Bien qu'en zone tempérée, Port-Déneb essuyait à cette période une descente de vent polaire, et l'on ne pouvait compter sur les chasseurs pour vêtir tout le monde avec la peau des animaux qu'ils tuaient à des fins alimentaires.

Elle se savait à même de recevoir des secours de Capella et de Bételgeuse pour peu qu'elle en fît la demande, mais tant que le générateur resterait en panne, il n'était pas question d'importer quoi que ce fût sur Déneb. Elle se téléporta donc sur les lieux pour évaluer les dégâts. Le carter fendu traînait encore par terre mais sa réparation pouvait attendre. Quant à la défection du générateur même, elle s'expliquait par la mauvaise qualité de ses composants. Deux bagues avaient cédé, il ne restait plus rien des charbons et l'arbre de la dynamo faisait un drôle d'angle. La Rowane remit le carter en place, se demandant s'il y avait en ville un Doué pyrotique pour le ressouder et surtout des pièces de rechange pour la machine.

Quand elle pénétra dans ce qu'elle ne pouvait se résoudre à nommer une Tour, elle se rendit compte qu'une veine insensée avait dû être le facteur assurant sa bonne marche : l'instrumentation y était réduite au minimum, et bricolée avec des dispositifs qui ne parurent bien souvent répondre à aucune fonction précise quand elle tenta d'en suivre les circuits. Du fond du cœur elle remercia Gérolaman de lui en avoir tant appris sur les aspects électroniques et mécaniques d'une Tour. Elle avait pu risquer le tout pour le tout dans sa hâte d'être au chevet de Jeff mais elle ne pouvait — ni ne souhaitait — tenter le saut retour en l'absence de garanties plus sérieuses.

Isthia l'avait aidée à convaincre le Conseil provisoire que la restauration de la Tour constituait une priorité.

— C'est que nous sommes pour ainsi dire habitués à faire les choses par nous-mêmes, lui avait opposé Makil Resnik, Gouverneur intérimaire et Gestionnaire des Tâches. Ce qui ne rentre pas dans cette catégorie, nous préférons le délaisser.

— *Pas la peine, Rowane*, la prévint Isthia quand elle sentit monter la protestation de la jeune Méta. Nous pouvons faire beaucoup par nous-mêmes, Makil. L'essentiel à mon sens. Je suis même sûre que nous sommes capables de passer l'hiver sans vêtements adaptés. Mais il nous faut importer des graines et du matériel médical. Nous sommes trop peu qui ayons survécu pour risquer encore d'en restreindre le nombre par de la fierté mal placée.

— Vous avez raison. Il n'en reste pas moins que nous ne pourrons fournir un gros contingent pour aider. Il faut que je rouvre tout de suite la Mine Benevolent. On vient d'y tomber sur un gros filon de platine.

— Je peux en abattre pas mal en bricolant, mais il me faut un crack en électronique avec moi, réussit à sortir calmement la Rowane.

Resnik consulta son portable, enfonçant les touches d'un index massif et bourru.

— C'est Zathran Abita qu'il lui faut, l'interrompit tranquillement Isthia. La Rowane en sait plus que Jeff sur les Tours. Donnez-lui une équipe de gamins pour l'aider à fouiller les hangars. Avec un peu de chance, elle y trouvera tout ce dont elle a besoin. Et puis, je vous rappelle que Jeff a ces poutrelles en T pour vous à son cahier des charges.

— *Du grand art, Isthia !* lui dit la Rowane, admirative devant tant d'habileté manipulatrice. *Est-ce vous qui avez appris à votre fils comment charmer les gens ?*

— *Non, c'est juste une technique de self-défense acquise en m'opposant à son père. Gravez-vous ça en mémoire !*

Sur ce, Isthia reporta son sourire sur Resnik, toute d'acquiescement et de gratitude.

— Une petite jeune dame comme vous serait capable de restaurer une Tour à elle seule ? demanda Makil à la Rowane en la jaugeant du regard. Mouais. Quand voulez-vous commencer ?

— *Qui hésite perd l'avantage*, entendit-elle Isthia lui susurrer d'une voix mentale nonchalante. *Jeff a sur la planche un certain nombre de tâches convenablement sédentaires qui le tiendront occupé. Un petit peu d'air frais et d'exercice vous feront le plus grand bien.*

— Pourquoi remettre les choses à plus tard, répondit la Rowane, déterminée à ne pas tenir compte du fait qu'Isthia l'amenait où elle voulait en venir avec autant d'aisance qu'elle manipulait tout le monde dans la pièce. *Comment se fait-il qu'on ne vous ait pas nommée Gouverneur ?* lui demanda-t-elle.

Les riches sonorités du rire d'Isthia résonnèrent dans son crâne.

— *Une mère en train d'allaiter ferait un drôle de Gouverneur. Sinon...*

— Je ne puis détacher Zathran auprès d'elle que pour deux jours, reprit Resnik. Ensuite, on aura besoin de lui à la mine dès qu'on aura déblayé la galerie d'accès. Plus tôt nous reprendrons l'exploitation, plus tôt nous aurons de quoi nous remonter le moral.

— Vous avez déjà des merveilles à votre actif, lui assura la Rowane, légèrement distraite par les apartés d'Isthia.

Puis elle se demanda si elle allait y arriver. C'était la première fois qu'elle se lançait dans une pareille entreprise.

— *Tu vas te débrouiller comme un chef,* lui dit Jeff, ses inflexions mentales considérablement plus puissantes que ne l'aurait laissé prévoir sa condition physique actuelle. La Rowane savait qu'il luttait pour reprendre le dessus. *Et si tu es coincée, tu peux toujours m'appeler pour payer la caution !*

— *Contente de le savoir.*

La journée ne s'acheva pas sans que la Rowane eût obtenu des résultats plus qu'encourageants. Flanquée de sa demi-douzaine de jeunes adolescents, elle passa au peigne fin les hangars sous lesquels on avait entreposé le matériel récupéré. Disposer de gosses à l'esprit vif qui savaient où chercher dans le dédale de rayonnages fut un atout. En fut un autre d'être kinétique et de ce fait capable de transférer instantanément dans la Tour chacune de leurs trouvailles. La liste des pièces manquantes — préalablement établie avec le concours de Jeff — se réduisit très vite à quelques lignes. Toutefois, avant de pouvoir utiliser au mieux les compétences de Zathran Abita, il fallait encore des charbons, deux grosses bobines de plus, des bagues, des petits capteurs et quelques circuits imprimés. Bref, des articles qu'elle ne pouvait obtenir sans l'aide de Reidinger.

La plus belle surprise de la journée resta néanmoins la découverte de trois Doués en herbe dans sa jeune équipe. L'aînée des filles, Sarjie, avait d'incontestables affinités avec le métal, pouvait en estimer la teneur dans un alliage, déceler la paille ou le degré de fatigue de n'importe quelle pièce qu'elle prenait en main. Ainsi en jeta-t-elle plus dans la poubelle à refonte qu'elle n'en rangea sur les palettes en partance pour la Tour. Rences, quatorze ans, avait la capacité de saisir dans l'esprit de la Rowane la forme de ce que celle-ci voulait puis de dénicher l'objet dans le fatras de tuyaux, d'axes, de raccords, de bobines et d'autres "saletés". Morfanu se débattait avec des facultés kinétiques encore imprécises pour elle ; la jeune Méta lui apprit à concentrer ses efforts dans des voies plus positives. Sarjie n'avait aucune télempathie, le Don de Rences se limitait à la recherche des formes (il préférait avoir un dessin ou une photo de la pièce requise), et Morfanu était incapable de projeter. Il allait falloir des années d'entraînement pour affiner ces dons innés.

A la Rowane, qui avait toujours travaillé avec des Doués mûrs et formés — pour la plupart kinétiques ou télépathes —, l'association avec ces dons encore bruts ouvrit des horizons fantastiques.

— *Félicitations, tu as une sacrée patience avec eux,* lui dit Jeff.

— Toi aussi, félicitations ! Tu as réussi à te mettre sur les genoux, rétorqua la Rowane, furieuse de ne pas avoir pris le temps de le surveiller pendant ce boulot de récupération.

— *Ce n'est pas ma tête qui était ouverte.* Il n'avait pas l'air à prendre avec des pincettes. Les conseils d'Isthia lui revinrent en mémoire et elle coupa court à ses réponses hargneuses. *Sandy m'a passé un savon de première. Mais les plans de réouverture de la mine sont achevés.*

Elle sentit qu'il en était profondément satisfait. Il n'avait rien d'un bon malade. Pas assez de patience. Exaspéré par l'inaction, par les restrictions des médecins et par leur constante surveillance.

Presque au réveil de son opération, il avait réclamé de la paperasse à classer. Au moment voulu, Sandy glissait assez de sédatif dans une potion "énergétique" pour l'expédier quelques heures dans les bras de Morphée. Ce soir même, sur les nerfs de n'avoir pas encore terminé son travail du jour, il refusait de s'arrêter. La Rowane fit comme Sandy mais par ses propres méthodes.

Tard dans la nuit, elle puisa le plus subtilement possible sur les générateurs alimentant l'hôpital pour contacter Afra et lui passer commande des articles les plus urgents. Il fut rassuré de la sentir et la rassura en retour : pas de problème sur Callisto et l'espoir que ça allait durer. Elle se roula dans les couvertures sur le divan au chevet du lit de Jeff et s'intima l'ordre de dormir.

— *Ne t'avise pas de recommencer,* lui dit le lendemain matin Jeff quand elle eut finalement jugé bon de le laisser se réveiller. La maîtrise dont elle venait de faire preuve sur lui le rendait vert de rage.

— *Reconnais que ça te donne au moins la force de te mettre en rogne,* répliqua-t-elle, sans remords aucun. Il y avait d'autres couleurs que le vert sur ses traits et une vigueur croissante dans les courbes des écrans. *Et sans doute assez pour tenir une cuillère. Alors prends ton petit déjeuner. Il est prêt.*

Il la foudroya du regard, eut les yeux scintillant de ce qu'il s'imaginait en train de lui faire.

— *Tiens, tiens ! Voyez-vous ça...,* fit-elle avec une infinie douceur, la même qu'elle traduisit en kinésie pour lui soulever le haut du corps, glisser derrière deux oreillers, disposer une serviette sur sa poitrine. *Je ne doute pas qu'un de ces quatre matins tu sois assez fort pour ça, amour de ma vie. Je m'inclinerai volontiers devant l'inévitable. En attendant, mange.* Du coup, poursuivit-elle sur le mode enjoué, il va falloir que je détermine à quel moment utiliser la Tour pour me redonner un beau bronzage.

Reidinger mit quatre jours à la rattraper sur Déneb.
— *ROWANE! QU'EST-CE QUE VOUS FOUTEZ AU TROU DU CUL DU MONDE SANS MA PERMISSION?*
Bonne chose d'être ici et non sur Callisto, se dit-elle. Là-bas, un rugissement pareil m'aurait expédiée au sol.
— *Peut-être n'êtes-vous pas des plus contents que Jeff Raven ait survécu?* lui répondit-elle, acide, et avec un grand sourire pour sa suave manière de faire ravaler ses insultes au Méta de la Terre.

Que n'aurait-elle donné pour voir sa tête en cet instant. Elle lui dépêcha une image bien nette du spectacle qui l'avait attendue sur Déneb, avec une insistance morbide sur la plaie béante à la poitrine. Elle la fit suivre d'une autre montrant Jeff au sortir de l'opération : sa pâleur, ses yeux clos, les cicatrices toutes fraîches. Même avec elle pour assister Rakella dans ses manipulations kinétiques, il avait fallu lui consacrer dix bonnes minutes.

— *C'est qu'on est revenu au Moyen Age ici pour ce qui est des installations médicales. A ce propos... J'ai passé en première urgence une commande de matériel, et à moins que vous ne soyez disposé à voir mon séjour sur Déneb prendre un caractère définitif, il vaudrait mieux m'envoyer ça dans les plus brefs délais! Cela dit, il me faudra quand même six jours pour équiper une Tour avec laquelle je puisse sans trop de risques me téléporter. Car c'est beaucoup trop loin*, ajouta-t-elle en réprimant son désir de persifler, *pour que vous me soyez de quelque secours en la matière.* Elle savait Reidinger tout ouïe, lui sentait dans l'esprit la tension d'une écoute soutenue. Et, forte de ce savoir, elle enchaîna : *Il vous a peut-être échappé — du fait que vous n'êtes jamais venu sur place et que cette indécente commission d'enquête a omis de le signaler — que, lorsqu'il repoussait une averse de missiles et tenait en échec trois vaisseaux de guerre extraterrestres, Jeff Raven tirait toute sa gestalt d'un très vieux générateur bricolé aux limites du concevable. En conséquence, demandez-vous seulement ce qu'il serait capable de faire s'il disposait de cet équipement dernier cri que la plupart des Métas considèrent comme la condition* sine qua non *de leur travail.*
— *Déneb n'a pas un sou!*

Reidinger avait suffisamment repris du poil de la bête pour dire ça dans un grondement mauvais.

— *Moi, j'en ai*, répliqua-t-elle, toujours aussi suave. *Cette commande est payée, donc probablement prête à partir aujourd'hui même. Si vous avez un moment... Oh, puis j'y pense. Il ne serait pas mauvais de dépêcher auprès d'Afra deux D-2. Ainsi la Station de Callisto serait-elle gérée aussi bien que si j'y étais.*

— *Et combien de temps va durer selon vous cette nouvelle situation d'urgence sur Déneb ?* s'enquit le Méta de la Terre sur un ton d'une lenteur caustique.

— *Ma foi, jusqu'à ce qu'il y ait ici une Tour conforme aux normes opérationnelles.*

— *Mais si l'état de Raven était si critique que vous le décriviez, qui vous a amenée ?* demanda Reidinger, à l'évidence soupçonneux.

— *La chance, je suppose.*

Ayant eu le loisir d'examiner en détail cette Station de fortune et consciente du peu d'entraînement dont avait bénéficié Isthia Raven, elle s'était sentie saisie d'une terreur rétrospective à la pensée de tout ce qui aurait pu clocher. L'énergie du désespoir pouvait accomplir des miracles, en avait-elle conclu.

— *Mais je ne suis pas prête à risquer un voyage retour dans les mêmes conditions.*

Elle éprouvait d'étranges réticences à l'égard de Reidinger et ne souhaitait pas lui dévoiler à quel point Déneb semblait être une pépinière de Doués. Si Jeff n'avait pas jugé bon d'en informer le Méta de la Terre, pourquoi l'eût-elle fait ?

— *On compte ici quelques Doués d'une portée suffisante pour assurer des transmissions sur courtes distances mais c'est tout. Je ne dois qu'au désespoir d'avoir effectué un tel bond et me vois mal le refaire à froid en sens inverse.*

La vérité n'était pas sensiblement différente. D'abord, elle ne voulait pas quitter Jeff avant d'être sûre qu'il était complètement remis. Demain matin, on allait le transférer dans une chambre particulière et il avait déjà fait quelques pas autour de son lit, serrant les dents jusqu'à ce que son taux d'endomorphines eût compensé les lancements de la chair et des muscles meurtris. La Rowane avait dû exercer un brusque contrôle sur elle-même pour ne pas céder au déferlant désir de lui apporter son soutien kinétique. Isthia avait de toute manière capté la vague montante et y avait opposé un coup d'œil péremptoire. Aussi recueillit-elle dans un cerveau capitonné les échos du malaise de Jeff pour les y vivre et ne rien faire.

Ensuite, elle n'était pas du tout sûre d'avoir assez confiance en elle pour opérer seule et à froid un si long transfert kinétique. La question était de savoir si elle pouvait tirer sur la patience de Reidinger le temps que Jeff récupérât sa maîtrise de la gestalt.

— *Sans générateur, comment comptez-vous réceptionner un chargement ?* demanda celui-ci, dangereusement logique.

— *Pour l'heure, je n'ai besoin de rien qui soit très lourd. Et je dispose du petit générateur de l'hôpital. Expédiez-moi ça à trois heures DT, je vous le bloque en douceur sans problèmes.*

— *Malheureuse, avec un effort mal soutenu, vous...*

— *Croyez-moi, je n'ai pas la moindre intention de me griller les circuits. Mais il me faut ces pièces ou la Tour ne sera jamais en état. Et sans Station opérationnelle sur Déneb, vous ne me reverrez jamais sur Callisto ! Compris ?*

— *Vous ne perdez rien pour attendre, ma petite. Ça, je peux vous l'assurer.*

La fierté qui l'avait jusqu'alors soutenue n'y fit rien, elle frissonna sur ce que Reidinger venait de faire passer dans son "ma petite". Une menace du Méta de la Terre n'était jamais à prendre à la légère mais aucune — de quiconque ou de quelque portée — n'aurait pu désormais lui faire quitter Déneb dans l'instant. Jeff mis à part, tant de choses l'y retenaient, le dévouement de son équipe de récupérateurs, Isthia, et d'autres, subtiles, intangibles, comme les couchers de soleil.

Dix années durant, elle n'en avait plus vu. Ici, le soleil du Système embrasait les nuages de rouge et d'orange, fiévreuses nuances qui lentement s'estompaient dans le bleu décoloré du ciel, soudain remplacées par les dents de scie des sommets qui entouraient la plaine. Si accoutumée fût-elle aux champs d'étoiles, le ciel nocturne de la planète ne cessait également de la fasciner. Déneb VIII avait trois petites lunes menant leur ronde autour d'elle en deçà d'une ceinture d'astéroïdes, vestiges d'une quatrième. Mais dans ces nuits, c'était surtout la vivacité de l'air — chargé de senteurs prenantes et insolites quand le vent soufflait des montagnes — qu'elle trouvait réellement remarquable. Elle en aimait la sensation quand il lui ébouriffait les cheveux, caressait son visage, poussait sur les paumes qu'elle lui opposait. Callisto vivait sous dôme dans une atmosphère figée. Il lui avait fallu retrouver cet invisible dynamisme autour d'elle pour mesurer à quel point il lui avait manqué.

Sortir attendre sa commande à trois heures du matin ne lui posa donc aucun problème et, prête à se brancher en gestalt sur le générateur de l'hôpital, elle prit ce plaisir à la nuit inscrit dans ses gènes.

Reidinger lui envoya exactement ce qu'elle avait demandé, pas un charbon, pas une bague, pas un capteur, pas un circuit de plus. Il fallut à la Rowane et à son équipe une bonne journée pour nettoyer et réparer le générateur, reconfigurer le poste de commande et tirer une liaison adéquate avec la centrale sur la Kenesaw. Sans vraiment pouvoir prétendre à l'esthétique, la Station était désormais opérationnelle, d'où l'inquiétude de Zathran Abita quant aux ponctions qu'elle allait entraîner sur l'alimentation de la ville. L'expert en électronique ignorant tout du travail des Métas, elle dut lui expliquer que l'étroit faisceau de la gestalt n'exigeait qu'une impulsion des plus brèves. Le débit et la pression accusaient de légères variations en fonction de la distance et/ou du poids de l'objet téléporté, mais la ponction proprement dite n'excédait pas le quart de seconde.

L'achèvement de la Tour fit gravir à Déneb une marche de plus vers l'indépendance. Quant à la Rowane, son équipe s'étant chargée de diffuser tous azimuts la bonne nouvelle, ce furent des concerts d'acclamations qui l'accueillirent dans les rues comme à l'hôpital. A la gêne qu'elle en éprouva — c'était le paradoxe des Métas que de préférer vivre dans l'ombre — se mêla un pur enchantement. Morfanu s'attacha à ses pas, et au lieu d'en être importunée, elle saisit l'occasion pour développer le Don inné de l'adolescente.

Les formateurs en la matière avaient-ils péri jusqu'au dernier lors de la tentative d'invasion ? Ou leur absence résultait-elle du caractère passablement improvisé de la colonisation sur Déneb ? Partout ailleurs dans les Mondes Centraux, c'était de plus en plus souvent à la naissance que les parents soumettaient leurs enfants à des tests de détection des dons, déjà parce que le traumatisme suscitait toujours une étincelle, même si la promesse devait n'être pas tenue à l'adolescence. Les Doués potentiels étaient assidûment suivis et formés. Elle en était l'exemple.

Jusqu'à présent, il n'y avait sur Déneb que Jeff Raven à s'être officiellement lié par contrat aux TTF, et la Rowane le savait déterminé à maintenir les choses dans ce *statu quo*. Non moins évident pour elle que la planète avait besoin de conserver l'intégralité de ses ressources humaines. Mais il fallait bien que ses Dons fussent développés.

S'opposant à ces départs en formation, y avait-il cette peur sensible chez Jeff : celle d'être exploité par les TTF ? Mais si on aimait ce qu'on faisait, si on le faisait bien, était-ce encore de l'exploitation ? Elle avait tout ce qu'elle voulait. Lui manquait-il quelque chose qu'il lui suffisait d'en faire la demande. Quoiqu'une immense solitude parût en être la rançon — mais n'était-elle pas plutôt consubstantielle à son être? —, la Méta de Callisto jouissait de privilèges enviables à la mesure de ses responsabilités.

Une fois Jeff en chambre individuelle, le défilé des visiteurs se fit quasi permanent. On eut à lui aménager un nouveau plan de travail pour l'afflux de moniteurs et de banques de données. A tout moment, elle le trouvait en conversation avec un groupe ou un autre.

— J'aurais juré que c'était Makil le gouverneur, fit-elle observer non sans aigreur à Isthia. (Jeff était fichu de faire une rechute s'il se tuait comme ça au travail.) Vous ne pouvez pas faire quelque chose pour le freiner?

— C'est l'un des meilleurs ingénieurs qui nous restent, répondit la mère de Jeff, même si ses pensées soucieuses faisaient écho à celles de la jeune femme. Avec tout ce qu'il y a à mettre en place pour cet hiver et le peu de temps dont il dispose pour s'en occuper.

— Comment ça, peu de temps? demanda la Rowane, soudain paniquée, cherchant à anticiper la réponse d'Isthia d'un coup de sonde.

— *Du calme, ma fille*, commença par dire Isthia en repoussant l'intrusion. *Vous savez très bien qu'il est sous contrat auprès des TTF. Dès que la Flotte aura terminé son enquête, les experts repartiront et Jeff sera muté. Déneb n'a pas droit à un Méta. Reidinger s'est montré extrêmement clair là-dessus lorsqu'il l'a engagé.*

Bien sûr! Comment avait-elle fait pour n'y plus songer?

— Mais s'il se tue au travail pour avoir une rechute et rester plus longtemps, Reidinger va flairer la manigance et prendra des mesures disciplinaires. Jeff ne supportera pas ça. Et moi, je ne supporterai pas de le voir ainsi.

— *Alors faites qu'il s'arrête de travailler, ma chère. Je ne suis que sa mère!* Devant l'air ahuri de la jeune femme, elle sourit puis quitta la pièce en précisant: *Vous avez à votre disposition des moyens qui ne sauraient être les miens.*

Et son rire résonna joyeusement dans les oreilles d'une Rowane qui, soudain, comprenait ce que sa "belle-mère" voulait dire.

La jeune Méta attendit que la délégation présentement reçue par Jeff eût pris congé, puis elle tira le verrou derrière eux.

— Tu ne vas pas remettre ça, Rowane, l'avertit Jeff en levant le nez des dossiers qu'il consultait, préparant son prochain rendez-vous.

— A compter de cet instant, tu as dix minutes de temps libre..., dit-elle, adoptant une pose provocante. Du temps que tu vas me consacrer ! (Elle se pelotonna contre lui.) C'est comme si tout un chacun sauf moi prenait part à l'action sur cette planète. Et je proteste énergiquement.

— Rowane, commença-t-il, laissant transparaître son agacement devant cette forme d'interruption, puis il inspira profondément et sourit. Tu sais que j'ai du pain sur la planche.

— Tu en abattras beaucoup plus si tu t'accordes un peu de repos...

— *Quel genre de repos as-tu en tête ?*

Il y avait un pétillement naissant dans le bleu surprenant de ses yeux.

— *Je me rends bien compte que tu as à t'occuper de mille autres choses plus importantes...* (Il éclata de rire, repoussa son clavier et lui passa autour du cou son bras valide.) *Et que tes facultés restent limitées au domaine cérébral...*

— Puisque nous avons dix minutes, autant te prouver qu'il n'en est rien, très chère.

Ce qu'il fit, avec des trésors d'invention pour compenser le handicap dû à ses blessures.

Après quoi, le sentant totalement détendu, elle lui orienta subtilement l'esprit vers une structure de sommeil et annula le rendez-vous suivant. Il ne resta pas très longtemps assoupi mais fut forcé d'admettre, quoique sur un ton grognon, que ça lui avait fait le plus grand bien. Il n'avait plus l'intention de la contredire sur ce sujet.

Dès la fin de la semaine, l'état de Jeff connut une amélioration telle qu'il fut autorisé à rentrer chez les Raven. La Rowane découvrit alors non sans surprise le nombre de gens susceptibles de vivre en bonne harmonie dans la promiscuité d'un logement provisoire. La chambre qu'elle partageait avec Jeff était à peine plus grande que la sienne, jadis, dans le petit appartement de Luséna. Certes, il y avait assez de place pour un plan de travail, des moniteurs et un lit, mais il fallait contourner ce dernier pour entrer et sortir de la pièce.

— Il se trouve que, pour l'heure, cette exiguïté n'est guère gênante, fit observer Isthia, répondant aux pensées que la Rowane s'était empressée, mais pas assez vite, de dérober derrière un écran. Nous ne sommes plus trop encombrés de possessions matérielles. (Elle eut un petit rire.) Ian est le seul d'entre nous qui ait plus d'une tenue de rechange.

Sans déroger au peu d'intérêt qu'elle portait d'ordinaire à sa mise, la Rowane était forcée de constater que ses chaussures, qui l'avaient servie sans rechigner sur le court trajet entre la Tour et sa maison de Callisto, étaient en train de craquer aux coutures.

— Je dois pouvoir arranger ça, dit Isthia en lui passant Ian.

C'était la première fois qu'elle tenait un bébé. Il la regardait avec de grands yeux graves et elle le vit porter son petit poing à sa bouche.

— *Tu peux me faire confiance,* lui dit-elle, se demandant comment rassurer un enfant qui ne parlait pas encore.

Un sourire radieux la récompensa, si communicatif qu'elle se surprit elle-même à sourire d'un air niais.

— Oui, il produit cet effet sur certains, commenta Isthia sans cesser de fouiller dans le petit coffre qui lui avait précédemment servi de siège. Ah, voilà qui devrait vous aller. Vous ne chaussez pas très grand.

Habituée comme elle avait fini par l'être à la franchise d'Isthia, la Rowane fut surprise de la sentir se fermer alors qu'elle lui tendait une paire de bottines. Elle l'interrogea du regard.

— Elles appartenaient à l'une de mes petites-filles, répondit la mère de Jeff en reprenant Ian qui se tortilla pour voir la Rowane essayer les bottines. Elle aurait adoré les savoir aux pieds de la femme de son tonton bien-aimé. Mettez-les.

La fermeture n'avait duré qu'un instant mais la douleur qui l'avait provoquée restait présente.

La Rowane enfila les bottines, les laça puis se leva pour voir comment elles lui allaient. Une demi-pointure de trop, sans doute, mais des grosses chaussettes résoudraient le problème.

— Je dois en avoir quelque part par là, dit Isthia.

De fait, elle en trouva une paire dont la Rowane hérita.

— Ce séjour sur Déneb m'aura beaucoup appris, fit remarquer la jeune femme. C'est qu'on a trop tendance à considérer certaines choses comme allant de soi : les chaussettes, par exemple, et les chaussures, et de toujours avoir de quoi se changer.

Isthia lui adressa un chaleureux sourire tout en retirant le poing qu'Ian avait fini par se fourrer dans la bouche.

— Ça aide aussi d'avoir un bébé, dit-elle sur le même ton songeur. Toute vie nouvelle est un symbole de continuité. En un sens, je regrette que ce soit le dernier... même si je n'en avais pas promis plus d'une douzaine à leur père.

Un trait inattendu de jalousie pure à l'égard de Jeff traversa la Rowane. Faire partie d'une grande famille — et d'une famille extraordinairement unie, éminemment aimante, pour ce qu'elle en avait vu — lui apparaissait soudain des plus enviables. La grosse différence d'âge entre elle et les deux enfants de Luséna,

Bardy et Finnan, l'avait coupée de cette authentique sensation d'avoir une famille. Elle se rappelait avoir jadis jalousé de telles racines chez Turian.

— Vous n'avez pas de famille ? lui demanda Isthia, surprise.

La Rowane baissa la tête et fit non.

— Je suis l'unique survivante d'une petite agglomération minière engloutie par un glissement de terrain. L'enquête de la Compagnie a buté sur trois jeux de parents possibles...

— Vous devez quand même avoir des souvenirs.

— J'avais trois ans. Si j'ai été sauvée, c'est que j'appelais si fort Maman que toute la planète m'a entendue. (Elle força dans sa gorge un petit rire chétif pour en desserrer le nœud.) On a dû murer mon passé pour me faire taire.

— Personne n'a jamais songé à faire sauter le mur ?

— Si, une fois, ils ont essayé. (Son front se barra d'un pli au souvenir de l'expérience.) Mais c'était du solide. J'ai résisté ; ils n'ont pu creuser assez profond. (Elle s'arracha au tour morose que prenait son humeur.) Voilà où j'en suis.

— Est-ce bien sûr ? fit Isthia, mystérieuse, en quittant la pièce. Le coup de sonde que la Rowane lança derrière elle s'écrasa sur le formidable écran de la Dénebienne.

Il fallut les efforts concertés de tout ce qui restait de la famille pour amener Jeff à se coucher à une heure convenable en dépit de ses jérémiades sur le travail qu'il avait à rattraper. Il finit toutefois par s'incliner de bonne grâce.

— Cela dit, je n'avais pas le choix, marmonna-t-il à la Rowane alors qu'il la suivait dans leur chambre. Tiens, on a de la chance !

— Ah bon ?

— Oui, la porte a un verrou. (Un énorme bâillement le saisit qu'il acheva en grimace ; les plaies sur la poitrine et sur les flancs restaient douloureuses. Elle l'aida à s'étendre sur le lit.) De toute façon, je leur avais fait promettre de frapper avant d'entrer.

— L'auraient-ils fait ? (Il y avait eu de l'inquiétude dans sa voix. Après le va-et-vient permanent de l'hôpital, elle aspirait à un peu d'intimité.) Auraient-ils frappé ?

Un ronflement l'avertit que le convalescent n'était déjà plus disponible.

Vivre dans la ruche des Raven fut une première pour la Rowane, une expérience n'offrant de rapport avec rien dans son passé. Les frères et sœurs de Jeff, leurs femmes, leurs époux, leurs enfants — de temps à autre adoptifs —, les neveux et nièces — orphelins de père, de mère ou des deux —, plus quelques témoins de la génération précédente, collatéraux d'Isthia ou de Josh, son défunt mari, tout ce "petit" monde cohabitait joyeusement, la main de chacun dans la poche des autres. Joyeusement et bruyamment ; pas même tard dans la nuit le silence ne tombait sur l'appartement, bon nombre de ses occupants assurant un service de nuit. Il en résultait donc qu'un accord théorique sur le fait de frapper avant d'entrer pouvait fort bien se solder dans la pratique par la succession instantanée des deux opérations, vu l'urgence de parler à Jeff.

Le premier jour, la Rowane le prit bien, gardant en mémoire les paroles d'Isthia sur le "partage". Mais les bavardages incessants n'étaient pas son habitude, et surtout pas cette manière de se toucher à tout bout de champ. Si amical fût le contact, et dénué d'équivoque, il ne manquait jamais de la mettre à cran. Irritation qu'elle réprimait bien sûr, sublimant le trop-plein sous forme d'ardeur au travail.

Tout en s'occupant de téléporter hommes et matériel sur le site de la mine de platine, la Rowane fit son enquête sur ce qu'on pouvait ou non trouver dans les hangars. Apprenant ainsi que Rences avait perdu des heures à chercher des boulons d'un type spécial, entendant Rakella déplorer l'absence de certains instruments de chirurgie ou Isthia une rupture de stock dans les chaussures de travail de telle ou telle pointure, elle contacta discrètement d'autres Métas et passa commande en demandant qu'on lui adressât la facture. Si respectueuse fût-elle de la farouche indépendance dénébienne, elle estimait pouvoir, sans offenser personne, donner çà et là un coup de pouce.

Puis il advint que Jeff lui fit une visite surprise à la Tour alors que deux caisses d'outils importées de Capella attendaient leur réacheminement sur les Claies du trafic interne. Les kinétiques qu'elle formait ne posaient jamais de questions sur ce qu'elle leur demandait de téléporter. Avec Jeff, c'était une autre paire de manches. Par malheur, non seulement les caisses arboraient leur provenance clairement inscrite au pochoir, mais leur bon état interdisait de les prétendre miraculeusement exhumées des décombres de quelque usine. Il y avait également dans les nacelles deux autres colis d'origine suspecte.

— *D'où ça vient, tout ça ?* voulut savoir Jeff en déboulant dans la salle des commandes.

Puis il tomba en arrêt devant des installations qui n'offraient plus qu'une vague ressemblance avec ce qu'il avait connu. Son sifflement apparemment appréciateur fit naître un sourire sur les lèvres des trois jeunots, mais la Rowane n'eut aucune peine à capter chez lui tant son soupçon que la colère qui en naissait.

— Parfait, Tony, tu te couples avec Seb et vous m'expédiez à la mine le contenu de la Nacelle 4, dit-elle, reprenant les choses où elles en étaient à l'entrée de Jeff. Très bien, ajouta-t-elle alors que Seb affichait les coordonnées correctes sur l'écran. Les doigts sur la gestalt, maintenant... (Le gémissement du générateur attteignit son maximum.) Non, arrête de me regarder. C'est toi qui dois sentir le départ. Oui, c'est bien... Ça y est ! Transfert réussi !

Jeff se trouva un siège, et bien qu'il parût très intéressé par la formation des gosses, la Rowane n'était que trop consciente à l'éclat de ses yeux de sa tension croissante.

— Bon, c'est tout pour aujourd'hui, camarades. Maintenant, pourquoi ne pas rassembler ce que je vous ai appris sur le transfert des objets inanimés et profiter de ce que le générateur tourne encore au ralenti pour vous téléporter en ville ?

— On ne peut pas savoir ce que c'est avant d'avoir essayé, ajouta Jeff avec un enthousiasme nourri par la hâte de les voir déguerpir. Allez, vous ne serez pas le truc le plus lourd que vous ayez eu à expédier et la visualisation de votre chez-vous ne devrait plus poser problème. Alors, du vent !

Tour à tour, ils tentèrent l'exploit et, chaque fois, l'écho de leur surprise ravie flotta un moment avant de s'évanouir.

— A nous deux ! explosa-t-elle. Qu'est-ce qui te fout en rogne ?

— Qu'on coure à la faillite ! Comment allons-nous faire pour payer tout ça ? En envoyant nos gamins bosser dans les TTF alors que nous avons besoin de tout le monde pour reconstruire Déneb ?

— C'est déjà payé, lâcha la Rowane, puis elle se mura, mais pas assez vite pour quelqu'un d'aussi rapide que Jeff à coincer son pied dans la porte. *Pourquoi m'en serais-je privée ? Je ne dépense pas la moitié de ce que je gagne.*

— *Ça ne te concerne pas. Ce n'est pas ta planète.*

— *Cesse de jouer les propriétaires ! Si j'ai envie que ça me concerne, c'est mon droit. Je respecte les gens de cette planète. J'ai une énorme admiration pour ta famille...*

— *Famille ! C'est ça le mot clé, hein ?*

Il avait brusquement changé de ton. Ses yeux s'étaient réduits à des fentes. Il la prit par les épaules et sans lui laisser le temps de percer ses intentions, la sonda jusqu'à l'ultime strate de son être intime. Elle hurla sous l'irrésistible puissance mentale qui la pénétrait et faisait voler en éclats un verrou que toute autre tentative de forçage avait laissé intact.

Secouée de violents tremblements, elle se cramponna à Jeff alors que toute l'horreur du passé remontait en surface et s'y déchaînait. Puis lorsque avec une infinie tendresse il se retira d'elle, ce fut en la débarrassant à jamais des terreurs d'une gamine de trois ans jetée dans le noir contre les parois d'un véhicule emporté dans les remous d'un fleuve de boue.

Ainsi restèrent-ils dans les bras l'un de l'autre jusqu'au moment où les feux du soleil couchant leur firent prendre conscience du temps écoulé durant ce processus de restauration. Les larmes avaient séché sur les joues de la Rowane et plus même un frisson ne l'agitait.

— Je m'appelais Angharad Gwyn. Mon père était chef de puits à la mine et ma mère enseignante. J'avais un frère ; il s'appelait Ian...

Elle leva la tête, surprise.

— Eh oui, déjà ça en commun. (Une fois de plus, il lui enfouit la tête sous son menton, resserrant son étreinte.) Bon, c'était une horrible expérience. On comprend qu'une petite fille seule en soit restée traumatisée. (Il la serra plus fort encore.) Tu sais, finalement, je ne crois pas que Siglen soit la seule responsable de ta panique devant les énormes trous noirs de l'espace.

— Tu sais, il se pourrait que tu aies raison, égrena la Rowane, n'ayant que trop souvenir de sa terreur quand on avait voulu la faire monter dans la navette à destination de la Terre, une terreur telle qu'elle en avait lâché Ronronnette pour se téléporter dans le seul endroit sûr qu'elle connaissait. Heureusement, je ne pensais qu'à toi en venant ici.

Sur ce elle frissonna car la première vision qu'elle avait eue de Jeff en arrivant venait de lui resurgir à l'esprit.

— C'était si atroce ? lui demanda-t-il, captant l'image. Sans doute est-ce une bonne chose que les patients ne puissent voir l'apparence qu'ils offrent.

Elle le serra contre elle aussi fort qu'elle le put.

— Donc, si tu n'y vois pas d'objection, puis-je contribuer dans ma faible mesure à la reconstruction de ta planète natale adorée ?

Jeff abaissa vers elle un œil au sourcil exhaussé.

— Je sais que tu as les meilleures intentions du monde. Et comme Makil et le Conseil sont sur le point de t'accorder la citoyenneté dénébienne à titre honorifique pour services rendus, je m'en remets à ton jugement. Mais maintenant que la Tour est opérationnelle, vois-tu Reidinger tolérer plus longtemps que tu sois absente de ton poste ?

Elle lui décocha un sourire angélique.

— Oh, ça durera tant que je pourrai lui faire croire que tu n'es pas encore tout à fait remis.

— Ah bon ?

Il avait l'air hautement sceptique.

— On est bien ici, dit-elle en l'entraînant vers le long banc sous les fenêtres, et personne ne risque de frapper à la porte puis d'en...

Elle s'interrompit, sentant l'irritation monter dans sa voix.

Jeff eut un petit rire compréhensif.

— Je me disais bien que c'était un peu trop pour toi... je parle de la tribu Raven. Quand on a grandi dans une telle maison de fous, on ne se rend plus compte. Et tu n'as pas eu d'enfance, c'est vrai...

— Epargne-moi ta condescendance.

— Et toi, modère-toi un peu.

Mais la manière dont il l'embrassa sur le coin des lèvres n'était en rien propice à la modération.

— *QU'EST-CE QUE VOUS ETES EN TRAIN DE FOUTRE A VOTRE AVIS, ESPECE DE DEBILE ALTAIRIENNE AUX CHEVEUX BLANCS ET AUX YEUX GLOBULEUX...*

— *Un empathe d'une portée moitié moindre que la vôtre aurait instantément perçu que je faisais manger mon neveu*, répliqua-t-elle sans hausser le ton, réussissant encore une fois à rouler Ian et à lui faire avaler une cuillerée de céréales.

Le menton dans le creux des mains, Jeff observait avec attention cet aspect totalement inattendu de sa compagne.

— *Ah,* fit-il. *La voix de not' maître. Bien content de ne pas en être la cible !*

— *MAINTENANT, VOUS ALLEZ M'ECOUTER, TETE DE MULE...*

— *Vous savez bien que je suis immunisée contre la flatterie,* l'interrompit la Rowane.

— *Vous ne l'êtes pas contre les pénalités contractuelles. Et ça vaut pour le zigoto que je sens dans votre voisinage immédiat. Si en fin de journée — de cette journée terrestre — vous n'êtes pas l'un comme l'autre de retour dans vos Stations respectives, vous allez voir les retenues impressionnantes que nous sommes en droit de faire sur votre salaire en cas d'abandon de poste caractérisé. Et cela devrait mettre un frein à votre altruisme dispendieux, Rowane de Callisto !*

— Je ne crois pas que ce soit une menace en l'air, dit-elle à Jeff en pouffant.

— J'ai suffisamment récupéré pour être en mesure de te renvoyer là-bas.

La proposition lui coûtait, de toute évidence, leur dernière semaine ayant été celle de joyeuses découvertes l'un sur l'autre. En dépit des journées démentes qu'il leur fallait assurer, ils avaient réussi à travailler en tandem chaque fois que c'était possible... et à s'octroyer des nuits de sommeil suffisantes pour, le lendemain, reprendre avec ardeur le collier.

— J'ai assez confiance en moi, maintenant, pour me téléporter seule, dit-elle, récupérant adroitement un trop-plein de céréales autour de la bouche de Ian pour les y réenfourner. Ça ne semble pas être une tâche trop ardue.

— *La première fois, non*, intervint Isthia d'une autre pièce. Mais à la douzième, vous serez bien contente, vous aussi, d'avoir des volontaires pour vous assister.

— Quelle oreille, Mamy Raven, fit Jeff.

— Il se trouve que je m'en sers aussi pour entendre. Ou êtes-vous si obsédés l'un de l'autre que vous ne faites plus la différence entre oral et mental quand vous parlez ?

— Ça va me faire quelque chose de partir d'ici, soupira la Rowane en essuyant la bouche du bébé. Qu'il portât le même prénom que son frère lui rendait deux fois plus précieux de l'avoir, ne fût-ce que pour un temps très court, à sa charge. Ian Raven agita vigoureusement les bras, son petit visage de vieux barré d'une expression grincheuse qui la transporta de joie. Elle le prit sur l'épaule et lui tapota le dos pour lui faire faire son rot.

— A te voir, on croirait que tu as fait ça toute ta vie, fit remarquer Jeff, enveloppant son plus jeune frère d'un regard débordant d'affection.

— Un don inné, fut la réponse instantanée d'une Rowane simultanément consciente que cet échange de considérations anodines masquait en fait leur immense désarroi devant l'imminente issue de leur idylle.

— *Ce n'est la fin de rien du tout, Rowane*, murmura-t-il avec une infinie tendresse, achevant de la ravir dans le bleu de ses yeux.

— *Une séparation quand même !* se récria-t-elle.

— *Six jours, qu'est-ce que c'est ?* Il leva les bras au ciel, niant qu'on pût s'y arrêter. *Et quand ils seront passés*, enchaîna-t-il, les yeux brillants de malice, *on se retrouve chez toi ou chez moi ?*

— *Je préférerais ici. Mais trois semaines d'absence à Callisto réclament peut-être que j'y reste pour cette fois.*

— *C'étaient des vacances, de simples vacances, dois-je te le rappeler ? Tes premières en dix ans, Méta !*

— *C'est que je n'avais jamais songé à en prendre avant maintenant... et les abîmes de rage où je vois notre Maître me laissent penser que ce n'est pas mon absence qu'il déplore avant tout.*

— *Tu crois ?*

— *Il se peut que je sois injuste à son égard...*

— *Peu vraisemblable, vu les termes du contrat qu'il m'a fait signer... de mon sang.*

— *Tu leur continues l'entraînement pendant que je ne suis pas là. Je sais que Sarjie est un peu jeune mais sa présence sur les sites miniers est indispensable. Qu'elle y apprenne le maximum tant sur les métaux que sur les méthodes d'extraction. Puis il faudra l'envoyer sur Terre achever sa formation.*

— *Pas question, nous avons besoin d'elle.*

— *A mon tour de te rappeler quelque chose : les mines sont la principale source de revenus de Déneb.*

— *Mais la Terre lui fait horreur*, insista Jeff. *Nous autres, Dénebiens, sommes terriblement casaniers. Impossible de nous faire bouger.*

— *Tu l'as bien fait.*

— *J'avais les motifs pervers que tu sais, mon amour. J'aurais dû m'en abstenir, en fait, attendre que tu viennes, et surtout, ne jamais passer par son bureau. Maintenant, espérons seulement qu'il ne m'enverra pas trop loin de Déneb.*

— *En tout cas, pas plus loin : c'est impossible.*

Restait à choisir l'heure du départ. Autant qu'elle permît à la Rowane d'arriver au début d'une journée de travail sur Callisto, à pied d'œuvre, avec les nacelles pleines de marchandises de la Terre à réacheminer. Pour la première fois, la jeune Méta monta dans sa capsule sans le moindre vestige de son ancienne terreur. Bien plus, avec la hâte de relever le défi.

— *C'est Reidinger qui va en tomber sur le cul !*

Elle sentit monter le gémissement du générateur. Jeff en avait affiné les réglages, même s'il n'avait cessé de clamer sa fierté qu'elle eût accompli seule ou presque la réparation initiale. Se fermant alors au regret de le quitter pour six jours, la Rowane entremêla son esprit au sien et se prépara pour la poussée gestalt qu'ils allaient opérer dans cette fusion.

Le voyage suspendit pour elle le temps dans l'extase car Jeff l'accompagna jusqu'au bout, ne la quitta sur une de ses bouleversantes caresses fantômes qu'à l'instant où le léger balancement de son véhicule l'avertit du retour de ce dernier dans la nacelle dont il avait jailli vingt jours standards plus tôt.

— *ROWANE ?*

L'incrédule cri d'Afra déclencha les hourras de tout ce que la Station comptait d'empathiques.

Ceux qui en étaient capables se téléportèrent sur le terrain. Protocole et réserve restèrent au vestiaire : on l'agrippa, la serra, elle essuya une averse de claques dans le dos, bref, on la fêta royalement. Contre toute attente, un tel accueil la réjouit, lui alla droit au cœur, lui empourpra les joues.

— Bon, dit Brian Ackerman, vu qu'on a du pain sur la planche ce matin, on célébrera plus tard l'événement comme il se doit. Mais, putain, ce que je suis content de te voir, Rowane ! Tu ne peux pas t'imaginer...

— Je vais te dire une chose. (Et elle eut à lutter contre le rire qui se mêlait aux mots dans sa gorge.) Moi aussi, je suis rudement contente d'être rentrée.

Une surprise l'attendait dans sa Tour, dont la sophistication technique contrastait violemment avec ce qu'elle avait bricolé sur Déneb — on y avait installé deux lits. La paire de D-2 qui l'avait remplacée quittait d'ailleurs son poste pour venir à sa rencontre. Le gémissement des générateurs rappela tout le monde à ses tâches.

— On en reparlera plus tard mais sachez que vous avez tant ma gratitude que mon estime, dit-elle à Torshan et à Saggoner, un bref "regard" lui ayant appris que leur chaînage les élevait à un niveau d'efficacité proche de celui d'un Méta.

La Station entière vit la différence quand la Rowane commença de balancer tous azimuts les marchandises à l'exportation ou de réceptionner en douceur dans les nacelles ce qui arrivait en retour. Il aurait fallu quadrupler les installations de Déneb pour rivaliser avec cette Tour, songea-t-elle avec cette part d'esprit qui n'était pas requise par ce travail de routine.

— *De retour au boulot, en définitive !* fit Reidinger alors qu'elle le déchargeait adroitement d'un colis marqué FRAGILE.

— *J'en arrivais à me dire que vous ne vous en apercevriez jamais !*

— *Faites-moi penser à vous dire deux mots en privé tout à l'heure,* se contenta-t-il de répondre sur un ton qui en un temps l'eût jetée dans l'angoisse.

Cette fois, elle pouffa — au plus profond d'elle-même évidemment. Il pouvait avoir avec elle cet échange de paroles. Deux et même plus si ça lui chantait.

Puis un à un, les autres Métas prirent contact, lui souhaitèrent un bon retour. Après lui avoir fait observer, caustique et allusif, qu'elle avait enfin découvert ce que c'était, David voulut savoir si elle avait aimé ça. L'humour spécial du personnage était de ces choses dont, momentanément, elle avait perdu souvenir. Capella, par chance, s'était trop fait reprocher son "inefficacité" par Callisto pour hasarder un commentaire de son cru. Les autres exprimèrent poliment leur joie de la voir reprendre ses fonctions et leur soulagement que Jeff fût à même de reprendre les siennes. Siglen seule ne se manifesta pas, mais un tel silence n'eut rien pour surprendre la Rowane : qu'on mît en péril sa carrière pour se précipiter au chevet d'un homme, blessé de surcroît, était plus que n'en pouvait concevoir la Méta d'Altaïr !

Allaient suivre à présent quatre heures d'interruption du trafic vers l'extérieur pendant que la masse de Jupiter occultait le quadrant correspondant de l'espace. Subodorant que sa petite conversation avec Reidinger tiendrait largement dans un tel laps de temps, elle dirigea sur Afra un mince filet télépathique

— *J'ai à discuter avec Reidinger,* commença-t-elle pour aussitôt sentir la surprise du Capellien. *Oui, je vais me rendre sur Terre. Je me ferai mieux comprendre dans un face-à-face direct, et il est grand temps que j'en aie un avec qui tu sais.*

— *Est-ce bien sage ?* s'enquit négligemment le jeune D-4 qui, de ses diverses rencontres avec le Méta de la Terre, avait surtout tiré la satisfaction d'en sortir indemne.

— *Il ne va pas me manger. Je le vois mal prendre des mesures disciplinaires contre moi parce que j'ai répondu à un appel au secours. La Station était dans de bonnes mains. Je viens de jeter un coup d'œil sur les registres ; vous vous êtes joliment débrouillés. Pas une cargaison endommagée ou répandue, rien qui soit parti vers une mauvaise destination. Où est le problème ?*

— *Dans les risques pris par la Méta de Callisto,* répondit le Capellien, sa voix mentale dénuée d'inflexions, une lueur sarcastique dans ses yeux jaunes.

— *Je n'en ai guère couru, et ça lui a rapporté gros,* fit-elle observer avec aigreur.

— *Je sais.*

La Rowane sourit.

— *J'aimerais faire une surprise au vieux schnock !*

— *Sch... schnock ?* bredouilla Afra, outré par l'insolence.

— *Tu as des relations dans son Etat-Major. N'y a-t-il personne qui puisse m'introduire dans les lieux sans que j'aie à m'annoncer ?*

— *Pas facile d'arranger ça. Tu sais, la sécurité dont tu jouis sur Callisto ne doit pas te faire oublier que la Terre est toujours pleine de détraqués. Reidinger dispose d'une garde impressionnante.*

— *D'une garde ?*

— *Oui, d'une garde !*

— *J'aurais pensé qu'un Méta était capable d'assurer sa propre...*

— *Peut-être,* la coupa le jeune homme, *mais en gaspillant une énergie qu'il est censé consacrer aux seules TTF.*

La Rowane renifla, manifestant son agacement.

— *Oui ou non peux-tu m'être d'une quelconque utilité ?*

— *Je connais l'un de ses gorilles, Gollee Gren. Un D-4 de la Terre. J'étais en formation avec lui. Je vais voir s'il ne pourrait pas...*

— *Tu ne lui dis pas qui je suis !*

Afra éclata de rire.

— *Je n'ai pas l'impression qu'il y ait un seul Doué qui l'ignore, très chère.*

— *Tu crois ?* Puis, le fait accepté, ses implications digérées, elle suggéra : *Je n'ai qu'à doubler mes écrans. S'il n'est pas prévenu d'avance et s'il ne peut me lire, je le vois mal percer mon identité.*

— *Un point pour toi, mais reste le cordon de sécurité du cube. Un banal contrôle de routine te serait fatal.*

— *Si un Méta doit rester soumis à ce genre d'impedimenta...*

Elle eut un geste pour écarter la question.

— *Si j'ai bien compris, ce que tu veux, c'est entrer là-bas incognito pour surprendre Reidinger ? Bon, je vais voir ce que je peux faire.* Il y eut un assez long silence avant qu'Afra ne reprît contact avec elle. *Gren est d'accord pour escorter cette amie anonyme jusqu'au plus haut niveau accessible pour lui, mais il m'a bien précisé qu'elle aurait à se débrouiller seule avec la Sécurité Générale de la Station. Il t'attendra sur le palier de l'Administration Centrale.*

Le voyage fut un jeu d'enfant, au point que la Rowane se demanda comment l'acte de se téléporter seul avait pu en un temps lui paraître si terrifiant et d'une telle difficulté. Puis une pensée altruiste pour Capella et David, qui se débattaient encore dans les affres de cette peur névrotique, induisit en elle une rêverie où elle se voyait débarquant sur Altaïr et annonçant à Siglen qu'elle arrivait en droite ligne et par ses propres moyens de la Tour de Callisto. La chère vieille s'en serait à coup sûr évanouie.

A quatorze heures trente TT, sa capsule s'immobilisa dans l'une des nacelles particulières disposées à cet effet sur le parvis du bâtiment d'entrée. L'aspect des installations terrestres lui était parfaitement connu compte tenu du nombre de fois qu'elle y avait livré ou pris en charge véhicules, containers ou vaisseaux de toute taille et de tout type. Mais se tenir au centre de ce lieu d'échange, se sentir réduite à rien par les dimensions monumentales du cube à sa droite, de ce quartier général des TTF qui occupait vingt-quatre kilomètres carrés au sol, replaça les choses dans leur exacte perspective.

De toute part l'entouraient des nacelles marquées par un long passé de maniement pas toujours précautionneux, des singles et doubles à proximité des bâtiments jusqu'à celles qui se profilaient au bout du terrain, énormes, conçues pour recueillir paquebots et cargos de gros tonnage. Sur l'horizon est, le scintillement d'une étendue d'eau accrocha son regard. Passé la vaste esplanade commençait la ville, les bâtiments bas des zones industrielles d'abord, puis par rangs successifs, immeubles de toute taille et de tout volume, les bureaux et résidences de cette unique et gigantesque mégalopole qui s'étirait ininterrompue le long de l'Atlantique et, de décennie en décennie, s'enfonçait plus avant dans les terres, au point qu'on s'attendait à la voir, au tournant du prochain siècle, engloutir le continent tout entier quand s'opérerait la jonction avec celle qui galopait à sa rencontre, partie des rives de l'autre océan. Quel contraste avec Déneb !

Elle sentait plus qu'elle n'entendait sous ses pieds le roulement sourd d'immenses générateurs et, de temps à autre dans le vent, captait le gémissement haut perché des turbines tournant à plein régime. Une bourrasque lui apporta les salines senteurs des flots proches — agréable répit à l'irritante sensation dont l'air saturé de métal des lieux lui tapissait le fond de la gorge. Même l'atmosphère recyclée de Callisto était de meilleure qualité. Une quinte de toux la prit.

— Hé là, vous ! Par où êtes-vous passée ? lui demanda un type en combinaison orange de docker sortant de derrière un alignement de capsules individuelles.

— Par la voie normale. J'arrive de Callisto avec une mission à remplir auprès de Reidinger.

L'homme releva le numéro de capsule de la Rowane, consulta son bracelet-comp et lâcha :

— Votre véhicule n'est pas sur la liste.

Apparemment, la Méta de Callisto n'avait pas cette renommée que lui prêtait Afra.

— Monsieur Gollee Gren m'attend dans les étages.

— Gren, le D-4 ? Eh bien... on va... (Son expression se modifia brusquement. Il se raidit et lança un drôle de regard à la Rowane. Puis il porta la main droite à son oreille et ce fut alors — et seulement alors — qu'elle le découvrit équipé d'une unité-comm.) Oui, D-Gren. Un véhicule portant cette immatriculation vient effectivement d'arriver. Oui, je vous envoie la jeune dame. (Infiniment plus poli dans son attitude, il montra le bâtiment des TTF.) Monsieur Gren vous y attend. Et n'allez pas le faire poireauter. Ici, on a du respect pour les Doués.

Il rejeta la tête par côté, désignant l'aérienne structure de béton et de plexiglas saillant de la façade que tournait vers eux le monumental cube aveugle abritant l'Agence de Telépathie et Téléportation Fédérales. De part et d'autre, on voyait jaillir des câbles, tendus jusqu'aux extrémités du terrain et le long desquels filaient comme des perles de rosée.

C'était là, dans cette Station de la Terre, que se logeait l'administration centrale et les unités de formation des TTF. Et quelque part à l'intérieur de cette masse écrasante, il lui fallait dénicher Reidinger. Son projet de débouler par surprise dans le bureau du Méta de la Terre lui apparaissait à présent bien naïf. Elle n'aurait pas dû écarter avec tant de légèreté les réserves d'Afra. Pourtant, comment Jeff s'y était-il pris pour la trouver ? Elle pinça les lèvres. Un gars doté d'un tel charme aurait vu les portes s'ouvrir devant lui n'importe où dans la galaxie. Mais ce qu'il avait réussi, en était-elle capable ?

Elle se redressa, s'arracha à la terreur respectueuse que lui inspiraient les proportions colossales de la bâtisse. Reidinger allait-il lui faire la même impression en face-à-face ? Quel avait été le degré de réalisme de ces holos de lui qu'il lui avait successivement envoyées depuis quinze ans ? Elle réprima tout sentiment d'inadéquation, toute insolence aussi, pour marcher droit sur l'objectif... enfin, le plus droit possible, compte tenu de la différence de gravité entre la Terre et Callisto.

Alors qu'elle abordait l'entrée, elle vit s'y tenir derrière le plexi une silhouette isolée, aisément repérable dans sa tenue bordeaux. Baissant les yeux sur sa propre mise, elle la constata passablement négligée, regretta soudain de n'avoir pas pris le temps de préparer l'expédition. Bravo, les coups de tête ! Possible. Cela dit, elle était sur Terre, acte positif sans conteste... et auquel elle n'avait que trop sursis.

Le panneau central du mur de plexi s'effaça et l'homme avança vers elle, souriant, la main tendue. Elle déploya ses écrans.

— Charmé de vous rencontrer, Angharad Gwyn. (Elle mit une seconde à reconnaître son nom. C'était futé de la part d'Afra. Le lui avait-elle dit ou avait-il puisé le renseignement au passage ? Mystère. Elle se demandait parfois si le Capellien n'avait pas dépassé le stade D-4.) Je me présente : Gollee Gren. Afra de Callisto m'a prié de vous escorter jusqu'au Secrétariat de Reidinger.

Elle lui rendit son sourire et prit la main tendue, défléchissant ce faisant le petit coup de sonde qu'un tel contact permettait sur un leurre, sur un décor d'esprit inexpérimenté abasourdi par tout ce qui l'entourait. Des pensées insuffisamment protégées du D-4, elle tira en revanche plus d'un renseignement.

— Je vous en sais gré, monsieur Gren, dit-elle, comme hors

d'haleine. Je ne m'étais pas rendu compte à quel point c'était gigantesque.

Il ne répondit pas tout de suite, retenant la main de la Rowane plus longtemps que ne l'exigeait la politesse, les sourcils légèrement froncés.

— Ne nous serions-nous pas déjà rencontrés ? finit-il par dire.

— J'en doute. C'est la première fois que je mets les pieds sur la planète mère.

— Bon. Rentrons, voulez-vous ? Cet air n'est pas très sain pour les poumons. (Il montra l'intérieur avec un sourire engageant.) Il n'est rien que je puisse refuser à Afra mais je ne suis pas du tout sûr d'être d'un grand secours, quoi qu'il ait pu vous laisser entendre. Aujourd'hui surtout, avec ce qui est arrivé. (Il la précédait vers une série d'ascenseurs occupant le fond de la salle.) Evidemment, si nous parvenons à vous mettre en règle avec la Sécurité (elle lui lut dans l'esprit tout ce qu'elle avait à savoir sur le sujet), je me ferai un plaisir de vous accompagner jusqu'au bureau du Méta.

— Je suis déjà en règle, annonça-t-elle, exhibant le badge qu'elle venait de se procurer et entrant dans le premier ascenseur libre qui se présentait. Afra s'est occupé de tout.

— Ah ? (Gollee en restait baba.) Je ne pensais pas que... bon, qu'importe. Mais même avec ça, je continue de croire qu'il ne vous sera pas facile de le voir aujourd'hui. Avec un peu de chance, on devrait pouvoir obtenir un rendez-vous pour demain ou après-demain.

Il posa la main sur la plaque. La porte se ferma et l'ascenseur bondit.

— J'ai ouï dire que le nouveau Méta de Déneb s'était passé de rendez-vous.

Gollee Gren eut un petit rire amusé qui la surprit.

— Que ce type ait foncé sans hésiter sur le vrai bureau de Reidinger a donné des cauchemars à la Sécurité pendant des semaines.

Mais comme l'emplacement dudit bureau était clairement inscrit dans l'esprit du D-4, la Rowane n'eut aucun mal à comprendre comment le renseignement avait pu être extorqué par une personnalité aussi charismatique que Jeff Raven.

Au sortir de l'ascenseur, ils se retrouvèrent dans un hall superbement meublé, aux murs ornés de peintures et de tentures au dessin exquis, aux coloris rares. Au sol, un parquet de chêne (il en restait encore), dédale de lattes imbriquées, bien que les couloirs desservis fussent moquettés. Un peu partout, des sièges : fauteuils, divans et autres de forme insolite, conçus pour apporter leur confort à des corps non humains. Deux femmes, élégamment vêtues de tenues moulantes dont les rayures renforçaient la férocité et coiffées de nattes complexes, affectaient d'être absorbées sur leur console. Toutes deux n'en avaient pas moins pris note de leur présence, sur un mode quelque peu critique en ce qui concernait la Rowane. Un homme émergea de derrière la réception ; il sourit à Gren et tenta de la lire. Peine perdue, ce n'était qu'un D-3.

— Où puis-je me refaire une beauté…, commença-t-elle, jetant autour d'elle des regards affolés.

Glen s'approchait du comptoir. Il s'arrêta pour montrer sur leur droite un couloir moquetté de vert.

— Je vous attends, dit-il.

Alors qu'elle s'éclipsait, la Rowane les entendit parler. Ils s'appelaient par leur prénom. Le D-3 gardait avec elle un vague lien mental qu'elle ne cessa de sentir lorsque, après avoir trouvé les toilettes, elle s'y donna effectivement un coup de brosse et se lava les mains. Lien qu'elle rompit — pudeur oblige — en entrant dans l'un des cabinets. Alors, tout sourire d'avoir réussi sa sortie, elle se téléporta trois étages plus bas dans l'arête sud-ouest de l'énorme cube, au beau milieu de la suite spacieuse dont Peter Reidinger IV avait fait sa "Tour". Elle n'y émergea qu'après s'être rendue mentalement "diaphane", si bien que Reidinger lui-même n'aurait pu déceler sa présence qu'en balayant soigneusement l'espace autour de lui, ce qu'il s'abstenait de faire, dégagé qu'il se croyait du souci de sa sécurité.

Si le siège-coquille du Méta de la Terre, moulé sur un corps plus massif et plus grand, ne différait du sien que par la taille, sa console dépassait de loin tant par les dimensions que par la complexité ce dont elle disposait sur Callisto. Telle une ombre, elle se déplaça de manière à le voir de profil. Il avait des cheveux noirs légèrement argentés sur les tempes. Ce fut une surprise, car elle l'avait cru plus jeune sur la foi d'inflexions mentales véhémentes, débordantes d'autoritarisme et de vitalité. Il n'y avait sans doute pas longtemps qu'il se laissait pousser la barbe, les holos qu'elle avait reçus de lui l'ayant toujours montré glabre. Elle était taillée court — soulignant la ligne des mâchoires plutôt qu'elle ne l'habillait — et dotée, de même que la fine moustache qui la complétait au-dessus des lèvres, d'une nuance roux foncé passablement surprenante. Debout, il ne devait pas être aussi grand que Jeff Raven mais il était plus puissamment bâti. La concentration lui faisait froncer les sourcils, et l'aiguille des cadrans rendant compte de la puissance fournie par les générateurs n'arrêtait pas de bondir vers le rouge sous les considérables décharges gestalt que sollicitaient ses doigts nerveux. Il était en contact mental à l'évidence, elle n'irait pas commettre la pire incorrection concevable chez ceux de son espèce.

Un voyant se mit à clignoter furieusement sur la console alors qu'une sirène brisait le silence.

— Les capteurs thermiques font état d'une présence étrangère, Méta, fit une voix masculine passablement agitée.

— Je suis bien contente de voir que les gens ne peuvent débouler comme ça chez vous, dit la Rowane, s'étouffant de rire et n'entrebâillant son esprit que du juste nécessaire pour qu'il la reconnût.

Il avait retourné son fauteuil et la foudroyait du regard.

Elle n'en rit que de plus belle, cette fois des expressions qui se bousculaient sur le visage du Méta, et détermina d'attendre qu'il se fût calmé pour établir le contact mental.

— Méta ? Vous êtes toujours là ? Ça va ?

— Laissez tomber.

Il continuait de fixer la Rowane.

— Mais il y a deux sources de chaleur.

— Etiquetez la seconde comme La Méta Rowane de Callisto et fichez-nous la paix.

L'unité-comm se tut sur un *clic* audible.

— Ainsi l'authentique amour est un instrument réellement efficace ! C'est une découverte qui fera date et qui, pour l'heure, nous garde ce malheureux Dénebien pour d'autres tâches. Car, votre inhibition surmontée, vous allez avoir un rendement infiniment supérieur à celui de Raven. (Il avait l'air suffisant et lui souriait, un sourire qui ne lui plaisait guère.) Oui, d'autant qu'à la Tour d'Altaïr, vous serez en terrain connu.

Elle comprit, et comprit du même coup la mauvaise interprétation qu'elle avait donnée tant du silence de Siglen que du "Aujourd'hui surtout, avec ce qui est arrivé" de Gollee Gren.

— Siglen ?

— Infarctus. Dans son état actuel, mieux vaudrait qu'elle n'y survive pas. (A l'actif de Reidinger, ses regrets touchant la vieille Méta étaient sincères.) Ça ne me plaisait pas trop de mettre Raven à la tête d'une Tour...

— Il en est parfaitement capable, se récria-t-elle, fierté outragée.

— Veuillez avoir la politesse de vous taire. (Vocal, son aboiement n'était pas moins terrible que l'équivalent mental qu'il en donnait d'habitude.) Capable, je ne dis pas, mais nullement familiarisé avec les procédures courantes et désagréablement enclin à faire ses livraisons au petit bonheur, si j'ai bonne mémoire.

Cela s'accompagna d'un regard appuyé sous un sourcil démesurément exhaussé.

— J'estime sa réussite exceptionnelle eu égard à sa jeunesse dans le métier.

— Mettons. Mais où en est-il de sa convalescence ?

La Rowane ravala les propos cinglants que lui faisait monter aux lèvres le ton aigre de Reidinger et haussa les épaules. Comment avait-elle pu s'imaginer l'emportant sur cet homme ? Sinon que... son esprit aux aguets venant de capter une pensée, la possibilité de lire le Méta de la Terre se faisait soudain jour. Il n'avait pas l'habitude de maintenir les écrans requis en présence d'un mental d'une puissance égale au sien. Elle saisit la chance au vol et, pour déconcerter l'adversaire, alla chercher l'un des rares sièges de la pièce, choisit le plus confortable et s'y installa dans une pose quasi lascive. Un Méta n'avait pas à danser d'un pied sur l'autre comme un laquais.

— Les plaies se cicatrisent mais il est loin d'avoir récupéré son énergie d'antan, quoi qu'il en pense ! J'ai bricolé une Tour décente qu'il s'est occupé de régler si bien que Déneb peut de nouveau prétendre à des échanges sur la base d'une Station parfaitement opérationnelle...

— Mais d'une planète complètement fauchée, l'interrompit Reidinger en agitant un doigt menaçant, et les Mondes Centraux ne sont pas disposés à y affecter un Méta, quel que soit le nombre de Doués découverts dans ce Trifouillis-les-Oies du lointain espace.

— Ils m'ont tous apporté leur concours, Peter. (Et elle sourit de le voir pris au dépourvu par cet emploi de son prénom.) *Se peut-il que tout le monde rampe devant Reidinger, Méta de la Terre ? Je suis certaine que votre femme...*

— *Abstenez-vous de mêler ma vie privée à cette histoire et je ferai de même...*

Il avait de nouveau les yeux qui lançaient des éclairs.

Elle lui éclata de rire au nez.

— En fait, j'étais bien obligée de faire appel à eux. J'avais besoin que ce générateur soit réparé, ne serait-ce que pour y puiser de quoi effectuer le voyage retour.

— A propos de puiser, il semble que vous ayez carrément épuisé vos fonds personnels...

— Et emprunté un maximum, précisa-t-elle d'une voix enjouée.

Pour une bonne cause. Au cas où vous ne vous seriez pas donné la peine de vous renseigner (mais quelque chose dans l'attitude mentale du Méta l'avertit qu'il n'en était rien), sachez que cette tentative d'invasion extraterrestre s'est soldée par des pertes humaines s'élevant aux trois cinquièmes de la population et par la destruction pure et simple de toute l'infrastructure industrielle.

Reidinger haussa les épaules.

— Les colons sont conscients des risques quand ils signent leur contrat. S'ils n'ont pas de quoi payer, qu'ils se débrouillent. Et ce n'est pas à vous...

— *Vous n'avez pas à me dicter ce que je dois faire ou ne pas faire, Reidinger,* l'interrompit-elle. Et puis j'aurais eu horreur d'humilier un peuple aussi courageux en lui marchandant mon aide. Mais là n'est plus le problème : ils peuvent se débrouiller seuls...

— Excellente nouvelle, car, dorénavant, vous allez être sacrément occupée sur Altaïr, et votre fiancé va en apprendre un bout sur les obligations contractuelles.

— Il saura les honorer ! s'écria-t-elle, outrée de ces insinuations calomnieuses.

— Et se former à son métier de Méta, ajouta Reidinger en riant.

— Il en connaît déjà tous les aspects.

— Pas tous. Il n'a visiblement aucune notion de ce qu'est la discipline. Bon, assez discuté. (Il ramassa une statuette en jade qu'il se mit à tripoter.) Vous allez vous rendre sur Altaïr et lui vous remplacera sur Callisto. Ainsi me sera-t-il possible de le surveiller.

Sur ce il tenta un rapide coup de sonde que la Rowane dévia, lui interdisant de voir à quel point elle était ravie. Reidinger n'allait pas tarder à en apprendre beaucoup plus qu'il ne l'aurait souhaité sur Jeff Raven.

— Sur Callisto ? fit-elle, sans inflexion particulière dans la voix ni rien d'autre dans les zones accessibles de son esprit qu'une vague coloration surprise et consternée. Mais comment comptez-vous rapatrier les unités de la Flotte qui sont toujours sur Déneb ? Jeff est très fort, mais pas au point d'aller chercher quoi que ce soit si loin de Callisto. J'en serais moi-même incapable. Et vous aussi !

— Torshan et Saggoner se sont parfaitement bien débrouillés sur Callisto pendant votre inévitable absence. (Il ne faisait rien pour dissimuler combien ladite absence l'avait contrarié.) Et vous m'avez dit avoir laissé là-bas une Station en état de marche. Ça devrait suffire pour rapatrier la Flotte. Ensuite, Déneb n'aura qu'à se rabattre pour un temps sur ses propres ressources.

Et d'un geste, il écarta tout souci ultérieur des TTF concernant cette planète estropiée.

Dans son for intérieur, elle songea que Torshan et Saggoner avaient tout intérêt à ne pas laisser tomber l'entraînement qu'elle avait démarré avec eux. A moins que Reidinger ne fût mieux renseigné qu'elle ne le pensait sur le potentiel dénebien en matière de Doués.

— Vous allez avoir à vous téléporter sur Altaïr par vos propres moyens, enchaîna-t-il sans cesser de lui palper sa cuirasse mentale pour en trouver le défaut. La distance ne pose plus problème, je crois.

— Le retour de l'enfant prodige ! s'exclama-t-elle avec ironie. (Puis, d'une voix brusquement blanche :) N'y a-t-il aucun espoir pour Siglen ?

— Aucun ! (La réponse avait claqué. Plus doucement mais toujours bourru, il ajouta :) Si ce n'est que ça ne traîne pas des jours et des jours. (Ce fut alors comme s'il la regardait pour la première fois. Ses yeux tombèrent sur le badge.) Angharad Gwyn ?

La Rowane eut un petit rire ; la surprise de Reidinger était sincère.

— C'est mon vrai nom.

Et elle vit se peindre sur le visage du Méta de la Terre une expression qu'elle n'aurait jamais pensé y voir : du respect.

— Vous l'avez laissé vous lire à cette profondeur ?

— Evidemment. (Elle jugea inutile d'en narrer les circonstances.) Née de Dai Gwyn, chef de puits, et de Marie Ewans Gwyn, institutrice à l'école du village. J'avais un frère aîné : Ian. Vous désirez peut-être modifier les archives ?

— A quoi bon ? Tout le monde vous connaît comme la Rowane. Il est trop tard pour reprendre votre ancien nom. Maintenant, vous allez me faire le plaisir de retourner sur Callisto et de m'acheminer ce qui est arrivé pendant que nous causions. Votre roublard de Dénebien est sans doute sur le point de vous y rejoindre. Mais si vous profitez de la relève pour vous faire des mamours aux frais des TTF, je vous promets un coup de kinésie là où ça fait mal qui vous ôtera de la tête l'idée de coucher ensemble pendant plus d'un mois. Je ne vous ai déjà que trop laissé la bride sur le cou.

— Je me demande s'il convient de voir les choses ainsi, Reidinger, dit-elle dans un grand éclat de rire, compte tenu du glorieux passé de notre association. (Reidinger tenta une nouvelle incursion qu'elle contra. Son rire repartit.) Pas la peine de me raccompagner. (Elle pouvait se permettre d'être gentille.) Je connais le chemin.

Elle se retransporta dans le hall de réception et y trouva Gren en grande discussion avec cinq types de la Sécurité à l'air peu commode.

— On peut y aller, Gren, j'ai fait ce que j'avais à faire, dit-elle, interrompant le déshabillage auquel il était soumis. Sincèrement, je ne voulais pas vous attirer des ennuis mais il me fallait parler sans retard au Méta.

— Vous étiez vraiment obligée de vous y prendre ainsi ? demanda le D-4 avec une mauvaise humeur bien compréhensible.

— Oui, répondit-elle sans la moindre pointe de remords. Mais n'allez pas en vouloir à Afra. Il ne peut rien me refuser. Sachez toutefois que j'ai été sensible à votre aide et à votre exquise courtoisie. (Un grognement résigné de Gren lui permit de passer au plus dur : elle tourna vers le plus gradé des types en uniforme un sourire triomphant.) En fait, quand un Méta veut en voir un autre, il n'y a pas moyen de s'y opposer. Dites-vous bien que les capteurs ont fait leur boulot et que vous n'avez rien à vous reprocher. Je vous promets de respecter la procédure normale lors de ma prochaine visite. Allez, Gollee, vous êtes prêt ? Raccompagnez-moi jusqu'à ma capsule.

Quatrième époque

ALTAÏR ET CALLISTO

Réintégrer Altaïr comme Méta en titre de la Station fut pour la Rowane source de surprise, d'exaltation et d'orgueil. Le comité d'accueil rassemblé à la va-vite n'en comprenait pas moins bon nombre de visages connus, entre autres ceux de son frère et de sa sœur adoptifs qu'elle était aux anges de revoir. Elle eut à réprimer le cruel regret que Luséna ne fût plus là pour assister à son triomphe. Défection qui était également celle de Siglen qu'une mort miséricordieuse avait cueillie quelques heures après l'entretien du Méta de la Terre et de la Rowane, alors que cette dernière s'acquittait de son ultime journée de travail sur Callisto.

En tête du comité, elle reconnut la Secrétaire à l'Intérieur qui, envoyant paître cérémonial et protocole, se rua dans ses bras pour s'y répandre en larmes de joie.

— Oh, mon enfant, ma chère enfant, quelle bénédiction que tu sois de nouveau parmi nous !

Puis Camella repoussa la jeune femme à bout de bras et la contempla de la tête aux pieds pour, satisfaite de son inspection, y mettre fin en la reprenant contre elle.

La Rowane ne pouvait que céder à la contagion d'une telle spontanéité. Elle y répondit avec chaleur. La Secrétaire, qui avait perceptiblement vieilli de visage et de silhouette, gardait l'esprit aussi lucide, alerte, ouvert et affable que jamais, cette présence où la Rowane n'avait jamais cessé de voir un beau vert émeraude. Mais aujourd'hui, elle y captait bien plus : que la Secrétaire Camella ne l'avait jadis confiée que la mort dans l'âme à l'inaffectueuse tutelle de Siglen, qu'elle s'en était voulu de ne pouvoir entretenir des liens plus étroits avec la petite orpheline. Et elle y sentait aussi l'orgueil incommensurable, le soulagement sans bornes de la citoyenne d'Altaïr la voyant rentrer au pays pour être la Méta de leur Tour.

— J'aurais aimé ce retour moins dicté par les circonstances, dit-elle, répondant aux seules paroles de bienvenue.

Un nuage passa sur les traits d'Intérieur.

— Pauvre Siglen. Au moins lui fut-il épargné de souffrir inutilement... et de mesurer l'ignominie de sa fin. Mais elle aurait comme nous salué ce grand jour.

Le Maire et le Gouverneur se présentèrent. L'un comme l'autre n'assumaient que de fraîche date ces fonctions qui les plaçaient au sommet de la hiérarchie planétaire, mais la Rowane les reconnut pour les avoir entr'aperçus quand ils occupaient des postes plus obscurs. Leurs salutations respectueuses ne s'écartèrent en rien du protocole. Gerolaman s'avança ensuite très droit, comme si cette gloire était la sienne. Pour une telle occasion, il avait revêtu l'uniforme de cérémonie vert foncé des TTF. Les quatre nouveaux Doués recrutés par la Station pendant l'absence de la Rowane l'accompagnaient. Il les lui présenta. Puis ce fut le restant de l'Etat-Major de Tour d'Altaïr qui vint la saluer et, à tu et à toi avec chacun, elle savoura l'étrange sensation d'avoir bondi dans le temps par-dessus dix années.

— *Bralla ?* demanda-t-elle à Gérolaman quand il s'avéra que ce visage manquait dans la foule.

— Elle a pris sa retraite l'an dernier. (Quelque chose dans le ton du Chef de Station suggérait que la vieille Méta aurait encore pu être de ce monde si elle avait eu Bralla près d'elle.) *La mort de Siglen l'a profondément affectée.*

— Nous avons prévu pour tout à l'heure une petite réception, afin de fêter l'événement comme il convient, lui annonça Intérieur avant d'ajouter, hésitante : Evidemment, si tu n'as pas envie d'y assister...

Siglen avait presque toujours décliné les invitations, et n'avait jamais laissé à la Rowane le choix de faire autrement.

Celle-ci éclata de rire.

— Et comment, que je veux en être ! Je veux être de tout ce qui se fait ici. Je n'ai que trop moisi sous mon dôme de Callisto. Ça va être fantastique d'avoir une planète entière où s'épanouir.

Gérolaman toussota.

— Oui, tout à l'heure seulement, parce qu'on a du travail en attente, dit-il.

— Oh, ma chère enfant, gémit Camella, de quoi avons-nous l'air en t'attelant à la tâche le jour même de ton arrivée ?

— S'agit-il de ces nacelles pleines que je vois là-bas ? Pas de problèmes, dit la Rowane avec un grand sourire. Je ne vais pas mettre cent sept ans à expédier tout ça.

Un sourire soulagé s'élargit sur les traits de la Secrétaire.

— En ce cas, tu nous dis quand tu es prête, Rowane. Ou dois-je t'appeler Méta ?

— En fait, je m'appelle Angharad Gwyn. Mais je préfère rester la Rowane, ou Rowane pour les intimes. Bon, maintenant j'y vais.

Elle prit congé puis s'éloigna d'un pas vif vers la Tour.

Dans toute la sphère d'influence des Mondes Centraux, les Tours reposaient *grosso modo* sur les mêmes principes de conception, mais la Rowane nota des différences, tantôt manifestes, tantôt subtiles, avec la Station d'Altaïr telle qu'elle l'avait quittée. Trois fois plus de puissance, d'abord, dans ce nouveau générateur. Une console visiblement tenue à jour des derniers progrès, très probablement pour compenser les déficiences croissantes de Siglen. Elle enregistra la présence d'accélérateurs dans tous les systèmes et prit conscience que, dans les derniers temps, Gérolaman et le couple de D-2, Bastian et Maharajani, avaient discrètement surveillé le travail de la vieille Méta.

Après un bref coup d'œil sur la pile de bordereaux pour voir ce qui était le plus pressé, elle s'installa dans son fauteuil et ordonna de porter les générateurs à puissance opérationnelle.

— *Vraiment, Géro, génial ce nouveau bloc moteur*, dit-elle, sidérée que le réchauffement n'eût pris que quelques secondes. *Sur Callisto, ce connard de Reidinger m'avait collé des machines remontant au déluge.*

Le petit rire étouffé de Gérolaman résonna dans sa tête.

— *Tu ne les a pas reconnues ? C'étaient celles d'Altaïr, remontées là-bas au lieu de partir à la casse.*

— *Des fois, je me demande pourquoi on bosse pour une entreprise aussi mesquine que les TTF.*

— *Pour la simple raison qu'elle est unique dans la galaxie.*

La Rowane sourit et, dans le petit fond de son être où il logeait, entendit ricaner Jeff Raven. Puis elle posa ses doigts sur les plaques, puisa la puissance des générateurs et expédia le contenu des nacelles vers leurs destinations respectives.

— *Quand même*, fit observer Gérolaman en s'installant aux commandes en liaison avec elle. *Je t'ai bien appris ton métier.*

Un peu plus tard, Bastian et Maharajani le remplacèrent de sorte qu'elle put s'accoutumer à leur tournure d'esprit et à leurs méthodes. Tous deux s'avérèrent d'une rare compétence une fois dépouillés de leur timidité première. Qu'ils eussent été formés par la même Méta était un avantage majeur.

Cette première semaine fut de temps à autre le théâtre de réajustements dont les processus et résultats eussent été fort différents sur Callisto et surtout dans les jours qui avaient précédé sa rencontre avec Jeff.

— *Tu as sur moi une influence calmante*, lui dit-elle à l'occasion de l'une de leurs conversations. Tard dans la nuit sur Altaïr correspondait souvent aux premières heures du matin sur Callisto, et elle se le représentait assez bien dans ce qui avait été son lit, les mains derrière la tête sur l'oreiller, les couvertures ramenées sous le menton.

— *Un de ces jours*, commença-t-il, ses inflexions mentales dans la sensualité des basses, *je serai à même d'énumérer les colossales modifications que tu as entraînées chez un p'tit bouseux de ma connaissance. A quelle catastrophe t'es-tu attelée aujourd'hui ?*

— *Je ne me souviens pas avoir jamais eu la permission de commettre des catastrophes. Mais si tu veux parler de ce ce que j'ai fait, sache que je me suis débarrassée de toutes les saloperies de Siglen et que j'ai retapissé la chambre. Ainsi, la nuit prochaine, je ne risque pas de refaire cet affreux cauchemar où toutes ces lianes et ces fleurs se resserraient sur moi pour me dévorer.*

Elle s'était refusée à prendre l'appartement de fonction dans l'état où l'avait laissé la précédente bénéficiaire, surtout après qu'un premier coup d'œil horrifié sur le grand salon eut justifié ses craintes : le mauvais goût de Siglen s'était apparemment déchaîné sur la fin. A se demander comment la vieille obèse presque impotente avait pu se déplacer dans ce capharnaüm sans tout renverser. Frissonnant sous le fracas des couleurs et l'amoncellement des bibelots immondes, la Rowane avait aussitôt refermé la porte, aspirant dans le couloir une bouffée du lourd parfum musqué de la défunte Méta. Reprendre son ancien appartement étant exclu vu son occupation actuelle par Bastian, Maharajani et leurs deux enfants, elle s'était résignée à envisager des travaux pour rendre celui-ci vivable... et avait alors découvert qu'une année de salaire dépensée d'avance pour Déneb lui interdisait de faire plus qu'arracher ce hideux papier peint et repeindre. Gérolaman avait gardé en lieu sûr les meubles qu'elle n'avait pu emporter sur Callisto. Touchée de l'attention — et reconnaissante —, elle put ainsi emménager quelques jours plus tard dans un espace repeint de neuf et garni du strict nécessaire. Elle n'en passa pas moins quelques nuits difficiles avant de s'y sentir chez elle.

— *Tu es certaine de ne rien vouloir d'ici ?* lui demanda Jeff. *Je peux te faire parvenir n'importe quoi quand tu veux.*

— *Non, je préfère te voir jouir du nid douillet que je m'étais aménagé*, répondit-elle avec une pointe de regret dans la voix.

— *J'en jouis, ne t'inquiètes pas... bien que l'objet de ma convoitise soit en réalité ton matériel de Station*

Il lui envoya une image de lui en train de se frotter les mains, les traits barrés d'un sourire avide.

— *Tu crèverais de jalousie si tu voyais celui dont je me sers. Enfin, il est vrai que tout tient du prodige comparé à Déneb. Je continue de ne pas comprendre comment tu t'es débrouillé pour en faire autant avec si peu. Reidinger ne se rend pas du tout compte à quel point tu es fort.*

— *Moi ?*

Il y avait dans le ton de Jeff un étonnement si sincère que la Rowane eut à réprimer une pointe d'envie. Même lui n'avait pas vraiment conscience de cette puissance unique qui était la sienne.

La manière peu flatteuse dont Reidinger parlait de Jeff montrait qu'il n'en avait pas pleinement mesuré le potentiel. Bizarre, d'ailleurs, du Méta de la Terre, d'ordinaire si prompt en matière de Don. Il l'avait pourtant vu à l'œuvre dans la fusion. A moins qu'il n'eût précisément attribué à la fusion la puissance du Dénebien.

— *Oui, toi*, reprit-elle. *Tu es plus qu'un simple Méta. Je m'en rends compte, même si je suis la seule. Ce qui est une chance, car le moment n'est pas encore venu que d'autres le sachent.*

— *A propos de chance, c'en est une d'avoir Afra et Brian pour me guider dans ce protocole absurde des TTF.* Elle sourit de sentir son dégoût : pour Jeff, ces nuances et mignardises formaient le plus dur de ses nouvelles fonctions. Déneb était une colonie trop jeune, trop rude, trop occupée à lutter pour s'encombrer de convenances ou de vaines considérations touchant au rang et à la préséance. *Sinon, j'aurais déjà l'esprit complètement ramollo.*

— *Puissé-je vivre assez vieille pour voir le jour où il le sera vraiment !*

Un commentaire occasionnel d'Afra lui avait appris que l'équipe de Callisto trouvait autrement plus agréable de travailler avec Jeff qu'avec elle. Il avait assimilé procédures et subtilités des rapports avec les commandants de vaisseaux comme si son entraînement de Méta remontait aux premières années de son adolescence. Il s'adaptait plus facilement là-bas qu'elle-même sur ce qui était pourtant sa planète d'origine. Mais la séduction Raven y était pour beaucoup.

— *Tu rentres pour le week-end ?* lui demanda-t-il.

— *Je ne devrais pas. Je n'ai pas encore fini de m'installer.*

Avec un pincement de conscience, elle repensait au rythme de travail que s'était imposée Siglen.

— *Et qui l'a tuée*, fit remarquer Jeff, lisant avec aisance dans ses pensées les plus secrètes. *Du coup, je me demande s'il ne serait pas plus profitable pour moi de visiter Altaïr. Reidinger est impatient de me voir élargir mon horizon et mes capacités, donc...* il eut un petit rire de pure malice *... autant lui faire ce plaisir. Et puis, si je ne suis pas complètement nul en mécanique céleste, il me semble que le mouvement orbital de Callisto va me laisser trente heures de "repos" ce week-end.*

Il ne s'était pas trompé dans ses calculs et arriva pile alors qu'elle disait à Gérolaman de couper les générateurs. Il refit exactement le même numéro qu'à Callisto, mais cette fois la Rowane y assista du début, curieuse de voir comment il se débrouillait pour charmer autant de monde en un temps si court. Il lui transmit une image d'elle en mascotte coincée au creux de son épaule pendant qu'il emballait vite fait bien fait le Chef de Station. Puis il passa au couple de D-2 et une conversation un peu plus longue mais d'une égale bonne humeur lui valut un résultat identique bien que Bastian et Maharajani eussent reconnu en lui un Doué majeur et, partant, soupçonné son identité.

Quand elle l'entendit confesser, penaud, qu'il était ici sur la requête de la Méta d'Altaïr, elle éclata d'un rire moqueur qui précéda son apparition dans la salle.

— Si vous avalez tout rond ce qu'un Dénebien vous raconte..., commença-t-elle, puis elle soupira. Heureusement qu'il n'y en a qu'un dans les TTF.

Elle vit alors Maharajani toute rouge et comprit que la jeune femme avait capté au passage l'une des images salaces particulièrement crues qu'il venait de lui dépêcher en réponse à l'insulte.

— Ainsi, c'est vous le Méta de Déneb ? demanda Gérolaman, trop éberlué par le charisme made in Raven pour se sentir offensé de la petite mystification.

— De Callisto, rectifia Jeff sur une petite courbette. Tout ce qui tombe des blanches mains de la maîtresse de céans, je m'empresse de le recueillir. (Il y avait tant d'espièglerie dans ses yeux bleus que le Chef de Station s'autorisa un petit rire.) Puis-je vous aider dans l'exécution de deux ou trois dernières corvées, gente dame ? s'enquit-il en se tournant vers elle pour lui passer un bras possessif autour de la taille.

— Merci, mais je crois que nous en avons fini pour aujourd'hui. Et qu'Altaïr ne reprendra ses opérations que d'ici trente-deux heures. Juste le temps de ton congé.

Ils sortirent, laissant la Station tout entière en extase devant le bonheur qui émanait d'eux.

Le lendemain, en début d'après-midi, elle lui demanda de l'accompagner. Il comprit immédiatement où elle voulait aller et la réconforta d'un baiser sur la joue.

Sur les lieux, l'odeur des *mintas* était si forte que la Rowane chancela sous l'assaut des souvenirs.

— Oui, c'est une odeur spéciale. Difficile de l'oublier, fit Jeff, les narines palpitantes.

Dans le quart de siècle qui s'était écoulé depuis le glissement de terrain, les *mintas* avaient repris possession du site où s'était jadis dressée la petite agglomération minière de la Compagnie Rowane. Aussi ce paysage n'éveilla-t-il rien chez la nouvelle Méta bien qu'Angharad Gwyn y eût vécu les trois premières années de sa vie... cinquante mètres sous le sol actuel de la vallée, à vrai dire. Que Jeff eût réussi à forcer le verrou mental lui avait permis de retrouver son nom, le nom des siens et la sensation de visages penchés sur elle, mais rien de plus précis, sinon que parmi ces visages il devait y avoir eu ceux de son père, de sa mère et de son frère. Elle se rappelait aussi, pour y avoir joué plus d'une fois, le tapis de lirette devant la cheminée, et bien sûr la puanteur omniprésente des *mintas*.

— Il n'arrive rien de vraiment mémorable à une gamine de trois ans.

— A moins qu'elle ne soit très malchanceuse. Et où t'ont-ils retrouvée en fin de compte ? demanda Jeff, conscient que ce pèlerinage devait être fait jusqu'au bout.

Elle l'entraîna plus bas dans la vallée d'Oshoni, jusqu'à la corniche où ses sauveteurs avaient arrimé leurs machines. La puce avait depuis longtemps pris le chemin de la ferraille et la langue de boue perdu son eau dans les années qui avaient suivi avant d'être sculptée par la pluie, le soleil et le vent. L'espace d'un instant, mais avec une extrême netteté, elle se revit alors qu'on l'extrayait du petit véhicule ovoïde.

— Il devrait m'en rester plus, murmura-t-elle, incapable d'exprimer son malaise tant mentalement que par des paroles. Je n'ai d'autre souvenir de cette affreuse glissade que d'avoir été jetée contre les parois de la puce. Puis un choc plus violent m'a assommée.

— C'était sans doute mieux, dit Jeff, s'efforçant de dissiper l'incommunicable angoisse qu'il sentait chez elle. Tu sais, te savoir entourée de boue et commencer de la voir suinter sur toi dans la puce, avoir peur, avoir froid, avoir faim, avoir soif, et n'avoir personne pour te rassurer fut certainement le sommet de l'horreur pour la fillette de trois ans que tu étais. Mais c'est fini, fini depuis longtemps. (Il la prit dans ses bras, posa son menton sur ses cheveux d'argent.) Je ne sais pas ce que tu comptais voir ou trouver ici, mon amour, enchaîna-t-il, opposant à la frustration de la jeune femme les inflexions caressantes de sa voix et la sérénité confiante de son esprit. Le miracle est que tu en sois sortie vivante, et dotée d'un avenir auquel nul autre n'aurait pu prétendre dans ton milieu d'origine. Cesse de regarder en arrière : la page est tournée ; tu n'y peux rien changer.

— En arrrivant ici, tu sais, j'ai fait mon enquête, dit-elle, toujours aussi déprimée. La Compagnie n'a pas rechigné à ouvrir ses archives pour la Méta. Elles font état de trois familles portant le nom de Gwyn : un vieux couple et ses deux fils mariés. Je puis donc être la fille d'Ewaïn et de Morag comme de Matt et d'Ann. Ewaïn et Matt étaient l'un et l'autre chefs de puits, et les registres sont muets sur la profession de leur épouse, si bien que me rappeler que ma mère était enseignante ne m'aide en rien dans mon choix.

— Ça n'a pas grande importance, en fait.

Il la prit par le menton et lui releva la tête pour lui plonger dans les yeux un de ces regards débordants de tendresse dont il avait le secret.

— Ça ne devrait pas en avoir. D'autant que j'en sais maintenant bien plus sur mes origines que je n'en ai jamais su. Pourtant ça en a, et surtout quand je te vois — que je t'envie — avec ta grande famille.

Jeff rejeta la tête en arrière et partit d'un grand rire. Le vent s'en empara et l'effilocha dans la vallée.

— N'as-tu pas eu du mal à la supporter ?

— Je dois reconnaître que les Raven nécessitent un certain temps d'adaptation. Mais je n'en veux pas moins autant d'enfants que je puis en avoir.

— Je sais comment m'y prendre pour exaucer ton souhait.

— Et je veux aussi qu'ils en sachent autant sur leur famille maternelle que sur la tienne.

— Ne me dis pas que tu comptes attendre jusqu'à ce que cette deuxième condition soit remplie ?

— Trop tard.

Elle s'ouvrit totalement et lui révéla ce qu'elle-même ne faisait encore que soupçonner.

— Rowane ! hurla-t-il, la soulevant de terre et l'emportant dans une valse folle au son des accords qu'une joie sans bornes lui développait dans l'esprit.

— *Hé, lâche-moi. Je ne suis déjà que trop sujette à des vertiges en ce moment.*

Mais elle s'accrochait à lui, tout sourire de l'effet produit par son merveilleux secret.

Quand il la redéposa au sol, il la serra très fort et elle le sentit se tendre en esprit vers cette vie nouvelle qui naissait dans son ventre.

— Tu t'y prends un peu tôt, dit-elle, amusée. A trois semaines, ce n'est guère qu'un têtard.

— Un têtard, mon fils ?

— Pour "fils" aussi, c'est trop tôt. Patience.

— Je n'ai pas la moindre envie d'être patient.

— L'homme est capable d'un tas de choses, mais nul Doué n'a jamais encore été fichu d'accélérer la gestation.

— Mon fils, s'obstina Jeff. Le futur Méta de Dénèb !

— Lâche-lui la grappe à ce gosse ! protesta la Rowane.

— C'est que je ne vois pas comment Dénèb pourrait bénéficier d'un Méta si nous ne le fabriquons pas nous-mêmes.

La bonne humeur de la Rowane se dissipa d'un coup et ce fut presque avec hargne qu'elle lui lança :

— C'est exactement ce sur quoi compte Reidinger. Et ça me fait mal où je pense de réaliser scrupuleusement ses plans.

— Ne peux-tu être heureuse, simplement ? Moi, je le suis.

— Moi aussi, dit-elle, incertaine toutefois que ce bonheur fût sans nuages.

— Ta propre mère dit n'avoir jamais entendu parler d'une kinétique ayant eu des problèmes pendant sa grossesse. (Elle faisait un énorme effort pour contenir sa colère bien que l'attitude de Jeff la crispât au plus haut point.) En revanche, elle est formelle : tu te comportes exactement comme ton père lorsqu'elle attendait leur premier enfant. Elle l'avait tout le temps sur le dos, possessif, je-sais-tout, hyperprotecteur, bref, la plaie.

— Non mais tu trouves peut-être que je n'ai pas de motif de m'inquiéter ? Tu maigris, tu te tues au travail, tu ne profites même pas de ce jour de congé pour te reposer comme il faut, et je devrais rester muet ?

Non seulement il braillait, mais il arpentait la pièce en donnant des coups de pied dans les coussins.

— Tu as vu ce que j'ai avalé ce soir ? Tu sais très bien que quatre heures de sommeil me suffisent ? Alors j'estime avoir le droit d'employer comme bon me semble la journée que je me suis accordée.

Jeff s'arrêta net, se retourna, se planta les poings sur les hanches et eut ce merveilleux sourire qui effaçait tout. *Dis, pourquoi on s'engueule ?* Puis il lui ouvrit les bras.

Elle s'y jeta.

— Je n'en sais rien. (Comme à l'accoutumée, il lui avait enfoui la tête sous son menton et d'une main lui caressait les cheveux.) Si ce n'est que je te vois avec l'idée de m'empêcher de vivre parce que je suis enceinte de cinq mois alors que le bébé ne cesse de nous dire qu'il va bien.

— C'est que vous m'êtes aussi précieux l'un que l'autre. (Elle se sentait l'esprit vibrer sous les violentes décharges émotionnelles de Jeff.) Et que je suis tout neuf dans ce rôle de père.

— Arrête ton char, tu as grandi entouré de pondeuses : ta mère, tes tantes, tes sœurs.

— *Oui, mais cette fois, c'est l'amour de ma vie qui porte cet enfant. Ça me donne une tout autre perspective. Au fait, tu sais qu'on prend des paris sur le temps que Reidinger va mettre à s'en apercevoir ?*

— Qui fait ça ? hurla-t-elle. Et puis d'abord comment sont-ils au courant ?

Il rejeta la tête en arrière et rit sans réserve.

— Chérie, tu ne t'es pas regardée dans la glace ? Tu rayonnes. Positivement. Et puis lui non plus n'est pas du genre discret. Maharajani l'a entendu, j'en suis sûr. Ce qui veut dire que Bastian aussi. Gérolaman te regarde avec des yeux énamourés de futur grand-père chaque fois que tu lui tournes le dos. La majorité du personnel de Tour a des doutes, ne serait-ce qu'à te voir dévorer comme ça. Et Afra m'a carrément demandé pour quand c'était.

— Ça ne m'étonne pas d'Afra.

— Tu es sûre qu'il n'est que D-4 ? Et tu ne t'es jamais rendu compte qu'il était amoureux de toi ?

— Non à la première question et bien sûr que si à la seconde. (Soupir.) J'aime beaucoup Afra. J'ai confiance en lui à tous les niveaux mais... (Elle observa un long silence.) Aurais-tu tardé à te signaler...

— J'ai toujours su arriver au bon moment, rétorqua Jeff, noyant aussitôt l'outrecuidance de ses propos dans l'un de ses petits gloussements contagieux. Cela dit, tu aurais pu tomber sur un soupirant pire qu'Afra.

Et il la reprit dans ses bras, lui prouvant par là même que le Capellien n'avait jamais eu la moindre chance.

— Laisse-moi venir sur Callisto la semaine prochaine. Je n'y suis pas retournée depuis que tu y es en poste.

— Peur que j'aie bousillé ton vieux dôme minable ?

— Arrête, Raven. (Elle voulut se dégager de son étreinte.) Je suis enceinte dans mon corps, pas dans ma tête, et c'est avec ma tête que je vais me téléporter d'Altaïr sur Callisto. J'ai mis trop longtemps à m'en savoir capable pour tolérer que tu t'y opposes.

— Je pense à notre enfant, c'est tout. Comment peux-tu envisager de lui faire courir un tel risque ?

— Quel risque ? Je n'en vois pas. Ce que tu peux être agaçant quand tu t'y mets !

— Aussi vais-je me limiter à un dernier argument. Sur Altaïr, il est rare que Reidinger te contacte. Mais si tu es sur Callisto, il le fera, ne serait-ce que par politesse.

— Comment sera-t-il au courant que j'y suis si on ne le lui dit pas ?

Jeff s'éclaircit la gorge, visiblement amusé.

— Je me souviens t'avoir suggéré que je pourrais savoir m'y prendre avec Reidinger. Je me rétracte. Jusqu'à la énième puissance. Ce type sait tout sur tout individu ayant un rapport avec les TTF. Il commencera par savoir que tu es sur Callisto ; puis une fois qu'il t'aura contactée, il saura que tu es enceinte. Et là, il ne sera plus question d'aller où que ce soit car il t'interdira tout déplacement.

— Absurde !

— On verra !

Et l'on vit. Dans l'heure qui suivit son arrivée sur Callisto, elle eut la voix de Reidinger dans son crâne.

— *Ecoutez, Rowane. Que cet âne bâté de Dénebien s'amuse à ricocher d'un bout à l'autre de la galaxie comme...*

Jeff s'était aussitôt couvert le bas du visage pour dissimuler son sourire "je te l'avais bien dit". Quand le Méta de la Terre s'interrompit à la recherche d'une comparaison adéquate, il leva la main et commença de compter les secondes sur ses doigts. Au quatrième top, Reidinger fit une rentrée en force :

— *MAIS VOUS ETES ENCEINTE ! Et vous vous êtes RISQUEE à vous téléporter sur une telle distance ?*

La transmission véhiculait une telle dose de surprise, d'horreur et de rage que la Rowane ne put retenir un cri.

— *Reidinger !* fit Jeff, glacial, bondissant de son siège pour entourer d'un bras protecteur les épaules tremblantes de sa compagne. *Vous allez vous calmer ?*

— *PAR TOUS LES SAINTS, RAVEN, je vous croyais un peu plus de plomb dans la cervelle ! Comment avez-vous pu la laisser prendre un tel risque ?*

— *Quel risque ?* (Elle s'était ressaisie mais en voulait à mort au Méta de la Terre de l'avoir fait sursauter.) *Je suis parfaitement capable...*

— *CAPABLE ? Vous n'êtes plus capable de rien du...*

Le rugissement de Jeff l'arrêta net.

— *Ça suffit, Reidinger ! Elle se porte à merveille et sa grossesse est tout à fait normale. Le reste ne vous regarde pas !*

— *Je ne serais pas concerné quand un de mes Métas s'expose...*

— *Surtout si c'est celui ou plutôt celle sur laquelle vous autres des TTF comptez pour démarrer votre élevage de Doués*, précisa la Rowane, hors d'elle. *Eh bien, sachez qu'il n'en est pas question. Cet enfant est une affaire entre Jeff et moi. Où est-il écrit dans mon contrat que les TTF ont des droits sur mon éventuelle progéniture ? Tenez-vous-le pour dit, Reidinger, mon fils ne sera pas de naissance corvéable à merci par les TTF.*

Silence. Long silence.

— *Votre fils ? Vous connaissez déjà son sexe ?*

Quelque chose comme du respect s'était substitué à l'explosion précédente. Ce n'était pas simplement que Reidinger eût écarté la colère de sa panoplie d'armes utiles contre ceux qu'il tentait de dominer. C'était autre chose de plus profond. Mais quoi ? Mystère.

— *Oui*, dit-elle, ramenant ses inflexions mentales à l'intensité de la conversation courante parce qu'elle ne tenait pas à voir la fureur de Reidinger repartir de plus belle.

— *Vous êtes en contact avec lui ?*

Le ton du Méta de la Terre s'était fait carrément plaintif sous l'urgence de savoir. Jeff haussa un sourcil surpris.

— *Au cinquième mois de grossesse, le contraire serait inquiétant*, dit-il quand il sentit la Rowane prolonger exagérément son silence. *Moi aussi je suis en contact avec lui.*

— *Pourquoi tu lui as répondu*, lui reprocha-t-elle sur leur canal privé. *Il ne le mérite pas.*

— *Allez, chérie, on s'est assez amusés avec lui. Je l'écoutais à un autre niveau et, crois-moi, ce n'est qu'un pauvre vieillard accablé de soucis et au bout du rouleau à qui tu viens d'apporter un peu d'espoir au moment où il en a le plus grand besoin.*

— *Besoin d'espoir ? Pourquoi ?*

— *Je n'en sais rien.* (Sa confusion était sincère. Il se tourna mentalement vers Reidinger.) *Un contact assez vague, évidemment, à ce stade du développement fœtal.*

— *Développement fœtal*, répéta la Rowane, sarcastique, et toujours en aparté. *Pourquoi emploies-tu des mots dont tu ignores le sens ?*

— *Là tu pousses un peu. Je n'ai pu avoir six sœurs sans acquérir quelques notions d'obstétrique !*

Soudain, ils s'aperçurent que Reidinger avait tiré parti de leur court échange intime pour les quitter.

— Quelle impolitesse ! commenta la Rowane.

— C'est que nous lui avons donné matière à méditer.

— En fait, je suis contente que ça n'ait pas été trop long. A qui est-ce le tour de faire la cuisine ?

— Grave question ! Il se trouve que j'ai décidé de nous épargner à l'un comme à l'autre ce genre de corvées. Tu n'as qu'à choisir dans la liste des plateaux-repas disponibles.

Il fit apparaître sur l'écran un menu dont l'élégante mais archaïque graphie posa quelques problèmes de déchiffrage à la Rowane.

— Je pense être en mesure de tout manger.

— Et d'être en six mois aussi grosse que Siglen ? Sache que je ne t'y autoriserai jamais.

Suivirent des galéjades qui les retinrent une bonne heure avant qu'ils ne fissent leur choix.

Ils étaient installés devant le feu artificiel — dont Jeff concédait à contrecœur qu'il était bien imité — quand l'unité de communication émit un petit rot cependant que des voyants verts clignotaient dans toute la maison.

Vaguement suprise par une telle discrétion — Jeff et elle avaient plutôt l'habitude qu'on prît mentalement contact avec eux —, elle ouvrit la ligne.

— Méta Rowane, fit une voix féminine inconnue mais agréablement affable. Je me présente : Elizara Matheson, D-1 d'application médicale, spécialisée en gynéco-obstétrique. Avec tout le respect qui vous est dû, je vous demande de m'accorder un entretien.

— Pas aujourd'hui ! C'est mon jour de congé ! (Elle était à deux doigts de couper la communication quand Jeff la retint par le poignet. Elle se tourna vers lui.) De quoi se mêle cette enflure de Reidinger ?

— Où est le problème ? lui demanda Jeff, désarmant. De toute façon, tu n'accoucheras pas d'un Doué sans D-1, or l'idée d'abandonner leur cocon hospitalier peut déplaire à la plupart. Reidinger se préoccupe assez de toi pour t'envoyer ce qu'il y a de mieux.

(Il la vit le regarder avec des yeux ronds et ajouta :) Je ne pense pas que tu aies jamais eu accès à une bonne information prénatale. Si notre petit gars est ne serait-ce que moitié moins têtu que l'un ou l'autre de ses parents, tu risques d'avoir à faire appel à toutes les forces de persuasion disponibles. (Il se pencha vers l'appareil.) Certainement, Med Elizara. Nous vous attendons.

A intervalles réguliers, la Rowane était obligée de constater qu'elle ne pouvait ni discuter avec Jeff ni réussir à l'entortiller. Lentement mais sûrement, il acquérait une force croissante dans chaque secteur de son Don. Si à certains moments une part d'elle-même en arrivait à jalouser pareille puissance, elle en retirait à d'autres un extraordinaire sentiment de protection. Ou de totale rébellion comme aujourd'hui. Ce qui la faisait bouillir n'était pas l'intervention de Jeff — somme toute dictée par le bon sens — mais qu'il dût en résulter une diminution du temps déjà bien court où ils pouvaient se consacrer l'un à l'autre à tous les niveaux : physique, mental, émotionnel et spirituel.

Mais elle s'inclina.

— *De toute manière, tu ne m'as pas laissé le choix !* lui décocha-t-elle alors qu'ils s'installaient dans l'attente de leur visiteuse.

— *Je suis bien plus soucieux de ta santé que Reidinger ne m'en fait crédit.* Tant son esprit que son regard étaient d'une fixité inébranlable. *Tu n'as pas les proportions idéales pour un accouchement facile, tu sais. Ne négligeons aucune précaution.*

Elizara Matheson les surprit par son apparence physique. Elle était mince, pas plus grande que la Rowane, et donnait l'impression d'être beaucoup plus jeune. Elle fut charmée de produire un tel effet sur eux, et son sourire l'attesta.

— On m'a tant parlé de vous, Méta, commença-t-elle avec une lueur espiègle dans ses yeux vert clair étrangement écartés, que j'ai joué des coudes pour évincer tous ceux qui avaient plus d'ancienneté que moi. Il faut dire que votre réputation... (et son merveilleux sourire minimisa ce sale caractère pour lequel la Rowane était connue)... en fait réfléchir plus d'un. Gollee Gren m'a soutenu sous la foi du serment que vous étiez plus perverse encore que Reidinger.

Sur cette dernière remarque, les ultimes traces de mauvaise humeur de la Rowane se dissipèrent.

— Gollee vous a dit ça ?

— *Reidinger est vraiment machiavélique, chérie,* lui fit observer Jeff sur leur canal privé. *Tu as vu son choix ?*

— *Détrompez-vous : c'est moi qui me suis présentée.* (Qu'Elizara l'eût entendu fit grimacer Jeff.) *Mais je n'ai pas eu à m'entretenir bien longtemps avec Reidinger pour m'apercevoir qu'à son sens je faisais l'affaire.* Bon, pour ce qui nous occupe, Méta, je n'ai pas l'intention de vous prendre plus de quelques minutes de votre temps mais il me faut voir par moi-même où vous en êtes.

— Je vois qu'il s'agit d'une opération menée tambour battant, fit remarquer la Rowane, sarcastique.

— Exact, répondit Elizara, un pétillement dans les yeux.

L'examen ne prit de fait que quelques minutes. La Rowane, qui n'avait jamais rencontré de D-1 d'une autre branche que la sienne, fut rassurée par la compétence et la dextérité du médecin.

— Votre grossesse évolue bien. Je n'ai rien à ajouter à ce que vous ont dit mes collègues d'Altaïr, conclut la gynéco. L'enfant est assez proche pour qu'on puisse établir un contact fructueux. C'est là où nous intervenons, et je vais être en mesure de vous aider à préparer l'accouchement

— Ma mère n'a eu de problèmes avec aucun d'entre nous, dit Jeff, et la Rowane sentit en lui une pointe d'incertitude avant qu'il ne l'étouffât.

— Sans doute, mais il est vraisemblable qu'elle a eu constamment sa propre mère à côté d'elle pendant les derniers mois.

— Comment vous le savez ? demanda Jeff, surpris, puis il alla chercher la réponse avant qu'Elizara n'ait pu l'en empêcher. Reidinger s'est rudement activé.

— Je suppose que vous êtes l'un comme l'autre à même d'en apprécier les motifs et de lui concéder cette prérogative.

Pour posé qu'il fût, le ton de la D-1 n'en recelait pas moins quelque reproche.

— Mais c'est notre enfant, pas le sien ! Et ce n'est pas le genre de porte à laquelle on a envie de frapper quand...

— *Calme-toi, chérie...,* fit Jeff, joignant toucher mental et manuel pour l'y aider.

— *D'autant que ce n'est pas très bon pour le bébé,* ajouta Elizara. *Moins vous aurez de ces coups de sang, plus ce sera facile, pour lui comme pour vous. Constituez-vous un solide noyau de confiance ; ce sera la meilleure garantie d'une naissance heureuse. Car lui, à ce moment-là, aura besoin de vous faire confiance.* Mais ce qui a décidé Reidinger — et il se peut que vous tombiez d'accord avec lui là-dessus —, c'est que j'ai moi-même accouché dans les meilleures conditions de deux Doués.

L'argument fit plus pour rassurer la Rowane que tout ce qu'elle savait jusqu'alors d'Elizara mais elle restait sans la moindre envie de se calmer, même pour le bien de l'enfant qu'elle portait. Elle ne pouvait toutefois échapper aussi facilement à l'emprise de Jeff. Non plus qu'elle pourrait longtemps esquiver ou négliger tous les garde-fous que Reidinger n'allait pas manquer de déployer autour d'elle dans ce comportement d'employeur qu'elle n'avait pas de mots trop forts pour définir : ingérence, arrogance, autoritarisme brutal et injustifié. Malheureusement, Jeff soutenait à fond le Méta de la Terre. Et elle ne sut jamais si Elizara était en réel désaccord avec les deux hommes qui ne voulaient pas entendre parler d'un retour sur Altaïr ou si elle ne faisait que "ménager sa patiente".

Toujours fut-il que la Rowane se vit interdire ce retour et qu'on la réinstalla dans ses fonctions sur Callisto. Jeff prit en main la Tour d'Altaïr jusqu'à ce qu'on eût déniché un deuxième couple de D-2 et que l'intégration avec Maharajani et Bastian fût parfaite. Après quoi, Jeff entama ce qu'il devait nommer ses pérégrinations galactiques. Reidinger le chargea de diverses missions hautement confidentielles auprès de tout ce que les Mondes Centraux comptaient de Métas en poste.

— Je ne vois pourtant rien de plus confidentiel qu'un rapport direct d'esprit à esprit et, partant, ce qui le pousse à t'expédier en personne aux quatre coins de la galaxie.

— Je ne m'en plains pas, mon amour. Ça me donne l'occasion de faire des rencontres fascinantes. Cette Capella, par exemple !

Il leva les yeux au ciel dans une parodie d'effroi qui la fit éclater de rire.

Si elle comprenait parfaitement à quel point le fait d'être le seul Méta mobile rendait Jeff précieux aux yeux des TTF, elle n'en appréciait pas pour autant ses absences bien qu'il passât systématiquement plusieurs jours sur Callisto entre chaque balade. Au positif, il y avait que Jeff revenait de ces voyages hautement stimulé, excité et charmé par l'accueil auquel il avait eu droit dans chaque Tour. Elle aimait l'entendre narrer par le détail l'impression que lui avait faite tel ou tel Méta, décrire la diversité des planètes reliées aux Mondes Centraux. En un temps, elle lui aurait envié cette intrépide faculté de franchir d'énormes distances ; à présent, elle formait simplement le projet de l'accompagner dans ses voyages dès qu'elle aurait accouché. Mais quelle que fût sa vigueur naturelle, Jeff n'en payait pas moins de tels déplacements par une dépense d'énergie non négligeable. Elle s'inquiétait de voir chez lui des signes de fatigue profonde et plus encore qu'il les prît à la légère.

— Sûr que ça demande quelque effort, mon amour, lui dit-il un soir alors qu'ils se prélassaient dans leur coin favori du grand canapé qui faisait face au simulacre de feu. (Etre ainsi physiquement proche de lui était à bien des égards mille fois plus gratifiant pour elle que leur contact mental pourtant plus intime. Sans doute parce qu'elle en avait jusqu'alors ressenti le manque.) D'accord, je suis un peu crevé quand je rentre, mais, quelques jours avec toi, et me voilà requinqué, prêt à repartir. C'est que ce tourisme galactique a de quoi ouvrir les yeux d'un pauvre petit bouseux dénebien.

— Arrête de parler de toi comme ça ! se récria-t-elle en lui donnant un petit coup de poing sur le bras pour montrer combien elle en était fâchée.

— Enfin, chérie, tu ne peux pas nier que je sois pauvre, lui rappela-t-il. Sans ces primes que j'extorque à Reidinger pour les missions qu'il me donne, je ne pourrais envisager avec mon seul salaire de Méta de rembourser mes dettes avant dix ans.

— En tout cas, tu n'es pas un petit bou…, insista la Rowane.

Jeff éclata de rire.

— Tu es gentille, mais si tu avais vu les types qu'ils produisent sur Procyon… et je ne te parle pas de Bételgeuse. (Il lui jeta un regard où elle lut combien il s'était senti tout petit devant les Doués qu'il avait rencontrés là-bas.) Je SUIS un bouseux dénebien. Point, à la ligne. (Il eut l'un de ses sourires de feinte vanité.) Ça m'empêche d'avoir les chevilles qui enflent.

— David t'a encore fait des misères ?

Il lui passa dans l'esprit quelques scènes où le Doué de Bételgeuse se surpassait en arrogance et elle en fut tout à la fois consternée et amusée.

— Dommage que Siglen ne soit plus, j'aurais eu quelques remarques à lui faire sur la manière dont elle concevait l'entraînement des Doués, dit-il, brusquement sérieux. Il n'est pas question de contester aux Métas qu'ils soient le lien vital des Mondes Centraux, mais on rencontre des D-1 dans tous les autres domaines qui font de nous des dockers aux capacités passablement limitées. Aussi (il soupira parce qu'il était fondamentalement magnanime et enclin au pardon), tout en reconnaissant à la défunte qu'elle croyait agir en vertu de bons principes, nous nous attacherons à donner à nos enfants une formation beaucoup plus large, celle qu'ils méritent.

— Je suis totalement d'accord avec toi.

Il la serra plus fort, l'embrassa dans le cou et ajouta :

— Et aucun d'eux n'aura jamais besoin d'une Ronronnette.

— J'avais de nouveau ce minah en tête ?

— Il n'est jamais bien loin, juste assez pour que tu ne puisses pas le voir.

— Ça m'étonne. Surtout après ce pèlerinage sur le site de la compagnie minière. Et alors que tu as fait pour moi bien plus que n'importe quel substitut du même type.

— Je n'arrive pas à lire pourquoi cette peluche est à fleur d'esprit chez toi. Toujours est-il que Ronronnette semble être le personnage important de ta prime jeunesse, et je ne suis pas très sûr d'aimer avoir un minah pour rival.

— Plus rien n'est en compétition avec toi. (Sur ce, la Rowane poussa un énorme soupir puis émit un petit rire autodépréciateur.) Mais il est vrai que, des années durant — des siècles, m'est-il apparu —, il n'y a eu que Ronronnette pour vraiment comprendre l'enfant que j'étais. Du moins fut-ce mon impression. (Elle marqua une pause, fronça les sourcils.) Tu sais, c'est bizarre. Ta mère aussi m'a demandé qui était Ronronnette. Ça m'a prise au dépourvu.

— Je crois que nous devrions suggérer à Maman d'exercer un plus grand contrôle sur son activité mentale.

— Oh, ce n'était pas de l'indiscrétion, simplement qu'elle a l'oreille fine, comme tu dis. Je n'avais jamais rencontré personne comme elle auparavant. Elle était si calme, si sereine alors même que...

— Que tout un chacun me voyait mourant ?

— Tu n'as jamais été dans un état aussi critique.

Mais un frisson la saisit alors même qu'elle proférait ce pieux mensonge.

Jeff haussa le sourcil droit et une mimique burlesque s'inscrivit sur ses traits.

— Tiens, tiens. Ça ne correspond pas du tout à ce qu'Asaph et Rakella m'en ont dit. Enfin, je suppose que c'est en pareille occasion qu'on a des chances de voir Ronronnette pointer le bout de son nez. Quand tu as particulièrement besoin de réconfort.

La Rowane hocha la tête et se blottit contre Jeff autant que le permettait la rondeur de ses formes.

— A mon avis, poursuivit Jeff, nous avons tous quelqu'un auprès de qui nous retirer quand les tensions de l'existence s'avèrent insupportables, quelqu'un, quelque chose, ou encore un endroit... bref, un refuge que nous savons nous être ouvert en permanence.

— Mais dont tu n'as jamais eu besoin, toi, dit-elle toujours troublée par cette étrange résurgence du minah.

Contre toute attente, elle sentit en lui comme de la gêne.

— T'aurais-je donné le change à toi aussi, mon amour ? (Il la serra dans ses bras en riant.) Crois-moi, le seul avantage que j'aie sur les autres, c'est d'avoir appris à lire assez vite dans les pensées des gens pour corriger mes erreurs avant qu'elles ne fassent boule de neige.

— Mais as-tu éprouvé ce besoin d'un refuge ?

Il lui fallait savoir, déterminer l'origine de cet embarras parfaitement inhabituel.

— Oui. (Et le petit rire dont il accompagna cet aveu sonnait étrangement lui aussi.) Ta Ronronnette avait au moins le mérite d'être réelle sinon vivante, objet programmé pour répondre aux besoins d'une fillette...

— Où est le problème d'avoir un compagnon imaginaire ? lui demanda-t-elle, découvrant à quoi il pensait.

— Oh, nulle part, jusqu'au jour où ta petite sœur s'en aperçoit et que tu essuies pendant deux semaines les plaisanteries fines de toute la famille.

— *Tu lui avais donné un nom ?*

— *Oui, Bagheera. Etrange que ç'ait été un félin comme ta Ronronnette. Une puissante panthère noire qui adorait se percher sur les hautes branches des arbres — rien d'étonnant, d'ailleurs : j'étais moi-même toujours en train d'y grimper. Ou que je retrouvais se prélassant au soleil sur un rocher dans ces collines où je me réfugiais pour échapper aux corvées de la ferme. Et qui détestait l'eau ! Ce qui n'était pas mon cas : j'adorais nager. Mais je n'ai jamais pu la décider à venir jouer avec moi dans la rivière. Elle avait des yeux jaunes... tiens, comme Afra.* D'avoir trouvé cette ressemblance avec une de ses connaissances actuelles paraissait à la fois le surprendre et l'amuser. *On a passé des journées ensemble à explorer les cavernes, mines et autres endroits invraisemblables pour y exhumer des trésors insoupçonnés. Elle me protégeait contre tous les dangers d'un monde encore hostile et sauvage comme l'était Déneb. Et nous faisions la fortune de la planète par nos découvertes, l'arrachant à son statut de colonie plus vite qu'aucune autre de ses pareilles dans la sphère d'influence des Mondes Centraux.* Il eut de nouveau cet étrange petit rire et enchaîna oralement : Tu sais, voilà des années que je n'avais pas repensé à Bagheera ! C'était un personnage tiré de je ne sais plus quel livre pour enfants, mais je me l'étais approprié pour mon usage personnel. Elle était invincible. *Hé, voilà que tu te rendors sur moi !*

— Pas vraiment, dit-elle avant qu'un énorme bâillement n'apportât la preuve du contraire. (Elle se pelotonna plus étroitement contre lui, trouvant dans son épaule le bon creux pour y loger sa tête.) Bon. Est-il indispensable que nous bougions d'ici ?

Pour toute réponse, il alla chercher une couverture et la drapa sur eux.

Bien qu'elle y vît toujours une inacceptable ingérence du Méta de la Terre, la Rowane se surprit à attendre avec impatience les visites d'Elizara. De bimensuelles, celles-ci se firent hebdomadaires, et, au début du septième mois, la D-1 s'installa carrément sur Callisto pour attendre le grand moment.

— Mais je me sens parfaitement bien, protesta la Rowane. Et le bébé se développe à merveille... ou m'aurait-on caché quelque chose ?

Elizara sourit.

— Je ne vois pas comment. De fait, votre grossesse n'exige nullement ma présence à demeure. Mettons que ce soit lié aux appréhensions d'un certain vieillard. A celles d'un homme dans la fleur de l'âge aussi, à voir le comportement de Jeff ces derniers temps.

La Rowane grogna, sentit l'enfant réagir. Pour s'épargner de violentes convulsions, elle avait néanmoins appris à modérer sa réponse à chaque contrariété.

— Jeff sait combien la famille compte pour vous, dit Elizara.
— La famille ?

Elle trouvait bizarre le choix du mot. Jeff désignait indifféremment l'enfant comme "son" fils, "leur" fils, ou Jéran, puisqu'ils avaient fini par se mettre d'accord sur ce prénom, mais il n'était jamais question de famille à son propos. C'était pourtant ce qu'ils formeraient quand il serait là.

— Il y eut un temps, poursuivit la gynéco avec l'habituelle scansion qu'elle donnait à ses discours, où l'on n'était pas le moins du monde préparé à cet événement et aux conséquences qu'il allait avoir. Bien sûr les gens sont à présent formés à leurs futures fonctions parentales dès les petites classes, si bien que la plupart des iniquités perpétrées dans ces siècles barbares sur de jeunes cerveaux encore malléables n'ont pratiquement plus cours. Mais les Doués de haut niveau réclament des soins particuliers, surtout à la naissance et dans les trois premiers mois.

— Je sais, je sais ! Je me suis fait bassiner les oreilles avec ça par tout un chacun dans ces foutus Mondes Centraux. La seule qui n'y ait jamais fait allusion, c'est Capella. Et là, sur le moment, ça me donnerait presque envie de changer de place avec cette vieille fille desséchée.

— Rowane ! Si elle vous entendait.
— Elle ne doit pas être à l'écoute. Je lui rends gré d'être à peu près le seul Doué TTF qui ne me contacte pas cinquante fois par

jour pour me demander si ça va, si le bébé est bien vivant et s'il me donne des coups de pied ! Ce qu'il est en train de faire, je vous le signale !

— Raison de plus pour se calmer !

Il émanait d'Elizara une autorité à laquelle la Rowane, pas plus qu'à celle de Jeff, n'était en mesure d'échapper. Elle obéit sans penser, se mit en méditation. La sérénité de la D-1 se répandit en elle, y noyant toute colère.

— Au fait, reprit Elizara. Il y a une liberté que je me suis suis permise en votre nom.

Elle s'interrompit, hésitante.

— Laquelle ? l'encouragea la Rowane.

— J'ai fait mon enquête sur les Gwyn et suis remontée assez loin. Vous comprenez, il est toujours bon d'être averti à l'avance d'éventuelles tares héréditaires.

— Mais comment vous y êtes-vous prise ? s'écria la Rowane. J'ai essayé...

— D'Altaïr, pas de la Terre. Donc sans avoir accès aux fichiers originaux des services d'immigration.

— Et qu'y avez-vous trouvé ?

— Les génotypes et profils sanguins de tous les colons en partance. D'après eux, vous ne pouvez qu'être la fille d'Ewaïn et Marag Gwyn. (Timidement, Elizara sortit de sa pochette deux holos qu'elle posa sur la table.) Vous remarquerez que la tendance à blanchir avant l'âge affectait tant votre père que votre mère.

Avec un respect voisin du culte des ancêtres, la Rowane contempla les deux visages. Celui de son père, d'abord : taillé à coups de serpe, un léger pli barrant le front et, de fait, bien qu'il ne donnât pas l'impression d'avoir plus de trente ans à l'époque, des cheveux aussi blancs que ses sourcils et sa moustache étaient noirs. Chez sa mère, l'argent se limitait à des mèches de part et d'autre de la raie. Elle avait en revanche incontestablement légué à sa fille tant ses yeux gris que l'étroitesse de ses pommettes.

— *Elizara, si vous saviez le cadeau que vous me faites avec ces holos...*

— *J'en suis consciente, chérie !*

— *Qu'est-ce qui se passe ?* demanda Jeff qui avait toujours une antenne dans l'esprit de sa compagne. Mis au courant, il se montra débordant de gratitude envers la D-1. *Cette fille est une merveille ! Embrasse-la pour moi ! Je n'ose le faire moi-même par peur de ta réaction.*

— *Je suis trop heureuse pour te le refuser, mon chéri, si c'est là ton envie.*

— *En ce cas, préviens-la !* conclut Jeff sur un petit ricanement.

Elle négligea de le faire et continua de sourire aux anges en fixant les deux portraits. Ils se gravèrent en elle, dotant d'une réalité indéniable l'extraordinaire et si simple miracle d'avoir enfin des parents. Et savoir qu'elle avait eu un frère lui suffisait, d'autant qu'elle en connaissait le nom et avait la consolation de pouvoir se l'imaginer, restant néanmoins dans l'incertitude pour ce qui était d'une plus grande ressemblance avec leur père ou avec leur mère. Peut-être même que Mauli, qui avait un bon coup de crayon, allait être en mesure de lui en fournir une représentation graphique satisfaisante.

Sur un point, la Rowane eut gain de cause contre la protection abusive dont l'entourait Reidinger : elle obtint de poursuivre son travail à la Station de Callisto. Torshan et Saggoner étaient requis sur quelque avant-poste colonial et, avec l'appui d'autres médecins consultants, Elizara réussit à convaincre le Méta de la Terre que la grossesse de la jeune femme ne diminuait en rien ses facultés. Et aussi que l'exercice de ces dernières — pour autant qu'il ne s'écartât pas de la routine — était sans incidence sur l'enfant. La Rowane y mit d'ailleurs du sien, s'abstenant pour un temps de ces feux d'artifice qui avaient si souvent jeté la panique dans le personnel quand elle était mal lunée. Tout un chacun apprécia le changement.

Sitôt l'état de la Rowane de notoriété publique, Brian Ackerman avait raccroché Afra, désireux de savoir si leur jeune Méta allait être "bien".

— Si par "bien" tu entends aussi peu commode qu'avant Jeff, lui fut-il répondu par un Capellien dont les yeux jaunes pétillaient d'amusement. Toutefois, je me suis laissé dire que les femmes enceintes étaient souvent plus calmes, plus dociles.

— Docile, la Rowane ? s'étonna Brian. J'ai quelque mal à me l'imaginer ainsi. Mais cette Elizara est à coup sûr une délicieuse personne. Notre jeune Méta la trouve-t-elle sympathique ?

— J'estime qu'il s'agit là de personnalités compatibles. Elizara est une praticienne hors pair. Si je devais avoir un bébé, j'aimerais qu'elle fût là pour m'assister.

Ackerman lui jeta un regard surpris.

— Tu n'es pas mutant, que je sache !

— Ni moins viril que toi ! répliqua le Capellien, rivant à son tour les yeux sur le Chef de Station.

— Euh... c'est pas ce que je voulais dire ; je sais que tu... Oh, et puis merde, j'avais eu l'impression que tu en pinçais pour la

Rowane... et comme Elizara est plutôt mignonne, qu'elle est jeune...

— Je te remercie, Brian, mais tu permets que je fasse mon choix tout seul ?

Et il s'éloigna, laissant un Brian incertain de ne pas l'avoir offensé à mort maudire la maladresse qui lui avait fait aborder un tel sujet de conversation.

A l'approche du grand jour, la Rowane passa de plus en plus de temps dans la piscine du Dôme. C'était le seul endroit où elle ne se sentît pas gauche et encombrée de son propre corps. Elle alla jusqu'à envisager avec Elizara un accouchement dans l'eau.

— Où vous voudrez et par la méthode qui vous plaira, répondit la D-1.

— Ça ne va pas être une superproduction, j'espère ? Il ne faudrait pas que Reidinger m'expédie une armée d'experts à l'instant où j'entrerai en travail.

— Où vous voudrez, par la méthode qui vous plaira, et en présence de ceux dont vous estimerez avoir besoin pour que vous et Raven junior n'ayez aucun problème, lui assura Elizara avec une autorité telle que la Rowane se laissa convaincre.

Elle savourait l'ironie qu'en lui interdisant tout voyage spatial, Reidinger lui eût en fait évité d'accoucher dans le décor glacial d'une des cliniques hautement spécialisées de la Terre.

Si discrète fût-elle, la surveillance médicale dont elle était l'objet n'en avait pas moins un caractère omniprésent. Des capteurs, elle en repérait sur les bras de son fauteuil à la Tour et, chez elle, au bord de son lit, dans la piscine, sur la banquette devant le feu, dans le rocking-chair que Jeff lui avait fait de ses propres mains et jusque dans la cuisine. Elle avait du mal à n'en pas prendre ombrage : avoir un bébé aurait dû être une affaire intime, pas le centre d'intérêt des mondes peuplés.

Elle eut l'intuition soudaine de la présence qu'elle désirait pardessus tout à son chevet : celle d'Isthia Raven, de son oreille fine, sa grosse voix. Passé la surprise initiale, cette découverte la calma.

— Ceux dont vous estimerez avoir besoin, répéta Elizara, informant avec tact la Rowane de ce qu'elle lisait en elle à livre ouvert.

— Mais acceptera-t-elle de venir ? s'inquiéta la Rowane, saisie d'une étrange réticence.

Déneb allait connaître ses premières moissons depuis l'attaque extraterrestre, et Isthia Raven avait à s'occuper de l'exploitation familiale.

— *Suffit de le lui demander*, répondit Jeff quand elle lui soumit timidement le projet. *A mon avis, elle sera flattée... et d'une aide précieuse. Elle s'est formée dans ce traitement métamorphique avec lequel tu m'as ressuscité. Marche-t-il aussi bien en obstétrique ?*

— *Je crois. Tu veux bien faire la demande à ma place ?*

— *Quoi ! La redoutable Rowane aurait-elle peur de sa belle-mère ?*

— *Toi aussi, tu as peur d'elle. Ne me dis pas le contraire.*

— *Moins maintenant.* (Puis sur un petit rire faussement sardonique :) *Je t'ai rencontrée.*

— *Je ne vois vraiment pas pourquoi je me suis encombrée d'un sale type comme toi.*

— *Parce que tu l'aimes, ma Rowane. Et que c'est réciproque.*

Au ricanement se substitua une image de lui en jeune veau bondissant.

Isthia Raven, effectivement flattée par la requête, eut un long entretien avec Elizara. Qu'à ses yeux la Rowane ne fût pas des mieux conformées pour avoir des enfants n'avait cessé de l'inquiéter. Elle accourrait dès qu'on aurait besoin d'elle, assura-t-elle à la D-1.

— *En ce cas, viens tout de suite,* lui dit son fils. *Moi, j'ai besoin de toi.*

— *Je croyais que la demande émanait de ta femme,* rétorqua-t-elle, taquine. *Tout ira bien, tu le sais aussi bien que moi… si ce n'est mieux. Combien de clairvoyants as-tu déjà consultés ?*

— *Pourquoi me passerais-je des compétences de mes pairs ?* rétorqua Jeff, rebelle.

Isthia eut un petit rire et changea de sujet, mettant au point son transfert sur Callisto quelques jours avant la date de délivrance prévue. Ses inquiétudes s'évanouirent à l'instant même où elle vit la future mère, rayonnante — explosée, pour reprendre le terme de l'intéressée qui décrivait ainsi sa sensation de partir dans toutes les directions en cet ultime stade de sa grossesse. Elle lui exprima son admiration sincère pour la décoration de sa demeure, s'étonnant de ce qu'on pût sous dôme disposer d'une telle place. Elle s'intéressa particulièrement aux explications du jeune couple sur le dispositif de sécurité, se prêta même à un exercice d'alerte simulée.

— *Les planètes ont au moins le mérite d'offrir plein d'endroits où se cacher,* fit-elle remarquer avec sa cocasserie coutumière en jetant un coup d'œil à l'intérieur de l'un des abris. *Alors qu'ici, je ne sais pas ce qu'on fera si la sonnerie d'urgence se déclenche à l'instant où notre Jéran a décidé de sortir.*

Et elle mima les contorsions qui attendaient la Rowane s'il lui fallait s'introduire dans un espace aussi exigu.

— La maison a un triple système d'étanchéité, précisa Jeff. Il n'est pas question de risquer la vie d'une Méta.

— Je vais donc m'attacher à vos pas, ma fille. Mais vraiment, votre demeure est d'une rare élégance. Bon, je sais qu'on ne va plus tarder à retrouver le même confort sur Déneb.

— Ça ne vous gêne jamais ? demanda-t-elle à la Rowane après le dîner, levant un œil circonspect sur l'énorme planète qui se hissait dans le ciel.

— Quoi ? Ah, Jupiter. Je m'y suis habituée.

La jeune Méta s'efforçait d'installer confortablement sa propre masse dans son canapé de prédilection.

— Lévitation ? lui suggéra Isthia, guettant l'opinion d'Elizara.

— On a déjà essayé, dit Jeff, puis tournant vers la Rowane un petit sourire triste : Allez, tu n'en as plus pour très longtemps.

Elle eut un grognement sceptique.

— Elizara, vous qui êtes de la partie, ne pouvez-vous nous fixer une date, si ce n'est l'heure, du moins le jour ? demanda Isthia.

— Voyez-vous, lui fut-il répondu avec un petit sourire, si nos progrès nous ont amenés à presque cent pour cent d'enfants normaux et en bonne santé, si nous sommes à même de déclencher le travail passé le temps normal de gestation, nous n'avons toujours aucun moyen d'imposer des horaires aux bébés.

— J'espère que le mien aura la gentillesse de ne pas trop se faire attendre, soupira la Rowane.

— C'est votre premier, dit Isthia. Il risque d'avoir du mal à trouver la sortie.

— Je ne cesse de lui seriner que c'est très simple, qu'il n'a qu'à maintenir la tête en bas et pousser.

— Et alors ?

— Il m'exprime à quel point son environnement actuel le satisfait et le peu d'intérêt qu'il voit, de ce fait, à y changer quoi que ce soit.

— Dans ces termes ?

La Rowane éclata de rire, ravie d'avoir surpris la Dénebienne.

— Pas vraiment. Mais c'est une sensation de plénitude absolue que je capte.

Isthia se tourna vers Elizara.

— Pourquoi pas des massages ? Bien sûr, il n'y pas encore de retard mais...

— On attend, répondit la D-1 sur un doux sourire. Il sera toujours temps d'y recourir si les contractions s'interrompent et que nous sentons chez le bébé un refus total de quitter la matrice.

Brusquement, Isthia se redressa dans le canapé qui aussitôt se remodela pour lui offrir un appui confortable dans cette nouvelle position. Elle avait tourné la tête de côté, tendait l'oreille.

— Qu'est-ce qui se passe ? Qu'avez-vous entendu ? demanda la Rowane. C'est Ian ?

Ils pouvaient de temps à autre brocarder Isthia sur ses "grandes oreilles", mais leur respect pour elle n'en était pas le moins du monde entamé.

— J'ai cru... (Elle se tourna vers Elizara.) Vous n'avez rien entendu ?

La gynéco avait le front barré d'un pli, manifestement tendue dans l'acuité de cet autre sens dont la Providence avait libéralement gratifié les trois femmes.

— *Là !* fit l'aînée.

La Rowane avait senti quelque chose, à l'extrême limite de sa portée. *Trop loin ! Et c'était quoi ? De la colère ? De la douleur ?*

— *Et poussé par qui, ce cri ?* ajouta Isthia, songeuse. *Pas moyen d'en cerner la source. Je ne crois pas que ce soit un être humain.*

Elizara la fixa, surprise.

— Comment avez-vous pu l'entendre, alors ?

— Moi aussi, j'ai entendu, lui rappela la Rowane avant de se tourner vers Isthia, rassurante : Enfin, ça ne venait pas de chez nous. *Ou dois-je gueuler un coup et leur demander si tout va bien ?*

La Dénébienne secoua la tête avec lenteur puis, s'arrachant à sa perplexité, sourit aux deux autres.

— Si ça vous était arrivé à vous, Rowane, on l'aurait mis sur le compte de votre état.

La Rowane poussa un soupir exaspéré en caressant son abdomen distendu.

— Allez, ça commence à bien faire, fils, mets-toi en position et finissons-en. Tu es assez grand pour naître.

Deux jours plus tard, identifiant le majestueux lever de Jupiter avec celui de l'étoile propice à sa naissance, Jéran Raven décida d'accéder aux souhaits de sa mère. Il introduisit sa tête où il fallait, provoquant la perte des eaux, puis, presque avant qu'Elizara n'ait pu appuyer la Rowane dans sa contre-attaque analgésique, les contractions commencèrent, longues, intenses.

Jéran avait également attendu que son père eût fini son service à la Tour. Jeff débarqua sur Callisto alors qu'Elizara et Isthia installaient au mieux son épouse.

— Vous tombez bien : il va falloir la masser, lui dit la gynéco. C'est un moment critique pour votre fils : on doit le rassurer pour éviter qu'il ne remonte ou résiste.

La présence de Jeff, de ses bras puissants qui la soutenaient, de ses mains qui couraient sur son corps furent d'une grande aide pour la Rowane. Ils joignirent leurs forces mentales respectives pour exhorter leur fils à endurer ce bref inconfort et faire son entrée dans le monde des vivants.

— *Ne serait-ce pas un rien hypocrite de notre part*, souffla-t-elle à Jeff sur leur canal privé, *d'exiger de lui qu'il quitte le havre sûr de mon ventre alors que nous ne pouvons lui garantir une sécurité que nous n'avons jamais connue ?*

— *Tu veux rester enceinte pour le restant de tes jours ?* répondit-il en lui écartant du front des mèches d'argent déjà trempées de sueur.

— Non !

— *Alors, poussez*, lui ordonna Elizara. *Accrochez-vous aux mains d'Isthia !*

Les mains de la Dénebienne furent son ancrage tout au long des massives contractions qui suivirent.

— Elles sont très violentes, fit remarquer Isthia.

— J'ai vu pire, répondit la D-1. Et leur rythme est bon : une toutes les cinq minutes.

— Est-ce lui qui résiste ou moi ? demanda la Rowane, hors d'haleine et soulagée à l'issue d'une contraction particulièrement sévère.

— Un peu des deux, lui fut-il répondu sans que cette imprécision recouvrît autre chose dans l'esprit d'Elizara. *Vous savez, je dis toujours la vérité à mes patientes.*

— *Vous n'auriez aucune chance de mentir à celle-ci.*

— *Pas plus qu'à la personne qui l'assiste*, rétorqua la D-1, amusée. Bon, en voilà une autre.

Et toutes trois sentirent le sursaut de résistance de l'enfant alors que l'utérus maternel le prenait dans la cadence inexorable de ses spasmes. La sensation lui faisait horreur, le terrifiait en dépit de la chaleur, de l'amour et du bien-être qui lui étaient promis s'il persévérait. Non, vraiment, il s'agissait d'une expérience atroce.

— *Je n'y prends pas moi-même un très grand plaisir, fils*, lui dit sa mère.

Puis la contraction suivante monta, la rendant incapable d'aligner ne fût-ce qu'une pensée. Ses doigts se crispèrent sur les mains d'Isthia au point qu'elle craignit de lui faire mal.

— *Non. C'est bien*, la rassura la Dénebienne.

Prise dans l'irrésistible processus de l'accouchement, la Rowane eût l'impression que cette lutte avec son fils n'allait jamais finir. La fréquence des contractions s'accrut ainsi que leur durée.

N'eût-on verrouillé son système nerveux qu'elle eût basculé dans des torrents de souffrance. Même ainsi, les efforts auxquels étaient soumis des muscles qu'elle ne sentait pourtant pas suffisaient à l'éreinter.

— *Pitié, Jéran, je t'en supplie !* hurla-t-elle, incertaine de pouvoir encore tenir très longtemps.

Puis elle sentit quatre mains se poser sur son ventre cependant que deux esprits accompagnaient la nouvelle contraction qui venait de la saisir et forçaient la résistance de Jéran. La tête apparut. Un terrible cri la suivit, oral et mental : protestation, colère et panique

— *Ça y est, mon fils, tu es né,* y répondit la Rowane dans une identique confusion de tous ses plans alors qu'elle rouvrait les yeux pour voir Elizara recueillir entre ses mains le petit corps visqueux qui se tortillait en tout sens.

Jéran gémit, sa rage déjà mêlée d'hébétude sous la gifle du changement de milieu, du bruit, du froid, de l'agressive nouveauté de cet endroit où il venait d'échouer.

— *Doux, tout doux,* lui murmurèrent trois cerveaux adultes. *On t'aime. Tu es désiré. Là, tu vas avoir chaud. Tu vas être bien.*

Elizara posa le bébé sur le ventre de sa mère, le temps d'aller régler la bascule.

— *Même à l'envers, tu es beau,* dit la Rowane à son fils, coinçant la main qui venait de lui passer au ras du visage. Outre par ces gesticulations frénétiques, Jéran continuant d'exprimer son déplaisir sur l'entier clavier de ses Dons bruts. *Quelle force !*

— *Et quelle colère pour la nourrir !* renchérit Jeff, aussi fier que soulagé. *Allez, mon gars, c'est fini.*

— *Que non,* le détrompa Isthia. *Ça ne fait même que commencer. Et c'est excellent pour ses poumons.*

— *Tu lui as manifestement légué les tiens, Maman. Quand il a crié en sortant, on a dû l'entendre jusque sur Déneb.*

— *Pour le moins !* répliqua l'heureuse grand-mère.

— Quatre kilos cent, annonça Elizara tout aussi ravie. (Elle ramenait Jéran de la pesée pour la suite des opérations.) Le bon poids, Rowane : de quoi bien démarrer dans la vie sans avoir eu pour autant à forcer le passage. *Maintenant, on va tous ensemble faire en sorte de l'apaiser aux niveaux les plus fondamentaux.*

— *Vous avez l'intention de vous liguer contre mon pauvre fils ?* demanda Jeff qui enveloppait l'intéressé d'un regard infatué.

— *Pas si pauvre que ça,* l'envoya paître Elizara. *Et c'est parce que les Dons de Jéran ne sont manifestement pas des moindres qu'il est particulièrement important de les asseoir en lui sur des bases sereines. Allez,*

Isthia, on commence par les niveaux métamorphiques. Je ne pense pas que la Rowane ait l'intention d'exiger de son fils des performances psioniques dans les prochains mois.

Isthia se mit à masser les petons du bébé en chantonnant. Elizara et Jeff s'occupèrent de sa toilette, des caresses dans les gestes, dans la voix, dans l'esprit. Bientôt, il bâilla et se laissa glisser dans le sommeil.

Quand la perte des secondines permit à La Rowane de se réinstaller confortablement dans son lit, l'enfant endormi lui fut rendu et Jeff s'étendit à côté d'eux, les yeux débordant d'amour.

— *Je n'aurais jamais imaginé avoir des sentiments si intenses pour un petit bout d'homme qui ne va pas tarder à nous rendre fous par ses caprices*, dit-il, titillant le petit poing fermé qui s'ouvrit puis se roula autour de l'index arrivé à sa portée. *Je vais être le père le plus impossible de toute la galaxie.*

— *Je te comprends : Jéran en est le plus merveilleux bébé...* Mais qu...

Jeff leva les yeux, lui vit un regard étonné, en suivit la direction et découvrit la pièce en train de se remplir de bacs paysagers et de corbeilles de fleurs. A l'issue du processus, il ne resta d'espace libre qu'aux abords immédiats du foyer.

— Qu'est-ce que c'est ?

Jeff s'était levé d'un bond, défié dans son rôle de père par un assaut végétal dont il n'avait réalisé qu'après coup le caractère inoffensif.

— *Elizara n'a même pas eu besoin de m'avertir. Avec un pareil coffre, notre petit gars m'a tout de suite fait savoir qu'il était né*, dit une voix connue mais dans un chuchotement humble totalement inédit. *Merci. merci du fond du cœur*, ajouta Reidinger.

— Rowane ? Jeff ? hasarda Isthia, non moins hésitante, mais il y avait une telle excitation sous-jacente dans sa voix qu'ils ne purent faire autrement que lui demander ce qui se passait. *Rien, sinon qu'il ne doit plus rester beaucoup de fleurs sur Terre avec tout ce qui vient de surgir un peu partout sous le Dôme.*

— Si tu voyais notre chambre, lui cria Jeff en mode vocal. Entre. Où est Elizara ?

— Dans la piscine... enfin, si elle arrive à nager avec le vol de nénuphars que j'ai vu s'y poser, dit Isthia en ouvrant la porte. (Elle s'arrêta sur le seuil, interdite.) Mais qui a...

— Reidinger ! répondirent à l'unisson Jeff et la Rowane.

Une exclamation lointaine leur parvint puis une pensée plus audible : *Grand-père, avez-vous perdu la tête ? Une telle concentration de pollens et de parfums n'est pas bonne pour un bébé !*

— Grand-père ?

Interrogation pour laquelle Isthia s'était jointe au chœur des jeunes parents.

— *Mince, ça m'a échappé !* fit la D-1 qui manifestement s'en mordait les doigts. *Le temps d'enfiler quelque chose et j'arrive.*

— *Venez comme vous êtes*, lança Jeff avant de s'esclaffer.

— *Arrête !* s'étrangla la Rowane, les mains crispées sur son ventre encore douloureux. *Tu vas me faire rire et il ne faut pas !*

Isthia vint à son aide, lui plaquant sur l'abdomen ses mains puissantes. Bien qu'elle foudroyât son fils du regard, un grand sourire barrait ses traits. Puis Elizara entra, drapée dans une serviette, les cheveux toujours trempés, visiblement contrariée.

— Reidinger est votre grand-père ? lui demanda de but en blanc la Rowane qui s'étonnait de n'avoir jamais rien soupçonné.

— Mon arrière-grand-père, en fait. Mais c'est trop long à dire, et il trouve que ça le vieillit. Pour ce qui est de notre parenté, comme vous risquiez, selon lui, de ne pas accepter mon aide si vous étiez au courant, j'ai préféré la dissimuler. Je n'en suis pas moins la personne la plus qualifiée pour un tel accouchement. Je vous ai dit la vérité lors de notre première entrevue : c'est moi qui lui ai proposé de venir mais c'était un fantastique soulagement pour lui. Qu'il vous malmène, aille même jusqu'à vous insulter, ne témoigne à vrai dire que du souci qu'il se fait pour vous. Pour Jeff aussi. Et pour Jéran qui vient d'enrichir son jeu d'un troisième atout.

La Rowane entoura son enfant d'un bras protecteur et lança un regard noir à la D-1.

— Je me refuse à procréer pour les TTF.

— J'aurais la même réaction, répondit la gynéco en riant. Mais avoir des enfants est inhérent à la condition féminine. Vous n'irez pas nier que vous vous sentez maintenant plus femme qu'en tout autre moment de votre vie passée ?

Après réflexion, la Rowane s'inclina devant l'évidence.

— De fait, maintenant que je sais ce que c'est d'être enceinte et d'accoucher, je suis prête à répéter souvent l'expérience. (Elle tourna vers Jeff un regard malicieux.) Mais Reidinger doit comprendre que c'est uniquement parce que nous voulons d'autres enfants, Doués ou non.

— De mon côté, je ne songerais pas un seul instant à nier que mon grand-père vit et respire dans l'unique obsession d'une efficacité croissante des TTF et de leur expansion, reprit Elizara, un pétillement dans les yeux. Mon orientation vers la médecine l'a profondément déçu. Le cher homme... (et elle sourit de capter en eux de l'étonnement devant la note affectueuse de l'expression)... n'a cessé d'aller de déception en déception avec ses sept enfants et leur progéniture immédiate. Qu'il soit le troisième Reidinger à occuper les fonctions de Méta de la Terre ne doit pas faire oublier que l'hérédité du Don ne joue pas à tous les coups. Elle saute parfois une ou deux générations. De là, son ardeur à former la nôtre apparemment plus prometteuse. De là aussi son fichu caractère : il a l'impression d'avoir été floué par la génétique. Bien sûr, dans la famille, la plupart d'entre nous ont un Don ou un autre, mais nul n'y pourrait briguer le titre de Méta. C'est une combinaison des plus rares, vous savez. Voilà pourquoi mon grand-père s'intéresse tant à vous, Rowane, à Jeff aussi, et à Jéran.

— Il a une drôle de façon de nous marquer son intérêt. Quand je pense aux engueulades que...

— Voyons, Rowane, je vous sais plus à même que tout autre Méta de comprendre ce qu'est la solitude ! (Elizara s'interrompit, lui laissant le temps de digérer la remarque, ce qu'elle fit.) Grand-père ne peut permettre à ses sentiments personnels d'interférer avec ses responsabilités professionnelles. Au risque de vous surprendre... (et les inflexions de la douce Elizara se teintèrent d'agressivité)... il est loin d'être insensible. Il a simplement la pudeur de mieux dissimuler ses sentiments que la plupart des gens.

— *Excusez-moi*, fit la Rowane, confuse. *Je suis d'un égocentrisme...*

— Vous le partagez avec bon nombre de Métas, l'arrêta la D-1, sa voix redevenue sereine. Déformation professionnelle, sans doute. Et vous n'avez pas à modifier votre comportement à l'égard de Reidinger. Il serait fâché contre moi si j'avais ne fût-ce que suggéré que son écran a des failles. Cela dit, je suis de taille à lui faire face. Comme vous l'êtes, Jeff et vous. Et vous aussi, Isthia, dont la force est de loin plus grande que je ne l'aurais cru de prime abord.

La bénéficiaire du compliment observait depuis quelque temps la D-1. Elle eut un haussement d'épaules sans signification spéciale.

— Déneb est mon souci premier, mais ces aperçus sur notre redoutable Méta terrestre me fascinent.

Sur le "i" de "fascinent", elle avait grimpé dans les aigus.

— Trêve de plaisanteries, dit Elizara, agitant un doigt ironiquement menaçant. Attaquons-nous à dégager la pièce d'au moins une partie de ces fleurs. Il y a des limites à ce que peuvent supporter les poumons d'un bébé.

— Sans parler de l'air conditionné dans cette partie du dôme, ajouta Jeff.

— Je reconnais que ça partait d'un bon sentiment, dit la Rowane, la voix pâteuse.

Et du temps que le déménagement fût achevé, elle dormait à poings fermés, un bras protecteur autour de son enfant.

— Dans le genre bébé, il est plutôt chouette, fit remarquer Isthia quelques jours plus tard alors qu'elle leur faisait ses adieux. Je n'avais pas l'impression que Ian me manquerait, mais c'est un fait. Et puis, je ne me suis que trop longtemps prélassée dans le luxe. (Elle ne tint pas compte de l'éclat de rire de son fils et poursuivit, la main posée sur le front de Jéran endormi.) Ça ne sera pas toujours une partie de plaisir, Rowane, mais vous lui avez donné un bon départ dans la vie.

— Merci, Isthia, murmura la jeune Méta, âme et voix emplies de gratitude.

La Dénebienne lui décocha un sourire entendu.

— Je n'étais là qu'à titre symbolique ou peu s'en faut, nous le savons l'une comme l'autre. Cela dit, j'étais flattée qu'on fasse appel à moi.

Elle se pencha pour embrasser la Rowane sur la joue avant de quitter promptement la pièce. Les pensées de la jeune Méta l'accompagnèrent jusqu'à Déneb. Elizara resta encore quelques jours, s'assurant que la Rowane était en bonne voie de se remettre d'un accouchement qui, pour avoir été rapide, ne l'avait pas moins vidée de ses forces.

— Je vais être claire avec Reidinger, annonça Elizara quand elle fut à son tour sur le départ. Vous resterez en congé de maternité jusqu'à ce que j'en aie décidé autrement. Il aura beau pester, je ne bougerai pas d'un pouce. En fait, il adore qu'on lui résiste. Vous ne pouvez pas savoir comme il était ravi quand vous avez déboulé dans son bureau.

— Je ne m'en serais jamais doutée.

— Par ailleurs, je le vois mal risquer la santé de sa chouchoute.

— Je ne suis la chouchoute de personne, rétorqua sèchement la Rowane.

Elle berçait Jéran, et son expression offrait un singulier contraste avec sa voix.

— Je le lui rappellerai, promit la D-1. Vous êtes une bonne mère, et pour l'heure c'est l'essentiel à ses yeux. (Elle sourit, ce qui lui valut un regard acéré de la jeune Méta.) Si, si, une bonne mère. Et il semble que ce soit un don naturel. (Le front d'Elizara se barra d'un pli.) Qui est Ronronnette ? demanda-t-elle.

La Rowane la fixa.

— Cessera-t-elle jamais de me hanter ?

— Hanter n'est pas le terme qui convient, répondit Elizara. (Elle réfléchit un moment puis ajouta :) Son bonheur est trop grand.

— Ronronnette est le nom du minah qu'on m'avait donné sur Altaïr, expliqua la Rowane non sans rudesse.

La D-1 haussa légèrement les sourcils.

— Je lui vois dans votre passé une tout autre importance. C'est votre alter ego, Rowane, et vous faites pour l'heure sa joie et son orgueil.

— J'ai un minah pour alter ego ?

— Pourquoi pas ? (Et, de nouveau, les lèvres d'Elizara s'incurvèrent sur un petit sourire malicieux.) C'était un dispositif d'assistance psychologique d'une rare ingéniosité, vous savez, d'autant qu'on avait apporté à sa programmation un soin extrême. (Sa main se posa, rassurante, sur l'épaule de la Rowane, contact qui rendit cette dernière plus sensible à la valeur d'une telle opinion exprimée par une personne du métier.) Que cette petite imbécile arrogante ait matériellement déchiqueté Ronronnette n'implique nullement que vous l'ayez jamais perdue. (Elle rassembla ses affaires.) Et gardez en mémoire que, par la pensée, nous ne sommes pas très loin l'une de l'autre, et que je vous suis ouverte en permanence.

Avec des parents à l'affût de ses besoins — et peu susceptibles de se méprendre sur leur nature —, Jéran fit de rapides progrès, ne s'abandonnant que rarement à des éclats dont le motif fût difficile à discerner. Il devint la coqueluche non seulement des adultes mais des autres enfants du Dôme. La Rowane récupéra son énergie, déjà pour répondre à Jeff qui la taquinait sur ses rondeurs "maternelles".

Quand, six semaines plus tard, Elizara refit un saut sur Callisto pour le premier examen postnatal, sa conclusion fut que l'enfant comme la mère étaient en excellente santé.

Rentrée à la Tour avec Jéran dont elle avait installé le berceau près de son fauteuil, la Rowane reçut un message de Reidinger : il voulait voir Jeff.

— C'est dégueulasse ! explosa-t-elle en faisant les cent pas. Ton fils a besoin de toi ici, à ses côtés. Et moi aussi. Je me fiche de ce qu'a pu lui dire Elizara. Il n'a pas le droit de nous séparer.

— Voyons, chérie, l'interrompit Jeff. Nous ne savons même pas si c'est ça qu'il a en tête.

Mais une pensée mal réprimée qu'elle capta orienta différemment sa colère :

— Toi, tu n'as rien à dire ! Je sais que tu adores partir en mission, user de ton charme auprès des gens ! Que ça t'amuse de bondir d'un point à l'autre de la galaxie comme... comme...

— Comme un as du trapèze volant ? suggéra Jeff, n'en éprouvant à l'évidence aucune honte. Mais puisque nous parlons de nos goûts, je n'ai pas l'impression que tu apprécies de voir quelqu'un d'autre, même moi, s'occuper de ta Tour. Callisto est sous ta juridiction. Et je dois reconnaître que ta tournure d'esprit dotait cette Station d'une efficacité inégalable.

Elle fit peser sur lui son regard.

— Ne t'avise pas d'essayer ce genre de tactique avec moi, Jeff Raven.

— Tu es la dernière personne au monde que je puisse rouler, répondit-il en la prenant dans ses bras. *Et n'allons pas nous énerver l'un l'autre, mon amour. Nous nous connaissons trop bien pour ça.* (Il colla son corps au sien, lui prit la tête sous le menton et la réconforta de toutes les fibres de son être.) A part ça, reprit-il, je suis curieux de voir ce que Reidinger me réserve. Je suis allé partout, et j'en ai tiré la certitude qu'il n'est pas dans les intentions des Mondes Centraux de créer de sitôt une nouvelle Tour.

Confrontée à l'inévitable, la Rowane s'inclina, prit en gestalt la capsule de Jeff et l'expédia vers la Terre. Puis, sur un soupir, elle retourna au travail.

Jeff ne se trompait pas le moins du monde en soulignant cette osmose entre elle et Callisto. Etre la Méta d'Altaïr lui avait fait remporter une subtile victoire et elle avait adoré travailler avec de vieux amis, mettre à profit cette conscience accrue des choses pour concocter l'exacte formule requise en matière de Don par une Station d'une telle importance. Callisto n'en restait pas moins son domaine, sa demeure, l'endroit où Jeff était entré dans sa vie, où ils s'étaient aimés, où leur fils était né. Elle y disposait d'une équipe de Tour exceptionnellement fondue et rodée pour avoir dix années durant essuyé ses caprices et colères, et avait fini par comprendre que ces gens occupaient à ses yeux la place laissée vacante par sa famille perdue. Afra, par exemple, était plus un petit frère qu'un collègue, et qu'il se fût pris d'affection pour Jéran ne faisait que renforcer la bonne opinion qu'elle avait de lui.

— *Cargaison vivante en provenance de la Terre !*

A peine la pensée du Capellien eut-elle interrompu sa rêverie qu'elle bloqua le gros vaisseau.

— Salut, chérie ! fit Jeff, opérateur du transfert et qui en profitait pour lui passer un petit bonjour. *Achemine-moi ça dare-dare sur Déneb. Je viens d'arracher nos deux primes — maternité et paternité — et j'ai claqué la mienne en bétail reproducteur pour la ferme. Je serai là ce soir.*

Il avait quelque chose de gigantesque à lui apprendre — elle le perçut dans sa voix — et elle y voyait la promesse que le reste de la journée allait se traîner lamentablement, dans l'attente bien sûr, dans la routine de veiller sur Jéran aussi, mais avant tout dans les affres de sa curiosité sur le poste auquel Reidinger avait affecté Jeff. Elle envisageait même de quitter Callisto pour le suivre.

— *Inutile !*

La réponse avait fusé sans qu'elle ait eu à formuler la question, et elle sentait dans l'esprit une joie débordante.

Elle berçait leur fils quand Jeff rentra, se matérialisant dans la pièce avec une telle discrétion qu'elle le sentit dans son dos avant de l'entendre. Jéran poussa un couinement terrifié puis, comme sa mère, ouvrit des yeux ronds en découvrant la grande nouvelle dans l'esprit de son père.

— Méta de la Terre ! lut à haute voix la Rowane.

— Chut, tout le monde va t'entendre, dit Jeff en se glissant à ses côtés sur le lit pour l'embrasser dans le cou.

— Toi, tu n'as pas besoin de parler pour que tout le monde t'entende ! (Puis les implications se firent jour en elle.) Comment ça, Méta de la Terre ? C'est Reidinger, que je sache.

La tristesse se peignit sur les traits et dans les pensées du Dénebien.

— Ma mère était au courant pour en avoir parlé avec Elizara mais nous étions trop absorbés par Jéran pour y prêter attention. Te rends-tu compte que Reidinger a cent dix ans ?

— Non !

— Si.

Et il lui ouvrit totalement son esprit, la laissant seule juge de l'entretien capital qu'il venait d'avoir avec Reidinger. Elle y découvrit l'aspiration désespérée du vieillard à prendre sa retraite et à jouir d'au moins quelques années de tranquillité loin des soucis et tensions dont s'accompagnaient ses hautes fonctions présentes, désir que la mort de Siglen et la conscience extrême qu'il avait de n'être plus à l'abri de défaillances dues à la fatigue ou au grand âge ne faisaient qu'exaspérer. Il excluait toutefois d'abandonner ses responsabilités à quelqu'un qui n'en serait pas digne.

— Ç'aurait dû être moi, dit la Rowane, paniquée par la seule idée d'une telle responsabilité alors que Jeff, à l'évidence, y voyait un merveilleux défi.

— *Désolé de t'avoir piqué la place, mon amour...* Il sourit, mesurant quel devait être en fait le soulagement de sa compagne, puis dans un geste dont la tendresse frisait le gâtisme chez un futur Méta omnipotent, il tendit à Jéran un doigt négligent pour qu'il y enroulât son petit poing. *Jusqu'à ce que je me signale, c'était toi qu'on préparait subtilement pour le poste. David n'y était pas apte, et encore moins Capella. Quand je pense à ce que je vais pouvoir faire à présent pour Déneb...*

— Déneb ? lui fit écho la Rowane, surprise.

Puis le rire qui la saisit fut l'émanation de son amour pour cet être foncièrement altruiste qu'elle s'était pris comme époux. Pas étonnant que le choix de Reidinger se fût également porté sur lui.

Jeff hocha la tête, ses yeux bleus plus brillants que jamais.

— *Il n'est simplement pas convenable que le monde natal du Méta de la Terre reste une planète de second ordre.*

— *Tu as posé comme condition l'ouverture d'une Station sur Déneb ?*

— *Chérie...* Il s'étendit sur le lit et plaça un oreiller sous sa tête pour être à l'aise... *j'aurais pu demander toutes les lunes du Système Solaire montées en rivière de diamants que je les aurais obtenues. Tu comprendras sans peine que les Mondes Centraux ne peuvent s'offrir que le fin du fin en matière de Méta.* Son sourire fut particulièrement insolent. *Je crois n'avoir pas eu les dents longues ni m'être montré spécialement difficile. Mais Déneb aura sa Tour. Il nous suffira de marcher dans tes traces, d'améliorer ce dont tu as jeté les bases en faisant appel à des formateurs et à des techniciens. Dans les gars de Rakella, l'aîné promet de faire un Méta des plus acceptables. Enfin, jusqu'à ce que Jéran soit en âge de prendre la relève...*

La Rowane entoura celui-ci d'un bras protecteur.

— Tu n'as quand même pas l'intention de laisser moisir mon fils sur Déneb ? Je croyais t'avoir entendu jurer qu'il ne serait jamais asservi aux TTF.

Jeff se redressa sur un coude et, le visage fendu par son sourire irrésistible, lui caressa la joue pour l'apaiser.

— Ecoute, c'est à un renversement complet en notre faveur que nous assistons. Et nous avons à jouer une tout autre partie si nos enfants sont voués à prendre la tête des TTF. Nous allons les élever comme doivent l'être des Métas, leur faire développer des racines dans le terreau d'amour d'une grande famille. On en verra pas un seul avoir l'utilité d'un minah. Pas de notre vivant, en tout cas ! Nous formons une équipe, mon amour, dotée d'énergies et de ressources que bien peu ont reçues en partage, et sommes en contrepartie tenus de porter nos Dons à leur plus haute expression. (Il la regardait, à la fois grave et impatient.) A ce propos, une petite communion d'esprit ne serait pas malvenue.

L'aimant comme elle l'aimait, aussitôt ils en eurent une.

Jeran avait six mois quand la Rowane tomba de nouveau enceinte. Elle fut surprise de se le voir vertement reproché par tout un chacun.

— C'est mon corps ! fut invariablement sa réponse. Je me sens très bien. Arrêtez de me casser les pieds !

Pour défaillante que fût ces derniers temps la voix de Reidinger, elle ne parut pas avoir perdu un décibel de sa puissance quand il lui fit connaître en termes choisis son opinion sur cette grossesse prématurée qui mettait deux vies en danger, la sienne et celle de son nouveau bébé.

— *Reidinger, je vous prie de ne pas empiéter sur ma vie privée. Vous êtes la dernière personne qui ait le droit de formuler quelque objection, vu que n'y avez pas été de main morte pour montrer à Jeff à quel point vous appréciez Jéran. Donc, où est le problème ?*

— *Je ne tiens pas à ce que mon meilleur Méta...*

Elle éclata de rire, de bon cœur, sans l'ombre d'une pensée jalouse.

— *Faudrait accorder vos propres violons, très cher. N'avez-vous pas dit à Jeff que c'était lui votre meilleur Méta ?*

— *COMMENT OSEZ-VOUS M'INTERROMPRE...*

— *Non, non, je n'ai pas fait ça... je ne voulais pas...*, répondit la Rowane, faussement paniquée. *C'est si mauvais pour votre cœur, pour vos poumons, pour votre crâne ou pour je ne sais quoi. Alors, soyez sage, allez prendre votre médicament et veillez sur le destin de votre Tour pendant que vous en êtes encore...*

Elle le sentit se ramasser mentalement pour un nouvel éclat, puis soudain, plus rien... le silence. Elle craignit d'avoir poussé un peu trop loin.

— *Non. C'est moi qui lui ai dit de se mêler de ses oignons*, la rassura Jeff, puis il enchaîna sur un tout autre ton : *Maman même a toujours pris soin d'espacer d'au minimum un an ses grossesses.*

La Rowane, un peu trop suave : *Je m'étais dit que tu pourrais avoir envie, ce soir, de retourner auprès de ta femme et de ton fils qui t'adorent.*

Nouveau silence.

— *Bon, je rentre. Ainsi pourrons-nous discuter de tout ça de vive voix.*

Encore un à s'imaginer en savoir plus sur la maternité que celles qui ont pour tâche de porter les enfants, songea-t-elle, agacée. Et elle mit au point son plan de bataille pour la soirée.

Retomber enceinte aussi vite n'avait rien eu d'un choix délibéré. Reidinger n'arrêtait pas d'envoyer Jeff en inspection dans tel ou tel Centre de la Terre, sur la Lune aussi, et auprès des Doués responsables du relais martien et dans les cruciales Roues des Astéroïdes. Il fallait présenter Jeff à tous les Gouverneurs et il se devait de rencontrer le gratin de la Ligue des Neuf Etoiles. Subséquemment, quand il était sur Callisto, tous deux avaient tendance à rattraper le temps perdu.

— Je viens de m'appuyer une réunion des plus redoutables, annonça-t-il, visiblement éreinté. On ne devrait avoir accès à aucun poste dans la haute administration sans justifier pour le moins d'un niveau D-4. Ainsi nous serait épargnée une bonne moitié de ce qui se ramène en fait à des luttes de pouvoir.

— Je ne me rendais pas compte que Reidinger était exposé à de telles absurdités bureaucratiques, dit la Rowane. Pas étonnant qu'il soit vieilli avant l'âge.

— Oh, normalement, un Méta n'a pas à assister à ce genre de foutaises, mais il faut bien exhiber le dauphin devant tous ceux que chiffonne l'autonomie des TTF, montrer qu'il est digne de sa tâche. Il se trouve, en l'occurrence, que tous les ambassadeurs de la Ligue ne sont pas vraiment convaincus qu'un ex-colon ait le profil parfait pour assumer de si hautes responsabilités.

Du lugubre au sceptique en passant par le réprobateur, les traits mobiles de Jeff mimèrent toute la gamme d'expressions de ses détracteurs, arrachant à sa compagne des cris de joie.

— Estime-toi heureuse d'être en poste sur Callisto, conclut-il avant de reporter son attention sur plus urgent ; il n'avait pas encore eu le loisir de lui prouver combien elle lui avait manqué.

Ainsi se retrouvait-elle enceinte alors qu'une Douée de son envergure aurait dû être à même de contrôler son ovulation. Mais elle avait oublié — enfin négligé — de se prémunir contre les éventuelles conséquences de ses plaisirs nocturnes. Il n'en restait pas moins que la proximité entre cette fille — elle avait effectué après coup les corrections nécessaires pour que c'en fût une — et son frère n'allait pas se limiter à leur naissance, elle et Jeff y veilleraient. Chez les Doués de haut niveau, la communion affective pouvait être portée à de réels sommets.

— *Rowane !* L'appel urgent de Jeff lui retentit dans l'esprit alors qu'elle faisait manger sa soupe à Jéran. Dans ces deux seules syllabes, elle perçut une excitation sans bornes... et bien plus. *Maman me demande sur Déneb. Il y a quelque chose qui la perturbe, et elle me dit qu'Elizara et toi l'auriez senti, vous aussi, un peu avant la naissance de Jéran. Ça ne te rappelle rien ?*

Le souvenir resurgit aussitôt bien qu'elle n'eût plus repensé à l'incident depuis, trop absorbée par ses tâches maternelles.

— *Si, mais Elizara n'a pu définir ce que c'était — pas plus que moi, d'ailleurs — au-delà d'une impression de rage et de souffrance. Sur le moment, ta mère a pensé qu'il ne s'agissait peut-être même pas de créatures humaines.*

— *Je ferais mieux d'aller voir sur place ce que je peux entendre.*

La Rowane émit une pensée sceptique que leur fils capta. Il la regarda avec des yeux ronds, sa petite bouche ourlée en moue inquiète, et elle le rassura sur un niveau tandis qu'elle répondait à Jeff sur un autre :

— *N'as-tu pas confiance dans l'oreille fine de ta mère ?*

— *Si, mais à la génération suivante cette oreille a été considérablement renforcée, affinée, bref, rendue parfaitement opérationnelle. Peut-être est-il temps d'inciter Isthia à s'entraîner comme il faut.*

Le lendemain matin, Jeff retourna sur Callisto par sa propre gestalt avec le premier arrivage de cargos robots.

— *Bonjour, chérie. Où as-tu planqué notre fils ? Ah, il est avec toi. Bon, je passe à la maison prendre un bain et manger un morceau avant de vous rejoindre. C'est que j'ai douze heures de retard sur la journée d'ici.*

Le ton enjoué de sa voix la rassura : quoi qu'ait pu entendre Isthia, il n'y avait pas urgence apparemment.

Jéran s'était rendormi quand Jeff débarqua dans la Station. Elle continua de vaquer à ses tâches, maintenant les générateurs à leur vitesse de pointe. Il attendit qu'elle eût abattu le premier train d'exportation pour s'approcher d'elle, matérialiser deux verres de la boisson qu'elle préférait, lui en tendre un et l'embrasser sur le front. Puis il marqua une pause et son regard se posa, débordant d'affection, sur le berceau où dormait leur fils.

— Il ne ressemble à personne de ma famille, fit-il observer pour la énième fois.

— Il ressemble à Jéran Gwyn Raven, un point c'est tout. (Elle le regarda par-dessus le bord de sa tasse.) Alors ?

— Eh bien, je ne sais toujours pas ce qui perturbe ma mère, annonça-t-il en se perchant sur la console. Personnellement, je n'ai rien entendu, mais Rakella affirme avoir perçu quelque chose, et Besseva Eagle — dont les prédictions tombent juste à quatre-vingt huit pour cent — pense que nous sommes sur le point d'avoir des ennuis. (Son bras libre décrivit un grand cercle.) De très gros ennuis.

— Ce ne seraient quand même pas nos hannetons qui viendraient en redemander ? *Voilà qui rendrait compte de cette impression de colère et de souffrance que j'ai ressentie.*

— De la colère chez nos hannetons ? De la souffrance ? (L'idée semblait l'amuser au plus haut point.) Certes, ils avaient de quoi mal prendre la perte de ces deux navires de tête, mais dans l'état actuel des recherches, nos experts s'accordent à leur prêter une structure sociale de type ruche. Rappelle-toi : lors de notre sortie en fusion, nous avons vu des œufs dans l'un des vaisseaux, et ceux qu'on a trouvés par centaines dans les décombres contenaient des embryons aux divers stades de leur développement mais correspondant aussi à diverses sous-espèces. Dans une ruche, les émotions n'ont pas cours : ouvrières, bourdons, reines... chacun fait ce pour quoi il a été génétiquement programmé.

— Oui, mais il doit y avoir eu quelque conscience pour diriger leur assaut. Cette énorme créature — la reine, sans doute — dans sa section hyperprotégée au cœur du navire a pu avoir assez d'intelligence pour ordonner des manœuvres.

— Mouais. Ils ont effectivement changé de tactique, reconnut Jeff à contrecœur.

— Les insectes sont du genre tenace, renchérit la Rowane, néanmoins consciente que la ténacité était plus un trait naturel qu'une émotion.

Jeff haussa les épaules.

— Ils n'ont qu'à revenir s'ils en veulent encore, que ce soit sous le coup de la colère, de la peur ou de la simple ténacité, mais dès qu'ils approcheront du périmètre de sécurité de la Ligue, des alarmes se déclencheront partout dans notre sphère d'influence.

— Ta mère n'aurait-elle rien entendu que j'aurais mis cette perception sur le compte de mon état, poursuivit la Rowane, s'efforçant d'analyser ce dont elle avait alors capté le faible écho.

— C'est qu'Isthia est d'une rare hypersensibilité maternelle, fit remarquer Jeff, mais quelque chose dans sa voix certifiait à la Rowane qu'il n'allait pas faire l'erreur de minimiser l'événement.

— *Rowane ?* C'était Isthia, mais avec plus de puissance d'émission qu'à l'accoutumée. *Je vous dérange, peut-être ?*

— *Non, Jéran et moi nous faisons trempette,* la rassura la Rowane qui avait aussitôt saisi l'inquiétude sous-tendant la voix de sa belle-mère. *Qu'est-ce qui se passe ?*

— *Ce qui s'approche, quel qu'il soit, ne cesse de gagner en force et de préciser son caractère de menace. Sur cette planète, il n'est pas une Douée d'un niveau ou d'un autre qui ne commence à présenter des signes d'angoisse. C'est à croire que Déneb est peuplée de viragos, vu comme les esprits s'échauffent sans le moindre motif. Rakella et Besseva sont en fusion avec moi pour ce contact.*

— *Tout s'explique !* s'écria la Rowane, saisissant la balle au bond pour détendre l'atmosphère. *Un instant, je me suis dit que vous vous étiez enfin décidée à vous entraîner !*

— *C'est que je regrette de ne l'avoir pas fait, croyez-moi ! Mais si nous nous en sortons, je compte rattraper le temps perdu !*

Tout en parlant à Isthia, la Rowane s'était extraite de la piscine et avait entortillé dans des serviettes le corps gigotant de son fils puis le sien.

— *Je gage qu'aucune conscience masculine n'a été touchée par le phénomène,* dit-elle, insérant adroitement Jéran dans une couche-culotte avant de rassembler quelques affaires de voyage pour eux deux.

— *Précisément,* répondit Isthia, lugubre. *Les hommes sont sourds à ce qui se passe, et ils refusent de nous écouter quand nous leur en parlons !*

— *Avec Jupiter au zénith pour un bon bout de temps, j'ai la possibilité de mettre en congé le personnel de Callisto et de venir voir sur place. Je vais emmener Mauli. Même sans Mick, elle reste une extraordinaire capteuse d'écho. Jeff est sur Procyon. J'arrive.*

Auprès d'Afra et de Brian, la Rowane ne trouva qu'un appui des moins empressés pour ce qu'ils flétrirent du nom de "coup de tête inconsidéré".

— Je sais bien que Mauli n'y verra aucune objection, lui cracha Ackerman, mais ne compte pas sur Afra ni sur moi pour prendre en charge que vous vous transfériez toutes les deux avec Jéran sur Déneb, et sans avoir consulté Jeff, par-dessus le marché.

— Je ne peux quand même pas le déranger en pleine réunion, et sachez que, s'il le faut, nous partirons sans votre gestalt, répliqua la Rowane en faisant signe à Mauli de monter dans la double capsule. (Puis elle lui tendit Jéran avant de se retourner pour affronter ses contradicteurs.) Bon, maintenant soyez gentils de nous lâcher la grappe et de fouetter ces générateurs. Vous savez très bien qu'Isthia n'irait inconsidérément risquer ni ma vie ni celle de son petit-fils, mais si elle a besoin de moi sur Déneb, elle mérite que je m'y rende, non ?

— Au moins, fais-en part à Jeff, gémit presque Ackerman.

— *Jeff, ta mère me demande sur Déneb. La situation semble s'aggraver.*

— *Ah bon ? Est-ce qu'il faut que j'y aille ?*

Il ne l'écoutait qu'à moitié : sa réunion n'était pas trop assommante.

— *J'emmène Jéran et Mauli.*

— *Il est assez grand pour faire le voyage.*

Contraints d'obéir, Ackerman et Afra ne se privèrent pas de laisser voir ce qu'ils en pensaient. Mais c'était toujours la même rengaine chaque fois qu'elle leur demandait de la téléporter quelque part, fût-ce pour un déplacement de pure routine.

— *Vois-y une visite d'inspection de la future Méta dénebienne, cher ami, et cesse de te faire du souci*, dit-elle au Capellien en lui effleurant le bras pour lui communiquer sa propre assurance.

Il haussa les épaules, eut un piètre sourire, et l'aida quand même à s'installer aux côtés de Mauli. Brian, en revanche, continua de faire la tête jusqu'à ce qu'il eût rabattu le hayon. Puis il leur tourna le dos et retourna vers la Tour, suivi par Afra.

S'il ne s'agissait nullement d'un baptême de l'espace pour Jéran, son père l'ayant à plusieurs reprises emmené par-delà Jupiter pour l'accoutumer aux sensations, c'était le plus long voyage qu'il eût fait jusqu'alors. Il le passa en gazouillant et en agitant des petits bras enthousiastes, accueillit la prise de contact de sa grand-mère avec un surcroît de manifestations joyeuses. Il avait beaucoup d'affection pour elle, en gardait le souvenir d'une présence physique et mentale réconfortante.

— *Dis, Mauli, tu as senti ça ?* s'écria la Rowane qui, de temps à autre, ne pouvait contrôler l'orgueil maternel que lui inspiraient les Dons prometteurs de son fils.

Le sourire de Mauli s'élargit en rire franc.

Isthia les réceptionna en douceur dans la nacelle devant la superbe Tour entièrement rajeunie et qui, dans la lumière des projecteurs, tranchait sur la nuit dénebienne, l'emplissant du bourdonnement de ses gros générateurs flambant neufs tournant au ralenti. La Rowane eut une pensée nostalgique pour le bricolage qu'elle avait jadis effectué sous la pression des événements mais s'en vit tirée par l'apparition d'Isthia, de Rakella et d'une troisième femme qu'un bref contact mental lui apprit être Besseva. Contact qui la fit sursauter, tant était frappante la ressemblance physique et mentale de cette femme avec Luséna.

— *J'en suis doublement honorée*, dit Besseva, inclinant légèrement la tête vers la Méta de Callisto.

— Et pas de problèmes avec ce petit gars pour des téléportations sur de longues distances, je présume, lança Isthia en prenant son petit-fils des mains de la Rowane pour l'installer à califourchon sur sa hanche ainsi qu'elle l'avait toujours fait avec ses propres enfants. Je vous suis sincèrement reconnaissante, Rowane, et vous aussi, Mauli, de me passer ce caprice.

— Vous savez très bien qu'il ne s'agit pas d'un caprice, Isthia, rétorqua la Rowane, laissant l'exaspération teinter sa voix et ses pensées. Et puisque vous avez délibérément négligé de couper les générateurs, voyons voir ce que nous pouvons dénicher là-haut. Mauli est une capteuse d'écho hors pair.

— Et c'est la nuit que cette présence est la plus sensible, précisa Isthia.

— Que nous l'avons tous sentie, renchérit Besseva, et Rakella marqua son approbation d'un hochement de tête péremptoire.

Il émanait des trois Dénebiennes une tension nerveuse presque incontrôlée, aux frontières de la panique. Un urgent besoin d'en avoir le cœur net saisit la Rowane.

On ne s'était pas contenté de moderniser la Tour, on l'avait agrandie, et tout un pan aveugle suggérait la direction prévue pour l'extension dès que Déneb aurait acquis son plein statut de StationTT.

— Regarde, Jéran ! Tout ceci a de grandes chances d'être un jour ton domaine, dit la Rowane en tournant un grand sourire vers sa belle-mère, s'efforçant de neutraliser leurs appréhensions pour fonder son examen sur des bases objectives.

— Pauvre bébé ! Quel destin !

Isthia caressa la joue de son petit-fils puis alla le porter dans un fauteuil et l'y sangla légèrement. Ensuite, elle fit signe aux autres de s'installer confortablement autour de la console. Alors seulement, elle se tourna vers la Rowane, l'invitant à démarrer la gestalt.

La réponse des générateurs arracha un nouveau sourire à la jeune femme : quel changement ! Isthia devait s'être entraînée car à peine en sentit-elle l'esprit se mêler au sien. Puis Rakella, Besseva et, plus timidement, Mauli complétèrent la fusion.

— *Où ?* demanda la Rowane.

Isthia désigna sur sa droite, un peu à l'ouest du Nord vrai, une constellation d'une brillance exceptionnelllle mais que la Rowane, plus familiarisée avec les ciels d'Altaïr ou de Callisto, ne put identifier.

— Je ne pense pas que ce soit originaire de ce système, ajouta Isthia, mais cela vient de cette région de l'espace.

La Rowane laissa son esprit — augmenté de celui de ses compagnes — se tendre par-delà l'horizon nocturne de Déneb VIII, par-delà ses lunes, loin, très loin, bien plus loin que l'héliopause locale, dans les ténèbres de l'espace. La fusion actuelle était fort différente de celle opérée presque deux ans plus tôt pour porter secours à Déneb car elle en était cette fois le creuset. Brusquement, la prophétie de Yégrani lui revint en mémoire, et elle se demanda si elle ne s'était pas fourvoyée en la jugeant accomplie lors des précédents ennuis de Déneb et de l'irruption de Jeff dans sa vie.

— *De fait*, fit tranquillement remarquer Besseva, *vous n'avez pas encore été ce point focal dont — sans la moindre ambiguïté, d'ailleurs — parlait Yégrani. La menace pesait alors sur Déneb, pas sur vous. Cette fois, c'est différent.*

L'impression de la Rowane ne fut nullement dictée par le ton ou par les mots de Besseva. On assistait indiscutablement à l'inexorable progression vers le système de Déneb de quelque chose de menaçant, de mauvais.

— *Mauvais, non ! Déterminé !* précisa la part isthienne de leur fusion. *Et qui dote en un sens d'une puissance toute nouvelle cet agencement mental.*

Rowane : *Il n'en émane plus ni souffrance ni colère.*

Besseva : *Toute peine s'estompe avec le temps, et leur colère s'est sublimée en but.*

Rowane : *Qu'est-ce que c'est, en fait ?*

Si nette fût sa perception d'une infatigable et intense activité mentale, elle ne "voyait" rien, ne "lisait" rien, ne détectait nul train de pensées en traitement, rien que l'archarnement sourd de la détermination.

Rakella : *Il ne s'agit pas d'un seul !*

Mauli, son étonnement sensible : *Oui, c'est "plusieurs". Et ils me font peur ! Je les sens... visqueux.*

Isthia, froide : *Il s'en dégage un dessein de destruction. Assez pour agiter l'esprit le plus insensible.*

Rowane, au souvenir instantané de leur première fusion : *C'est dans cette direction approximative que nous avons réexpédié les survivants !*

Isthia : *En vous abstenant de les suivre jusqu'au bout ?*

Rowane, sur un amer soupir : *Sur le moment, nous jugions la punition suffisante.*

Isthia : *Il n'aurait pas fallu en épargner un seul.*

Rowane : *Oui, j'ai conscience de notre erreur. Nous avons cru leur faire peur et avons échoué. Nous aurions dû balancer tout ça dans le* soleil et nous épargner une sacrée corvée de nettoyage. *Vous n'avez donc pas pris part à cette fusion, Isthia ?*

Isthia : *Non.* Une espèce d'amusement perçait dans sa voix. *J'étais occupée ailleurs. Cette fois nous allons veiller à ce qu'ils débarrassent le plancher pour de bon.*

Rowane : *Pas question de refaire la même bêtise. Mais comment se montrer suffisamment dissuasifs ?*

Besseva : *En toute humilité, je suggère l'extermination totale.*

Rowane : *Les Conseillers n'accepteront jamais. La non-violence est inscrite dans les principes de la Ligue.*

Isthia : *Il nous faut toutefois envisager des mesures draconiennes. De toute évidence, la peur n'est pas le stimulus apte à faire réagir des psychismes de type ruche. Mais quelle est au juste cette forme d'intelligence qui dirige ce deuxième assaut ?*

Mauli : *Ne peut-on faire l'hypothèse que cette énergie directrice, comme dans d'autres sociétés d'insectes, soit femelle, ou du sexe qui porte les œufs ? Qu'elle ait pour impératif de perpétuer l'espèce ?*

Isthia : *L'hypothèse n'a rien d'absurde, vu que nous semblons sentir des choses qui échappent totalement aux esprits masculins.*

Rowane : *Je prends assez mal de réagir aux pensées de bestioles.*

Isthia, presque moqueuse : *Avez-vous vu la reconstitution par nos savants d'une de ces "bestioles" ? Enorme ! Même l'individu le plus chétif de la sous-espèce la moins massive serait un redoutable adversaire ! Plutôt que de les assimiler à des insectes, il convient d'y voir des créatures puissantes et dangereuses. Je n'aimerais pas avoir à me défendre contre elles en combat rapproché sur le sol de la planète.*

Besseva, glaciale : *D'autant que nous n'en aurions guère les moyens. Je doute que nos armes de chasse puissent percer leur carapace. Par ailleurs, à supposer que nous ayons affaire à une société de type ruche...*

Isthia : *C'est plus qu'une supposition. Rappelez-vous ces œufs retrouvés dans les décombres des vaisseaux détruits...*

Besseva : *...donc en présence d'une espèce capable de débarquer sur Déneb un flot de troupes déterminées, il est essentiel de les arrêter avant qu'ils n'atteignent la surface ! Ou alors, mieux vaut tout de suite songer à évacuer la planète.*

Isthia, campée dans son défi : *Pas question d'abandonner Déneb.*

Mauli : *C'est si massif...* puis elle se tut, toute au combat qu'elle menait contre la contamination de ses pensées par la peur.

Rowane : *Dis-toi bien, Mauli, que chacune d'entre nous y est sensible.*

Isthia, sarcastique : *Croyez-vous, Rowane, que nous aurons cette fois la Flotte à temps sans avoir à discutailler pendant des jours ?*

Rowane : *Là, je vous prie de le croire. Dussé-je en téléporter moi-même chaque unité.*

Besseva : *Un peu de subtilité, Rowane. Il vous suffit de dire au Méta de la Terre que vous attendez l'arrivée des renforts pour quitter Déneb.*

Isthia, éclatant de rire : *Reidinger n'ira pas risquer votre vie.*

Mauli : *Nous devrions nous retirer. Ils pourrraient nous sentir.*

Rowane : *J'en doute. Il n'émane d'eux que détermination sur leur but : Déneb. Et c'est pourquoi nous sommes à même de les sentir. Cette détermination est braquée sur nous ! Une telle suite dans les idées a certainement sa faille. J'aimerais simplement percevoir les choses plus en détail, dévider le fil de leur processus mental. La Flotte apprécierait de telles données.*

Isthia : *Reidinger et Jeff aussi. Le problème, c'est que nous n'en avons pas à leur offrir. Il leur faut se fier à nos perceptions.* Elle ne semblait pas les en croire capables.

Rowane : *Je pense qu'ils y viendront. On n'a pas un chien pour aboyer à sa place.*

Isthia : *Plaît-il ?*

Rowane, sur un petit rire : *Vieux proverbe siglennien.*

Elle commença de relâcher la fusion et fut surprise de voir le jour se déverser par les fenêtres de la Tour. Jéran dormait à poings fermés, le pouce droit calé sur la lèvre inférieure. Un petit coup de sonde rassura la Rowane : l'esprit de son fils ne gardait trace d'aucune négligence, le sommeil l'avait pris totalement serein.

— Je ne me rendais pas compte que nous étions restées parties si longtemps, s'excusa Isthia en jetant un coup d'œil sur la montre. Cinq heures se sont écoulées ! Vous nous avez emmenées bien plus loin que nous ne l'aurions pu par nos propres moyens.

La Rowane s'étira puis bascula ses jambes hors du fauteuil pour faire jouer ses muscles raidis. Les autres firent plus ou moins comme elle.

— *Rowane !* C'était émis sur un ton pratiquement sans réplique. *Où étais-tu ? Je n'arrivais plus à te joindre !*

— *En ce cas, regarde bien ce que je t'en ai rapporté, mon amour, car Déneb est de nouveau sur le point d'essuyer un assaut. A cela près que, cette fois, il n'est pas question de le stopper avec des demi-mesures,* lui répondit-elle avant de lui ouvrir son esprit.

— *Fascinant !* fit Jeff au bout d'un moment, le temps de s'être pénétré du rapport. *D'autant qu'on ne peut le négliger comme phénomène d'hystérie collective puisqu'il inclut ma mère et toi. Et Besseva,* s'empressa-t-il d'ajouter, mentalement tout sourire en guise d'excuse. *Je sais maintenant pourquoi Reidinger n'a pas pu simplement faire appel à la Flotte quand je le lui ai demandé, il y a* deux ans. Mais j'ai aussi appris quel bouton presser pour déclencher l'Alerte Rouge.

Isthia, dans sa veine cocasse : *Si ce que nous sentons de ce vaisseau étranger a ne serait-ce qu'un dixième de réalité, les gens de la Flotte ne nous seront d'aucun secours. Sinon psychologique.*

Jeff : *Maman ! Leur ego n'y résisterait pas ; ils sont trop fragiles ! Mais on doit pouvoir leur trouver un moyen de se rendre utiles !*

Isthia : *Je les crois sans doute capables de repérer l'intrus une fois qu'il se sera rapproché de Déneb, mais, pour être franche, je ne tiens pas à ce que ça vienne plus près. Les ravages actuels sont assez grands pour annoncer pire dans l'avenir.*

Jeff : *La sagesse dicterait de rabattre ses prétentions au plus tôt.*

Isthia, sur le ton de la patience : *Pas "ses", "leurs". Nous avons affaire à un être multiple, et de sexe féminin.*

Jeff : *En ce cas, nous sommes effectivement dans une sacrée merde.* Il ne plaisantait qu'à moitié. *Comptes-tu rester, mon amour ?*

La pensée n'était que pour elle, et d'avance empreinte d'un regret qui la fit sourire.

Rowane, après avoir interrogé du regard Isthia : *Non, je dois regagner Callisto. Mais comptez sur moi pour faire suer les gens de là-bas comme d'ici. Je vous laisse Mauli pour aider à garder le contact. Maintenant, je vous en conjure : pas d'initiative dans l'immédiat. Je suis de retour dès que la Ligue aura été convaincue du sérieux de la situation. Ces créatures ne cinglent peut-être que vers Déneb, mais une présence à ce point hostile n'importe où dans la sphère d'influence des Mondes Centraux constitue un danger pour nous tous !*

Isthia : *Et ils avancent à une vitesse effarante.*

Jeff : *Je sais. Je m'occupe d'arracher à l'Amiral Tomiakin ce qu'il a de plus rapide comme vaisseau de reconnaissance.*

Rowane : *Avec toi dedans ?*

Jeff : *Qui tu vois mieux placé ?* Elle sentit son large sourire lui titiller le coin de l'esprit. *Je ne me rappelle pas avoir appelé au loup en vain la première fois.*

Isthia, à voix haute, et en affichant clairement sa pensée : *Ah, les hommes ! Les verrons-nous jamais se tenir à l'écart d'un projet ?*

Rowane : *Ne vous en faites pas, Isthia, il y aura un fort contingent féminin à bord de cette vedette. Ou, mieux, prenez Mauli. Elle sait vers où tendre l'oreille.*

Jeff : *Tes désirs sont des ordres.*

— Je crois que nous allons tous devoir nous mobiliser pour cette action défensive, conclut sobrement la Rowane, consciente de formuler la pensée de chacun, mais sans pour autant réussir à détendre l'atmosphère.

— Je vais organiser une veille par rotation, dit Isthia. Nous sommes en nombre suffisant. Rakella, pourriez-vous trouver quelque remède pour tempérer les réactions ?

— Difficile, car on n'en constate pas chez toutes les femmes, fit remarquer Rakella, provoquant un sursaut de bonne humeur chez Isthia qui sourit.

— Cela doit nous donner une idée de l'énorme pourcentage de Douées dans la population de Déneb.

Rowane, en aparté : « Vous êtes vraiment surprenante ! »

Isthia, non moins discrètement : « Pour le meilleur et pour le pire. »

Puis Jéran s'éveilla. Il avait faim. Et Isthia réexpédia mère et fils à la ferme Raven entièrement reconstruite après la première tentative d'invasion et où le bétail acquis avec la prime de paternité de Jeff paissait une herbe grasse d'être elle-même nourrie par le riche humus dénebien. A sa grande surprise, la Rowane découvrit qu'on avait enterré la majeure partie des nouveaux bâtiments.

— Chat échaudé craint l'eau froide, commenta sa belle-mère dont un sourire accompagna le haussement d'épaules. Je m'y sens nettement plus en sécurité. Et les avantages techniques sont loin d'être négligeables : l'économie d'énergie, par exemple, vu que c'est plus facile à chauffer en hiver et plus frais l'été. Sans compter que ça ne gâche pas le paysage. Quand nous survolerons Port-Déneb en regagnant la Tour, faites-moi penser à vous montrer les diverses parties de la ville qui sont désormais souterraines. Mais, pour l'heure, occupons-nous de nourrir ce jeune homme. Et de nous caler notre propre estomac. Ces longues nuits de veille me donnent une de ces faims !

De retour sur Callisto, la Rowane autorisa Reidinger à examiner ses souvenirs de la fusion. A l'évidence il en fut secoué puisqu'il cessa net toute récrimination sur son départ précipité. Sa mauvaise humeur reprit toutefois le dessus quand elle hasarda comme pièce à conviction la prophétie de Yégrani.

— *Ça ne tient pas. Vous l'avez accomplie point par point : initié la fusion, sauvé Déneb puis voyagé.*

— *A l'époque, ce n'était pas moi le creuset mais Jeff.*

Reidinger fit un bruit grossier.

— *Putain de voyants ! Toujours à finasser dans l'équivoque !*

— *Reidinger ! Vous n'allez pas vous en tirer comme ça !*

C'était à son tour de beugler.

— *Et par-dessus le marché, j'ai votre énergumène d'époux qui ameute le Haut Commandement de la Flotte et tout ce que la Ligue compte d'administrateurs que j'ai eu le malheur de lui faire connaître.* Elle sourit de sentir derrière le ton écœuré la fierté que Reidinger tirait du comportement de son protégé. *J'aurais dû me méfier. Toutefois, il a eu beau faire, les unités stationnées autour de Déneb insistent pour effectuer elles-mêmes leur reconnaissance.*

Rowane : *Jeff dit qu'il pourrait prendre la tête de cette expédition.*

Reidinger resta un moment silencieux.

— *Pas une once de son charme insinuant n'a été gaspillée mal à propos, ces six derniers mois. Il a su exactement qui caresser dans le sens du poil. Résultat, il est à même de manipuler ce que les Neuf Etoiles peuvent avoir de décideurs et de structures administratives susceptibles d'être impliqués dans une opération de cette importance. Et de couper court à tout retard.*

Le grognement de Reidinger sur cet aveu arracha un nouveau sourire à la Rowane. Jeff lui en avait raconté quelques-unes de mémorables sur ses rapports avec la bureaucratie. Son atout, c'était de pouvoir jouer dans la cour des grands. Avec Déneb ostensiblement promise à encaisser le premier impact de ce nouvel assaut, il avait toutes les raisons de mettre en œuvre son Don.

Lequel se révéla efficace : ce fut une escadrille entière qu'il obtint pour sa mission de reconnaissance, et suivant le conseil de son épouse, il exigea un contingent féminin sur deux des vedettes.

— *Ridicule*, ronchonna Reidinger. *Jeff est le Doué le plus fin, et à coup sûr le plus puissant, que j'aie jamais rencontré... encore qu'il ait du chemin à faire pour vous dépasser, Angharad.* Il l'appelait par son vrai nom depuis la naissance de Jéran, en trouvant sans doute la sonorité plus féminine. *Il a donc mis des xénobiologistes de tous les coins de la Ligue sur la recherche de données concernant ces menaces féminines dont vous parlez.*

— *Dans toute espèce, la femelle est plus dangereuse que le mâle*, rétorqua la Rowane sans pour autant se souvenir d'où provenait la citation. Ça ne sonnait pas très siglennien.

— *Pour défendre son petit ! Vous allez me raconter que vos foutus hannetons n'échappent pas à la règle ! S'il s'agit bien des mêmes bestioles !*

Sur ce, la Rowane sentit la grommelante présence du Méta de la Terre s'effacer de son esprit.

Alors qu'elle retournait à des corvées ménagères du style téléporter l'eau du puits artésien jusque dans les citernes de la Station, regarnir les magasins de victuailles pour la semaine et distribuer des consignes d'entretien à ceux qui la peuplaient, elle garda l'esprit entrouvert à Jeff qui la tenait au courant de ses progrès.

— *Nous avons pris position deux UA par-delà l'héliopause de Déneb, et j'ai personnellement assuré le transport de l'escadrille sur les lieux. Le Commandant est extra, son équipage itou*, ajouta-t-il, projetant l'image mentale de la passerelle du *Zambia*. Une superbe fille occupait le fauteuil central avec autour d'elle aux consoles une brochette de femmes-officiers raisonnablement jeunes et séduisantes. *Mais tu n'as rien à craindre : le choix s'est fait moins sur des critères esthétiques que sur l'existence chez elles d'un Don latent.*

— *Voilà qui ne mérite même pas réponse.*

— *Permets-moi cependant de me montrer magnanime et de t'apprendre qu'elles confirment ce que tu as perçu du vaisseau étranger. Non que toutes les femmes à bord du Zambia soient touchées, mais celles qui le sont manifestent ces mêmes symptômes qu'Isthia nous a signalés au sol chez les Dénebiennes. Du coup, je me sens complètement sur la touche bien que je sois censé être ultra-réceptif.*

— *Tu devrais plutôt te féliciter de ne rien percevoir, Jeff. Il émane de ce vaisseau quelque chose de maléfique, voire de parfaitement diabolique, et l'intensité de cette aura — comme une impatience de détruire — est effrayante. Serais-je un chadbord que j'en aurais le poil hérissé. Et n'y pense pas au singulier. Selon Mauli, c'est une entité multiple, comme plusieurs consciences obstinément tendues vers un même but.*

— *Ce sont précisément les termes employés par le Commandant Lodjin pour décrire ses impressions. Et ils foncent droit sur Déneb. Il se peut que je sois vaguement paranoïaque en ce qui concerne ma planète, mais je vois mal le hasard les faire couper par le système de Déneb alors que nous sommes sur leur trajectoire. Ce que je n'arrive pas à comprendre, c'est comment ils vont éviter le choc à la vitesse où ils vont. Il va leur falloir un sacré bout de temps pour décélérer. A moins que ces créatures chitineuses supportent mieux les hautes gravités que nous autres de chair tendre.*

Rowane, percevant dans l'esprit de Jeff une modification des sensations périphériques : *Qu'est-ce que tu fais à l'instant même ?*

— *Je jette un coup d'œil. Il y a trop de "bruit" à bord du Zambia.*

Elle n'aimait pas le savoir dans une capsule individuelle, loin de la nébuleuse sécurité d'un vaisseau de reconnaissance bien armé.

— *Tu aurais dû prendre avec toi la Commandante. Seul, tu n'entendras rien.*

— *C'est ce que j'ai fait. Et on a emmené Mauli. Tu vois, mon amour, je ne suis pas trop bête pour un homme.*

— *Voilà qui me rassure.*

Jeff, moqueur : *Ça devrait. Les facultés de Mauli vont devenir vraiment précieuses !*

— *Comme jamais auparavant, peut-être ?*

Pas de réponse bien qu'elle le sentît rester en contact. Aussi déclara-t-elle la Station en Alerte Jaune et la confia-t-elle à Brian, Mick et Afra avant de quitter la Tour pour aller s'occuper de Jéran. Le faire manger puis le mettre au lit la calma. Elle n'avait la plupart du temps nul besoin d'en soutenir le rythme naturel d'entrée dans le sommeil par une suggestion mentale, mais il était un peu déréglé depuis la téléportation sur Déneb, et elle lui fit un câlin. Puis elle le regarda un long moment — enchantement sans cesse renouvelé —, gagna ensuite leur lit et s'y étendit, un bras jeté sur la place habituellement occupée par Jeff. Elle se relaxa, fit le vide dans son esprit.

— *Bon sang !*

La fascination dans la voix de Jeff fut largement suffisante pour la tirer de sa somnolence.

Mauli, en revanche, n'était pas tant fascinée qu'au bord de la panique.

Jeff : *Nous semblons avoir affaire à un planétoïde ovale à la surface bosselée déboulant vers nous à une vitesse telle que même un déplacement assisté par gestalt donnerait à côté l'impression de se traîner. Il y a toujours vingt UA entre lui et la planète mais, encore une fois, sa vitesse ne me dit rien qui vaille. Et cet anneau défensif dont la Flotte est si fière pourrait bien se révéler totalement inefficace contre un vaisseau de cette taille. Tu imagines une puce qui voudrait écraser un de ces colosses de Procyon ? Calme-toi, Mauli, ils ne peuvent pas nous voir. Quels que soient les instruments dont ils disposent, nous n'y apparaissons pas même comme des grains de poussière.* Effleurant l'esprit de Mauli pour la rassurer, la Rowane y entendit le petit rire de Jeff qui poursuivit, s'adressant à elle : *C'est peut-être en standard sur tous les canots de ce type mais ce scanner est extra. Nous allons pouvoir transmettre à la Flotte des copies d'écran. Toutefois, il ne me m'affiche de renseignements ni sur la masse ni sur la constitution de notre visiteur. "Distance trop grande. Données sûres impossibles", me dit-il. Voilà qui est réconfortant. Et il fonce tous feux éteints au mépris du plus élémentaire code de l'espace. On dirait d'ailleurs que ça préoccupe plus la Flotte que ses dimensions. Non, c'est juste une attitude pour dissimuler l'affolement dans lequel les jettent mes rapports. Maintenant, ils me demandent d'augmenter la résolution. Mais qu'est-ce qu'ils croient que j'ai à bord de cette coquille de noix ? Un petit soleil portable en guise de projecteur ?*

La Rowane raffina suffisamment son contact avec Jeff pour

voir par son entremise ce que lui et Mauli voyaient sur l'écran du scanner : une masse noire qui déferlait sur fond d'espace clouté d'étoiles.

— *Un véritable Léviathan. Je comprends pourquoi ton taux d'adrénaline vient de faire un bond.*

— *Léviathan ? Expression à retenir, mon amour.*

— *Jeff Raven, approche-toi de ce… de ça et je te tue*, fit-elle, saisie aux tripes par la terreur.

Ricanement.

— *Voilà qui me guérirait définitivement de ma témérité. Allez, ne t'inquiète pas. Je suis au maximum de proximité auquel j'estimais pouvoir me risquer et déjà bien au-delà de ce que Mauli et le bon et charmant Commandant Lodjin jugent prudent.*

— *Perçoivent-elles quelque chose d'utile ?*

— *Ma foi, pour ce qui est de Mauli, la réponse est oui et non. Elle s'est ouverte à moi et je sens par endroits dans ce trou noir qui fonce sur nous une activité intense, bourdonnante, alors que d'autres secteurs sont totalement muets. A mon sens, ce foutu planétoïde n'était que ça à l'origine, et puis on l'a creusé pour l'aménager en vaisseau. Mauli capte les choses plus en détail que moi : elle distingue déjà plus de six entités mentales différentes.* Il baissa le ton pour n'être entendu que de la Rowane. *Elle est en sueur, terrifiée par le niveau de "consécration" — détermination est un mot trop faible — qu'elle capte. Je vais battre en retraite avant que la pauvre gosse ne se noie. D'ailleurs, même notre commandant dégage des phéromones de peur passablement nettes.*

Rowane : *Lors de la dernière attaque, la fusion n'a rien senti de tel chez les occupants des trois vaisseaux, ni "consécration" ni même un dessein arrêté ou quelque intelligence.*

Jeff : *Tu penses que le survivant a couru se réfugier dans les jupes de maman ?*

Rowane : *Pourquoi pas ? Tu m'as bien dit avoir eu l'impression qu'ils affaiblissaient la planète en vue d'une invasion massive. Ce pouvait être pour préparer le terrain à ce qui se présente aujourd'hui.*

Jeff : *Et bien sûr, comme c'est un vaisseau-mère, il ne peut être senti que par les femmes ?*

Rowane : *Je te prie de ne pas ricaner !*

Jeff : *Crois-moi, mon amour, toutes les réserves que je puis faire en privé sur le sujet sont nulles et non avenues. Nous sommes dans un pétrin gigantesque et je remercie les Puissances de l'Equilibre d'avoir gratifié ma mère d'une oreille aussi fine. Il va nous falloir élaborer notre plan de résistance à ce Léviathan avec un soin tout particulier.* Il eut une courte pause. *Je viens de transmettre ces données à Reidinger. Cette fois, lui non plus n'émet pas la moindre réserve.* Second silence à l'issue duquel Jeff reprit sur un gloussement : *Quoi qu'il en soit, la Ligue est parfaitement capable de discutailler à l'infini sur notre anéantissement. Tu ne vas pas me croire, mais le débat porte actuellement sur un point d'éthique : sommes-nous en droit de tenter quelque chose contre ce vaisseau sur la simple base qu'il pourrait — note le conditionnel — avoir des intentions hostiles ?*

Rowane, consternée : *Tu rigoles ?*

Jeff, sarcastique : *Pas le moins du monde. D'autant que ces intentions hostiles, c'est à nous d'en apporter la preuve et que je ne vois pas comment. Ils ne nous ont pas — pas encore — lancé de missile que je puisse renvoyer vers la Terre pour convaincre les sceptiques.*

Afra : *Tu as bien dit que ce planétoïde fonçait droit sur Déneb ?*

Jeff : *Oui, Afra, c'est ce que j'ai dit et les calculs de tous les ordinateurs de l'escadrille le confirment. A moins qu'il ne décélère en abordant le Système, la trajectoire du Léviathan l'amène à percuter Déneb VIII. Le Commandant Lodjin est en train d'extrapoler quelles conséquences attendre d'une pareille collision.*

Reidinger : *Il n'est pas question d'en arriver là. Les Doués ne vont pas s'être crevé le cul pour la Ligue des Neuf Etoiles et la laisser mépriser une mise en garde mûrement réfléchie concernant l'imminente irruption dans sa sphère d'influence d'une puissance éventuellement hostile et d'un potentiel inconnu.*

Jeff : *Et quels sont vos projets, Méta ?*

Reidinger : *Ce ne sont plus des projets : j'ai autour de moi les Conseillers de la Ligue réunis en conférence exceptionnelle, et je vous prie de croire qu'ils vont être convaincus d'agir, pas de discutailler. Ah, justement. Je viens d'obtenir le départ du vaisseau-amiral* Beijing *pour le Système de Déneb. Il va distribuer à une UA derrière l'héliopause de Déneb les balises du Plan Bienvenue et Demande d'Identification. L'espoir est d'obtenir une réponse comme avec ces intelligences antariennes qui étaient aussi du type insecte.*

Rowane, exaspérée : *Combien de temps ça va durer, ces singeries ? Et combien de fois faudra-t-il vous répéter que la principale intelligence de ce vaisseau n'a d'autre but que la destruction totale de Déneb VIII ?*

Reidinger : *Sûr. Aussi ai-je obtenu d'acheminer en outre le* Moscou, *le* Londres *et le* New York *pour larguer des mines défensives à une UA en deçà de l'héliopause.*

Jeff : *Un cordon ?*

Reidinger : *Oui. En partant du postulat qu'une explosion sous l'étrave est un message universellement compris.*

La Rowane eut un reniflement dubitatif.

Jeff : *Pensez à rappeler au commandant de chaque vaisseau qu'il a intérêt à dégager la route avant que ce planétoïde n'arrive à cinquante mille bornes du champ de mines.*

Reidinger : *Plus qu'à attendre, donc.*

Jeff et Rowane dans l'expression simultanée d'un égal dégoût : *Attendre ?*

Reidinger : *Oui, attendre ! C'est le problème avec vous, les jeunes. Vous ne savez pas vous réserver pour le bon moment.*

Jeff : *Pas quand c'est ma planète qui est la cible.*

Reidinger : *Elle l'était déjà la fois dernière, et vous avez été secouru. Par ailleurs, je ne me suis pas borné à l'exécution des consignes officielles. J'ai pris sur moi d'alerter discrètement ce que nous comptons de Métas et de Doués supérieurs au niveau 4 dans toutes les disciplines. Cela vous rassure-t-il ?*

Jeff, hésitant : *Pas vraiment, car je ne vois pas ce que peut le Don contre une telle menace !*

Rowane : *Vous les avez alertés en vue de quelle action ?*

Reidinger, avec un petit rire malicieux : *J'aurais cru que vous saisiriez plus vite le fond de ma pensée. Enfin, vous avez là un sujet de méditation pour meubler votre attente. Jeff, dans l'intervalle, je veux que vous retourniez sur Déneb. Angharad, vous l'y rejoindrez. Mais je vous demanderai de laisser votre fils sur Callisto.*

Jeff : *Un instant...*

Rowane, qui venait de capter un reflet de ce que Reidinger avait derrière la tête : *Non, Jeff. Il faut que je sois sur Déneb pour renforcer Isthia, mais autant que Jéran reste ici à l'abri. Là-bas, le risque de surcharge psychique est trop grand. Je suppose que Reidinger ne tient pas à ce qu'il le coure, n'est-ce pas, Peter ?*

Grognement de Reidinger : *Non !*

Partir sans Jéran n'était pas du goût de la Rowane : il allait cruellement lui manquer. Mais ne doutant pas des soins et de l'affection dont allaient l'entourer les autres femmes de la Station et Afra, ce fut l'esprit tranquille qu'elle s'installa dans sa capsule et attendit que les générateurs eussent atteint le régime optimal pour se téléporter sur Déneb avec l'aide de Mick et d'Afra. Dès son entrée dans la Station dénebienne, elle remarqua combien le stress avait marqué les visages de celles qui maintenaient la Veille.

— Nous bourrer de sédatifs serait nous condamner à ne plus rien entendre, expliqua Isthia d'une voix morne sans que la rapide accolade de bienvenue dont elle gratifia sa bru trahît une quelconque diminution de cette incroyable énergie qui était la sienne, toujours rouge vif et de saveur puissante. En fait, elle n'est pas inépuisable, répondit-elle à la question non formulée. Si j'y ai trop souvent recours, je le paie par une longue période stérile. Mais ces créatures n'auront pas ma planète.

Le rouge de l'aura s'approfondit.

— Qu'en dit Besseva ? demanda la Rowane, constatant l'absence de la voyante parmi les Veilleuses.

Isthia eut un haussement d'épaules hésitant.

— Elle est entrée en transe pour essayer de forcer la carapace de ce... vous appelez ça comment, m'a dit Jeff ? Ah oui, Léviathan... histoire de voir ce qu'il y a dedans. C'est horriblement frustrant de se battre avec un adversaire inconnu.

— Les Conseillers voudraient croire qu'il ne s'agit pas d'un adversaire, susurra la Rowane.

Isthia n'était pas la seule dans la Tour à n'avoir qu'une piètre opinion de cette croyance. Puis la Rowane prit un fauteuil et rejoignit les autres dans leur fusion de surveillance du vaisseau. Il avait considérablement amoindri la distance entre lui et l'héliopause de Déneb.

Jeff : *Préparez-vous à me ramener, les filles.*

Isthia, en aparté : *Il doit être sacrément fatigué pour demander qu'on l'aide.*

Rowane : *D'accord, mon gars, saute dans la nacelle.*

Ce fut d'une démarche totalement dénuée de son allant coutumier que Jeff pénétra dans la Tour et se laissa choir sur le premier siège venu. Isthia n'eut pas le temps de faire signe à l'une de ses compagnes que la Rowane s'était déjà procuré un verre de stimulant qu'elle collait entre les mains de son époux avant de lui placer les siennes sur les tempes pour le recharger en énergie. Il ferma les yeux, accepta le cadeau, les coins de sa bouche relevés sur un sourire aimant. *Tu as toujours su deviner ce dont j'avais besoin, mon cœur ! Crois bien que je te suis infiniment reconnaissant et qu'à la première occasion je te rendrai la pareille.*

— Dans combien de temps pouvons-nous espérer passer à l'action, demanda Isthia d'une voix bourrue.

Jeff haussa les épaules.

— La Flotte tient à exécuter ses mouvements tactiques. Ils se croient invincibles. Ce n'est pas mon avis.

Rowane : *Pour le cas où le Léviathan disposerait d'un armement qui échappe à nos perceptions, ne devrions-nous pas former un creuset pour protéger nos vaisseaux ?*

Jeff : *Ils se sont déployés sur un trop large secteur de l'espace pour que ce soit possible, et les regrouper en vue d'une hypothétique protection serait stratégiquement douteux.* Il eut un rire sans joie. *Les*

Conseillers tiennent pour certain que le Léviathan va gentiment répondre aux messages de Bienvenue et Demande d'Identification, éventualité que la Flotte est assez naïve pour ne pas écarter d'office. Il n'en reste pas moins que nos amiraux comptent surtout sur la réaction du Léviathan quand il abordera les mines. Une fois qu'il aura montré contre elles sa puissance de feu, ils sauront quel dispositif défensif adopter.

Rowane : *Il y a des femmes au Conseil...*

Jeff : *Aucune qui ait plus qu'un Don empathe, et ton rapport les a découragées d'établir ne serait-ce que le plus discret des contacts. Si on a déployé les modules du plan Bienvenue, c'est simplement pour calmer les éléments non violents du Conseil.*

Rowane : *Et si le Léviathan jouait double jeu ?*

Jeff, éclatant de rire : *Qu'envisages-tu ? Qu'il montre patte blanche en réagissant positivement aux messages de bienvenue, puis qu'il se mette à nous balancer des missiles une fois que nous aurons autorisé son approche "pacifique" ?*

Isthia, après avoir réfléchi : *Le Multiple n'est pas si pervers que ça. Son maître mot est détermination ! Il n'a qu'une idée en tête, détruire tout ce qui s'interpose entre lui et l'objectif.*

Concert d'approbations des autres femmes de la Veille.

Isthia : *Où est passée Mauli ?*

Jeff : *Elle se repose ; elle en avait besoin. Je devrais suivre son exemple tant que c'est encore possible.*

Jeff était de retour quand le premier message du plan Bienvenue fut carrément ignoré. C'était une séquence de signes sonores, optiques et logiques censés avoir un caractère d'évidence universelle. Arrachant sa femme et sa mère à ce qu'il traita de "vigilance obsessionnelle", il les expédia toutes deux au pays des songes de la même manière dont la Rowane l'avait un jour forcé à se reposer et passa outre à leurs protestations quand elles se réveillèrent.

— Mon escadrille a pris position derrière les lunes de Déneb, dit-il au deux femmes de sa vie en les regardant manger le solide repas qu'il leur avait préparé. Ça leur donne un sentiment de sécurité ! (Il eut un grand sourire.) Désormais, à bord des trois destroyers, tout le monde y croit, même les hommes. Sans compter que le Léviathan est entré pour de bon dans le système et qu'il file droit vers le champ de mines.

Il se frotta les mains, des pétillements de joie anticipée dans les yeux.

Isthia se tourna vers sa bru.

— Tous les mêmes, fit-elle avec une mimique cocasse.

— Autorisez-moi un avis différent, rétorqua la Rowane, très digne. Celui-ci a quelques traits qui le rachètent.

— Il faut dire qu'à notre contact il a appris une ou deux choses, et je ne parle pas de cuisine.

— N'as-tu jamais pensé à prévoir un couchage là-bas ? demanda Jeff à sa mère alors qu'ils se retransféraient à la Tour.

C'était justement la relève, mais l'équipe précédente ne montrait aucun empressement à réintégrer ses foyers.

Besseva : *Ce qu'il nous faut absolument ce sont des sièges, et en quantité suffisante pour que personne ne risque de rater un spectacle qui ne va pas tarder à commencer.*

Isthia : *Oh ! ce n'est que ça !* Des piles de chaises métalliques se matérialisèrent sur les Claies. *Plus ?*

La réponse vint de Rakella : *Encore une douzaine et ça ira. Des gobelets aussi, une caisse de cafcola, mettons, et plusieurs de jus de fruits. Va y avoir de quoi s'exciter, alors pas question de laisser chuter notre taux de glycémie.*

C'est toujours ça, pensa la Rowane, entrant dans le bâtiment dont on avait débarrassé l'aile ouest. Tribunes improvisées qui, de fait, ne tardèrent pas à se remplir de spectateurs. Ils étaient calmes, respiraient par leur seule présence une extraordinaire solidarité. Jeff était à la console où un déploiement d'écrans assurait la liaison avec les trois vaisseaux de reconnaissance ainsi qu'avec deux des plus proches cuirassés, le *Londres* et le *Moscou*.

Une fois dans ses coussins, elle fit signe à Isthia et, portées par la gestalt, toutes deux se propulsèrent mentalement dans l'espace, eurent de l'intrus une perception infaillible alors qu'il doublait l'ultime balise du plan Bienvenue.

Isthia : *De quoi lever nos derniers doutes.*

Rakella, timide : *Ou n'auraient-ils simplement pas compris nos messages ?*

Isthia : *Absurde. Clairement exprimé, tout désir de communiquer mérite au moins réponse.*

Rowane : *Autant pour les louables intentions de nos pacifistes du Conseil.*

Reidinger, d'une voix qui, chargée d'ironie, s'insinua en douceur dans l'esprit des deux femmes : *Ça valait quand même la peine d'essayer, non ?*

Isthia, sur l'équivalent mental d'un haussement d'épaules : *Oh, je suppose qu'ainsi tout le monde a bonne conscience et que ça fera bien dans les livres d'histoire..*

Reidinger : *En fait, la majeure partie de nos concitoyens s'attendaient à ce que les extraterrestres canardent nos balises.*

Jeff : *Manifestant par là même leurs intentions hostiles !*

Isthia : *Je n'arrête pas de vous dire que de telles intentions sont déjà l'évidence... qu'il n'y a plus le moindre doute à ce sujet. Nous avons affaire à des envahisseurs.*

Jeff : *Qui prend des paris sur l'instant où il va se taper la première mine ? Whaou ! Voilà bien un truc sur lequel je n'ai jamais parié !*

Dans les instants qui suivirent, les rapports des cuirassés et des avisos se succédèrent à la vitesse limite de renouvellement des écrans.

Les mines sautaient, mais pas sous l'étrave du Léviathan. Les scanners enregistraient la présence d'unités mobiles qui avaient jailli de ses flancs et filaient vers la ceinture défensive.

Rowane et Jeff, à l'unisson : *C'est ce même genre d'appareils que nous avons détruits, il y a deux ans !*

Reidinger : *Un point pour le Don. La Flotte a mis neuf secondes de plus que vous à les identifier. Le Zambia et les autres requièrent l'autorisation d'engager le combat.*

Rowane et Isthia : *Pas question !*

Rowane seule : *On a trop besoin de leurs cerveaux !*

Reidinger : *Ah, je vois qu'on ne peut rien vous cacher, Angharad.*

Rowane : *Non, rien. Mais si vous espérez réexpédier le Léviathan à bonne distance de Déneb VIII sans l'avoir laissé s'approcher jusqu'au bord du puits de gravité, vous vous fourrez le doigt dans l'œil.*

Jeff, lugubre : *Alors on attend ?*

Reidinger, guère plus joyeux mais avec une telle assurance que la Rowane sentit Jeff se détendre : *Oui, on attend le bon moment.*

Jeff entra les coordonnées de la Flotte, du Léviathan et des unités mobiles qui s'en étaient détachées, il y ajouta les paramètres désormais quantifiables de la vitesse, de la masse et de la composition de l'agresseur, et grogna quand le graphique apparut sur l'écran.

— Merde, c'est qu'ils se rapprochent à vitesse grand V. Et qu'est-ce qui se passe si votre superstratégie foire ?

Reidinger : *On a déjà descendu ou immobilisé neuf destroyers sur quinze en n'essuyant que de légères pertes.*

Puis une pause un peu trop longue amena Jeff à lui demander : *Et il s'agit encore une fois de ces foutus insectes, hein ?*

Reidinger : *Apparemment, si l'on en croit les premiers rapports qui nous parviennent...*

Le hurlement de Jeff fit sursauter tout le monde dans la Station.

— On va dresser des statues à ton oreille, Maman.

Et il la prit dans ses bras pour la faire valser. Elle se débattit sans grand résultat, constata que son bouillant fils avait en revanche obtenu celui de relâcher la tension qui avait jusqu'alors plané dans la Tour, et répliqua, bougonne :

— Nigaud, le plus dur n'était pas d'entendre !

Puis elle s'arracha de ses bras non sans lui avoir tendrement ébouriffé les cheveux.

Sur l'écran s'était rivé chaque regard pour suivre l'inexorable progression du Léviathan qui doublait à présent les stériles et glaciales planètes extérieures du Système dénebien.

Reidinger, impartial mais navré : *Nous venons de perdre deux destroyers. Nous nous sommes trop rapprochés du Léviathan dans notre poursuite des unités mobiles et il a fini par nous cracher un paquet de missiles. Tous ont fait mouche mais, à part les deux dont je parlais, aucune avarie sérieuse n'en est résultée.*

Jeff : *La Flotte reste-t-elle confiante dans sa puissance de feu ?*

Reidinger, dédaigneux : *Le* Londres *et le* Moscou *prennent l'envahisseur en tenaille.*

Isthia : *Jeff, arrête de faire les cent pas. J'ai déjà les nerfs en pelote, alors pas la peine que tu les emmêles un peu plus en faisant vibrer le plancher.*

Rowane : *Elle a raison, mon amour. Garde ton énergie. Nous autres, Doués, sommes l'artillerie lourde avec toi comme Grosse Bertha.*

Des étincelles dansèrent dans le bleu regard de Jeff et son large sourire se fit de pure malice : *Ça, j'imagine. Un peu lourd à la détente, le bouseux, mais il a fini par comprendre.*

— *M'est avis...* pause interminable... *que tu as jeté un petit coup d'œil derrière les écrans de Reidinger.*

Jeff, innocence persécutée : *Moi, violer l'intimité de notre vénéré maître ? Bon, je suis fort, mais pas à ce point !*

Elle éclata de rire.

— *Tu veux que je te dise...* (nouvelle pause, évidente emphase)... *tu es encore plus fort que ça. Aurais-tu persévéré qu'à cette heure les pensées de Reidinger n'auraient plus de secret pour toi.*

Tout un chacun bouillait d'impatience et supportait mal de ne faire qu'observer le mastodonte extraterrestre en train de se frayer sa voie de plus en plus avant dans l'espace dénebien. Isthia congédia donc ceux dont la présence n'était pas indispensable, fit apporter des repas, réorganisa les tours de veille et prit le premier, renvoyant Jeff et la Rowane à la ferme pour qu'ils s'y reposent.

A leur retour, ils n'eurent pas l'impression que les escadrilles supplémentaires dépêchées en leur absence eussent sensiblement modifié la trajectoire de la forteresse volante ennemie dont la coque gardait néanmoins trace du harcèlement subi.

Rowane à Isthia, sur un filet de fréquence : *Ces mères doivent se croire désormais invincibles.*

Isthia : *Je les perçois parfaitement conscientes des assauts dont elles sont l'objet.*

Rowane : *Et s'en fichant éperdument. Seigneur, que cette attitude m'est odieuse !*

Besseva : *Elle sert nos projets.*

Les heures se traînèrent et la Rowane en vint à comprendre de l'intérieur l'état de Jeff lors de leur premier contact.

Jeff : *J'avais le sentiment d'être d'une inutilité totale.*

Rowane : *Tiens, ce n'est pas l'impression que tu donnais.*

Il se tourna vers elle, son petit sourire habituel accroché sur ses traits : *Et quelle impression je donnais ?*

Elle le regarda un long moment, le soumit au supplice de Tantale de son propre sourire : *D'être occupé, soucieux, exaspéré par l'incompétence bureaucratique.*

— Occupé ? s'écria Jeff, trop crispé pour supporter plus longtemps le mode mental. Que ne donnerais-je pour l'être en ce moment ! Même une petite incompétence bureaucratique serait la bienvenue, histoire de se passer les nerfs ! (Un coup d'œil sur l'écran le fit sursauter.) Hé, mais ce truc est en train de ralentir. Il se placerait en orbite que ça ne me surprendrait guère.

— Pour quoi faire ? s'étonna Isthia. Je me refuse à lui prêter des intentions pacifiques.

Jeff s'activa, raffinant les paramètres.

— Qu'il n'a visiblement pas sur cette orbite : il est juste assez près pour que ses missiles portent et assez loin pour exclure toute réponse efficace de notre part... quand bien même nous en aurions les moyens. Bref, ces salopes vont recommencer à nous pilonner !

— *Non, elles n'auront pas le temps !* rugit Reidinger dans l'esprit de chacune des personnes présentes, et son cri fit presque l'effet d'un retour à la normale. *Angharad Gwyn-Raven, vous êtes le creuset du groupe A, Jeff Raven, celui du groupe B. Préparez-vous à opérer la fusion !*

La Rowane et Jeff échangèrent un dernier regard énamouré avant de se renverser dans la coquille de leur siège et de détendre leurs muscles. Ils ne virent pas Rakella faire signe aux médicos d'approcher.

Capella fut la première à faire irruption, et sur le mode bagarreur, dans l'esprit de la Rowane : Ça devient une habitude. Deux fois en pas si longtemps ! J'ose espérer que nous allons nous débarrasser de cet intrus

La Rowane : *C'est bien notre intention !*

Elle percevait sans peine la nervosité de Capella sous le couvert des jérémiades. Un sentiment de vulnérabilité — rare chez les Doués — l'assaillit. Elle mesura tout ce qu'elle avait appris sur elle-même en deux ans, depuis la première fusion.

Avec Capella entra en masse tout ce que son système comptait de Douées. Y joignirent aussitôt leur puissance Jédizaïra, D-2 de Bételgeuse, puis Maharajani d'Altaïr, et au nombre des renforts qui lui venaient de sa planète natale, la Rowane reconnut sa sœur adoptive et lui souhaita la bienvenue. Les Doués de la Terre — Elizara en tête, familière qu'elle était du creuset où ils venaient se fondre — portèrent l'énergie mentale un cran plus haut. Procyon déboula, non sans maladresse et s'en excusa, mais Piastéra n'était que D-3, et le Méta Guzman ne lui avait guère fourni l'occasion de fusionner avec quiconque hors planète. D'autres esprits les rejoignaient à présent, par groupes plus ou moins importants menés par des D-2 ou des D-4. Hésitants d'abord, ils finissaient par prendre leurs aises, s'intégrant dans cette communion des Douées à l'échelle de la Ligue des Neuf Etoiles. Leur détermination à stopper l'avance des envahisseurs vibrait plus intensément que l'aura de leurs adversaires. En dernier vinrent les Dénebiennes : Isthia, Rakella, Besseva et les autres, jusqu'à la petite Sarjie enthousiasmée de pouvoir participer à l'expérience. Et toutes se virent absorbées dans le stade ultime de la fusion Rowane.

Reidinger (voix qui tenait plutôt du murmure dans ce grand tout qu'était devenue la Méta de Callisto) : *Allez, Angharad, c'est le moment. La fusion Raven est disponible.*

Avec au premier plan de sa masse mentale les coordonnées de l'envahisseur telles qu'elles s'inscrivaient sur les écrans de la Tour, la fusion Rowane s'ébranla. Laser transperçant l'espace, elle prit de la vitesse et atteignit le planétoïde. En elle, divers éléments prirent en compte les masse et composition du Léviathan, confirmèrent qu'il s'agissait d'un monde mort transformé en vaisseau, sphère creuse, ombreuse, emplie du bruit des machines et d'un fourmillement de créatures dont l'entendement minimal réagissait directement aux ondes émises depuis son centre.

Fusion Rowane : *Ils sont seize dans le "Multiple", mais de bon nombre il n'émane que peu de force. Nous allons brouiller leurs communications internes et détourner le planétoïde... maintenant !*

Se défendre contre un tel trait d'énergie mentale à l'état pur était exclu, et le "Multiple" ne lutta que brièvement avant de se racornir et de s'affaisser en masse confuse sous l'intensité de la force dirigée contre lui.

— *Maintenant !* hurla la fusion Raven, et la part masculine des kinétiques dénebiens puisa dans les générateurs disponibles pour dévier le Léviathan... droit sur la primaire de Déneb.

Plus tard, au cours des discussions qu'il allait alimenter sur des années bien qu'il n'ait pas duré plus de six heures, l'événement allait être vu comme le plus parfait exemple du triomphe de l'esprit sur la matière : d'une imparable simplicité si on le comparait aux sophistications de l'armement classique et des manœuvres dans l'espace. Une fois que la fusion Rowane eut perturbé l'échange mental des énormes reproductrices, le Léviathan avait perdu tout contrôle sur sa direction, les diverses espèces subordonnées continuant de s'acquitter en aveugle des tâches pour lesquelles elles avaient été génétiquement conçues mais qui avaient cessé de correspondre à la situation.

Puis la fusion Raven vint appliquer son énergie kinétique à l'arrachement du Léviathan de son orbite d'origine autour de Déneb VIII. Sous cette double poussée, le planétoïde prit de la vitesse et les fusions ne l'abandonnèrent qu'en sentant le soleil du Système prendre le relais.

Le plongeon du Léviathan dans l'incandescence solaire provoqua un bref embrasement de la couronne, phénomène sur lequel s'acheva cet étonnant exercice.

Fusion Raven : *C'est que ce nous aurions dû faire avec les premiers.*
Fusion Rowane : *Mettons que nous ayons voulu les avertir.*

Lentement, chaque individualité se retira de la fusion. Lentement parce que la joie collective née de ce succès avait frisé l'extase, s'était révélée trop douce pour n'être pas savourée. Et aussi parce que la communion d'un si grand nombre d'esprits était en soi une expérience unique. Des remerciements furent échangés, des adieux, tendres chez ceux qui venaient de faire connaissance, frustrés chez les vieux amis qui s'étaient retrouvés. Les ultimes séparations furent presque douloureuses et la Rowane se sentit totalement vidée, l'esprit tel un désert encore bruissant des échos de leur exploit.

— Détends-toi, Rowane, lui dit Rakella d'une voix étouffée qui ne l'en fit pas moins légèrement tressaillir. Laisse-toi aller. Jeff va bien. Dean est avec lui. Je crois que vous avez l'un comme l'autre besoin d'un bon somme pour vous requinquer.

— *Je suis là,* fit Jeff, à peine "audible" bien qu'il ne fût pas même à cinquante centimètres d'elle. *Ça nous a pris plus longtemps que la première fois. Dors ! On fera l'amour en se réveillant.*

— *Je compte jusqu'à trois. Après ça, je veux vous voir dormir à poings fermés tous les deux,* dit Isthia, égale à elle-même.

— *Ce n'est pas juste,* réussit à penser la Rowane malgré le hideux martèlement qui s'intensifiait dans son crâne vide.

— *La justice n'a rien à voir là-dedans. Un. Deux. Trois.*

Quand, beaucoup plus tard, la Rowane se réveilla, fraîche et dispose, elle se découvrit seule dans leur lit à la ferme.

— *Jeff a été rappelé sur Terre,* lui apprit Isthia.

— *Reidinger ?*

Elle s'était redressée d'un bond, folle d'inquiétude.

— *Vous, en revanche, ça va mieux.* Et la Dénebienne ajouta aussitôt, beuglement qui semblait venir de la cuisine : mais pas question de le joindre ! *Bon, c'est passé, maintenant ; aussi n'ai-je pas à vous mentir.* Elle s'en abstint, de fait, et la Rowane sut que Reidinger avait eu un malaise. *Il est de nouveau sur pied, plus vivant que jamais ! S'il faut en croire Elizara, en tout cas, et on peut lui faire confiance. Cela dit, l'effort fourni pour expédier au dernier moment des cuirassés et je ne sais quoi d'autre vers Déneb était trop grand pour un homme de son âge. Et s'il a estimé devoir s'en occuper lui-même,* précisa Isthia, cinglante, *c'est pour que vous et Jeff trouviez tout à pied d'œuvre. Bon, Elizara l'a bien en main, et elle dit que vous aussi devez prendre une journée de repos. Il faut penser au bébé. Mais vous pouvez quand même vous lever et vous habiller.*

— Commencez par manger, vous parlerez ensuite. (Ainsi la Rowane fut-elle accueillie par Isthia quand elle fit son entrée, lente et mal assurée, dans la grande salle de la ferme.) Mais vous serez sans doute contente d'apprendre qu'un des vaisseaux de combat extraterrestre a été capturé intact. Quand notre équipe a fait sauter la porte du sas principal, elle y a trouvé nos hannetons figés à leur poste dans une sorte de catalepsie. Les xénologues sont d'avis que, même pour les tâches routinières, une liaison permanente avec le Léviathan leur était indispensable. Les biologistes sont aux anges : ils vont pouvoir étudier ces créatures en toute sécurité. Et la Flotte dispose à présent d'un vaisseau entier à démonter, bref, d'une mine de renseignements sur cette technologie étrangère. Quand je pense que Jeff a failli se faire tuer en récupérant des bricoles, ça me fait mal au ventre !

Pour ne pas perdre une miette de ce que disait sa belle-mère, la Rowane n'en perdait pas plus de son petit déjeuner qu'elle dévorait avec une détermination qui la consternait. Se souvenir d'un trait similaire chez le "Multiple" extraterrestre n'était pas le moins agaçant bien que tout risque de contamination, voire de transfert de personnalité, fût exclu : impossible entre des structures mentales si distinctes et dans un temps si bref, même si le contact avait eu quelque chose de dévastateur. Non, elle avait simplement l'estomac dans les talons après les épreuves de la veille.

Isthia : *Bien sûr que ce n'est rien d'autre. Je ne vois même pas l'intérêt de se poser la question.* Au fait, soit dit en passant pour le cas où personne n'y penserait : vous avez été merveilleuse. (Sa main se posa, légère, sur l'épaule de la jeune Méta.) Au fait encore : ce n'était pas hier mais il y a deux jours.

— Deux jours ?

La Rowane en lâcha sa cuillère pour lever des yeux ronds sur Isthia.

— Vous êtes enceinte et vous en aviez besoin. Je me suis d'ailleurs arrangée pour que Jeff fasse deux fois le tour du cadran avant de les laisser le réexpédier sur Terre. Il le méritait.

— Il mérite bien plus que vingt-quatre heures de sommeil !

Elle fusillait Isthia du regard, déplorant qu'il n'y eût là personne à qui ouvrir son cœur.

— *Si, moi !* Et Jeff lui gloussa dans la tête, caressant, réconfortant comme lui seul savait l'être. *Ta part de la fusion a fait le plus difficile. Moi, je n'ai eu qu'à pousser.*

— Yégrani avait vu juste, enchaîna Isthia. Vous avez été le foyer qui nous a tous sauvés. Il était essentiel d'immobiliser d'abord le "Multiple".

La Rowane en eut soudain plus que marre de la Prophétie de la Clairvoyante.

— Je devrais me sentir soulagée de l'avoir accomplie, c'est ça ?

— *L'accomplissement ne fait que commencer pour toi*, répondit Jeff avec ferveur tout en lui infusant tant dans l'esprit que dans le corps son amour... et le désir qu'il avait d'elle. *Rejoins-moi sur Terre dès que possible*, et son glapissement grivois ne laissa pas le moindre doute sur ses intentions. Nous assistons à la naissance de la grandiose dynastie Gwyn-Raven : toi, moi, les nôtres, NOUS !

Achevé d'imprimer en mai 1993
sur les presses de l'Imprimerie Bussière
à Saint-Amand (Cher)

PRESSES POCKET - 12, avenue d'Italie - 75627 Paris Cedex 13
Tél. : 44-16-05-00

— N° d'imp. 1129. —
Dépôt légal : juin 1993.
Imprimé en France